동시를 읽는 마음

새로운 동시를 위한 탈중심의 상상력

동시를 읽는 마음

새로운 동시를 위한 탈중심의 상상력

김제곤 평론집

창비

첫 평론집 『아동문학의 현실과 꿈』을 냈던 것이 2003년의 일이다. 그 이후 20년에 걸쳐 썼던 글 가운데 주로 동시에 관련된 평문을 모아 두 번째 평론집을 엮는다.

돌이켜보면 지난 20년은 우리 아동문학에서 꽤나 분주한 시기였다. 동시 현장으로 그 범위를 좁혀 보더라도 새로운 모색과 변모의 양상은 제법 뚜렷한 감이 없지 않다. 그런 새로움의 시기에 동시에 관한 내 나름의 생각을 정리하고 그것을 조금이나마 글로 표출해 볼 기회를 얻었던 것은 나에겐 더 없는 행운이었다. 그러나 그 행운은 얼마간 고통과 번민을 동반한 것이기도 했다. 동시를 둘러싼 외부의 통념이 여전한 것은 그러려니 해도, 모처럼 새로운 바람이 부는 동시단 내부에서조차 서로 간에 대화가 오가지 않는 것은 이해하기 어려웠다. 그렇다고 새로움을 추구하는 동시가 모두 믿음을 주었던 것은 아니다. 새로운 언어감각과 상상력을 내세우는 만큼 동시의 주 독자인 어린이와 얼마나 소통하는지가 의문으로 떠올랐다. 한편으로 한 번쯤 돌아보아야 할 동시의 전통이 모두 낡은 유산처럼 속절없이 잊히는 것 같아 아쉬운 마음이 들기도 했다. 겉으로 보아서는 제법 분주하게 움직이는 동시 동네였지만 그 내부를 들여다볼 때 여전히 채우고 비워야 할 것들이 많다는 생각이 들었다. 그런 동시의 현장을 지켜보며 때론 벅찬 마음으로 때론 안타까운 심정으로 써 본 것이 이 책에 모인 글들이다.

1부에는 논쟁적 성격의 글을 먼저 두었다. 변명 같지만 이 글들은 일정한 체계를 먼저 염두에 두고 쓴 글들이 아니다. 동시단의 상황을 지켜보며 그때그때 떠오르는 생각들을 적은 글이거나 잡지의 기획에 부응해 쓴 글들이다. 시차를 고려하지 않고 읽으면 얼핏 상호모순으로 보이는 이 글들은 모두 2010년 이후 전개된 동시의 성과와 한계를 짚어 보기 위해 쓴 글들이다. 내심으로는 대화가 부족한 동시단에 토론을 활성화해 보자는 의도를 깔고 있었으나, 목적에 충분히 부합한 글은 되지 못한 것 같다. 진지한 대화를 지속해 가기 위해 좀 더 다듬고 숙고했더라면 어땠을까 싶은 생각이 들기도 한다. 본의 아니게 논쟁의 당사자가 되었던 시인과 비평가들께 새삼 이 자리를 빌려 고마움과 미안한 마음을 전하고 싶다. 이 글을 처음 접하는 독자들께는 부디 2010년 이후 우리 동시의 흐름을 파악하는 데 하나의 참고 자료라도 되었으면 바랄 뿐이다.

2부는 우리 동시의 출발 지점과 그 진행 과정을 탐색해 본 글들이다. 우리 동시사를 규정짓는 공식으로 '동요에서 동시로'라는 말이 아직도 통용되고 있다. 가창을 전제로 한 동요에서 묵독을 전제로 한 동시로 진화했다는 것이 우리 동시의 진행 과정을 설명하는 방식이지만, 2부의 첫 글은 그런 관점에 의문을 제기하는 글이다. 나는 이 글에서 지금까지 통용되는 '동요에서 동시로'라는 규정이 '동요와 동시로'라는 말로 수정되어야 함을 밝혔다. 이원수와 윤석중의 문학 세계를 언급한 다음 글은 동심주의와 현실주의라는 이분법 구도에서 벗어나자는 제안을 하고 싶어 쓴 글이다. 이어지는 두 편은 2000년 이후 우리 동시의 흐름과 지난 100년 사이 우리 동시의 전개 과정을 간략하게나마 개관하기 위해 쓴 글이다. 이 역시 잡지 청탁에 응해 급하게 쓴 글들이라 거친 구석이 역력하다. 언젠가 쓰고 싶은 동시사를 위한 기초 작업의 하나로 봐 주시면 좋겠다.

3부는 세 분 시인들의 삶과 작품 세계를 밝힌 글들이다. 해방기 동요 시인 권태응과 1990년대부터 동시를 쓰다가 요절한 정세기 시인, 그리고 2010년 무렵부터 감동적인 동시 세계를 보여 준 성명진 시인에 대해 논한 글이다. 권태응은 「감자꽃」의 시인으로 널리 알려진 편이지만, 그에 대한 연구는 아직도 걸음마 수준이다. 권태응뿐만이 아니라 작가론 차원에서 진지한 탐색을 시도할 만한 동시인이 우리에겐 너무나 많다. 원고를 모으면서 이런 종류의 글들에 내가 너무 인색하지 않았나 반성이 되었다. 게으름을 떨치고 이제부터라도 발걸음을 떼어 볼 것을 약속 드린다.

4부는 흔히 해설이라는 이름으로 시집 말미에 썼던 글들을 몇 편 뽑아 실었다. 20년 가까운 시간이 지나는 동안 시집의 해설로 쓴 글들이 꽤 여러 편이 된다. 해설 글은 대개 주례사와 같다고 비판을 받기 일쑤인데, 내 글들이 시집에 괜한 얼룩이나 묻히지 않을까 뒤가 켕길 때가 많았다. 차라리 다 빼면 어떨까 싶기도 했으나 우리 동시의 흐름에 중요한 매듭을 지었다고 생각하는 몇몇 시집의 해설을 실어 보기로 했다. 이 자리를 빌려 우리 동시단을 풍요롭게 이끈 모든 시인들께 경의를 표한다.

누군가 나에게 왜 하필 동시 비평을 하느냐 물은 적이 있다. 짧은 시간 내에 한 권을 뚝딱 독파할 수 있어서라고 농이 섞인 대답을 하고 말았지만, 솔직히 그 질문에 나 스스로 납득할 만한 답을 아직 찾지는 못하였다. 동시가 지니는 단순성의 힘을 좋아하는 것도 같고, 세계와의 대립보다 합일을 추구하는 서정시 본연의 성격에 매력을 느끼는 때문인 듯도 하다. 공자가 『시경』을 두고 말했다던 '사무사(思無邪)'라는 말이 떠오르기도 한다. 그러나 어떤 말을 가져다 붙여도 내가 왜 동시를 좋아할 수밖에 없는지를 속 시원히 밝힐 수는 없다. 문득 짧은 동시 한 편에서 어떤 글에서도 느끼지 못했던 전율이 강렬하게 전해질 때가 있다. 몇 개의 말들로 완벽한 자기 충족의 세계를 이루어 내는 그 신비로움을 느껴 본 이들이라면 아마도 동시의 매력을 쉽게 뿌리치지는 못하리라 본다. 이유가 무엇이든 동시가 계속 쓰이는 한 나는 계속해서 그런 동시를 마중하러 나설 것이다.

　모든 일이 그렇듯 한 권의 책을 내는 것은 많은 분들의 관심과 수고가 따라야 하는 일이다. 평론집을 엮을 때가 지나지 않았느냐고 넌지시 물어 준 원종찬 선생 덕분에 그동안 썼던 원고들을 갈무리할 수 있었다. 이번에도 창비의 신세를 지게 되었다. 편집실의 모든 분들과 정편집실의 유용민 선생께 깊은 감사의 인사를 드리고 싶다. 꼼꼼하고 자상한 편집자들의 손길 덕분에 초라한 원고가 이만큼이라도 다듬어져 한 권 책으로 나오게 되었다. 글을 쓰게 해 준 시인들, 동학들, 가족에게도 감사의 마음을 전한다.

2022년 4월

김제곤

차 례

1부

동시 생태계의 균형을 위하여

황금시대는 도래했는가

최근 동시 흐름에 대한 진단

최승호라는 분기점

최승호 이전, 그러니까 그의 '말놀이 동시집' 시리즈 첫 권이 나오기 전까지만 해도 우리 동시단을 감도는 것은 대체로 '엄숙주의'의 분위기였다. 어린이의 현실을 앞세우거나 자기 폐쇄적인 언어의 세공을 앞세우거나 간에 동시에서 재미보다는 엄숙한 의미나 분위기를 더 따졌던 시대가 아니었나 생각한다. 그러한 측면에서 2005년 제출된 최승호의 동시는 '시는 본디 엄숙한 것이 아니라 재미있는 것'이라는 도발적인 문제 제기의 성격을 지닌다.

주지하다시피 그의 '말놀이 동시집' 시리즈는 유사 이래 가장 많은 독자를 거느린 동시집이 되었다. 이를 상업적 기획의 성공으로 연결 짓고 마는 것은 본질을 흐리는 행위에 불과하다고 나는 생각한다. 그 근원에는 어른 중심의 진지함과 엄숙주의에 매몰되어 있는 동시를 건져 와

놀이를 지향하는 아이들에게 주고자 하는 새로운 도전의식이 들어 있었다고 생각하기 때문이다. '말놀이 동시집' 시리즈는 말하자면 시인의 그런 문제의식이 표출된 결과물이었으며, 그 시집에 대한 반향은 그런 문제의식에 공감한 독자들의 적극적인 호응의 결과였음을 상기할 필요가 있다. 최승호의 동시가 이렇게 독자들의 호응을 받기 시작하면서 새로운 언어감각과 상상력을 구비한 시인들이 비로소 동시 창작 대열에 들어서기 시작했다. 그러니까 최승호 동시는 지난 10년간 동시의 새로운 흐름을 예고하는 분기점이자 신호탄이었다고 해도 과언이 아니다.

지난 10년이 거둔 것

최승호 이후, 그러니까 지난 10년간 우리 동시의 중요한 현상 가운데 하나로 들 수 있는 것은 새로운 얼굴들이 대거 동시단에 참여했다는 것이다. 지난해 출간된 이안 시인의 『다 같이 돌자 동시 한 바퀴』(문학동네 2014)는 그런 현상을 지근거리에서 지켜보며 그런 참여의 성과를 성실하게 짚어 준 평론집이라 할 수 있다. 우리는 이 평론집에 등장하는 시인들 대부분이 기존의 동시단에 몸을 담지 않았던 새로운 얼굴들임을 확인하게 된다.

이들 가운데는 송찬호, 안도현, 함민복, 이정록, 이면우, 윤제림, 박성우, 송진권, 유강희, 김륭 등 이른바 성인문단에서 활약하던 시인들이 있고, 정유경, 신민규, 이창숙, 송선미, 장동이, 안진영, 주미경, 김응, 김유진, 임복순, 장세정처럼 근래 아동문학 잡지 지면을 통하여 새롭게 등장한 신인들이 있으며, 김환영, 김창완, 강정규처럼 시와는 별개의 장르에 종사하다 동시를 발표하게 된 시인들이 있다. 이런 다양한 출신 성분을 따져 볼 때, 지난 10년간 우리 동시단의 변화가 그 이전과는 얼마나 다른 지점에서 이루어졌는지를 새삼 확인하게 된다. 이를 보면 우리 동시단을 새롭게 구성한 얼굴들 가운데 성인시단 출신의 시인들이 생각보다 많이 들어 있는 것을 알 수 있으며, 신인들의 출현과 활약 또한 그에 못지않았다는 것을 느끼게 된다. 그만큼 지난 10년간 우리 동시단은 새로운 인자들로 출렁거린 변화의 시대였음을 실감하게 된다.

그러한 분위기는 변화의 흐름에 동참하며 그에 적극적인 옹호론을 펼쳤던 이안의 발언 속에서 여실히 드러난다. 그는 과거 우리 동시의 실패가 "일체의 배반이 없고 일체의 파산이 없는 데서 기인"(98~99면)했음을 일갈하며, 지난 10년간 우리 동시가 그러한 정체를 깨트리기 위해 분주한 시기였음을 역설한다. 그에 따르면 시인이란 "권위와 우상에 대한 파괴"(84면)를 실천하는 존재이며, "동시성에서 비동시성으로, 끊임없이 자신을 밀고 나가면서 언제까지나 비동시성의 신인이기를 갈망"(94면)하는 존재다. 이안이 보기에 지난 10년간은 그러한 사명을 실천하기 위해 분투한, 새로운 시인들의 시대였다. 그는 신민규, 이창숙 같은 신인들을 일러 "우리 동시의 엄숙성, 교훈성, 주제 중심의 흐름에 균열을 가하는 건강한 웃음의 상상력을 지닌 시인"(22면)이라 찬사를 보내며, 유강희, 김륭 같은 성인시단 출신 시인들의 동시에 대해 "새로운 언어는 새로운 인식을 낳"(32면)고 있다고 평가한다. 그는 지난 10년간은 우리 동시의 흐름이 그러한 새로운 상상력과 언어를 구축하는 데 충실하게 이바지한 시기임을 강조한다.

물론 이안의 이런 진단은 우리 동시단의 흐름을 냉철하고 총체적으로 조망한 것이라고 단언하기는 어려울 것이다. 이안의 시선 자체가 객관적인 외부자의 그것이 아니라 '내부자의 시선'에 연유하고 있기 때문이다. 그러나 이안의 발언 전부를 '팔이 안으로 굽는' 차원의 편협한 시각에 불과하다고 치부할 수 있을까. 그럴 수는 없으리라 생각한다. 그의 말대로 지난 10년간은 우리 동시가 이전에 흔히 접할 수 없던 언어와 상상력을 선보인 시기임이 분명해 보이기 때문이다.

난해함이라는 시빗거리

그렇다면 지난 10년간 새로운 언어감각과 상상력을 선보였던 우리 동시의 흐름에는 시비할 만한 문제가 없었을까. 우선 첫 번째로 고려해 볼 것이 바로 난해함이라는 문제다. 2009년부터 2014년까지 약 5년 동안 네 권의 동시집을 상재하며 가장 주목받는 동시인으로 부상한 김륭은 말하자면 그런 시비의 중심에 있는 시인이라 할 만하다.

> 604호 코흘리개 새봄이가 엄마를 기다리고 있어요
> 6층에서 1층으로, 1층에서 다시 6층으로 코를 훌쩍거리며
> 엘리베이터를 오르내리고 있어요 훌쩍훌쩍
> 코를 길게 늘어뜨리고 있어요
> 엘리베이터를 비스킷처럼 감아올린
> 코가 길을 잡아당기고 있어요
> 엘리베이터를 오르내리는 사람들 흘깃흘깃 쳐다보지만
> 엄마가 타고 다니는 빨간 티코를 감아올릴 때까지
> 새봄이 코는 길을 잡아당길 거예요

집으로 오는 모든 차들이 빵빵

새봄이 콧구멍 속으로

빨려들고 있어요

— 김륭 「코끼리가 사는 아파트」 전문

(『프라이팬을 타고 가는 도둑고양이』, 문학동네 2009)

이 시는 엄마를 기다리는 현실의 아이를 모티프로 하고 있다. 멀리는 이태준의 동화 「엄마 마중」을 연상하게 하는 이 동시는 엘리베이터를 오르내리며 오지 않는 엄마를 기다리는 코흘리개 아이의 모습을 그리고 있다. 시적 소재만으로 따져 보았을 때 전혀 새로울 것이 없는 이 동시가 우리에게 이전 작품들과 다른 느낌으로 다가오는 까닭은 무엇인가. 그것은 비유의 사용이 관습적이기보다 매우 낯설기 때문이다. 이 시의 4행까지를 이해하지 못할 독자는 드물 것이다. 그런데 이 시가 낯설게 읽히기 시작하는 것은 바로 5행부터다. 4행까지는 '새봄이의 콧물'을 뜻하던 '코'가 5행부터는 갑자기 '코끼리의 코'로 비약하면서 시는 현실에서 일종의 환상 세계로 시적 공간을 확장해 가기 시작한다. "엘리베이터를 (…) 감아올린" 코는 "길을 잡아당기"고, "집으로 오는 모든 차"들을 잡아당긴다. 새봄이의 그 '코'는 "엄마가 타고 다니는 빨간 티코를 감아올릴 때까지" 계속해서 차들을 "콧구멍 속으로" 빨아들이고 있다.

이 시는 현실 세계의 새봄이 '마음'을 판타지 속의 커다란 코를 가진 코끼리 '힘'으로 변환시킴으로 해서 엄마를 기다리는 아이의 심경을 더욱 간절한 무엇으로 증폭시키려는 의도를 가지고 있다. 그런데 이런 의도가 어린이 독자들에게 온전히 다가갈 수 있는지는 미지수다. 시인의 표현 속에서 시인이 의도한 바를 정확하게 읽어내고 새봄이의 간절한 마음에 동화되는 독자가 있긴 하겠지만, '새봄이가 훌쩍거리던 콧물이 왜 갑자기 코끼리의 코가 되었다는 것일까?' 그런 의문을 갖는 어린이 또한 있지 않을까? 그러니까 이 시는 현실에서 환상으로 넘어가는 도약 단계의 경사(傾斜)가 동시로서는 비약적이고 가파른 느낌이 든다.

명개흙 동글동글 뭉쳐 경단 빚고
풀꽃 따다 얹어 칡 잎에 싸서 가자
너는 강아지풀 수염 아저씨
나는 바랭이풀 우산 아줌마
누운 허수아비 일으키고
잠든 꾸구리 깨워 같이 가자
너는 강아지풀 수염을 달고
나는 바랭이풀 우산을 쓰고
질경이 민들레 따라 까치발 뛰며 가자
풀잎 이슬 받아 세수하고
오동잎 징검다리 건너가자
잠든 시냇물 깨우고
소나기 삼형제랑 같이 노래하며 가자
풀잎을 잡고 올라와
무지개다리 기어오르는 달팽이를 타고 가자
너는 강아지풀 수염 아저씨
나는 바랭이풀 우산 아줌마
　　　　—송진권 「강아지풀 수염 아저씨랑 바랭이풀 우산 아줌마랑」 전문
　　　　　　　　　　　　　　　　(『새를 그리는 방법』, 문학동네 2014)

송진권의 이 시는 우리 동시에서 많이 다루어진 '농촌 정서'를 기반으로 하는 듯하면서도 실상 그런 정서와는 완연히 다른 새로운 서정을 보여 준다. 시인이 보여 주는 서정은 그가 새롭게 창안한 시적 리듬과 표현, 상상력에 말미암은 것이다. 명개흙과 칡 잎, 강아지풀과 바랭이 풀, 질경이와 민들레, 꾸구리 같은 생물들, 허수아비 같은 소도구와 무지개다리, 소나기 같은 자연현상들은 우리 동시에서 흔히 마주치던 소재들이라 할 수 있다. 그런데 시인은 그러한 사물들에 자신만의 감각으로 새로운 인격을 부여하고 그것들을 정밀하게 배치함으로써 시 안에 현실과 환상이 서로 조화롭게 연결된 새로운 공간을 창조해 낸다. 그럼으로써 한낱 심상한 풍경 모사나 관습적인 자연 예찬을 넘어서고 있는 이 시는 그러나 그러한 자질로 말미암아 역시 동시로서는 난해한 느낌을 준다. 이 시의 정치한 시적 진술들은 하나같이 단단하고 세련된 느낌을 주는 만큼 그것을 온전히 독해하며 읽어 나가기란 사실상 어른 독자에게도 여간 벅찬 일이 아니다.

지난 10년간 새롭게 쓰인 동시들 가운데는 이처럼 "손쉬운 독해를 지연시킴으로써 독자의 시선을 좀 더 오래 머물게"(이안『다 같이 돌자 동시 한 바퀴』73면) 하는 시들이 적지 않았다. 어린이 독자들의 독해력을 앞세워 이런 동시들 모두에 무조건 거부의 손짓을 보낼 필요는 물론 없을 것이다. 이미 김이구가 적절하게 지적했듯이(김이구『해묵은 동시를 던져 버리자』, 창비 2014, 24면) '모든 어린이 독자에게 다가가는 동시'란 사실상 존재하지 않을지도 모를 것이기 때문이다. 설사 그런 동시가 있다손 치더라도 그것을 무작정 좋은 동시라 단정할 수는 없을 것이다. 김륭의 동시를 무관심하게 대하거나 그 뜻을 알 수 없어 외면하는 어린이가 있는 반면에 김륭의 독자로서 그의 동시를 자신의 깜냥대로 읽어 내는 어린이 독자가 있을 수 있다고 생각한다. 우리 동시단은 한때 '사이비 난해시'라는 시비를 호되게 겪은 때문인지 쉽게 해득되지 않는 동시에 대해 일종의 트라우마를 갖고 있다. 그러나 이제는 우리도 그런 트라우마를 벗을 때가 되지 않았나 생각한다. 어려운 시와 쉬운 시가 있는 것이 아니라 좋은 시와 나쁜 시가 있다는 말을 다시금 상기하자. 시를 어려움과 쉬움을 기준으로 나누어 쉽게 독해되지 않는 시에 성급하게 '난해시'라는 딱지를 붙일 것이 아니라 그것이 좋은 시인가 나쁜 시인가를 우선 곰곰이 따져 보는 습관이 필요하다.

그러나 난해함이라는 시비와 관련하여 시인들에게도 할 말은 있다. 앞에서의 이안의 말을 다시 빌리자면 시인이란 모름지기 "동시성에서 비동시성으로, 끊임없이 자신을 밀고 나가면서 언제까지나 비동시성의 신인이기를 갈망"하는 존재여야 한다. 지난 10년간 우리 동시단은 언어 표현의 측면에서 그리고 상상력의 측면에서 그러한 시인의 책무를 충실히 수행해 왔음을 자부해도 된다고 생각한다. 그러나 한편으로는 '비동시성'을 향한 갈망이 너무 지나쳐서 일종의 '새것 강박'에 빠져 버린 것은 아닌가 하는 생각이 들 때가 있다. "새로운 언어는 새로운 인식을 낳"고 있다는 이안의 진단은 일면 진실이지만 그 새로운 언어가 정체된 동시단의 혁파를 넘어 동시 고유의 속성까지를 파괴하고 있지 않은지를 고민할 필요가 있다. 동시는 물론 좋은 시이어야 한다. 그러나 그러한 시의 조건을 갖추기 위해 동시 고유의 자질이나 동시 특유의 단순성을 저버리는 것은 문제라 생각한다. 좋은 시는 모두 좋은 동시인가? 이제 다시 그런 질문을 시인들은 스스로에게 해 볼 때가 되었다.

보는 어른과 바라보이는 아이

지난 10년간 우리 동시의 흐름에서 두 번째로 문제 삼을 것은 동심주의 시선이다. 동심주의를 구성하는 것은 어린이가 아니라 그 어린이를 순수한 동심을 가진 존재로 바라보는 어른의 '시선'이다. 이런 동심주의의 연원은 다이쇼(大正)기 후반, 동요운동을 제창한 일본 시인들에 기원한다. 그들은 당시 일본 문단의 명사이자 권위 있는 시인들로서 어린이에게서 '원초'의 모습으로서의 순수성을 발견하고자 했다. 우리가 자명한 듯 여기는 '동시'라는 장르는 애초 그런 일본의 동심주의 시인들의 발명품으로부터 탄생한 것이었다. 그러니까 동시는 태생적으로 그 내부에 순수한 어린이를 '바라보는' 어른들의 '시선'을 내장하는 것이 하나의 숙명인지도 모른다.

그러나 그러한 시선이 어린이 독자의 입장에서는 그저 남의 것에 불과할 수도 있다는 점을 유념할 필요가 있다. 이중 독자 즉 어른과 어린이를 공히 독자로 하는 동시에서 아무래도 동심주의 시선과 친근한 쪽은 어린이 독자가 아니라 어른 독자이다. 동심주의 시선이 향하는 것은 '타자로서의 어린이'요, 그 어린이를 감상하는 것은 어른 자신에 그칠 공산이 크다.

서쪽 하늘에
저녁 일찍
별 하나 떴다

깜깜한 저녁이

어떻게 오나 보려고

집집마다 불이

어떻게 켜지나 보려고

자기가 저녁별인지도 모르고

저녁이 어떻게 오려나 보려고

　　　　　　　　　──송찬호 「저녁별」 전문(『저녁별』, 문학동네 2011)

　이안은 송찬호 동시집 『저녁별』 해설에서 이 작품을 시인의 동시 가운데 "가장 빼어난 시"라 극찬했거니와 나 또한 이 작품을 지난 10년 간 우리 동시가 거둔 가장 알찬 수확 가운데 하나라 생각한다. 동시 전문지 『동시마중』 창간호(2010년 5·6월호)에 발표된 이 동시는 얼마 뒤 초등 5학년 국어 교과서에 수록되었다. 이 시의 미덕은 무엇보다 그 탁월한 '서정성'에 있다고 생각한다. 이 시에서 그려지는 '저녁별'의 형상은 자연의 한 풍경이 시인의 감각으로 아름답게 재현되는 경이를 보여 준다. "자기가 저녁별인지도 모르고/저녁이 어떻게 오려나 보려고" 가만히 눈을 뜨고 사람의 마을을 내려다보는 별은 천진한 동심을 가진 어린아이의 형상과 다름없다.

　그런데 송찬호의 「저녁별」 같은 빼어난 시를 접하면서 나는 한편으로 이 시의 시적 대상과 그 대상을 바라보는 시인의 시선이 우리에게 매우 낯익은 것이 아닌가 자문하게 된다. 송찬호만의 뛰어난 언어감각과 예리한 상상력이 빚어낸 이 시에서 어떤 익숙한 시선이 느껴지는 것은 무엇 때문인가. 그 시선은 다름 아닌 어른의 처지에서 순수성을 훼손당하지 않은 어린이를 사랑스러운 눈으로 바라보는 '동심주의 시선'이다.

아직 꼬리가 달리고
아가미가 그어진 아이들이 뛰어오네요
올챙이도 아니고 개구리도 아닌 아이들이
머리카락이며 등허리
얼룩덜룩 개구리밥 묻은 아이들이
축축한 몸 할딱이며 연잎 건너 뛰어오네요.

연잎에 고인 물방울 쏟아 내네요
폴짝폴짝 연잎 건너 뛰어오네요
연꽃은 시나브로 터져 나오는데
　　　　　—송진권 「올챙이도 아니고 개구리도 아닌」 부분(『새를 그리는 방법』)

　송진권의 이런 동시에서도 역시 내포화자(독자)로 시인이 상정한 것은 어린이라기보다는 어른 화자(독자)에 가깝다고 생각된다. 카메라(시선)를 들고 있는 주체는 어른이며, 그 어른의 시선에 포착되어 대상화되고 있는 것은 아이들이다. 지난 10년간 우리 동시가 이전과 다른 언어적 감수성과 상상력을 획득하게 되었으면서도 여전히 어린이 독자들의 관심 밖에 놓여 있는 것은 이런 시선의 문제도 하나의 원인은 아닐까.
　5년 전 우리 동시단에 '어린이 화자'를 둘러싼 논쟁이 있었던 것으로 기억한다. 그때나 지금이나 시적 화자를 어린이로 할 것인가 어른으로 할 것인가 하는 문제는 어디까지나 일률적인 원칙을 세워 강제할 문제가 아니라고 나는 생각한다. 차라리 화자를 문제 삼기보다 시선의 주체가 누구인가를 문제 삼아야 했던 것은 아닐까. 어른 시인이 다만 어린이를 순수한 존재로 바라보는 위치에 서는 경우 그 시는 어린이 독자를 위한 시가 아니라 대개는 어린이를 소외시키는 시가 되기 십상이다. 어른 독자의 감수성에 아무리 호응한다 할지라도 다른 한편에 있는 어린이 독자를 외면하는 결과를 낳는다면 그것을 온전한 의미의 동시라 부를 수는 없으리라.

일상 안에 갇힌 동시

전술한 것처럼 김륭은 지난 10년간 우리 동시의 흐름에서 단연 독보적인 행보를 보여 온 시인이다. 첫 동시집『프라이팬을 타고 가는 도둑고양이』(문학동네 2009)부터『삐뽀삐뽀 눈물이 달려온다』(문학동네 2012),『별에 다녀오겠습니다』(창비 2014),『엄마의 법칙』(문학동네 2014)까지 그의 행보는 누구보다 거침없고 뚜렷했다. 첫 동시집 머리말에서 "시골 할머니가 입고 있던 빨강내복처럼 몸에 착 달라붙어 있는" 관습적인 상상력에서 벗어나 "울퉁불퉁 이야기가 있는" 동시를 쓰고 싶다고 포부를 밝혔던 그는 "김륭이라는 낯선 이름답게 낯설고 도전적인 시"(김이구『해묵은 동시를 던져 버리자』20면)들을 우리 동시단에 제출했다. 장옥관은『삐뽀삐뽀 눈물이 달려온다』의 해설에서 김륭의 상상력을 "한시도 머무는 법 없이 끊임없이 제 모양을 바꾸는 구름"에 비유하면서 한편으로 그의 동시는 "있는 그대로의 우리 살아가는 모습을 그려 내고 있"어서 "삶과 시가 딱 달라붙어 있"다고 찬사를 보냈다. 김륭은 한마디로 '고정관념을 뒤집는 전복적 상상력'을 마음껏 발휘하면서도 지금 여기 아동

현실을 작품에 고스란히 담아내는 미덕을 가진 시인이다.

　학교에서 영어 학원으로 랄랄라 영어 학원에서 논술 학원으로 랄랄라 태권도장에서 앞차기 한 번 옆차기 두 번 하고 미술 학원 거쳐 피아노 학원으로 랄랄라 나는 착하고 예쁜 고추잠자리 엄마가 쳐 놓은 거미줄에 매달려 랄랄라 얼굴이 빨개지도록 랄랄라 노래 불러요 접히지 않는 날개 파닥파닥 하늘 높이 올라가는 계단을 만들어요 춤을 춰요

　　　　　── 김륭 「고추잠자리」 전문(『프라이팬을 타고 가는 도둑고양이』)

　괜찮아, 다음에 잘하면 돼.
　혼날 줄 알았는데 뜻밖의 엄마 말 한마디에
　날아갈 뻔했다.

　기분이 너무 좋아 날아가는 줄 알았다
　너무너무 좋아 진짜로 날아갔다,
　날아왔다

　팔랑팔랑 나는, 나비

　한 번씩 날아다니지 않으면
　길가의 꽃들이 갸웃갸웃
　이상하게 쳐다본다

　　　　　── 김륭 「나는, 나비」 전문(『뻬뽀뻬뽀 눈물이 달려온다』)

두 편의 시에는 모두 지금 여기를 살아가는 아이 모습이 현실감 있으면서도 감각적으로 잘 그려져 있다. 앞의 시 「고추잠자리」에는 학교에서 학원으로, 다시 학원에서 다른 학원으로 아이는 하루 종일 고추잠자리처럼 맴을 도는 아이가 등장한다. 아이는 날개를 가졌지만 자기 마음대로 날아다닐 수 없는 존재다. 아이는 다만 "엄마가 쳐 놓은 거미줄에 매달려 랄랄라 얼굴이 빨개지도록 랄랄라 노래" 부를 뿐이다. "하늘 높이 올라가는 계단"을 만들기 위해 현재를 온전히 저당 잡히며 사는 아이의 처지가 선명하게 드러나 있다. 이 시에서 반복되는 시어 "랄랄라"는 산문시형 시에 적절한 긴장과 리듬감을 부여하는 동시에 어른의 요구에 끌려다니며 힘겨운 일상을 살아가는 어린이의 쓸쓸한 처지를 더욱 또렷하게 환기시킨다. 뒤의 시 「나는, 나비」 역시 아이로 짐작되는 시적 화자가 등장한다. 이 아이는 엄마의 기대에 못 미쳐 혼이 날까 걱정을 하고 있다가 엄마의 "괜찮아"라는 한 마디에 "날아갈" 듯 기분이 좋아진다. 엄마의 칭찬 한 마디에 "팔랑팔랑, 나비"가 된 아이의 모습에 「고추잠자리」의 '랄랄라' 노래 부르는 아이의 모습이 오버랩된다.

이처럼 김륭의 동시에는 지금 여기의 아이들의 처지가 고스란히 드러난다. 그의 모든 동시가 이런 시적 정황이나 기조를 띠는 것은 물론 아니지만, 그의 시에 등장하는 소재들은 주로 '지금 여기'를 살아가는 아이들의 일상을 나타내는 것들이다. 그의 시가 '실험성' 혹은 '상투성 거부'라는 "낯설고 도전적인 시"라는 인상을 주면서도, 한편으로 어린이 독자에게 소통의 가능성을 열어 놓을 수 있는 것은 어쩌면 그가 현재 아이들의 삶을 주된 소재로 삼기 때문이 아닌가 생각한다. 그는 얼핏 오해하기 쉬운 대로 새로운 언어와 상상력으로 이른바 '빨강내복'처럼 고착화된 동시의 틀을 깨트리는 데만 목적을 두는 시인이 아닌 것이다. 그는 자신이 만든 '새 그릇'에 아이들과 친근한 이야기를 담아냄으로써 동시 독자로서의 어린이와 적극적으로 소통하겠다는 의지를 가진 시인으로 보인다. 그래서 그의 동시를 단지 난해한 동시로만 묶어 둘 수는 없다.

그런데 이런 그의 미덕은 한편으로 한계로도 작용한다. 그가 설정한 시적 정황들을 종합해 보면 시에 등장하는 아이의 일상이 대개는 단조롭고 동일한 '패턴'으로 읽힌다. 그의 시에 등장하는 아이는 아파트 단지가 있는 도시에 산다. 그의 머리 꼭대기에는 "부—다—다—다—다—" "빙빙" 헬리콥터처럼 맴을 도는 엄마가 있다.(「헬리콥터」, 『삐뽀삐뽀 눈물이 달려온다』) 엄마는 "컴퓨터게임하다 들키면/쫓겨날 줄 알"라는 잔소리를 달고 살며 날마다 아이를 "못 잡아먹어서 안달이"(「현대아파트 1314동 502호에 구미호가 있다」, 같은 책)다. 아빠는 "일주일 내내/숨 가쁘게" 일을 한 뒤 주말이면 대개 "드르렁 드르렁" 코를 골거나(「아빠의 탑」, 같은 책) "회사에서 물먹고"(「달려라! 공중전화」, 『프라이팬을 타고 가는 도둑고양이』) '실직 가장'이 되어 "쪽쪽 손가락 빨아 가며" 식당일 나가는 엄마가 만들어 놓고 갔을 게장에 밥을 비벼 먹는다.(「꽃게」, 『삐뽀삐뽀 눈물이 달려온다』) 엄마는 그런 아빠와 "서로 말이 통하지 않는다고" 자주 싸운다.(「국어는 참 나쁘다」, 『별에 다녀오겠습니다』) 그렇게 싸우다 아빠와 엄마는 아예 "헤어지기"도 한다.(「책상 위의 개구리」, 『엄마의 법칙』) 아이에게는 동생도 있다. 동생은 "게임기 사 달라고 떼"를 쓰거나(「게임기」, 『프라이팬을 타고 가는 도둑고양이』) "형은 싫다고 예쁜 여동생 하나 낳아 달라고/엄마에게 떼쓰는 개구쟁이"(「개똥참외」, 같은 책)다.

이렇듯 김륭의 네 권 동시집에는 아이엠에프(IMF) 이후 우리 가족의 풍속도라 할 만한 '복작복작한 일상'이 구체적이면서도 반복적인 형태로 드러나 있다. 그래서일까. 이런 시의 소재와 내용만을 보았을 때, 그의 시를 다만 '낯설고 도전적'이라 명명하는 것은 재고해 볼 문제라 생각한다. 새롭고 모험적인 언어와 상상력에 비해 그가 그려 내는 시적 소재들은 다소 틀에 갇히고 한정적이라는 인상을 주기 때문이다. 그의 시선이 도시에 살아가는 소시민 가족의 일상을 넘어 좀 더 넓은 세계, 혹은 우리가 전혀 경험하지 못한 다른 세계와 새로운 접면을 이룰 수는 없을까.

가령 일본 작가 하세가와 요시후미(長谷川義史)의 그림책 『내가 라면을 먹을 때』(고래이야기 2009)에 실린 글은 한 편의 시다. 이 시는 일본 중산층 가정에서 살아가는 아이의 지극히 사소한 일상에서 시작한다. 그렇지만 그 시는 다만 그 일상에서 머물지 않고, 한 발자국 한 발자국 자기 집의 울타리를 넘어 마을의 울타리를 넘어 국경을 넘어 세계사적인 의식의 지평으로 나아간다. 무엇보다 쉬운 어린이 말로 또 어린이의 호흡과 눈높이를 벗어나지 않으면서 우리에게 인상적인 울림을 선사하는 시다. 새로운 언어와 상상력으로 무장한 시인들이 대거 등장한 지난 10년간 우리 동시단에 이런 시 한 편이 아직도 나오지 못하고 있다는 것은 참으로 안타깝고 씁쓸한 일이다.

오래된 미래가 던지는 질문

지난 10년간 우리 동시는 그 이전의 동시들과 다른 새로운 '차이'를 만들어 내기 위해 노력했다. 그래서 일정 부분 귀한 성과를 일구어 냈다고 생각한다. 무엇보다 새로운 언어감각과 상상력을 구비하고 동시의 최전선에 뛰어들어 활약했던 많은 시인들에게 박수를 쳐 주고 싶다.

무엇보다 이들 대부분은 우리 동시의 지난 길을 알고 있는 이들이라는 믿음이 내게는 있다. 이들은 윤석중과 이원수를 알고 정지용, 박목월을 알고 백석 동화시와 권태응이 남긴 동요를 모두 알고 있다. 어디 그뿐이랴. 1970년대 이오덕의 비평정신의 핵심이 무엇인지를 알고, 성인 작가 가운데 누구보다 아름다운 동시를 썼던 이문구를 알고, 탄광마을의 임길택을 알고, 농촌 시인 류선열을 알고 일본의 가네코 미스즈(金子みすゞ)의 동시를 알고 그들을 넘어서기 위해 부단한 노력을 기울일 줄 안다. 이들은 앞 세대와 '차이'를 만들어 내기 위해 단지 앞 세대가 남긴 유산들을 간단히 부정하고 넘길 사람들이 아니다. 나는 그런 점에서 지난 10년간 우리 동시단에 새롭게 등장한 시인들을 믿고 존경한다.

그러므로 나는 이들에게 감히 묻고 싶다. 탄광마을 아이들의 팍팍한 삶을 관념이 아닌 아이의 시선과 구체적 서정으로 돌파했던 임길택, 도시화로 허물어져 가는 농촌 공동체의 마지막 기억을 산문체의 동시로 복원하려 애썼던 류선열, 역지사지의 눈으로 자기 둘레의 사물과 이웃의 삶에 예민했던 가네코 미스즈 등이 보여 준 '시대정신'을 지금 시대에 걸맞게 구현하고 있는가? 지난 10년간 우리 동시에 내세울 만한 시대정신은 과연 있었는가?

지나간 구습들과 작별하고 새로운 차이를 만들어 내기 위해 분투했던 결과가 세련된 언어감각과 어른의 감성에 더 어울릴 서정 혹은 아이들의 자잘한 일상을 관찰하는 일에서 크게 벗어나지 못한 것이라면 우리 동시는 다시금 무엇으로 이 시대와 맞설 것인가를 깊이 고민할 시점이 되었다.

변하는 것과 변하지 않는 것

오늘의 동시를 보는 관점에 대하여

반론들

지난 해(2015년) 여름, 나는 『창비어린이』에 최근 동시의 흐름을 비판적인 관점에서 진단해 보자는 취지로 「황금시대는 도래했는가」라는 글을 발표한 바 있다. 10년간 우리 동시는 새로운 시인들의 출현으로 말미암아 새로운 상상력과 언어를 구축하는 데 성과를 거두었음을 밝히면서, 그런 도정에서 우리 동시가 안게 된 한계가 또한 아주 없지는 않았으니 나는 그것을 난해성, 동심주의 시선, 일상성이라는 세 가지 문제로 비판을 해 보았던 것이다.

부족한 내 글에 대해 감사하게도 김이구, 유강희, 이재복 세 분이 고언을 해 주었다. 김이구의 「오늘의 동시를 말한다」(『창비어린이』 2015년 겨울호), 유강희의 「'동시의 시대' 어떻게 열어갈 것인가」(『동시마중』 2016년 1·2월호), 이재복의 「최근 동시논쟁을 읽고」(『어린이와 문학』 2016년 8월호)가 바로 그것이다.

우선 김이구는 지난 10년간의 동시 흐름을 선도하며 그것을 성실하게 살펴 온 비평가답게 내가 제기한 세 가지 문제에 대해 진지한 접근을 시도하고 있다. 그는 난해한 동시들이 안고 있는 문제에 공감을 표하면서 한편으로 난해한 동시가 지닌 의의를 함께 짚으며, 동시에 나타나는 동심주의 시선의 불가피성을 언급한다. 김이구는 일부 난해한 동시들이 난해함 그 자체에 머물고 있는 것은 사실이지만, 일방적으로 어린이 독자들의 감상 수준을 앞세워 난해한 표현의 동시를 모두 문제시하는 것은 문제가 있다고 보았다. 그는 '동시 독자로서의 어린이'의 감상 수준이 때론 어른 독자의 그것을 능가할 수도 있음을 지적하며, 난해하게 보이는 시인들의 작품을 배척만 할 게 아니라 그 속에 담긴 언어의 리듬감과 아름다움, 소재의 감각 등이 갖는 '힘'을 눈여겨볼 필요가 있음을 주장한다. 그는 이어 지난해 사회적 이슈로 떠올랐던 이순영 어린이의 시집 『솔로강아지』(가문비어린이 2015)에 투영된 '어린이의 심리'를 읽어내면서 시인들이 어린이에 대한 이해와 파악에 좀 더 노력해야함을 촉구하며 그런 시인의 자세를 내가 제기한 동심주의 시선과 일상성의 문제를 극복할 하나의 대안으로 제시하였다.

유강희의 글은 최승호의 '말놀이 동시' 이후 최근까지 전개된 동시의 "눈부신 성과"에 대해 적극적인 옹호를 펼치면서 내 글에 가장 신랄하게 비판을 가하고 있다. 그는 우리 동시가 이룩한 최근의 성과들을 "특정 시인의 특정 작품을 한두 편 들어" 범주화하려는 것은 그동안의 동시의 성과를 단지 '새것 강박'으로 몰아 단죄하려는 태도에 불과하다고 지적한다. 또한 그런 태도는 "케케묵은 난해성의 트라우마"를 벗지 못한 채 "지나간 비평의 잣대"를 동원하여 "하루가 다르게 변하고 있는 작품을 재단하려는 모양새"에 지나지 않는다고 주장하고 있다. 그는 내 글이 새로운 작품에 대한 "다양한 해석을 방해할 뿐만 아니라 그 흐름을 왜곡할 우려"가 있다고 비판하였다.

이재복의 글은 난해함의 측면에서 내가 언급한 김륭, 이안의 작품에 대한 자신의 비평적 견해를 밝힌 글이다. 그는 난해한 '은유 기법'을 동원한 작품일지라도 "기계적인 단순 대응"을 하는 데 그친 작품이 있고 "간절한 자기 욕망을 간직하고 있는 아이의 감정선"을 충분히 드러내는 작품도 있음을 주장하며, "풍부한 동시의 세계를 이루어 가는 데, 난해함이란 잣대로"만 작품을 재단한다면 "언어감각이 돋보이는 시들이 사라질 수도 있을 것"이라 우려를 표했다.

다시 '난해성'에 대하여

김이구, 유강희, 이재복의 글이 담고 있는 핵심을 정확히 옮겼는지 장담하기 어렵지만, 내가 파악하기는 대략 앞에 적은 것이 세 분이 발표한 글의 요지가 아닌가 한다. 세 편의 글은 각기 다른 차원과 각도에서 내 글에 대한 의견을 표명하고 있지만, '난해성'과 관련한 부분에서는 세 분이 어느 정도 공통된 의견을 보이고 있는 것 같다. 특히 내가 난해성의 사례로 언급한 김륭, 송진권 등의 작품 평가에 대해서는 세 분 모두 내게 비판적 견해를 갖고 있는 것으로 보인다. 이것은 내가 특정 시인의 한두 작품을 내세워 오늘의 동시가 안고 있는 문제를 거론하려 했기에 생겨난 반응이 아닌가 한다. 유강희는 특정 작품을 "난해성의 함정"으로 몰아 동시 전체가 그로 인해 "독자라는 섬에 닿지 못한 채 좌초된 인상"을 주었다고 비판했지만,[1] 이는 우리 동시가 안고 있는 현상을 진단하기 위해 쓸 수밖에 없던 고육책이었다.

사실 나는 누구의 동시가 무조건 난해하다고 말하기 전에, "풍부한 아우라"까지는 아니더라도 그 작품이 지닌 미덕과 의미를 먼저 살펴려 했다. 나는 내 글의 서두에서 지난 10년간 우리 동시가 거둔 시적 성과를 충분히 언급했을 뿐 아니라 내가 인용한 시들이 갖는 시적 성취를 내 나름대로 언급했다고 생각한다. '그럼에도' 그 시가 동시의 1차 독자인 어린이에게 어떻게 다가갈 것인가를 묻고 싶었던 것이다.

유강희는 그러나 내가 제기한 독자의 문제에 대해 구체적인 답을 내놓기보다 그동안 새로운 "시인들이 동시단에 제출한 문제의식과 그것이 현재 우리 동시단에 어떤 영향을 끼쳤는지 따져 보는 것이 유익"[2]하다는 것만을 역설한다. 이재복 또한 자신의 글에서 내가 난해성의 사례로 언급한 김륭의 작품을 "감각의 논리가 작동한다는 신화적인 언어의 흐름을 느끼는 사람"이라면 "아이의 내밀한 감정선의 변화를 읽어 낼 수도 있을 것"이라 옹호하며 마치 내가 김륭의 작품이 갖고 있는 그런 미덕을 외면하거나 읽어 내지 못한 것처럼 언급하고 있다.[3] 나는 지난 10년간의 새로운 시인들 작품이 무의미하다는 것을 말하고자 한 것이 아니다. 또한 김륭의 동시에서 이재복이 읽어 낸 '감정선의 변화'를 나 자신이 읽어 내기가 어렵다고 말한 것이 아니다. 그런 언어적 표현과 감정선의 변화를 읽어 내는 어린이가 과연 몇이나 될 것인가를 묻고자 한 것이었다.

---

1 유강희 「'동시의 시대' 어떻게 열어갈 것인가」, 『동시마중』 2016년 1·2월호, 152면.
2 같은 글 150면.
3 이재복 「최근 동시논쟁을 읽고」, 『어린이와 문학』 2016년 8월호, 197면.

김이구가 지적한 대로 어린이라고 해서 난해한 동시를 무조건 외면할 것이라 생각하는 것은 어른의 오산이며 난해한 시가 갖는 아름다움과 오묘한 힘이 시를 읽는 기쁨의 조건으로 작용할 수도 있음을 부인하지 않는다. 그의 말대로 시 일부 구절의 해독이 어렵다거나 표현 자체가 상당한 의문을 던진다 해서 그 시를 곧 아이들이 '공유할 만한 세계'가 아니라 단정 짓는 것은 성급한 일일 수도 있다. 그렇다면 그런 난해시에 흥미를 가지는, 그가 상정한 '동시 독자로서의 어린이'란 구체적으로 과연 우리 주변에 얼마나 존재하는 것일까. 난해하게 보이는 시인들의 작품에 담긴 언어의 리듬감과 아름다움, 소재의 감각 등이 갖는 '시의 힘'을 어른 이상으로 눈여겨볼 정도의 능력을 갖추었거나 그런 것에 흥미를 느끼는 경우라면 내 경험으로 판단하기에 그런 어린이는 지극히 소수에 지나지 않을까 한다. 어린이가 가진 생래적 감각과 통찰력을 충분히 감안하더라도 말이다. 시의 창작 과정도 그러하지만 그것을 읽어내는 과정 또한 일정 정도의 언어적 수련을 필요로 하지 않을까. 어른들의 경우에도 난해한 시를 읽는 일에 기쁨을 느끼고 그 오묘함에 반응하는 습관은 하루아침에 저절로 길러지지 않는다.

시의 담론은 그것이 말하고자 하는 것을 '다 말하지 않기 때문에' 특별히 시적 담론이며 말하고자 하는 바를 엉뚱한 것으로 '뒤바꾸어 말하기 때문에' 특별히 시적 담론이다. 이 감추기와 바꾸기, 생략과 응축, 위장과 간접화의 기술을 배제한다면 시의 존재는 결정적으로 훼손된다.[4]

---

4 도정일 「에로스의 독법과 포용의 시학」, 『시인은 숲으로 가지 못한다』, 문학동네 2016, 164면.

이 인용문은 시가 가지는 장르적 특성을 간결하고 명확하게 정리해 놓은 것이다. 동시라고 해서 시가 가지는 이러한 특성을 배제할 까닭은 없다. 우리 동시에서 드러나는 난해성은 어쩌면 '다 말하지 않으려' 하면서 말하려 하고, 말하고자 하는 것을 일부러 '엉뚱한 것으로 뒤바꾸어 말하려' 해서 생겨나는 현상인지도 모른다. 말 그대로 이는 시의 존재성을 성실하게 입증하는 노력의 산물인지도 모른다. 그러나 같은 감추기와 바꾸기, 같은 생략과 응축, 같은 위장과 간접화 기술이라도 시로 들어가는 문과 동시로 들어가는 문은 따로 존재해야 하지 않을까. 어린이 독자를 위해 시의 존재를 훼손하자는 이야기가 아니라 동시로 들어가기 위해 시에서는 고려하지 않아도 되었던 '굴신(屈身)하는 지혜'가 따로 필요하지 않겠는가 하는 것이다.

늘
강아지 만지고
손을 씻었다

내일부터는
손을 씻고
강아지를 만져야지
— 함민복 「반성」 전문(백창우 외 『날아라, 교실』, 사계절 2015)

이 시를 난해하다고 보는 이는 없을 것이다. 쉽고 명징하게 읽히는 시다. 그렇다고 해서 이 시가 감추기와 바꾸기, 생략과 응축, 위장과 간접화 기술을 전혀 쓰지 않은 시라 말할 수 있을까. 이 시는 오히려 그러한 기술을 총동원한 시라 할 수 있다. 무심한 듯 보이는 어린 시적 화자의 말이 우리에게 하나의 울림을 주는 것은 그러한 기술이 겉으로 드러나지 않고 마치 어린이 일상 한 귀퉁이의 말을 그대로 베껴 온 듯 감추어져 있기 때문이다. 단지 시의 존재성을 입증하는 기술만이 아니라 동시로 들어가기 위해 몸을 구부리는 기술을 유감없이 보여 준다. 이처럼 우리 동시는 시와는 다른 감추기와 바꾸기, 생략과 응축, 위장과 간접화 기술이 필요한 것이 아닐까.

내가 지난 10년간의 우리 동시 흐름에서 굳이 난해성을 한계로 지적한 것은 사실상 난해함을 가진 몇몇 작품의 출현 자체를 문제 삼으려는 것이 아니었다. 변화나 차이를 모토로 하여 그러한 작품들만을 동시의 새로운 전범으로 추켜세우며 점차 그것을 특권화하려는 경향이 굳어져 가는 것에 대한 경계며 우려였다. 10년 전 동시의 분기점이 되었던 최승호의 '말놀이 동시'를 돌아보더라도 그 기저에는 분명히 구체적인 어린이 독자가 존재했다. 다시 반복하거니와 최승호의 말놀이 동시는 어른들의 엄숙주의가 빼앗아 갔던 시를 어린이의 품으로 되돌려 놓으려는 새로운 시도였다고 생각한다. 그러나 아무리 양보를 하더라도 지난 10년간의 동시는 "어른 시인들의 동시에 대한 동경과 창작 역량"을 보여 주는 데는 성공했을지언정 "어린이 현실과 어린이 독자에게 밀착한 주체로 뿌리내리"지는 못한 것 같다.[5]

아무리 새로운 언어감각, 아무리 새로운 시적 사유라도 그것은 결국 어린이가 즐겨 읽는 '동시'로 온전히 수렴되는 것이어야 하지 않을까.

5 김이구 「'동시의 시대' 어떻게 열어갈 것인가」, 『해묵은 동시를 던져 버리자』, 창비 2014, 155면.

아무리 "인간 이해가 이성적 주체에서 미학적인 인간으로 옮겨 가는"[6] 시대가 되었더라도 그 근본적인 조건만큼은 결코 변할 수 없는 것이라 생각한다. 나는 이런 견지에서 어린이 독자의 호응이 있고서야 동시의 부흥이 온전한 의미를 갖지 않겠는가를 질문한 것이다.

'시대정신'이라는 말의 의미

내 글을 "비평적 모험이 없는 협소한 비평"으로 몰아붙이는 유강희는 "기존의 좁은 의미의 현실주의 문학, 다시 말해 엄숙주의와 계몽적 시선으로는 지금의 새로운 감각으로 호흡하는(무장한) 동시를 제대로 짚어 내기(읽어 내기는) 어려울 것으로 보"인다며 내가 마치 '해묵은 현실주의' 관점을 되풀이한 것처럼 말하고 있다.[7]

이런 우려와 비판에는 오랫동안 우리 동시단을 지배했던 엄숙주의와 계몽적 시선에 대한 경계심이 드러나 있다. 물론 그러한 경계심을 전혀 이해 못 할 바는 아니다. 이른바 '시대현실'을 앞세우며 거꾸로 동시의 내용이나 형식의 진전을 가로막는 완고함, 어린이가 읽는 시를 억압적 현실에서 해방시키기보다 오히려 그것에 구속시키고자 하는 보수주의 태도는 분명 경계해야 마땅하다. 우리 동시가 "전 시대에 비해 훨씬 다양하고 풍성한 언어의 풍경을 확보"[8]할 수 있었던 것은 그런 전 시대의 보수주의가 쌓아 놓은 구태의연한 '언어와 상상력'에 반기를 들었기 때

---

6 유강희, 앞의 글 155면.
7 같은 글 156면.
8 이안 「날아라, 동시」, 백창우 외 『날아라, 교실』 해설, 사계절 2015, 99면.

문이다.

   인식을 밀고 나가는 것은 언어를 밀고 나가는 것이며, 그렇게 밀고 나간 언어는 우리를 또 다른 인식의 세계로 이끌어 간다. 감각과 인식의 갱신 없이 언어의 갱신은 불가능하며, 이 세계의 갱신도 불가능하다.[9]

   이안은 지난해 말 출간된 '제1회 전국동시인대회 기념 동시집' 해설에서 위와 같은 말을 하고 있다. 시인은 감각과 인식의 갱신으로 언어의 갱신을 실천하며, 그 언어는 결국 세계를 갱신하는 데 이바지한다는 말이다. 그러기에 시인은 "이제까지와 다르게 생각하고 말하는 것에서 시작"해야 한다고 그는 말한다. 즉 "일상의 언어에 조금의 커브를 줄 때, 우리는 이제까지와는 다른 인식의 징검돌 위에서 이 세계를 바라볼 수 있다"는 것이다.[10] 이안의 이 말 속에는 지난 10년간 새로운 동시들이 추구한 바가 잘 집약되어 있다. 말하자면 지난 10년간의 동시는 '세계의 갱신'을 위해 새로운 시인들이 '감각과 언어를 갱신'하려 노력한 데서 얻어진 결과물이라 할 수 있다. 그런데 이 갱신론의 의미를 곰곰 따져 보면 그것은 결국 좋은 시가 갖추어야 할 기본 요건을 다시 강조하고 있는 것에 다름 아니다.
   새로운 시선으로 사물을 인식하고 그것을 새로운 언어로 표현할 수 있을 때만이 진정으로 새로운 시(세계)가 태어난다는, 시 쓰기에 관한 하나의 원론처럼 생각되는 이 말이 우리 동시인들에게 아직도 하나의 모토가 되는 것은 무엇 때문인가. 그것은 아무래도 오랫동안 구태의연

9 같은 글 103면.
10 같은 글 101면.

한 언어와 상상력에만 의지해 온 동시 문단의 패착에 책임이 있을 것이다. 몇몇 시인들을 제외하고는 실상 과거 우리의 동시는 감각과 언어의 갱신이라는 기본적인 시의 실천조차 제대로 해내지 못한 측면이 있으며, 결국 지난 10년간 우리 동시가 새로운 상상력과 언어를 구축하기 위해 노력한 것은 바로 그런 한계를 불식하고 시가 지녀야 할 '기본과 상식의 회복'을 도모하기 위한 도정이었다고 보아야 옳다.

지난 10년간 우리 동시는 전 시대와 비교했을 때 그러한 한계를 극복한 부분이 있다. 그렇다면 새로운 동시는 이제 그러한 상식의 회복 혹은 실천을 발판으로 한 발 더 성큼 나아가야 하지 않을까. 내가 언급한 '시대정신'이란 말하자면 '상식의 회복 이후' 시인들이 탐색해야 할 그 지점이 어디인지를 묻고자 꺼낸 말이었다. 내가 김륭의 동시를 두고 "새롭고 모험적인 언어와 상상력에 비해 그가 그려 내는 시적 소재들이 다소 틀에 갇히고 한정적인 인상"을 준다고 평가하며 그것을 감히 '일상 안에 갇힌 동시'라고 규정한 것도 바로 그 때문이다.[11] 그럼 최근 나온 동시나 그것을 보는 비평적 관점은 어떠한가. 단적인 예를 두 가지만 들기로 하자.

거미가 거미줄 쳐 놓고
십 리 밖 먼 길
나들이 갔다

나비야, 이 쪽지 읽어 봐

---

11 졸고 「황금시대는 도래했는가」, 『창비어린이』 2015년 여름호 156면; 이 책 28면.

내가 새집을 지었어

이따 내가 없더라도 그냥 돌아가지 마

네가 이 집을 흔들어

신호를 보내면

금방 돌아올게

밝은 촛불

반짝이는 나이프와 포크

너를 돌돌 말아

식탁에 앉힐게

우리에게 멋진 저녁이 되지 않겠니?

──송찬호 「거미줄」 전문(백창우 외 『날아라, 교실』)

「거미줄」은 동시의 자격을 충분히 갖춘 재미있는 시다. 의인화 수법을 차용한 이 작품에서 돋보이는 것은 음흉한 속내를 가진 거미의 의뭉스러운 말법이다. 이런 말법을 어린이 독자들은 충분히 눈치채고도 남는다. 나비에게 건네는 거미의 '속말'은 '내 집을 건드려 봐. 당장 달려 나와 너를 잡아먹고 말 거야'다. 하지만 모든 유혹의 말이 그러하듯 그것을 포장한 '겉말'은 부드럽고 달콤하다. 겉말과 속말에서 오는 이 차이가 이 시에서 일종의 재미를 불러일으킨다. 그런 설정은 우리 아동문학에서 새로운 것이라기보다 익숙한 것이다. 시에 나오는 거미 같은 저 음흉한 캐릭터는 옛 어린이가 부르는 노래와 이야기 도처에서 출몰하였다. 날아다니는 잠자리를 부르면서 "이리 오면 살고/저리 가면 죽는다"라고 눙치는 아이 화자를 저 시에 나오는 거미와 어찌 무관한 존재라 할 수 있으랴.

그렇다고 해서 이 시를 낡은 것이라 치부할 수는 없다. 캐릭터의 성격이 문제가 아니라 그 캐릭터를 어떤 장면으로 어떤 언어로 새롭게 그려 냈는가가 문제다. 시인은 거미가 "십 리 밖 먼 길/나들이 갔다"라고 과장되게 능청으로써 독자들을 시 안으로 새롭게 끌어들인다. 이어 나비에게 건네는 '쪽지'에 적힌 나긋나긋한 말투와 일상의 거미줄에서는 연상할 수 없는 '촛불, 나이프와 포크, 식탁' 같은 소도구를 배치해 이야기를 흥미롭게 꾸밈으로써 독자를 시 안으로 한 발자국 더 깊숙이 끌어당긴다.

그런데 이 시에 대해 이안은 "이제까지의 거미, 거미줄을 소개로 한 동시와는 너무도 달라, 마치 '삶은 계란의 껍질이/벗겨지듯/묵은 사랑이/벗겨'지는 모습"을 보여 주고 있다며, 이 시를 "생태 윤리를 벗어나 약자에 대한 연민을 하나도 남김없이 걷어 낸", 이른바 "인간의 몸과 언어를 벗고 순전히 거미의 몸과 언어를 입고 있"는 시라 칭한다.[12] 이런 비평적 발언을 어떻게 보아야 할까. 이것은 언어의 갱신을 지나치게 세계의 갱신으로 연결 지으려는 데서 나온 언사라 생각한다. '인간의 몸'을 벗고 '거미의 몸'을 입었다는 말은 비유로서 충분히 이해되지만, '인간의 언어'를 벗고 '거미의 언어'를 입었다는 말은 무슨 말일까. 그것은 아동문학에서 흔히 다루어지는 의인화 수법을 너무 비약해 확대해석한 것이 아닌가. 이는 감각과 언어의 갱신이 곧 세계를 갱신한다는 의미를 강조하려 한 나머지 쉽고 자연스럽게 읽어도 되는 시에 너무 과도한 의미를 부여한 경우라 생각한다.

---

12 이안, 앞의 글 105~106면.

넘어오지 마 이 선
넘어오면 다 내 꺼
샤프 볼펜 지우개 수첩
하나라도 넘어오면 다 내 꺼

왜 이렇게 야박해
뭣 땜에 날 미워해
화난 게 있으면 얘기해 내게
꼬인 우리 사이 다 풀어 줄게

다 필요 없고 알 거 없고
너란 애는 지겨워 제발 저리 고고
어? 샤프가 넘어왔네 내 꺼
지우개가 넘어왔네 내 꺼

잠깐만 아니 잠깐만
샤프 볼펜 수첩 다 줄게
부탁이야 돌려줘 지우개
우리 사이 가른 선 지우게
　　　　──신민규 「넘어선, 안 될 선」 부분(장철문 외 『전봇대는 혼자다』, 사계절 2015)

　이 작품은 어린이에게도 친근한 이른바 랩(rap) 형식을 차용하고 있
다. 지난 10년간 등장한 신인들 가운데 가장 젊은 축에 속하는 시인답게

이 시인은 '랩 세대'의 언어감각에 민감하다. 이안의 표현대로 "랩 세대에 의한 랩 동시가 비로소 나"[13]온 셈인데, 나 또한 여러 신인들 가운데 그에 대해 거는 기대가 적지 않다. 그러나 비로소 랩 세대에 의해 나온 이 랩 형식의 동시를 두고서는 아쉬움이 느껴진다.

이 시 역시 어린이의 일상을 소재로 삼고 있어 어린이 독자에게 다가가기 쉬운 조건을 갖추고 있지만, 그것을 제외하고 보면 현실에서의 시원한 탈출보다는 자잘한 일상에 구속된 느낌이 여전하다. 시는 교실 안에서 벌어지는 아이들끼리의 사소하면서도 일상적인 '아웅다웅'을 다루다가 결국 화해로 훈훈하게 마무리되는바, 이는 언어의 갱신일 뿐 결국 세계의 갱신에는 이르지 못한 시가 아닌가 한다. 그의 랩 형식 안에는 현실의 '넘어선, 안 될 선'을 넘어서려는 시적 화자의 반항기나 "내면의 일그러진 상태와 아픔"[14]이 좀 더 실려야 하지 않을까. 말하자면 그의 랩 동시는 참신한 언어의 감각만큼 좀 더 날카롭고 불편한 지점을 건드리는 시여도 좋을 것이다.

시인은 세계와 직접 싸우는 것이 아니라 낡고 완고한 기존의 언어질서와 싸움으로써 세계를 바꾸어 나간다. 이것을 모르는 바가 아니다. 그러나 지난 10년간의 동시가 보여 준 새로운 상상력과 언어의 모험이 실제 어린이가 겪고 있는 현실과 어떻게 마주치고 또한 그것에 균열을 냈는지도 한 번쯤 따져 봐야 하지 않을까. 감각과 언어의 갱신에 자족할 것이 아니라 그 성과가 과연 어린이 현실을 추수하고 소비하는 데 안주하고만 있는지 혹은 그것을 갱신하고 있는지를 좀 더 냉철히 살펴봐야

---

13 이안 「전봇대는 혼자가 아니야」, 장철문 외 『전봇대는 혼자다』 해설, 사계절 2015, 116면.
14 김이구 「오늘의 우리 동시를 말한다」, 『창비어린이』 2015년 겨울호, 133면.

할 것이다.

동시 생태계의 균형을 위하여

김이구는 우리 동시를 살피는 자리에서 '동시의 생태계'라는 흥미로운 말을 쓴 적이 있다.[15] 지금 우리의 동시 생태계는 어떠한가? 그것을 한마디로 단언할 수는 없다. 보기에 따라서 우리 동시는 유사 이래 가장 풍요로운 시기를 보내고 있는지도 모른다. 출판계의 불황이 거듭되고 있는 시기에도 1년 남짓한 기간에 출판사 한 곳에서만 십수 권이 넘는 동시집을 출간하는 경우가 있는가 하면, 새로이 동시집 시리즈를 기획하는 출판사도 하나둘 늘고 있다. 동시집을 찾는 일정 수준의 어른 독자층이 형성된 것도 지난 10년간 동시의 흐름에서 생겨난 현상이다. 성인시 잡지 수와는 비교할 수 없지만, 동시 잡지 『동시마중』은 여전히 제소임을 다하는 중이고, 한 지면을 동시에 할애하는 성인문학지도 생겨나고 있다. 지난 10년간 나온 동시들에 곡을 붙인 노래도 음반으로 곧 선을 보일 예정이다. 동시집은 화려해졌기보다 고급스러워졌으며 일러스트레이션 또한 상당한 수준이다. 무엇보다 고무적인 것은 좋은 동시집이 꾸준히 나오고 있다는 점이다. 지난해 초부터 올가을까지 출간된 동시집들만 일별해도 일률적인 평가를 내릴 수 없을 정도로 다채롭다.

그 시집들 중심에 서 있는 것은 역시 지난 10년간 우리 동시에 새로운 흐름을 가져온 성인문단의 시인 ── 안도현, 최승호, 김륭, 이정록, 김

---

15 김이구「동시의 생태계, 동시의 희망」,『창비어린이』 2014년 봄호, 112면.

용택, 함기석, 유강희, 이안, 김기택, 박성우, 이장근 ─ 들과 신인으로 출발했던 시인 ─ 김개미, 주미경, 장동이, 문현식, 임복순 ─ 들이다. 이들이 엮은 시집 가운데 꽤 인상적인 시집들이 적지 않다. 유강희의 말대로 이들 시집들이 제출한 문제의식과 그것이 어떤 영향을 끼칠 것인지를 따져 보는 것은 비평적으로 매우 유익한 일일 것이다.

이 글은 나에게 제기한 반론에 대한 의견을 말하느라 정작 최근 동시의 성과를 꼼꼼히 살피지 못했다. 동시들을 제어하는 제반 요인 가운데 지극히 일부분인 어린이 독자의 문제, 동시를 쓰는 일부 성인시인의 문제에만 국한하여 주로 논의를 전개한 아쉬움이 있다. 물론 그것이 무엇보다 동시 생태계의 균형을 위해 살펴야 할 중요한 문제라는 생각에는 변함이 없다. 앞으로는 좀 더 다양하고 구체적인 작품에 대한 논의를 펼쳐 볼 심산이다.

'동'과 '시'의 접점 찾기

확장인가 일탈인가

2015년 나는 「황금시대는 도래했는가」라는 제목으로 2007년 이후 전개된 동시단의 흐름에 대해 언급한 적이 있다. 최승호의 '말놀이 동시집' 시리즈 출간 이후 확장된 동시단의 변화를 긍정적으로 평가하면서 한편으로 그 과정에서 노출된 몇 가지 문제점을 제기해 보았던 것이다. 10년간 동시단에 불어닥친 변화는 새로운 언어와 상상력이라는 성과를 안겨다 주었지만 한편으로 난해성이라는 문제와 동심주의 태도, 일상성이라는 한계를 노출하게 되었다는 것이 그 글의 요지였다. 어느 정도 예상은 했지만 몇 분이 날카로운 반론을 제기해 주었고, 나 또한 그 반론들에 대해 「변하는 것과 변하지 않는 것」이라는 글로 재차 의견을 표명한 바 있다. 이후 논쟁이 지속되기를 바라는 마음이 간절했으나 아쉽게도 후속 논의가 더는 이어지지 않았다.

지금(2019년) 시점에서 돌이켜 보자면 내 글의 내용 가운데 주된 논점이 되었던 것은 '난해성'이라는 문제였다. 내가 난해성이라는 말을 꺼내게 된 것은 동시가 태생적으로 지니게 되는 '제약 조건'을 새삼 상기시키려 했기 때문이었다. 동시가 갖는 제약 조건이란 뻔하다. 동시는 '어른이 아이들을 위해, 아이들에게 읽히기 위해 쓰는 것'이므로 언어 표현에서 아이들의 눈높이를 고려하자는 것이었다. 눈부신 상상력과 재기 발랄한 언어감각으로 과거와는 전연 다른 모습을 보이는 새로운 동시들이 반가운 한편으로 그 동시의 주된 독자여야 할 아이를 어느 위치에 세워야 할 것인지 나는 내심 갈피가 잡히지 않았던 것이다. 말하자면 동시단에 새롭게 일었던 언어의 새로움은 마치 내겐 양날의 칼처럼 인식되었다. 그것은 동시의 경계를 무한 확장시키는 힘으로 작용할 것 같으면서도 동시라는 장르를 부정하고 무화시키는 결과를 불러오지 않을까 그런 우려를 들게 했던 것이다.

한 문학 장르가 오랜 명맥을 유지해 오다 어떤 일을 계기로 소멸이나 해체의 수순을 밟는 것은 종종 있는 일이다. 동시라는 장르 또한 그런 운명이 닥친다면 그것을 무조건 거부할 수만은 없을 것이다. 그런데 동시에서만큼은 전통적인 독자로서의 '어린이'가 '시'와 계속해서 양립할 수 있기를 나는 바랐다. 한때 아동문학의 중심이었다가 변방으로 전락한 동시가 다시 아동문학의 중심으로 귀환하여 자신의 위상을 확고히 하길 바라는 조바심 같은 것이 작용해서랄까. 그런데 독자에 대한 배려 없이 '시적인 것'을 강조할수록 '어린이'와 '시'는 합일을 이루기보다 서로 충돌하고 대립하는 관계로 악화될 것만 같은 생각이 들었다. 말하자면 내 글의 의도는 '동(童)'과 '시(詩)'의 합일 지점을 과연 어디서 어떻게 찾아낼지를 함께 모색하자는 데 있었다.

그런데 새삼 그때 일을 지금에 와서 돌이켜 보면 그것이 괜한 노파심에서 비롯된 행위가 아니었는지를 반성하게 된다. 물론 이 말은 새로운 상상력과 언어 표현에 대해 내가 제기했던 '난해성' 시비가 온전히 해소되었음을 의미하는 것은 아니다. 2010년을 전후로 동시단에 새롭게 대두된 언어들을 두고 여전히 대립적인 관점이 존재한다. 그것을 '동시의 확장'으로 보는 견해와 '동시의 일탈'로 보는 견해가 여전히 충돌하고 있는 것이다. 나는 이 자리에서 새삼스레 어느 쪽이 옳다는 주장을 하지 않으려 한다. 새로운 시인들의 말법이 일탈인가 확장인가 하는 이 분법은 오늘의 동시의 모습을 진단하는 데 더 이상 유효한 잣대가 될 수 없다고 생각하기 때문이다. 난해함이라는 프레임으로 오늘의 동시를 비추어 보는 것은 이제 얼마간 상투적인 일이 되지 않았나 싶다. 동시가 숙명처럼 가져야 하는 제약 조건을 염두에 두면서도 난해함이라는 용어만으로는 설명되지 않는 오늘의 동시에 대해서 우리는 뭔가 새로운 말을 할 수 있어야 하지 않을까?

동시의 제약 조건과 시인의 임무

오늘의 동시에 대해 뭔가를 말할 수 있으려면, 그러니까 그것을 규정하던 '난해의 프레임'을 벗고 오늘의 동시를 관찰할 수 있으려면 먼저 우리는 '동(童)'과 '시(詩)'를 대립적인 관점으로만 보려고 할 것이 아니라 새로운 '시'가 '동'을 어떻게 새롭게 마주하고 그에 대처하려 했는지를 우선 살펴볼 필요가 있다. 여기서 동은 시의 독자로서의 동만을 의미하는 것이 아니라 시가 다루려는 동까지를 모두 포함한다. 결론부터 말한다면 새로운 시인들은 이미 누군가 규정해 놓은 '동'과 '시'를 그대로 수용하려는 사람들이 아니라 그 규정에 대해 고개를 갸웃거리고 의문을 제기하려는 사람들이었다. 김수영은 시인을 일컬어 "밤낮으로 달아나려고 하는 사람"으로 명명한 적이 있거니와, 이들이야말로 정체된 동시단에서 안주하기를 거부하고 자꾸만 어디론가 달아나려고 한 사람들이다.

생각해 보면 '동시'만큼 엄격한 규정 아래 놓였던 장르도 없다. 누군가는 '동'을 규정하면서 '시'를 기정사실화하려 했고, 누군가는 '시'를 규정하면서 '동'을 기정사실화하려 했다. '동시가 무엇이다' 하고 규정하는 일을 동시가 망하는 길이라 생각하지 않고 오히려 필요한 일로, 당연한 일로 여겼던 것이다. 그러나 '동은 이것이다'는 단언이 진정한 동을 가리고, 동시는 으레 이러이러해야만 한다는 규정이 실은 동시의 패착을 불러온 원인은 아니었을까? 새로운 시인들은 그렇게 이미 '기정사실화'되었거나, '공식화'되어 버린 동시를 위반하는 것이야말로 진정한 동시를 탄생시키는 지름길이라고 믿었다. 그들에게 공적이 있다면 그렇게 믿었던 바로 그 태도에 있다.

2007년 이후 우리 동시의 비약을 가능케 했던 출발점을 굳이 최승호의 '말놀이 동시'에서 잡고자 하는 것도 이 때문이다. 누군가가 이미 규정해 놓은 관점에서 그의 동시를 평가하려 했을 때 그의 말놀이 동시는 어쩌면 허무맹랑한 말장난에 더 가까웠을지 모른다. 실제로 그의 말놀이 동시를 처음 보고 박한 평가를 내렸던 평자들이 많았다. 그의 말놀이 동시가 이미 구전동요에 있던 것을 흉내 낸 것에 불과하다는 평에서부터 대중 기호에 영합하여 장삿속으로 만들어 낸 기획 상품에 가깝다는 평가까지 혹독한 비판과 의심이 이어졌다. 이미 규정된 동시의 미학적 관점에서 보았을 때는 어디까지나 그렇게 보이는 것이 당연했을지 모른다.

그러나 시인의 관심이 그 규정된 미학을 따르는 데 있기는커녕 온몸으로 거부하는 데 있었음으로 그에 대한 세간의 평가는 오히려 그가 의도했던 소기의 목적을 온전히 달성한 것을 알리는 신호였다. 그가 펼친 말의 유희는 오래된 과거의 답습이 아니라 과거부터 오늘까지 이어져 기정사실화된 동시들과 단절하기 위한 몸짓이었다고 해도 과언이 아니기 때문이다. '재미'보다 '의미'를 중시했던, 독자에게 해방감을 느끼게 하기보다 따분함과 식상함을 안겨 주었던 저 과거의 동시들에서 그는 과감한 탈주를 하도록 독자들을 부추긴 시인이 되었다. 그의 말놀이 동시는 '의미'에 가려졌던 '말의 소리'를 전면에 부각시킨 동시라는 점에서도 획기적이었거니와, 이른바 '유희 세계'라는 부정적 낙인으로 유폐되어 있어야만 했던 '유년'을 다시 시 안으로 불러들인 작품이었다는 점에서도 새로운 의미를 지니는 것이었다. 그가 구현한 말놀이 동시는 새로운 동시관을 우리에게 제시했을 뿐 아니라 그것을 향유할 '아동상'을 재발견하고 재호명한 시라고 해도 과언이 아니다.

그러나 2007년 이후 우리 동시가 도약에 가까운 면모를 보인 것은 단지 최승호 때문만은 아니었다. 2007년 이후 우리 동시가 어떤 가능성으로 충만할 수 있던 것은 최승호의 말놀이 동시만을 새로이 기정사실화하는 데서 그치지 않았다는 바로 그 점에 있을지 모른다. 최승호 이후 누군가는 최승호를 답습했을지 모르지만, 모든 시인이 다 그런 것은 아니었다. 말놀이 동시로 우리 동시의 급소를 찌른 최승호가 하나의 시초였다면 그것을 발화점으로 하여 이전에 없던 동시를 쓰려는 시인들이 연이어 나타났다. 그 첫 자리에 김륭이라는 시인을 놓을 수 있다고 생각한다. 김륭은 과연 우리 동시가 구축해 놓은 어떤 기정사실로부터 달아나려 했던가?

1960년대 대두된 자유시운동에서 빚어진 이른바 '난해시'에 대한 반작용으로 동시의 주 독자인 아동의 눈높이를 고려해야 한다는 움직임이 1970년을 전후해 우리 동시단에 일기 시작했다. 가령 이오덕은 1970년대 중반에 쓰인 「동시란 무엇인가」에서 동시의 형식적 조건으로 "① 될 수 있는 대로 쉬운 말을 쓰고, ② 지나친 생략이나 비약적 표현을 피해야 하며, ③ 은유법 같은 것도 지나친 것을 쓰지 않도록 할 것"을 주문한다.[1] 이오덕만큼 동시에서 '시'로서 가져야 하는 품격을 중요하게 생각한 이도 드물지만, 그는 아동 독자의 이해를 위해서는 "시에 다소 손상이 가"더라도 아이들의 눈높이를 우선하는 것이 옳다고까지 말했던 것이다.[2] 이오덕의 이런 주문은 사실상 진정으로 좋은 시를 바라는 마음의 표현에 다름 아니었다. 그것은 시를 빙자하여 공허한 표현과 내용 없는 기교로 일관하는 사이비 시들을 공박하기 위한 포석에서 나온 발언으로, 독자에게 쉽게 읽히도록 쓰는 것이야말로 얼마나 어려운 시의 기술인지를 강조하기 위해 꺼낸 말이다.

동시인으로서 가져야 하는 일종의 책무이자 차원 높은 시적 기교라도 해도 좋을 동시의 이런 제약 조건은 그러나 한편으로 동시인들의 나태와 무능을 가리는 방편으로 악용된 감도 없지 않다. 시란 무언가를 노

---

1 이오덕 「동시란 무엇인가」, 『시정신과 유희정신』, 창작과비평사 1977, 221면.(이 글은 본디 『창작과비평』 1974년 겨울호에 발표되었으나 1977년 평론집 『시정신과 유희정신』에 수록되며 내용이 조금 수정되었다. 여기에 인용되는 말은 평론집에 수록된 내용에서 가져온 것이다.)
2 같은 글 221면.

골적으로 드러내기보다 잘 생략하고 감춤으로써 그것을 더 인상적으로 드러내는 장르임에도, 그저 평이한 언어를 긴장감 없이 구사하고 나열하는 것만이 동시의 전부인 양 여기기도 했던 것이다. 무미하고 천편일률적인 동시가 그런 게으름 속에서 양산되었다. 김륭은 그 나태를 '할머니의 빨강 내복' 같은 상상력의 시라 경원시했는바, 이는 아이들의 눈높이를 빙자하여 자신의 졸렬함을 가리는 데만 급급한 시인들을 향한 조롱 섞인 풍자였다.

김륭의 문체는 무언가를 잘 생략하고 감추어서 일구어 낸 결과물이다. 그의 동시에 등장하는 존재들은 대개 외롭거나 슬프다고 말할 수밖에 없는 존재들임에도 자신의 감정을 있는 그대로 직설적으로 말하지 않는다. 그는 겉으로 말해지는 화자의 어조 뒤에 또 다른 내면의 목소리를 숨겨 놓는다. 그는 공허한 내용과 빈약한 자신의 상상력을 가리기 위해 비유를 쓰는 것이 아니라 자신이 보여 주고 싶은 절실함을 결과적으로는 더 잘 드러내기 위해 비유를 쓴다. 잘 드러내기 위해 잘 감추고자 하는 그의 시법은 동어반복이라는 1차원적 궤도를 맴돌던 동시에 충격파를 던졌다. 우리 동시에 적합하다는 비유와 적정하다고 생각했던 언어를 넘어서 그는 어쩌면 동시가 가 볼 수 있는 최대치까지 가 보려고 했을 것이다.

김륭이 우리에게 선보인 지금까지의 작업이 우리 동시가 거둔 최고의 성과라고 무작정 추켜세우기는 어려울 것이다. 그가 시도한 비유라 해서 모두 성공을 거둔 것은 아니며, 10여 년 가까운 시간이 지나면서 그 또한 자기 복제나 자기 모방의 함정에 빠진 혐의가 아주 없지는 않기 때문이다. 그러나 그의 시적 태도로 말미암아 우리 동시의 경계가 넓어진 것은 분명한 일이며, 그렇게 넓어진 마당에서 또 다른 시인들이 각자의 시 세계를 새로이 도모할 수 있었던 것 또한 움직일 수 없는 사실이 아닌가 한다.

'시'와 '동'이 만나는 접점

다시 반복하거니와 김륭은 앞 세대들이 추구해 온 장르적 관습과는 다른 독창적인 비유와 진술 방식을 채택함으로써 우리 동시의 경계를 확장하는 데 기여했다. 그러나 그것을 빌미로 그를 다만 난해함의 프레임에만 가두려는 것은 문제가 있다. 그는 어른 본위의 호사 취미나 공허한 관념의 세계에는 별 관심이 없는 시인이다. 김륭 특유의 비유와 난해한 시적 진술을 걷어 내고 보면 대신 그 자리에는 현실 세계에서 천덕꾸러기 신세를 면치 못하는 아이들에 대한 옹호와 응원의 시선이 잠복해 있음을 발견하게 된다. 한마디로 그의 동시는 '시'를 살리기 위해 '동'을 멀리한 시가 아니다. 그의 동시야말로 아이들이 직면한 현실을 또렷하게 환기하고 풍자하는 시이며, 그를 통해 궁극적으로는 아이들에게 해방감을 안겨 주려는 시다. 어떤 의미에서 김륭이야말로 2000년대에 어울리는 "생활자로서 아동의 세계를 파악하고 있는, 생활자로서의 아동이 느낄 수 있는 감정과 생각"[3]에 부합하는 시를 제출한 시인에 가까웠던 것이다.

2007년 이후 우리 동시단에 일게 된 변화 양상이 새로운 언어감각과 발상으로 우리 동시단에 새로운 자극제가 되었던 것은 사실이지만, 진

---

3 이오덕, 앞의 글 224면.

정성의 측면에서 일정한 한계가 있다고 비판을 받았던 것도 사실이다. 저 1960년대 본격 동시를 부르짖었던 시인들이 '동'을 잃고 결국 '난해 동시'라는 막다른 골목에 봉착했듯이 2007년 이후 등장한 시인들 또한 언어를 앞세우며 동시에서 '동'을 실종시키려 하고 있다는 우려를 낳았 던 것이다. '동'을 함께 도모하지 않고 '언어'에만 치중해 있다는 비판 은 일면 진실일지 모르나 그 전부는 아니다. 2007년 이후의 새로운 동 시들은 '동'을 외면한 것이 아니라 어떤 방식으로든 그 '동'과 접속하려 했다. 앞서 살펴본 최승호가 언어 연상에 따른 말의 재미를 통해 유년 들과 소통하려 했듯이, 김륭이 난해한 비유와 어법을 구사하여 궁극적 으로는 어린이가 겪는 현실을 더욱 선명하게 보여 주려 했듯이, 많은 시 인들이 자신만의 방식으로 동시 안에서 '동'과 '시'의 접점을 찾기 위해 노력했던 것이다.

'시'와 '동'이 만나는 그 새로운 접점 찾기의 사례로 송찬호, 함민복, 김개미의 동시를 예로 더 들어 볼까 한다.

산토끼가 똥을
누고 간 후에

혼자 남은 산토끼 똥은
그 까만 눈을
말똥말똥하게 뜨고
깊은 생각에 빠졌다

지금 토끼는

어느 산을 넘고 있을까?

　　　　—송찬호「산토끼 똥」전문(『고양이가 돌아오는 저녁』, 문학과지성사 2009)

　널리 알려진 대로 송찬호의 이 작품은 그의 동시집이 아니라 시집에
수록된 것이다. 같은 시집에 수록된「기린」과 함께 이 작품은 '동시인
송찬호'의 출현을 예고한 작품으로 알려져 있다. 이 작품은 시집에 엮였
지만 동시로 읽어도 전혀 손색이 없다.

　송찬호가 이 작품에서 활용하고 있는 것은 이른바 '동화적 상상력'
이다. 이는 그가 본디부터 지향해 온 시 쓰기 방식이자 세계관이라고도
할 수 있다. 산토끼 똥에 '까만 눈' 하나를 달아 줌으로 해서 그 무생물
은 "말똥말똥" "깊은 생각에 빠"지는 존재가 된다. 이 시는 동화적 상상
력을 장착한 채, 하찮게 인식되는 사물을 "세계를 살아가는 의식 있는
존재로 바라보"4게 함으로써 우리에게 웅숭깊은 무언가를 던진다.『고
양이가 돌아오는 저녁』에 해설을 쓴 신범순은 그 시집을 동화적 상상력
에 바탕을 둔 책이라 명명했거니와,5 이 작품 이후 나온 송찬호의 동시
들 역시 그러한 창작 방법과 세계관에 입각하여 쓰였다. 시인 자신의 말
처럼 그는 "동일한 광석에서 시도 떼어 내고 동시도 떼어"6 내는 시인
이다. 그는 동시라 해서 자신의 시가 갖지 못한 특별한 무엇인가를 따로
구비해야 한다는 강박을 가지고 있지 않다.

---

4 신범순「고양이의 철학 동화」, 송찬호『고양이가 돌아오는 저녁』해설, 문학과지성사
　2009, 110면.
5 같은 글 103~31면.
6 창비어린이 편집실「인터뷰:『초록 토끼를 만났다』의 시인, 송찬호를 만나다」,『창비
　어린이』2017년 겨울호, 75면.

일찍이 이오덕은 가장 바람직한 동시의 조건으로 "시인이 어린이가 된 상태에서 벗어나 자기 자신의 세계관을 확보해야 한다는 것"과 "시인이 아동을 이해하고 아동의 세계를 깊이 파악해야 한다는 것"을 든 적이 있다.[7] 말하자면 이 작품은 그러한 두 가지 조건이 두루 충족된 시라 할 수 있지 않을까. 이렇게 하나의 작품이 한 편의 훌륭한 시로도 읽히고 또 한 편의 훌륭한 동시로도 읽히는 것은 시인의 세계와 아동의 세계가 하나로 일치되는 자리에 있기 때문이다. 이 작품을 두고 굳이 시와 동시의 경계가 어디까지인가를 묻는 일은 부질없을 것이다. 좋은 작품이란 좋은 동시이기도 하고, 좋은 시이기도 하다는 사실을 이 시를 통해 새삼스레 확인하게 되기 때문이다.

자신이 추구하는 시 세계가 역시 자신이 쓴 동시와 밀접하게 연결되어 있는 것을 잘 보여 주는 시인으로 우리는 함민복을 들 수 있다.

늘
강아지 만지고
손을 씻었다

내일부터는
손을 씻고
강아지를 만져야지
　　　　　　── 함민복 「반성」 전문(『노래는 최선을 다해 곡선이다』, 문학동네 2019)

----

7 이오덕, 앞의 글 222면.

'반성'이라는 다소 식상하고 무거운 제목을 달고 있는 이 시는 그러나 상투적이고 뻔한 교훈으로만 읽히지 않는다. 단순한 시적 진술에서 오는 울림이 우리에게 어떤 인지적 충격을 주기 때문이다. 이 시의 충격은 색다른 언어적 표현이 주는 힘보다 세계를 보는 시인의 시선, 삶의 태도 같은 것에 힘입고 있다. 시적 감동이란 현란한 손끝의 기술보다 삶으로 육박해 오는 그 정신에 있음을 보여 주는 사례다. 그렇다고 해서 이 시를 아무런 시적 기술이 가해지지 않은 무기교의 시라 할 수 있을까.

'노래는 최선을 다해 곡선이다'는 그의 두 번째 동시집 표제이기도 하지만, 평소 시를 쓸 때 그가 가지는 시법이기도 하다. 그가 말하는 '노래'는 그가 쓰는 시와 동시 전체를 포괄하는바, 여기서 그가 말하는 '곡선이 되'는 행위란 무엇을 의미할까? 그것은 이미 고정화되고 기성화된 세계 인식에서 벗어나는 일을 의미한다. 한마디로 그것은 '시적인 삶'을 사는 일이다. 시인은 자신의 사고 속에 세계를 가두려는 것이 아니라 고정화된 그 생각에서 빠져나와 거꾸로 그 세계를 어린아이처럼 호기심 가득한 눈으로 지켜보려고 노력한다. 그런 눈으로 세계를 볼 때 시인은 세상을 향해 많은 질문을 던질 수 있으며, 그런 질문이야말로 직선화된 세계의 틀을 바꾸는 단초가 될 수 있다고 그는 생각한다. 그는 인본주의에 대한 철저한 반성의 태도 또한 지니고 있다. 그 반성의 태도는 직선적인 사고 체계에서 벗어나 타자의 처지를 역지사지하는 일이다. 시인은 또한 거시적으로 보기에 익숙한 것을 미시적으로, 미시적으로 보기에 익숙한 것을 거시적으로 보자고 제안한다. 그런 시선의 전복이야말로 상투적이고 고정화된 우리의 통념을 깨트리고 새로운 시적 발견을 이루어 낼 수 있기 때문이다.

말하자면 시 「반성」은 그런 시인의 시법이 고스란히 반영된 작품이라 할 수 있다. 이 시가 우리에게 울림을 주는 것은 '나'에 대한 혹은 인간 중심주의에 대한 철저한 반성의 태도, 미시적인 것을 거시적인 것으로 바꾸어 생각하는 그런 시점의 전환에 기인한다. 시인의 말을 빌리자면 이 또한 최선을 다해 곡선이 되려는 자세에서 빚어진 작품인 것이다. 이 시점에서 다시 이오덕이 한 말을 상기해 보자. 이오덕은 예의 「동시란 무엇인가」에서 "동시는 아이들의 기분이나 감각을 간지럽히는 웃음을 제공하는 것이 아니고 인간스런 마음을 찾아 주고 세계를 넓혀 주는 것이어야 한다"라고 주장하며, 그러기 위해서 시인은 "아동의 세계를 파악할 뿐 아니라 아동의 세계를 넘어서 보다 높은 세계에서 시를 창조하지 않으면 안 된다"라고 적은 바 있다.[8] 함민복의 동시야말로 그런 발언에 적합한 시가 아닐까 한다. 최선을 다해 곡선이 되려는 행위는 사물을 대하는 시인의 자세이기도 하거니와, 어린이 독자를 마주하는 동시인의 자세이기도 하다. 함민복은 최선을 다해 자기 시 세계를 성실하게 추구함으로써 어른뿐만 아니라 어린이까지 모든 독자들이 공감할 수 있는 높은 차원의 동시를 창조한 것이다.

김개미 동시 또한 자신의 시 세계와 깊은 연관을 맺고 있다. 동시집 『어이없는 놈』(문학동네 2013), 『커다란 빵 생각』(문학동네 2016) 들로 알려진 김개미는 애초 시로 출발한 시인이었다. 앞서 나온 동시집부터 최근에 나온 『레고 나라의 여왕』(창비 2018)까지 좀 더 깊이 읽으려 할 때, 그의 시집 『자면서도 다 듣는 애인아』(문학동네 2017)를 살펴보는 것은 유용하다.

---

8 이오덕, 앞의 글 222면.

이젠 밤이야

모든 것이 잠이 드는

집이 어둠 속으로 침몰해 간다

지붕을 넘어갔던 새들도 다시 오지 않는다

나뭇가지를 밟은 아이의 맨발이

하얗게 빛난다

저긴 악마의 서식지야

어제 잡아먹은 아이를 오늘 또 잡아먹는 악마가 살아

아이는 미동도 않고 집을 내려다본다

아이의 입에서 몽글몽글

흰구름이 피어난다

어둠은 무섭지 않아

언젠가는 나를 받아 줄 거야

여기서 뚝 떨어져도 아무렇지도 않은 날이 올 거야

악마의 아내가 문을 열고 나와

아이를 찾는다

그녀를 따라 나온 불빛이 언덕을 내려간다

더 기다릴 거야

여긴 춥고 외롭지만

아무도 본 적 없는 아름다운 천사들을 만날 수 있어

    — 김개미 「나무 위의 아이」 부분(『자면서도 다 듣는 애인아』, 문학동네 2017)

쓸쓸함을 넘어 사뭇 그로테스크한 느낌까지 드는 시다. 그러나 이 시에서 그려지는 장면을 어찌 하나의 공상에 불과한 장면이라 말할 수 있으랴. 이는 '지금 여기' 우리의 현실을 있는 그대로 그린 시라고 해도 과언이 아니다. 이 시에 나오는 "집"은 아이를 보호하는 울타리가 아니라 오히려 "어제 잡아먹은 아이를 또 잡아먹는 악마"가 사는 무서운 곳이다. "맨발"로 가출한 아이는 위태로운 "나뭇가지"를 밟고 서서 "어둠 속으로 침몰"해 가는 집을 내려다본다. '엄마'로 짐작되는 인물이 아이를 찾으러 나서지만 그는 "악마의 아내"일 뿐 아이의 편이 아니다. 추위와 외로움이 엄습해 오는 어둠 속에서 아이는 홀로 고립된 채 "아무도 본 적 없는 아름다운 천사들"을 기다리며 밤을 맞을 뿐이다.

이 시에서 보듯 김개미는 가정 폭력 피해자로 보이는 아이의 시선에서 우리 일상에 내재된 '균열'이나 '결핍'의 지점들을 날카롭게 고발한다. 그러나 김개미의 시가 궁극적으로 지향하는 것은 아이가 고통을 받고 있는 현실에 대한 고발만은 아니다. 그의 시는 고통으로 상처받은 아이의 내면을 감싸 안고 치유하려는, 가녀리지만 질긴 열망과 연결되어 있다. 맨발로 밟고 선 나뭇가지 위는 아이에게 "춥고 외로"운 곳이지만 다른 한편으로 "아무도 본 적 없는 아름다운 천사들을 만날 수 있"는 곳이기도 하다. 이 대목에 등장하는 '천사'는 아이의 죽음을 암시하는 불길한 시어라고 읽을 수도 있겠지만, 나는 반대로 시적 화자의 자기 구원을 북돋을 조력자라 보는 것이 타당할 것이라 생각한다. 시적 화자는 절망적인 현실의 고통 앞에 철저히 고립되어 있으면서도 자신의 상상으로 그 현실을 어떻게든 이겨 보려 안간힘을 다하고 있는 것이다.

시집에서 시인이 보여 주는 이런 자세는 그의 동시집 『레고 나라의 여왕』의 세계와 통한다. 『레고 나라의 여왕』에 제일 많이 등장하는 시어는 바로 '인형'이라는 단어인바, 이는 이 동시집을 관통하는 키워드다. 그 인형은 생명이 없는 놀잇감 혹은 주체성을 상실한 채 노예의 삶을 사는 수동적 존재가 아니라, 오히려 폭력적인 현실을 견디게 해 주는 조력자이자 시적 화자의 또 다른 분신으로 기능한다. "나에겐 막대 인형이 있어요./막대 인형은 이름이 있고요./라라,/라라는 그림자가 있어요./그림자도 예뻐요.//나는 크게 웃지 못하지만/라라는 온몸을 흔들면서 뛰면서 웃어요./(…)//라라가 사는 집에는/아프지 않은 엄마가 있고/때리지 않는 아빠가 있어요./죽지 않는 할아버지가 있고/사탕이 산더미처럼 있어요."(「재투성이 소녀의 인형 놀이」 부분)에서 보듯 시의 주체는 '라라'라는 이름의 인형으로 대표되는 상관물을 통해 이곳과 다른 세계를 '상상'하고 지금의 '나'와 다른 또 다른 나로 '변신'을 시도한다. 그렇게 "현실과 환상의 경계"를 넘나듦으로써, "너무 힘들고 아파서 가짜인 것만 같은 진짜 현실을 드러"[9]내며, 한편으로 그러한 현실에서 얻은 마음의 상처와 고통을 치유할 실마리를 찾도록 이끈다.

김개미는 지옥도와 같은 우리 현실에서 고통받는 존재들을 끊임없이 응시하며 응원한다. 그것은 자신이 추구하는 시적 세계관의 일환이며 그에게 있어 시와 동시는 별개가 아니라 한몸이다.

---

9 송선미 「다섯 명의 아이와 유리병 편지」, 김개미 『레고 나라의 여왕』 해설, 창비 2018, 110면.

난해함을 넘어 난해의 바다로

이 시점에서 다시 동시란 무엇인가를 점검해 보자. 동시의 경계는 어디서부터 어디까지인가? 국립국어연구원이 발간한 『표준국어대사전』(2000)에는 동시란 "주로 어린이를 독자로 예상하고 어린이의 정서를 읊은 시"(1650면)라 정의해 놓고 있다. 아마도 이 말에 이의를 제기할 사람은 많지 않을 것이다. 동시의 경계를 아무리 넓히더라도 그 범주를 온전히 뛰어넘을 수는 없다. 그러면 그것은 이미 동시가 아닌 그 무엇이 되고 말기 때문이다.

그러나 모든 개념이 그렇듯 국어사전의 동시에 대한 정의 또한 지금 창작되고 수용되는 우리 동시의 전 모습을 온전히 규정해 내기란 불가능하다. 우리가 흔히 말하는 개념은 손아귀에 모래를 움켜쥐었을 때 빠져나가고 남는 최소한의 모래알 같은 것이다. 정작 광활하게 펼쳐진 모래밭의 모래는 접어 두고라도 손바닥 옆과 손가락 사이로 흘러내린 모래에 대해서조차 사전은 흔쾌한 설명을 하지 못한다. 가령 사전이 정의하고 있는, 시인이 예상하는 독자로서의 어린이란 어떤 어린이를 일컬을까? 오히려 시인들이 쓰는 작품의 다채로움만큼이나 그들이 상정하는 어린이 독자는 각양각색일 수밖에 없다. '어린이의 정서'라는 말도 그렇다. 어디서부터 어디까지가 어린이 정서인가. 어린이의 정서와 어른 정서는 무엇이 얼마나 같고 다른가. 한마디로 공인된 어린이'만'의 정서라는 것이 존재할 수 있을까.

스승님, 도대체 동심이 뭐죠?

동심은 눈높이지. 넌 몸을 낮추고 아이들과 눈을 맞춰야 돼.

꼭 학습지처럼 말씀하시는군요.

(…)

동심이나 순수함이란 관찰의 대상이 아니에요.

아이들은 너무 바빠서 순수할 겨를도 없어요.

더구나 아이들은 유충의 단계가 아니라 이미 완전체라고요.

아마도 아이들과 눈높이를 맞추려면 고가 사다리가 필요할걸요.

알고 보면 아이들은 어마어마한 거인이거든요.

　　—송현섭「'제6회 문학동네 동시문학상' 수상 소감」(『문학동네』 2018년 봄호)

　신인 송현섭이 작년 봄 '문학동네'가 주관하는 '동시문학상'을 수상하며 한 말이다. 신인의 각오에는 늘 얼마간 힘이 들어가 있기 마련이지만, 동시를 쓰는 시인으로써 '어린이'란 존재를 어떻게 규정할 것인가를 그는 기성 시인들을 향해 날카롭게 묻는다. 이 질문에 모두가 수긍할 수 있는 답변을 내놓을 수 있는 이는 아마도 없을 것이다.

　어린이란 어떤 존재인가가 난해한 질문인 것처럼, 그들을 대상으로 한 동시 또한 자명한 무엇으로 규정해 놓을 수는 없다. 어쩌면 '동'과 '시'의 접점 찾기란 정해진 목표점에 도달하기가 아니라 시인 각자가 끊임없이 움직이는 판 위에서 기우뚱거리며 균형을 잡는 행위에 가깝다. 그러므로 우리 앞에 전개되는 동시의 흐름을 언제나 '난해함'이라는 프레임 속에 가두어 둘 수 없을 것이다. 그 프레임을 거두고 단지 어린이라는 저 '난해의 바다'로 끊임없이 노를 저을 따름이다.

비평의 두 표정

김종헌, 김재복의 동시 비평을 읽고

'비판의 소리'를 대면하는 반가움

비평가는 오래전부터 작가에게 지탄의 대상이었다. '비평가란 말 꼬리에 붙어 다니는 쇠파리'라고 일갈한 것은 안톤 체호프이고, '저 개를 내쫓아라, 저 놈은 비평가니까' 하고 경멸의 말을 던진 것은 괴테다. 사르트르조차 비평가를 '묘지기'에 불과한 존재일 뿐이라고 깎아내렸으니, 비평가를 향한 악담의 수위가 꽤나 고약했음을 알 수 있다. 그렇지만 그런 악담을 액면 그대로 받아들여 '비평 무용론'으로 빠질 필요까지야 있을까. 비루한 비평이야 차라리 없는 편이 나을지 모르지만 그렇다고 비평가를 그저 하찮고 쓸모없는 존재로 비하할 것만은 아니다. 『25시』의 작가 게오르규는 시인을 '잠수함 속의 토끼'에 비유한 바 있지만, 따지고 보면 비평가 또한 문학에 닥친 위기를 감지하는 잠수함 속의 토끼가 아닐까. 예민한 눈과 예지력을 가진 비평가가, 무수히 쏟아지는 작품들에서 어떤 징후를 읽어 내고 문학에 닥쳐올 위험을 미리 경고하는 것은 타기할 일이 아니라 권장할 일에 속한다. 비평가의 시선이 타당한 것이라면 우리는 마땅히 그의 충언을 경청하는 것이 바람직한 태도일 것이다.

지난 10년간 우리 동시단에 불어닥친 창작의 바람은 거세었다. 그렇지만 그 성과와 한계를 적실하게 짚어 주는 비평의 발걸음은 굼뜨고 더디기만 했다. 창작에 대한 상찬과 호응의 목소리는 더러 있었을지 모르나 그 한계를 지적하는 '비판의 목소리'는 상대적으로 너무 적지 않았나 생각한다. 이런 견지에서 최근 읽은 김종헌과 김재복의 동시 비평은 새삼 반가운 생각이 든다. 김종헌은 비평집 『우리 아동문학의 탐색』(소소담담 2019)과 동시 전문 잡지 『동시발전소』(2019년 봄호~겨울호) 지면을 통해 2005년 이후 우리 동시의 흐름에 대해 비판적 시각을 꾸준히 개진하고 있으며, 김재복 또한 『창비어린이』(2019년 겨울호) 지면을 통해 최근의 김개미, 송현섭, 김창완 동시집이 거둔 성과와 한계를 비교적 소상히 짚은 바 있다. 이들의 비평 작업은 우리 동시의 흐름을 옹호와 상찬의 자리가 아닌 비판적 관점에서 접근하려 한다는 점에서 주목을 요한다. 글이 지닌 타당함을 논하기 전에 우선 빈약한 비평의 조건 속에서 피어난 그 생명력에 박수를 보내고 싶다. 그렇다면 과연 이들이 제출한 우리 동시에 대한 비평적 시선은 어떤 방향을 가리키고 있을까?

김종헌이 본 오늘의 동시

김종헌 비평집 『우리 아동문학의 탐색』에는 모두 20편의 길고 짧은 평론들이 실려 있다. 이 모든 글들이 동시와 관련된 것은 아니다. 하지만 '동화와 청소년소설'을 다룬 5부를 뺀 나머지 글들은 직간접으로 동시와 관련되어 있어 사실상 동시 평론집의 성격을 지닌 책이라 보아도 무방하다.

이 책에 수록된 글들은 김종헌이 고백한 대로 "잡지사의 청탁으로 쓴 계간평이 대부분이어서 감상과 해설에 치우친 한계"가 있긴 하지만, 현장 비평의 성격을 지님으로 해서 의미를 가진다. "엇비슷한 주장이 반복되는" 단점도 지니고 있지만, '지금 여기'에서 생산되고 수용되는 동시에 관한 그의 관점이 비교적 일관되게 제시된다는 점에서 우리 동시단의 흐름을 되짚는 데 하나의 계기가 되는 글이다.

동시를 논한 여러 글 가운데 가장 핵심이 되는 것은 아무래도 평론집 서두에 실린 「책머리에」와 2부 '쟁점'에 실린 세 편의 글(「동심의 재발견과 미의식 회복을 위한 진통」 「말놀이 동시와 감동의 시적 사유」 「재미에 갇힌 동시, 진영에 갇힌 문단」)이 아닐까 한다. 특히 「책머리에」는 김종헌 평론집의 핵심적 발언이 고스란히 담겨 있는 글이라 할 만하다.

김종헌은 「책머리에」에서 "최근 우리 아동 문단은 풍성해졌다"라고 전제한 뒤 특히 우리 동시 문단이 "양적인 면과 질적인 면에서 큰 변화가 일어났다"라고 말한다. 김종헌은 그러나 그 변화를 "동시문학의 성과로 평가하는 데는 멈칫거릴 수밖에 없"음을 고백한다. 그는 변화의 대표적인 예로 최승호의 '말놀이 동시'와 유강희의 '손바닥 동시'를 언급하면서 그것이 "동시의 외연"을 넓혔을지 모르나, 동시가 지니는 "문학성을 잃"게 했다는 비판을 피하기 어렵다고 지적한다. 그는 일부 평론가들이 "가벼움의 쾌락을 동시의 변화"로 보고 그것이 "엄숙주의와 교훈주의를 벗어났다고 평가"하며 "최상의 변화인 양 수용하는" 태도를 보이고 있는데, 이는 문제라고 지적한다.

2019년 봄에 창간된 계간 『동시발전소』에 연재 형식으로 싣고 있는 그의 '개념으로 읽는 동시' 꼭지는 이론 비평과 실제 비평을 아우르는 형식을 띠고 있다. '동심의 특질'(봄호), '동시의 미학적 조건'(여름호), '표절'(가을호), '동시의 시형식'(겨울호) 등 각 편마다 하나의 중심 테마에 대해 이론적 탐색을 시도하고 그것을 바탕으로 하여 현 시기 발표된 동시들의 성과와 한계를 짚어 보는 글들이다. 짜임 면에서 평론집에 수록된 글들과 상이한 점은 있지만, 글의 기조는 「책머리에」 취지와 상통하는 지점이 많다. 그는 "동심의 바운더리(boundary)" 안에는 "미숙한 동심과 성숙한 동심"이 함께 자리할 수 있다고 보며, 그 둘을 "변증법적으로 승화시킬 때 아동문학은 온전한 자리에 서게 된다"(『동시발전소』 2019년 여름호, 94~100면)라고 주장한다. 그는 또한 니체가 말한 예술미의 두 가지 성격 ─ 디오니소스적 충동과 아폴론적 충동 ─ 을 언급하며, 시인은 어느 한쪽을 고집할 것이 아니라 "아폴론적 '의미'와 디오니소스적 '감흥'"을 "통합"하는 태도를 가져야 함을 역설한다. 그러한 기준에 비추어 보았을 때, '말놀이 동시'를 위시해 최근 유행하는 "짧은 동시"들은 동시가 지니는 요소 중 어느 한쪽만을 지나치게 강조한 형국이어서 온전한 문학적 조건에는 미달한 작품일 뿐이라고 지적한다. "재미"와 "디지털 시대의 감각적인 발상"을 앞세우고 있지만, 어느 경우이든 "동시의 미학이나 본질에 접근하지 못하는 한계"가 명백하다는 것이다.

'가벼움'의 프레임과 규범이 지닌 문제

이상에서 살펴본 바와 같이 김종헌 비평은 '동시의 황금시대'라고도 일컬어지는 2005년 이후 약 15년간 동시단의 변화 모습을 긍정적이기보다 매우 비판적인 시선으로 살피고 있다. 이른바 '동시의 호기(好期)'를 그는 '동시의 위기'로 인식하고 있는 것이다. 그렇다면 김종헌이 지금 동시단에 내리고 있는 진단은 얼마나 타당한 것일까? 이것을 살피기에 앞서 그의 평론집 「책머리에」에 언급된 다음과 같은 글을 다시 읽어보도록 하자.

요즘 유행하고 있는 짧은 형식과 말놀이 동시는 그 연원이 일제강점기 동요에 있다. 윤복진과 이주홍 등 당대 많은 아동문학가들은 의성어와 의태어의 반복과 어린아이들의 말을 시어로 선택하여 놀이요를 창작하였다. 이런 동시는 획일적인 동심, 천사적인 귀여움의 대상으로 어린이를 타자화하였다는 비판을 받았다. 1960년대에 접어들면서 당시 신인이었던 박경용, 조유로 등은 '동시의 시운동'으로 종전의 관념적이고 추상적인 동시의 정서를 부정하고 나섰다. 또 1970년대는 이오덕의 '일하는 아이'(현실주의)와 박경용의 문학성(미학) 사이에서 격렬한 논쟁을 거쳐 제반 문제를 극복하면서 오늘에 이르렀다. 그런데 지금 우리는 이런 아동문학사의 경험과 동시 문단의 전통으로 얻은 성과가 뿌리내리려는 순간에 가벼운 동시 문단을 맞았다. (『우리 아동문학의 탐색』 6면)

우리 동시의 흐름을 간략하게 요약한 것으로 파악되는 이 글[1]은 '말놀이 동시'의 출현이 갖는 부정적 의미를 강조하고 있다. "요즘 유행하고 있는 짧은 형식과 말놀이 동시"는 이미 일제강점기에 나왔다가 폐기된 낡은 "놀이요"에 뿌리를 둔다는 것, 그리고 그것은 동시 문단이 얻은 "성과"를 왜곡하는 결과를 낳았다고 비판한다. 다시 말해서 2005년 등장한 말놀이 동시는 우리 동시의 역사를 볼 때 결코 새로운 것이 아니며, 동시의 성숙에 기여하기는커녕 그것을 망친 주범에 불과하다는 것이다.

김종헌의 관점대로라면 '말놀이 동시'가 나오기 전인 2005년 이전 시기를 우리는 '동심의 황금시대'라 불러야 맞는 것이 아닐까? 그의 말대로라면 그 시기는 '현실주의'와 '문학성' 간의 격렬한 논쟁을 거쳐 제반 문제를 극복한 말 그대로 완벽한 동시의 시대였어야 할 것이다. 그러나 내 기억으로는 그 시기는 결코 그런 시대가 아니었다. 동화의 호황으로 아동문학의 부흥기라 불렸던 2000년대 초반, 동시는 아동문학의 중심에 있기는커녕 마치 변방의 장르처럼 물러나 있었다. 우리 동시가 동화

---

1 우리 동시의 흐름을 간략하게 파악했다고는 할 수 있으나, 그 관점이 모두가 수긍할 수 있는 역사 인식인지는 의문스럽다. 놀이요를 창작하여 "어린이를 타자화"했다고 비판받은 대표적 시인으로 굳이 윤복진, 이주홍을 내세우고 있는 점, 1960년대 박경용, 조유로 등이 제창한 '동시의 시운동'이 "관념적이고 추상적인 동시의 정서를 부정"하기 위한 일환으로 나온 것이었다는 언급, 그리고 1970년대 벌어진 동시 논쟁이 '일하는 아이(현실주의)'와 '문학성'을 추구하는 진영 간 논쟁이었다고 단정 짓는 것은 재고의 여지가 있다. 가령 이오덕의 논리를 '현실주의'적 관점이라 명명할 수 있겠지만, 그 대척점에 '문학성'이란 용어를 놓는 것은 의아스럽다. 이런 구도를 승인한다면 결국 현실주의가 배척하고자 했던 것이 문학성이라는 엉뚱한 결론에 이르고 만다. 이오덕의 현실주의는 문학성을 배척하려는 관점이 아니라 오히려 옹호하려는 관점이었다. 이오덕이 비판하려 한 것은 진정한 시정신을 결여한 '사이비 문학'의 폐해였다. 문학사의 흐름을 간략하게 요약하려고 할수록 더욱 섬세한 역사 인식과 세심한 용어 사용이 필요한 것이 아닌가 싶다.

처럼 독자의 호응을 받지 못한 것은 무엇 때문인가. 진지함이나 수준 높은 문학성을 이해하지 못한 시대 분위기 때문이었을까? 그런 시대 분위기에 휩쓸려 즉흥적이고 가벼운 것을 따라다니는 독자 때문이었을까? 2000년대 이후 확산된 시대감각이나 독자들의 정서적 변화를 전혀 감지하지 못한 동시단 내부에도 그 원인이 있지 않았을까?

여러 지면에서 누누이 밝힌바, 최승호의 '말놀이 동시'는 굳이 비유한다면 고인 물처럼 정체되어 있던 동시단을 힘차게 휘저은 '막대기'였다. 그것은 비록 모든 시대 모든 독자들을 감복게 할 뛰어난 문학성을 갖추진 못했을지 모르나, 동시를 보는 눈을 새롭게 전복시켜 새로운 창작에 물꼬를 트는 계기를 마련했다는 점에서 의의를 지닌다. 시인의 관심은 규정된 동시 미학을 따르는 것이 아니라 오로지 그것을 전적으로 거부하는 데 있었다. 말하자면 그것은 '역사적 분기점'으로서의 역할을 감당했던 것이다. 그 충격파로써 2005년 이전과 다른 동시의 흐름이 전개된 것은 주지의 사실이다. 2년 뒤 '해묵은 동시를 버리자'던 김이구의 선언은 그런 충격파를 적극 수용하고 승인한 발언에 다름 아니다. 그런 역사성을 괄호 치고 지금에 와서야 최승호의 말놀이 동시가 지니는 '가벼움'만을 비판하는 것은 다분히 문제가 있다고 생각한다.

김종헌은 2019년 『월간문학』에 발표하고 평론집에 수록한 「감각적 재미와 가벼운 서사의 무게감」에서 최승호 이후 그것을 "무비판적으로 추종하는 아류 작품이 연이어 나타"났으며, 평단이 이를 "동시의 엄격주의에서 벗어났다고 흥분된 목소리로 평가"했다고 질타한다. 그의 말대로 최승호 이후 그를 따르는 아류들이 전혀 없지 않았음을 인정한다. 그 아류 작품들에 대한 "흥분된 목소리"의 비평적 반응 또한 전혀 없지는 않았을 것이다. 그러나 최승호 이후 그것을 추종하는 아류작들이 김종헌의 글이 쓰인 2019년까지 영향을 미쳤다는 것을 나는 인정할 수가 없다. 그 아류작들에 찬사를 보내는 비평적 발언이 무성했다는 것도 역시 마찬가지다. 최승호의 '말놀이 동시'의 출현 이후 약 15년간 우리 동시단은 최승호의 아류작들만을 양산하며 제자리걸음을 한 것이 결코 아니다. 오히려 그 시기는 우리 동시가 천편일률이라는 오명을 벗어던지려 애쓴 시기이며, 우리가 이전에 경험하지 못한 새로운 개성을 추구하며 그 어느 시기보다 다채로운 형식과 내용을 펼쳐 보이기에 열중했던 시대라 생각하기 때문이다. 김종헌이 좋은 시의 사례로 인용하고 있는 김기택, 함민복, 문인수, 임수현의 작품들은 바로 최승호 이후 그러한 동시단의 변화에 적극적으로 동참한 시인들의 산출물 가운데 일부라 할 수 있다. 물론 그들 말고도 자기 언어와 개성을 갈고닦아 우리 동시의 영역을 확장한 시인들은 더 많다. 지난 15년간 그러한 시인들의 발걸음을 모두 '최승호의 아류작'들이라 말한다면 그것은 시인들에 대한 모독이 아니고 무엇인가.

전술한 것처럼 김종헌은 미숙한 동심과 성숙한 동심의 변증법적 승화, 아폴론적 의미와 디오니소스적 감흥을 통합하려는 태도에서 바람직한 동시가 산출될 것이라 주장했다. 그가 말한 '통합'과 '변증법적인 승화'가 구체적으로 작품 속에 어떻게 구현되는 것인지 명확히 인지할 수는 없지만, 그것이 좋은 시가 될 조건의 하나가 될 수 있다는 점에는 기본적으로 동의한다. 그러나 명심해야 할 것은 비평가가 요구하는 좋은 시의 기준을 모든 시인이 반드시 따라야 할 의무 조항은 아니라는 점이다. 김종헌은 「시인의 오만과 시적 정의」(『동시발전소』 2019년 여름호)라는 글에서 동시가 갖추어야 할 여러 조건을 나열하며 '~해야만 한다'는 어미를 연속해서 쓰고 있는바, 나는 그런 글쓰기 태도가 무척 우려스럽고 갑갑하게 여겨진다. 시인과 대화적 비평을 시도하기보다 마치 비평가가 시인 위에 서서 무언가를 지시하고 지도하려는 느낌이 들기 때문이다. 비평의 권위는 시인에게 어떤 규범을 일방적으로 제시한다고 해서 얻어지는 것이 아닐 것이다. 비평가가 생각하는 '적격'(decorum)은 시 창작에 적용되는 여러 규범 중의 하나가 될지언정, 모든 시의 규범이 될 수는 없기 때문이다. 설령 그렇더라도 그 규범을 파괴하여 새로운 것을 만들어 내려는 것이 시인의 '성실성'(sincerity)의 지표이기도 하다는 점을 명심할 일이다. 자신이 정한 시의 규범만을 강조할 것이 아니라 성실성의 측면에서 시인이 어떤 노력을 기울였나를 유심히 살피는 것 또한 비평가가 가져야 할 태도가 아닐까?

김재복이 본 오늘의 동시

김재복은 2018년 『창비어린이』와 『어린이와 문학』 지면을 통해 비평가로 등장한 신예다. 그는 동시와 동화 두 장르를 모두 섭렵하는 재능을 보여 주었다는 점에서 앞으로의 행보가 더욱 기대되는 비평가이기도 하다. 그의 등단작 「상상하면 살아나는 비밀: 송찬호 동시에 대하여」(『창비어린이』 2018년 겨울호)는 섬세한 동시평의 전범을 보여 주었다는 점에서 박수를 보낼 만한 글이다. 작품이 가진 의미와 가치를 밀도 있게 헤아려 자신만의 언어로 독자에게 펼쳐 보여 준다는 점에서 비평의 임무를 충실히 수행한 글이라 생각한다. 『창비어린이』 2019년 겨울호에 발표한 동시평론 「동시, 주기와 말하기 사이에서」 또한 지금 여기에서 산출되는 문학과 직접 대면하고 소통하려는 그의 의지를 보여 준다.

2019년을 전후로 '핫한' 화제를 모았던 시인들이라 할 수 있는 김개미, 김창완, 송현섭 작품에 대해 비평적으로 검토하고 있는 이 글은 단순한 상찬보다 비판에도 무게가 놓여 있다는 점에서 더욱 소중한 글이라 생각된다.

김재복은 글 서두에서 세 시인의 동시가 "'주기'의 방식으로 오지 않고 '말하기' 방식으로 왔다는 것"에 주목할 것을 주문한다. 그가 파악하는 주기 방식의 동시는 선물과 비슷해서 좋은 것, 선한 것, 아름다운 것 등 긍정과 밝음의 마음을 담기에 적절한 방식인 데 반해, 말하기 방식은 독자를 적극적인 대화 상대로 끌어들여 자신을 해석해 주기 바라거나, 때론 독자를 의식하지 않기도 하며, 지금까지 읽어 온 동시가 동시의 전부가 아닐지도 모른다는 생각을 독자가 갖게 하는 낯선 방식이라 말한다.[2] 이런 구분은 그가 살펴보려는 세 시인의 동시가 그만큼 전통적인 동시 쓰기 방식과 구별되는 새로운 방식임을 강조하려는 의도로 읽힌다.

그는 우선 김개미의 『레고 나라의 여왕』(창비 2018)을 일러 각각의 시편들이 "전체로 꿰어지듯 구조화된" 한 편의 '서사' 같다고 운을 뗀다. 김재복은 작품의 서사가 이야기 흐름상 세 부분으로 나뉜다고 언급하며, 각 장면에 나타나는 시적 주체와 그를 둘러싸고 벌어지는 시 속 장면들을 살펴 시가 담고 있는 시적 분위기와 표현 효과들을 짚어 내고 있다. 김재복은 『레고 나라의 여왕』의 시적 성취가 가족 해체로 말미암아 인형처럼 사물화될 위기에 처한 아이의 현실에 착목한 점, 그리고 그런 현실에 처한 아이 스스로 자기 이야기를 하도록 하는 방식에서 기인한

---

2 사실 그의 설명만으로는 그가 구분한 '주기'와 '말하기'의 차이점이 무엇인지가 명확히 이해되지는 않는다. 차라리 전통적인 말하기(주기) 방식과 새로운 말하기(주기) 방식 정도로 둘 사이의 차이를 구별했으면 어땠을까 한다.

것이라 설명한다. 그럼에도 그는 김개미 시에서 군데군데 이해되지 않는 의문점이 있음을 지적한다. 가령 동시집 2부의 핵심 제재라 할 수 있는 '아빠의 부재' 원인을 충분히 밝히지 않은 점이라든가, 「인형의 집」 같은 작품에 내재되어 있는 시적 주체의 감정이 절망의 감정인지 복수의 감정인지 알아차리기 어려운 애매모호함이 있다고 밝히고 있다.

김재복은 송현섭의 두 동시집(『착한 마녀의 일기』, 문학동네 2018; 『내 심장은 북』, 창비 2019)을 두고 "동시가 이렇게 잔인해도 되는가" 묻게 되는 일이 흔하지 않을 것이라 말한다. 송현섭 동시의 시적 주체는 "장난의 정도가 아슬아슬해서 잔인하다거나 못된 아이로 오해받을 수 있"을 만큼 "쎄다"는 것이다. 그런 악동이 시적 주체로 등장함으로써 시의 언어는 "에두르지 않고 순화되지 않은 날것 그대로" 표출되며 그것은 금기에 둘러싸여 보이지 않던 현실을 드러내는 효과를 발휘한다고 말한다. 그러나 「암탉의 유언」 「엄마의 사냥법」 「마녀의 수프 끓이기」 「식탁보」 같은 작품들은 소재에 접근하는 방식이나 시적 의도가 모호하고 불편하기만 하여 그것에 불만을 갖게 된다고 말한다. 금기를 깨는 악동의 반란을 원칙적으로 지지하지만, 그것이 의미를 가지려면 반란의 원인이나 행동이 독자에게도 최소한 납득할 만한 것이 되어야 하지 않을까 지적한다.

김재복은 김창완의 『무지개가 뀐 방이봉방방』(문학동네 2019)의 매력이 "독자의 눈치를 보지 않는 자유로움"에 있다고 규정한다. 그 자유로움은 시적 주체인 '나'가 아이와 어른 어느 한편에 서지 않고 그 경계에 서 있기 때문에 가능한 것이라고 주장한다. 즉 김창완의 동시들은 "시적 주체를 어린이나 어른으로 확정 짓지 않음으로써" 더 자유로워지고 풍요로워진 측면이 있다는 것이다. 시인은 동시를 "어린이에게 주는 공여(供與)의 동시가 아니라 시인 자신을 위한 창작"으로 자리매김함으로써 자신의 개성을 확보할 수 있었다고 말한다. 그러나 「16층에 엘리베이터가 서서 정말 다행이다」는 "그저 악몽이라고밖에는 달리 해석해내기" 어려운 작품이라 지적하며, 이런 해석 불가의 동시가 과연 "좋은 동시"의 범주에 들 수 있을지 의문을 표하고 있다.

김재복은 「동시, 주기와 말하기 사이에서」의 결론 부분에서 세 시인의 동시가 우리 동시의 경계를 새롭게 의식하게 하는 역할을 했다는 것을 부인할 수 없지만, 다른 한편으로 "'소수의 독자'만이 해석 가능한" 측면을 갖고 있음을 부정할 수 없다고 하면서 이렇게 말한다.

> 어려운 것과 해석 불가 혹은 이해 불가의 심급은 다르다. 그러니까 김개미의 인형의 상징, 송현섭의 맥락 모호한 잔인함, 김창완의 독백에 가까운 악몽의 전시 등 '동시 독자'를 넘어 '소수의 독자'만이 해석 가능한 동시 말하기까지 확장의 가능성으로 수렴할 수 있을까. (…)
> 우리 동시는 무엇으로 동시를 삼아야 하는가. 아이들은 난해해지고 동심은 발명되지 못하는데 동시가 자꾸 멀리 가자고 하는 것 같아 어지럽다. (「동시, 주기와 말하기 사이에서」 182면)

이상에서 살펴본 것처럼 김재복은 김개미, 송현섭, 김창완의 동시가 자기 갱신과 모험으로 새로운 모습을 보여 주는 데 성공하고 있지만, 동시의 심화와 확장이라는 측면에서 과연 온당한 성과를 거두었는지 회의적인 질문을 던지고 있다.

'해석 불가'한 존재들에 대한 변명

김종헌이 '감각적 재미와 가벼움'이라는 프레임으로 '말놀이 동시'와 '손바닥 동시'들을 보고 있다면, 김재복은 '해석 불가'라는 프레임으로 세 시인의 동시가 가진 한계를 보고 있다. 그가 언급하는 '해석 불가'는 '어려움(난해함)'과 차원을 달리한다. 난해함은 해석하기 어려운 지점들이 있기는 하지만 해석하기가 완전히 불가능하지는 않은 어떤 상황을 가리킨다면, 해석 불가는 해석 자체가 성립되지 않는 말 그대로 불가능, 불통의 상황을 가리킨다. 과연 세 시인의 동시는 그런 해석 불가의 문제를 안고 있는가?

먼저 김재복이 지적한 김개미 시에 나오는 '인형의 상징'에 대해 생각해 보자. 그가 지적한 대로 김개미가 작품에 제시한 '인형'은 정말 애매모호하고 해석 불가한 존재일까. 김개미의 『레고 나라의 여왕』에서 '인형'이라는 말은 사실상 시집을 대표하는 키워드라 할 만큼 핵심적인 시어다. 그런데 김재복은 그 인형이 상징하는 바가 무엇인지 애매하다고 지적하고 있으니, 결국 이 시집은 독자의 공감을 얻지 못한 실패한 작품이라 볼 수밖에 없는 것이다. 과연 그런가.

이 집은
지금까지 내가 본 집 중에서
제일 작은 집.
우리 반에서 제일 가난한 은지네 집도
이보다는 클 거야.

(…)

책이 방 하나를 차지하니
엄마랑 나한테 남은 건
방 하나뿐이야.
그래도 신나.
여긴 진짜 우리 집이니까.

(…)

내일,
엄마랑 나는 다시 태어날 거야.
이 집에 꼭 맞는
작고 단단한 인형으로.

　　　　　　　　　　　　　　　—김개미 「인형의 집」 부분

　이 작품은 내가 보기에 '해석 불가'로 낙인찍을 만큼 애매모호한 작품이 아니다. 오히려 여타의 작품보다 조금은 평이한 작품으로 읽힌다. 모두 6연으로 되어 있는 이 시는 위에 인용한 것처럼 3연만으로 추려 읽어도 시적 상황이 무엇인지를 충분히 감지할 수 있다.

　나와 엄마는 제법 넓은 집에 살다가 방이 두 개인 좁은 집으로 이사를 왔다. 이사를 오게 된 까닭이 아빠와 엄마의 이혼임을 쉽게 짐작할 수 있다. "그래도 신나./여긴 진짜 우리 집이니까."라는 시적 화자의 말 속엔 먼저 살던 집이 좋은 집이긴 하였지만, 진정으로 엄마와 나에게 행복한 공간이 아니었음을 알 수 있다. 마치 헨리크 입센의 희곡 주인공 '노라'처럼 그들은 '인형의 집'을 박차고 둘만의 새로운 공간에 들어 새 출발을 하게 된 것이다. 그런데 나는 왜 하필 엄마와 자신이 든 새로운 집을 '인형의 집'이라 일컬을까. 왜 "작고 단단한 인형"이 되겠다는 다짐을 할까.

김재복이 시집 전체를 하나의 통일된 서사로 파악하여 읽은 것처럼 이 시집의 작품들은 상호텍스트성으로 서로 연결되어 호환 읽기가 가능하다. 앞의 작품과 뒤에 오는 작품이 반드시 인과관계를 갖는 것은 아니지만, 여러 시들에 등장하는 '인형'은 시인이 의도한 어떤 상징성을 갖고 있다. 김개미 시에 등장하는 인형의 이미지는 우리가 통상적으로 갖고 있는 인형의 이미지 — 생명이 없는 놀잇감 혹은 주체성을 상실한 채 노예의 삶을 사는 수동적 존재 — 가 아니다. 그것은 오히려 현실의 고단함을 견디게 해 주는 조력자이자 결핍된 현실을 극복하기 위해 애쓰는 시적 자아의 분신에 가까운 모습을 하고 있다. 이 시에서의 인형 또한 결핍된 현실을 어떻게든 이겨 나가겠다는 의지를 표명한 시적 화자의 분신으로 이해된다. 시적 화자의 마음속에는 아빠에 대한 '원망인지 복수인지 알 수 없는 생각'이 자리하고도 있겠지만,[3] 그것은 시의 중심이

---

3 시에 등장하는 '아빠'라는 존재는 어떻게 이해해야 할까. 김재복의 지적대로 시인은 아빠의 부재 원인을 분명하게 드러내지 않는다. 아빠는 단일한 모습으로보다 다중적인 모습으로 등장한다. 그러나 이것이 시를 애매하게 만들고 있다고 말할 수는 없다. 아빠는 부재(해야)하는 존재이면서 동시에 귀환(해야)하는 존재다. 그는 경제적 빈곤과 상처를 남기고 가족을 영영 떠나간 사람이면서, 그럼에도 측은함을 불러일으키는, 가족에게 다시 환대받으며 언젠가 돌아오는(와야 할) 존재다. 시인은 이렇게 아빠를 그림으로써 부재하는 아빠를 바라보는 아이의 단순하지 않은 심리 상태를 그려 낸다. 그것은 애매함의 정서가 아니라 어린이의 내면 깊숙이 잠재되어 있는 아빠에 대한 이중 감정을 표현한 것이라 하겠다.

아니라 그 중심을 돋보이게 하는 배경이다. 시적 화자의 확고한 의지가 "다시 태어날 거야."라는 말과 "작고 단단한"이라는 시어 속에 이미 충분히 드러나고 있기 때문이다. 말하자면 김개미는 입센의 「인형의 집」에 나오는 인형이 가진 기의를 전유하여 거기에서 '주체성을 가진 노라'의 형상을 재창조했다고 볼 수 있다. 김재복이 인형의 상징을 애매하다고 보는 것은 바로 그러한 전유 과정을 간과하고 있기 때문이 아닐까.

다음으로 송현섭의 동시를 살펴보자. 송현섭의 동시에는 김재복이 말한 대로 "에두르지 않고 순화되지 않은 날것 그대로"를 표출하는 "악동"이 출현한다. 그는 우리 동시에 좀체 등장한 적이 없던 '쎈' 캐릭터다. 그 악동을 중심으로 펼쳐지는 행위나 언어들은 우리 동시의 금기를 수시로 위반한다. 김재복이 말한 것처럼 「엄마의 사냥법」 「마녀의 수프 끓이기」 같은 작품에는 '동시로서는' 허용하기 힘든 과도한 잔인성과 엽기적 장면이 출몰한다. 그의 동시가 '괴기스럽다'는 꼬리표를 달게 된 연유다. 그러나 이런 인상만으로 그의 동시를 단지 괴상하고 괴기스러운 동시로 인식하고 마는 것은 시를 겉면만 읽고 밀쳐 두는 것과 같다.

송현섭에 등장하는 '악동'은 어른 쪽으로 심하게 기울어진 무대에서 평형감각을 되찾으려는 아이들을 대변한다. 그는 단지 당돌하고 버릇없는 아이가 아니라 어른 중심의 사고에 젖어 있는 세계관의 전복을 꾀하는 존재다. 이를 위해 그는 일종의 권위를 가진 모든 어른들을 소환한다. 그에게 소환되는 하느님과 용왕님, 귀먹은 할머니와 토끼를 키우는 할아버지, 머리 잘린 암탉을 쫓아다니는 엄마는 서로 다른 인물들 같지만 사실은 동격인 존재들이다. 그들은 적어도 우리 동시에서만큼은 전지전능하고 공명정대하며 온정 넘치고 따뜻한 이미지를 가진 존재들이었다. 그런데 송현섭은 이들이 갖고 있거나 이들에게 덧씌워져 있던 이미지들을 남김없이 해체한다. 일찍이 우에노 료(上野瞭)가 말한 이른바 '어른의 왜소화'가 여기서 행해지고 있는 것이다.[4] 시인이 아이들을 일러 "어마어마한 거인"이라 칭하는 것은 이 점에서 매우 자연스럽다. 시인은 아직도 "압도적으로 강하"면서 "겉마음이 속마음과 다른" 어른을 상대하기 위하여 아이들을 거인의 위치로 격상시키고 있는 것이다. 이런 비대칭 구도의 설정이야말로 비대칭인 현실을 공략하기 위한 송현섭의 시적 전략이다.

이런 견지에서 김재복이 "악의적"이라 말한 「식탁보」 속 시적 화자의 의도는 "납득하기 어렵"다기보다 너무나 명백하다고 할 수밖에 없다. 「식탁보」의 '나'가 새하얀 식탁보에 "일부러 빵 부스러기를 잔뜩 뿌리고/여기저기 할머니 주름을 접고/물 한 컵 시원하게 쏟아 버리"는 것은 진짜 속마음을 가리고 있는 위선적인 어른들의 모습을 고발하기 위한 행위인 것이다. 하얀 식탁보가 가리고 있는 검고 볼품없을 식탁은 말하자면 왜소화된 어른의 민낯, 그 어른들이 만들어 낸 보잘것없는 세계에 대한 은유가 아닐 텐가.

마지막으로 김창완의 작품을 검토해 보자. 김재복의 말대로 김창완은 "독자의 눈치를 보지 않는 자유로움"의 소유자다. 이는 그가 '대중연

---

4 영화나 만화, 아동문학 작품에 나타나는 '어른의 왜소화' 현상을 우에노 료는 어린이가 "압도적으로 강한 어른을 부정하는 한 방법"이라고 말한 바 있다. 그는 현대의 어른들을 '천박한 경험주의자, 본질 불변론자, 어린이의 독자성을 부정함과 동시에 어린이를 어른의 지배하에 묶어 두려는 속성을 가진 자'로 규정하면서, 어른의 왜소화는 그러한 강대함에 대한 저항의 표현이라 일컫는다. 그는 어른의 왜소화가 "어른의 겉마음과 속마음이 거의 일치되는 시대에는 일어나지 않았다"라고 말하고 있다. 우에노 료 「머리말: 어린이에게 어른이란 무엇인가」, 『현대 어린이문학』, 햇살과나무꾼 옮김, 사계절 2003, 6~22면.

예인'이라는 직업을 가져서가 아니라, 솔직함을 바탕으로 한 글쓰기를 하는 시인이기 때문이다. 김재복은 그런 자유로움의 표출이 "어린이에게 주는 공여의 동시가 아니라 시인 자신을 위한 창작"을 하는 때문으로 짚고 있지만, 나는 그것이 시인이 가진 특유의 '솔직한 글쓰기' 태도에서 비롯한 때문이라 생각한다. 그의 동시가 술술 쉽게 읽히면서도 새롭다는 인상을 주는 것은 솔직한 시선으로 우리의 일상과 사물을 들여다보기 때문이다. 그는 그런 솔직함을 무기로 시인에게 '자기 검열'을 요구하는 기존 동시관에 맞선다. 이를테면 「나쁜 동시」에서 "아이들한테는 잘해 주는 게 좋다/더 나빠지면 안 되니까"라고 말하는 것은 그런 시작 태도를 표출한 하나의 사례라 할 것이다. 이 시에서 보듯 어떤 삐딱한 유머가 그의 시에는 들어 있다. 독자로 하여금 웃음과 해방감을 느끼게 하는 지점이다.

김재복이 "악몽이라고밖에는 달리 해석해 내기가 어렵다"라고 말한 「16층에 엘리베이터가 서서 정말 다행이다」는 말 그대로 시적 화자가 상상한 장면을 솔직하게 그린 것이 아닐까. 이 시에서 현실과의 연관성을 따진다거나 잔인함을 운운하는 것은 말 그대로 난센스라 생각한다. 시인은 굳이 "이 동시를 통해 무슨 말을 하려"던 것이 아니다. 다만 시적 화자는 엘리베이터에서 만난 "큰 개"를 보고 머릿속으로 짓궂은 상상을 해 본 것이고, 그것을 솔직하게 언어화한 것뿐이다. 설사 이 시가 현실과 연관성을 갖는 난해한 시라 해도 비평가로서 "평범한 동시 독자인 나" 운운하는 것은 삼가야 할 태도가 아닐까 한다. 난해한 대목과 마주치면 그것을 "정신분석학적으로 해석"하든 리얼리즘 관점에서 접근하든 기꺼이 '소수의 독자'가 되어 그것을 읽어 내는 것이 먼저가 아닐까. 평범한 독자의 이해 능력으로는 해석 불가하다며 자신의 앞에 독자를 세울 것이 아니라 독자에게 왜 해석 불가한 동시가 될 수밖에 없는지 그 이유를 밝히는 것이 비평가의 임무라 생각한다.

프레임을 넘어서

이상으로 모처럼 우리 동시단에 던져진 두 분의 동시 비평을 검토해 보았다. 김종헌의 글이 현대 동시들에 나타난 '감각적 재미와 가벼움'을 비판하며 동시가 지녀야 할 자격의 기준을 제시하고 있다면, 김재복의 글은 "평범한 동시 독자"의 관점에서 '해석 불가'한 작품들을 예시하여 동시의 경계 지점이 어디여야 하는지를 묻는다. 우리 동시 비평의 흐름에서 이들이 견지하고 있는 비판적 거리두기와 문제 제기는 소중하게 받아들여야 할 것임에는 틀림없다. 비록 이들 글에 비판적인 토를 달긴 했지만, 이들이 제시한 의견 가운데도 경청할 고언이 적지 않다고 생각한다.

그럼에도 역시 아쉬움이 느껴지는 것은 우리 동시의 공과 과를 두루 살피는 균형 잡힌 안목이다. 2005년 이후 지금까지 발표된 동시들의 과오가 분명 없지 않겠고 비평이 나서서 그런 지점을 짚어 주는 것은 필요한 일이지만, 하나의 고정된 프레임으로 작품의 가치를 판단하고 마는 것은 지양해야 할 태도라 생각한다. 비평이란 작품이 지닌 특징을 구별하고 명명하는 작업이기에 특정 작품에 프레임을 씌우는 행위는 때론 불가피한 일일 수도 있을 것이다. 그러나 동시가 출현한 역사적 맥락이나 작품으로서의 성과를 무시한 채 단일한 관점에서 나온 시각으로 작품을 재단하는 것은 문학 발전에 기여하는 바가 그리 크지 않을 것이라

생각한다. 그것은 거꾸로 작품에 대한 오해를 불러오고 다양한 해석의
여지를 봉쇄하는 결과를 낳게 될지도 모른다.

  물론 나의 의견이 가지는 맹점 또한 많을 줄 안다. 그걸 알면서도 중
언부언 말이 길었던 것은 이 말 저 말이 오가는 가운데 비평은 좀 더 의
미 있는 새 길을 찾을 것이라는 믿음 때문이다.

중심에 맞서는 방법

1

사회, 문화 분야에서 탈중심, 정상성의 해체와 관련한 새로운 논의들이 분분한 요즈음이다. 이른바 여성혐오, 소수자혐오, 순문학주의 등 한국문학(장)을 떠받쳐 온 관성과 폐습에 맞서 새로운 세대의 '정치적 취향'을 탐색하자는 움직임이 일고 있다. "한국문학(사)에 암묵적으로 관철되어 온 모종의 규범성"[1]에 대한 성찰을 촉구하는 이런 움직임을 지켜보노라면, 우리 아동문학에도 새로운 반성과 각오가 필요하지 않은가 생각이 든다.

그런데 돌이켜 보면 일찍이 아동문학 내부에서 아동문학이 지니는 정상성 혹은 규범성에 대한 문제 제기가 없었던 것은 아니다. 가령 마리

---

1 오혜진 「혐오의 시대, 한국문학의 행방」, 『지극히 문학적인 취향: 한국문학의 정상성을 묻다』, 오월의봄 2019, 126면.

아 니콜라예바(Maria Nikolajeva)는 자신의 저서 『어린이 문학에 나타난 힘과 목소리, 주체성』에서 정평이 나 있는 유명한 아동문학 고전뿐만 아니라 많은 독자를 거느린 현대 아동문학 작품 속에도 어른 중심의 기존 규범과 권력을 옹호하려는 경향이 곧잘 찾아진다는 것을 예리하게 지적한 바 있다. 그는 어른들이 아동을 수신자로 하는 작품들에서 여전히 자신들의 "소망과 목적을 위해" 어린이를 타자화하고 있다고 꼬집으며, 바람직한 아동문학 조건을 파악하기 위해서 '퀴어 이론'과 '카니발 이론'을 적용할 것을 제안한다.[2]

그가 말하는 퀴어 이론과 카니발 이론은 굳이 말한다면 탈중심, 정상성 해체와 밀접한 관련을 맺는 비평 도구들이라 할 수 있을 것이다. 그런데 나는 이것이 아동문학을 분석, 비평하는 일뿐 아니라 그것을 창작하는 일과도 응당 깊은 연관성을 갖는다고 생각한다. 특히 아동문학 여러 장르 가운데 동시로 범위를 좁혀 생각해 보자. 우리는 동시가 가져야 할 정상성 혹은 동시다움이라는 규범을 고수하기 위해 혹시 동시가 살펴야 할 존재들을 무심코 회피하거나 배제하고, 동시로써 시도할 만한 전복의 가능성을 봉쇄해 온 혐의는 없을까.

이런 질문을 탈중심, 정상성 해체라는 말들과 나란히 놓고 생각해 볼 때 내 머릿속에 떠오르는 두 사람의 시인이 있다. 한 사람은 일본 동요 시인 가네코 미스즈(金子みすゞ)이며, 또 한 사람은 자유의 시인으로 널

---

2 마리아 니콜라예바는 자신의 글에서 "아동문학만큼 권력 구조가 확연히 눈에 띄는 분야는 드물다"라고 전제하며, "모든 것을 감싸는 일종의 분석 도구를 발달시키기 위해 퀴어 이론과 카니발 이론에서 기본 개념을 빌리는 것이 아동문학 핵심에 다가서는 데 더 없이 도움이" 될 것임을 역설한 바 있다. 마리아 니콜라예바 『어린이 문학에 나타난 힘과 목소리, 주체성』, 고선주 외 옮김, 교문사 2012, 14~18면.

리 알려진 김수영이다. 최근 동시의 문제를 말해야 하는 자리에 왜 하필이 시인들을 떠올렸을까. 이들은 제법 오래전의 시인들이지만, 내게 주어진 주제와 관련하여 참조점을 제시하는 시인들이라는 생각이 들었기 때문이다.

2

흔히들 1920년대 일본 아동문학의 시기를 '동심의 시대'라 부른다. 이 자리에서 일본 동심 시대의 문학이 배태된 원인이나 그것의 전개 과정에 대해서 새삼 말할 까닭은 없으리라. 당시의 문학 경향을 '동심주의'라 부르며 폐기해야 할 구시대의 유물쯤으로 치부하는 경우도 있었던 것 같다. 그러나 그런 동심 시대의 문학에도 좋은 것과 나쁜 것이 함께 들어 있었다고 생각한다. 우리가 한꺼번에 동심주의 시인이라 뭉뚱그려 말 수 있는 1920년대 일본 시인 가운데도 지금 여기의 우리가 하나의 모범으로 삼을 만한 좋은 시인들은 존재한다. '좋은 동심주의'는 어폐가 있는 말일지 모르지만, 그 말을 쓰는 것을 너그러이 허용해 준다면 나는 그 대표적 시인으로 일본의 동요시인 가네코 미스즈를 예로 들고 싶다.

주지하다시피 그의 동시는 우리나라뿐 아니라 많은 여러 나라에서 번역되어 읽힌다. 이는 그의 시가 낭만적 동심주의를 바탕으로 하면서도 현실의 이면을 날카롭게 묘파하는 균형감각을 함께 지니고 있기 때문이 아닌가 한다. 그 감각의 근원은 타인의 처지를 '역지사지'하여 볼 줄 아는 시인의 시선에서 연유한다. 그의 동시 가운데 일반에게 잘 알려지지 않은 이런 작품이 있다.

조선인 아이, 뭘 뜯니,

자운영이 피었니, 쑥이니.

아니아니, 풀은 시들었습니다.

조선인 아이, 무슨 노래 하니,

조선인의 노래니.

아니아니, 일본의 동요입니다.

조선인 아이, 즐겁게,

흘린 지저깨비 줍습니다.

제재소 뒤 공터에서.

지저깨비 주워서, 다발로 묶어,

머리에 이고 돌아갑니다.

작은 오두막에서, 어머니하고,

홀홀 빨간 불 피워

아버지 돌아오길 기다리려고.

──가네코 미스즈 「지저깨비 줍기」 전문(『억새와 해님』, 서승주 옮김, 소화 2015)

　소수자 처지에 있는 '조선인 아이'의 모습을 섬세하게 살피는 그의 시선에서 역시 가네코 미스즈는 뭔가 특별한 눈을 가진 시인이었구나 하는 생각을 하게 된다. 식민지 조선인들에게 갖는 당시 일본인들의 감정이 어떤 것이었는지를 단정하기는 어렵지만, 일본으로 건너와 가난하게 살아가는 조선인 가정의 아이를 보며 멸시와 혐오의 감정을 가지는 일본인들도 더러는 있었을 것이라 짐작한다.[3] 시인은 작은 오두막에서 살며 먹을거리와 땔감을 손수 구하러 다니는 조선인 아이의 모습을 진심이 담긴 시선으로 대하고 있다.

우선 문답식으로 이어지는 이 시의 1, 2연부터가 예사롭지 않다. 쑥을 뜯으려 하지만 그 풀은 이미 시들었고, 노래를 흥얼거리긴 하지만 그것은 일본의 동요일 뿐이란다. 비애의 시선으로 현실의 이면을 예리하게 잡아내던 시인의 면모가 은연중 드러나는 대목이다. 그렇지만 시인은 조선인 아이의 모습을 슬프게만 치장하지 않는다. 비록 제재소 공터에 버려진 나뭇조각을 줍는 처지이지만, 아이는 지금 그것을 "즐겁게" 줍고 있다. 아이의 동작에서 느껴지는 그 즐거움은 "작은 오두막"에서 펼쳐질 단란한 가족끼리의 한때를 고대하기 때문이라고 시인은 적고 있다. 어쩌면 아이의 그 기대는 곧 시인의 바람이기도 했을 것이다. 소수자의 삶을 소재로 하되, 그것이 단순한 호기심이나 가벼운 연민의 감정에서 그치지 않는 이 점이야말로 이 시가 가지는 미덕이라 하겠다.

우리 사회 여러 부면에서 차이에 대한 혐오와 편견을 경계하자는 목소리가 나오는 형편이지만, 그에 대한 부정적 인식 또한 좀체 수그러들지 않고 있는 것이 우리의 현실이다. 이른바 지구촌에서 살아가는 우리들은 이웃들과 화합하고 연대하는 모습을 보이기보다 더욱 철저하게 타자를 배제하고 차별하는 쪽으로 움직이려 하고 있다. 이주민 소수자

---

3 가네코 미스즈가 『童謠』지(1923. 9)를 통해 시인으로 데뷔하던 1923년, 대지진이 발생한 일본 간토(關東) 지방에서는 조선인에 대한 무차별적 대량 학살사건이 일어난 바 있다.

를 다룬 우리 동시가 아주 없는 것은 아니지만, 특히 가네코 미스즈의 이 동시를 보면서 좋은 동시란 타자에 대한 혐오와 배제, 편견을 거부하는 정신과 통하는 문학이기도 하다는 사실을 새삼 깨닫게 된다.

혹자는 '조선인 아이'에 대한 시선이 일종의 소재주의나 일회성으로 지나가는 정도의 관심 표현에 지나지 않는 것이었다고 치부할지 모른다. 그러나 가네코 미스즈의 그 시선은 일회적인 것이 아니라 체질적인 것에 가까웠다고 생각한다. 요즘 식으로 말하면 그의 문학은 전체가 '퀴어한 것'들을 위한 문학이었다고 할 수 있다.

중심에서 사물을 볼 때 흔히 쉽게 주변화, 타자화될 수 있는 것을 그는 모두 작품의 중심에 놓았다. 그는 인간들이 벌이는 부둣가의 흥성한 풍어 축제를 아름답게 묘사하는 대신 정어리의 장례식이 열리고 있을 바닷속을 생각했다(「풍어」, 『나와 작은 새와 방울과』, 서승주 옮김, 소화 2006). 외로운 아이, 쓸쓸한 존재들에 대한 시선도 시선이지만, 그는 밤이 올 때까지 하늘에 잠겨 있는 낮별, 기왓장 틈새 꽃 지고 시든 민들레의 눈에 보이지 않지만 강한 뿌리에도 눈길을 주었다(「별과 민들레」, 같은 책). 그의 시에서 두드러지는 것은 단지 애도나 감상적 연민이 아니라 목숨들이 지니고 있던 생명력에 대한 살핌과 예찬이다. 「별과 민들레」에서 그는 "보이진 않지만 있어요./ 보이지 않는 것도 있어요."라고 썼다. 그의 시는 이처럼 보이지 않는 것들의 생명력과 존재 의의를 끊임없이 응시하고 응원한다. "방울과, 작은 새와, 그리고 나,/ 모두 달라서, 모두가 좋아."(「나와 작은 새와 방울과」, 같은 책)라는 말이 아직도 우리에게 울림을 주는 것은 그의 시선이 그렇게 이른바 타자화를 극복한 자리에 놓여 있었기 때문이다. 이를테면 탈중심의 상상력이란 가네코 미스즈가 갖고 있던 그런 눈과 결코 다른 것이 아니라 생각한다.

3

우리 동시의 역사에는 훌륭한 시인들이 훌륭한 동시를 남긴 사례들이 여럿 있다. 그런데 김수영의 작품에는 우리가 동시로 기억할 만한 작품이 없다. 그러나 그가 남긴 시나 산문을 보면 아이들과 그들이 읽는 동시에 전연 무심했다고 볼 수 없는 흔적들이 있다.

아가야 아가야
열 발구락이 다 나와 있네
엄마가
만들어 준 빨간 양말에서

아가야 아가야
기저귀 위에는 나이롱 종이까지 감겨져 있네
엄마는
바지가 젖는 것이 무서웁단다

아가야 아가야
돌도 아니 된 너는 머리도 한번 깎지를 않고
엄마는
너를 보고 되놈이라고 부르지
　　　　　— 김수영 「자장가」 부분(『김수영 전집 1』, 민음사 1981; 개정판 2018)

이 시는 동시는 아니지만, 시적 대상인 '아가'를 보는 시선에서 김수영이 지닌 동시인으로서 가능성을 충분히 감지하게 된다. 부질없는 가정인지 모르지만 그가 좀 더 살았더라면 그는 아이들을 위한 좋은 동시들을 남겼을지 모른다. 그런데 사실 그는 생전에 실제로 동시를 썼으며 그것을 발표하려고 한 적이 있다. 4·19 때 쓴 「나는 아리조나 카보이야」라는 작품이 바로 그것이다.

야 손들어 나는 아리조나 카보이야
빵! 빵! 빵!
키크야! 너는 저놈을 쏴라
빵! 빵! 빵!
짜키야! 너는 빨리 말을 달려
저기 돈보따리를 들고 달아나는 놈을 잡아라
쫀! 너는 저기 저 산 위에 올라가 망을 보아라
메리야 너는 내 뒤를 따라와

이놈들이 다 이성망이 부하들이다
한데다 묶어놔라
야 이놈들아 고갤 숙여
너희놈 손에 돌아가신 우리 형님들
무덤 앞에 절을 구천육백삼십만 번만 해
나는 아리조나 카보이야
　　　　　　　　　——「나는 아리조나 카보이야」 부분(『김수영 전집 1』)

이 작품은 시인이 본디 동시로 청탁받아 쓴 작품인데, 결국 어린이를 위한 지면에는 실리지 못하고 반려된다. 4·19의 원흉 혹은 적폐 세력이라 할 '이성망과 그 부하들'을 잡아들여 철저히 단죄하고 응징하는 내용이 동시로서는 과격하다는 것이 이유였다. 이 작품은 그 후로 김수영이 쓴 다른 4·19 시들과 함께 혁명에 감응한 시인의 자유의지를 발현한 작품으로 논의된 적은 있으나, 아동문학사의 관점에서 4·19를 대표하는 동시로 진지하게 수용된 적은 없었다. 이 작품에 드러나는 과격성 혹은 불온성, 폭력성 같은 요소들이 '동시다움'의 조건에는 들어맞지 않다고 여겨진 것이 아닐까 싶다.

그런데 아동문학 작품 속 아이와 어른 사이에 발생하는 '권력의 문제'와 결부 지어 이 작품을 생각해 보니 김수영의 동시는 일종의 '전복 효과'를 노린 듯도 하다. 이 시에 등장하는 어린이는 4·19의 희생자로서 애도받는 위치에 있지도 않고, 소극적 동조자나 방관자 위치에만 머물러 있지 않다. 그는 다만 아주 일사불란하게 이성망과 그 부하들을 응징하고 단죄하는 역할을 담당한다. 어쩌면 권력 구조 맨 아래 위치했을지도 모를 어린이라는 하위 주체가 한때 왕관을 쓰고 있던 왕을 도둑의 괴수로 전락시켜 그가 가진 명예를 남김없이 훼손하고 있는 셈이다. 그러나 그가 행하는 폭력은 현실에서 재현 가능한 그런 폭력이 아니다. 그 폭력 행위는 무척 과장되고 비현실적이다. 김수영의 이 동시에서 드러나는 과격성은 어디까지나 바흐친이 말한 일종의 '축제적(카니발적) 문법'에 입각해 있다고 할 수 있다.[4]

그러나 이 동시를 어린이 지면에 실어야 했던 편집자의 시각에서는

---

4 미하일 바흐찐 『도스또예프스끼 시학』, 김근식 옮김, 정음사 1988, 179~93면 참조.

그 축제적 문법이 전혀 '동시적 문법'으로 읽히지 않았던 것 같다. 김수영은 이 동시의 내포독자인 어린이가 통쾌한 해방감을 얻어 가도록 시도했지만, 편집자는 그것이 통쾌함보다 불편함을 느끼게 할지도 모른다는 판단을 한 셈이다. 당시까지 형성되어 온 동시의 규범으로는 이 시에 나타난 시적 화자의 말과 행위들은 그저 비교육적이고 불경스러운 것에 불과했다. 그것은 하나의 금도를 넘는 일, 이른바 정상성이란 관점에서 합격점보다 실격의 가능성을 더 내포한 시라고 평가할 수가 없었던 것이다. 그러나 김수영은 생전 처음 청탁받아 써 보낸 동시를 '퇴짜' 맞고서 자신의 일기에 "사회상태가 동시가 읽혀질 만큼 되기까지는 동시를 쓰느니보다 (…) 사회개혁을 위해 혈투해야 할 것"[5]이라고 쓴다. 김수영은 자신의 동시가 동시로서 결격사유가 있음을 반성하기보다 오히려 그것을 온전한 동시로 받아들이지 못하는 사회의 몽매함을 탄식했다.

4월혁명이 흔히 '학생 혁명'으로 불릴 만큼 학생들의 참여가 컸던 것은 오랫동안 정권의 통제와 동원에 시달린 학생들의 불만이 컸던 때문이다. 4월혁명에는 고등학생뿐만 아니라 중학생, 초등학생들까지 참여했다. 그러나 4월혁명 이후 고등학생 미만의 학생들은 혁명 주체에 대한 논의에서 쉽게 배제되고 주변화된다.[6] 그들은 숭고한 시위에 참여한

5 『김수영 전집 2』, 민음사 1981; 개정판 2018, 335면.
6 주지하다시피 한동안 4·19혁명의 주체로 인식되었던 것은 학생층, 그중에서도 대학생들과 지식인들이었다. 그런데 그 혁명이 끝난 지 60년이 훌쩍 지난 지금, 그 혁명 주체들에 대한 새로운 논의들이 제출되고 있다. 대학생과 지식인을 부각시키기 위해 부차화, 주변화되어야 했던 다양한 주체—여성, 도시빈민, 노인—들의 행동과 역할에 대한 재평가가 이루어지고 있는 것이다. 그럼에도 모처럼 제기된 그 새로운 논의에서조차 고등학생보다 어린 나이의 학생들의 역할과 행동은 미미하게 언급되거나 생략

존재들이 아니라 4월혁명 이후 무질서한 사회 분위기에 휩쓸려 어른들의 데모 흉내나 내는 "철없는 10대"로 규정되고 만다.[7]

1960년 당시 어린이 대상 지면의 김수영 동시에 대한 거부는 이를테면 그런 시각에 편승한 결과는 아니었을까. 김수영 동시에 드러나는 시적 주체의 행위는 무질서한 사회 분위기에 취한 철없는 10대들의 행위에 다를 것 없고, 동심의 정서에 위배되거나 그것을 해치는 일로만 인식되었던 것이다. 이를테면 어린이 대상 지면의 편집자는 동심을 위한다는 명목으로, 시인이 애써 불러낸 시적 주체를 비가시화의 영역 너머로 유폐시킨 셈이다. 4·19혁명 이후 그 대열에 함께 참여하기도 했던 어린이라는 존재가 주변화되고 비가시화된 것처럼 어린이라는 존재를 시적 주체로 삼고 있는 김수영의 작품은 '비동시'라는 낙인을 받은 채 동시의 영역에서 추방된다. 겉으로는 어린이를 옹호한다는 명분이 앞세워졌지만, 결국 옹호하려던 것은 어린이가 아니라 아이들을 억압하던 어른들의 질서가 아니었을까.

김수영이 생전에 썼던 이 유일한 동시는 이른바 '동시다움'이라는 규범성에 대해 숙고하도록 한다. 동시와 비동시를 가르는 기준은 무엇인가. 어른들은 흔히 어린이를 보호하고 위한다는 명목으로 정작 어린이

되어 있다. 그들은 4월혁명의 논의 과정에서 가려지고 지워진 존재들이다. 오제연 외 『4월 혁명의 주체들』, 역사비평사 2020 참조.

7 4월혁명 이후 각종의 '무질서한' 시위가 계속 되면서 4월혁명에서 중요한 역할을 담당했던 '젊은 사자(獅子)들'과 4월혁명 이후 허위의식에 도취되어 데모 흉내를 내는 '철없는 10대'들을 분리해 보려는 여론이 조성되기 시작한다. 젊은 사자들이 농촌계몽운동이나 신생활운동 등으로 착실한 개선운동을 하는 반면 10대들은 스승을 모욕하는 것으로 혁명합네 허위의식에 도취되어 있다는 비판을 받았다. 여기서 철없는 10대란 주로 초등학생(어린이)을 가리켰다. 권보드래·천정환 『1960년을 묻다』, 천년의상상 2012, 491~93면 참조.

가 다가서고 만나야 할 것들에서 종종 어린이를 분리시키고는 한다. 김수영 동시는 4·19혁명과 이후에 전개되는 지지부진한 현실을 은유하고 풍자한 시일뿐더러, 혁명 대열의 선두에서 어른들이 만들어 놓은 부패한 권력 질서에 온몸으로 항거한, 그러나 어른들에 의해 차츰 비가시화의 영역으로 사라지던 소년 주체들을 호명한 시라 할 수 있다. 우리는 김수영이 이 시에서 차용하고 있는 이른바 권력자에 대응하는 약자들의 '카니발적 문법'을 재고할 필요가 있다. 그 어법은 비루한 현실을 환기할뿐더러 때론 현실 자체를 전복시켜 보게 함으로써 독자에게 통쾌함과 해방감을 주는 효과를 발휘한다.

4

가령 여기에 어떤 반석 밑에 눌리운 풀싹이 있다 하면 그 반(盤)을 그대로 두고 그 풀을 구한다는 말은 도저히 수긍할 수 없는 말이다. 오늘 조선의 소년은 과연 눌리운 풀이다. 누르는 그것을 제거치 아니하고 다른 문제를 운위한다면 그것은 모다 일시일시의 고식책(姑息策)이 아니면 눌리어 있는 그 현상을 교묘하게 옹호하고져 하는 술책에 지나지 아니할 바이다. (김기전 「개벽운동과 합치되는 조선의 소년운동」, 『개벽』 제35호, 1923)

지금부터 한 세기 전쯤 방정환과 소년운동을 함께 이끌던 소춘 김기전이 한 말이다. 주지하다시피 김기전은 '소년보호'를 거론한 이돈화와 '소년수양'을 강조한 이광수와는 달리 '소년해방'을 역설했다. 100년이 흐른 지금 여기의 아이들은 김기전이 말한 '눌리운 풀'의 처지를 벗어났을까. 벗어나기는커녕 '반석'의 위치만 더 공고해진 느낌이 든다. 오히려 김기전의 말이 무색하게 어린이에 대한 학대와 혐오, 멸시와 조롱은 더 증가하고 강화되는 추세다.[8] 그렇다면 동시는 지금 여기 아이들의 목소리를 어떻게 그려야 할까?

2015년 불거졌던 어린이 시집『솔로강아지』(이순영 동시집, 가문비 2015)를 둘러싼 논란을 생각한다. 초등학교 3학년 어린이가 쓴 한 작품을 '잔혹동시'라 명명하며 불거진 이 논란에서 일부 어른들은 그 작품을 반사회적이고 패륜적이라 몰아붙였다. 반사회적이고 패륜적인 것은 이 세상 그 어디에도 없는 학원지옥과 입시지옥을 연출해 낸 어른들이지 그 속에서 고통당하는 아이가 아니라는 항변도 있었지만, 문제가 된 그 작품은 결국 폐기되었다. 그 작품을 폐기했다고 해서 물론 잔혹한 시대의 진실이 모두 가려진 것은 아니다. 이 논란이 벌어지기 바로 1년 전 이미 우리들은 '가만히 있으라'는 어른의 말을 따르다가 바닷속으로 속절없이 사라져 간 아이들을 목도했거니와, 위선적인 어른들이 강요하는 규범에 질식당하는 아이들의 비명과 신음은 사실 '잔혹동시' 논란이 벌어지기 훨씬 이전부터 우리 주변을 끊임없이 맴돌고 있었다.

---

8 2008년부터 2014년 사이 우리나라에서 학대로 사망한 아동의 실태를 꼼꼼하게 조사 기록한『아동학대에 관한 뒤늦은 기록』(류이근 외, 시대의 창 2016)에는 신체 학대와 방임으로 인한 사망 외에, 신생아 살해, 동반 자살이라는 이름으로 왜곡된 '살해 후 자살'까지 사망한 아동이 263명이라고 기술되어 있다. 그 아이들은 "소풍을 가고 싶어요", "마이쭈 먹고 싶어요"라고 말했다고, 식탐이 많다고, 자주 운다고, 대소변을 못 가린다고 부모에게 맞고 학대당하고 방치되다 사망했다. 임지선「이 순간에도 학대받고 있을 아이들을 생각하며: 한겨레 아동학대 사망사건 탐사보도 취재 후에」,『백조』 2021년 여름호, 48면에서 재인용.

이미죽은내가 엄마아빠를 국자로 떠와 차례차례 변기에 담근다 이미죽은내가 엄마아빠의 잠옷을 벗기고 속옷을 벗기고 바리깡으로 몸에 난 모든 털을 깎는다 이미죽은내가 엄마 아빠를 깨끗이 물에 헹구고 탈수기에 넣어 탈탈 말린다 이미죽은내가 쇠도끼로 엄마아빠의 머리뼈와 종지뼈를 쳐내 그걸 고아 프림색 국물을 우려낸다 (…) 이미죽은내가 링거바늘로 뽑아 둔 엄마아빠의 피로 국물 간을 맞춘다 이미죽은내가 엄마아빠의 살수제비가 팔팔 끓고 있는 국솥 앞에서 감사의 기도를 올린다 이미죽은내가 엄마아빠의 살수제비를 후후 불어 떠먹기 시작한다 (강조는 원문) (김민정 「살수제비 끓이는 아이」 부분, 『날으는 고슴도치 아가씨』, 열림원 2005; 개정판 문학동네 2021)

아이를 주체로 바라본 가족 풍경을 다룬 이 시는 얼핏 과격하고 엽기적으로 읽힌다. "엄마아빠"를 도륙하여 "살수제비"를 끓여 먹는 이 무도한 잔혹극은 그러나 현실의 재현이 아니다. 시인은 "이미죽은내가"를 자꾸만 반복함으로써 그것이 실행 불가능한 복수극이었음을 강조한다. 여기서 도드라지는 것은 그러니까 부모 살해가 아니라 부모와 끝내 화해하지 못한 채 억울하고 비극적인 죽음을 맞이했을 나의 모습이다. 힘을 가진 어른은 아이를 죽음으로 내몰고, 아이는 죽어서야 비로소 자신의 복수를 완성한다.[9] 이것은 동시가 아니라 한 편의 시이지만, 어른과 아이 사이에 작동하는 권력관계의 비극성은 최근의 동시에서도 이렇게 어김없이 드러난다.

9 이수명 「미래파를 위하여」, 『횡단』, 문예중앙 2011, 124면.

1

밤을 샌 적이 있다

큰 토끼가 명령했기 때문에

작은 토끼는 종종 그런 적이 있다

2

깜깜하고 차가운 하늘에

조각달이 비뚜름하게 걸려 있다

작은 토끼의 눈에

큰 토끼는 깨진 왕관을 쓴 왕처럼 보였다

활활 타오르는 집을

깊은 눈동자에 밤새도록 담으면서

작은 토끼는 조금씩밖에 자랄 수 없었다

3

더 강한 다리를 갖고 싶어요

이 밤을 경중경중 건너뛰고 싶어요

지난밤

지지난밤

멀고 먼 밤에도

그건 작은 토끼의 꿈이었다.

숨죽이고 지나는 밤이

어린 토끼들에게 있는 일이다.

— 남지은 「비상계단」 전문(『웹진 비유』 제39호, 2021)

김준현은 이 동시와 관련한 글[10]에서 어른은 자신이 스스로 가진 한계와 어린이 사이에 놓인 경계를 차라리 솔직하게 인정할 시점이 되지 않았는지 반문한다. 그는 아이와 어른 사이의 경계가 "'어린이라면 이래야 한다'가 아니라 '어른이라면 마땅히 이래야 한다'라는 조건절"을 전제로 해야 하는 것임을 역설하며, 어린이만을 성장하는 존재로 상정할 것이 아니라 어른 자신도 스스로를 계속 성장 중인 존재로 인식해야 한다고 주장한다. 동시란 흔히 말하듯 성숙한 어른이 미숙한 아이에게 건네는 시가 아니라 성장의 과정에 함께 있다고 느끼는 어른과 아이의 '공감대'를 동력으로 하여 쓰이는 시라고 정의한다. 김준현은 그런 동시야말로 "타자-존재에 대한 인지 감수성"을 확장할 수가 있다고 말한다. 그때야 비로소 시인은 "어린이가 할 수 없는 어린이의 말"[11]을 대신할 자격을 얻게 된다는 것이다.

김준현의 이 말을 전적으로 수긍하는 한편으로 나는 남지은 시인이 쓴 또 다른 작품 「생각하는 의자」(『창비어린이』 2021년 여름호)에 대한 이유진의 우려 섞인 평에도 경청할 부분이 있다고 생각한다.[12] 이유진은 끔찍한 폭력 속에서 "멱살 잡힌 채 공중에 뜬 작은 발"을 가진 아이가 과

---

10 김준현 「우리의 한계와 경계를 인정할 시점」, 『동시마중』 2021년 5·6월호, 112~29면 참조.

11 김준현은 『웹진 비유』 제2호(2018)에 동시를 수록하며 작가 소개란을 이렇게 채웠다. "어린이와 어른 사이에 가로놓인 무언(無言)의 국경선에 틈을 내 본다. 어린이가 할 수 없는 어린이의 말을 해 본다."

12 이유진 「'어쩌면'과 어린이」, 『동시마중』 2021년 7·8월호, 113~16면 참조.

연 그 시를 통해 진정으로 공감과 위로를 받을 수 있을까 의문을 제기한다. 남지은 동시가 어린이라는 타자에 대한 섬세한 감수성을 바탕으로 쓰인 시임을 의심하지 않지만, 이유진의 발언 속에 들어 있는 어린이에 대해 가지는 어른의 또 다른 감수성 또한 눈여겨볼 필요가 있다.

김준현의 말대로 동시를 쓰는 시인들은 어린이에게 윤리를 강요하기에 앞서 어린이를 대하는 어른 자신의 윤리를 먼저 성찰해야 할 것이다. 하지만 어른은 자신의 윤리를 성찰하는 것과 아울러 어린이가 갖지 못한 어떤 힘을 자신이 가지고 있음을 또한 자각할 필요가 있지 않을까. 시인은 끔찍한 현실을 끝내 우회하지 않으면서 비가시화된 아이의 목소리를 대신 드러내 주는 사람이기도 하지만, 때에 따라선 자신이 가진 그 언어의 힘으로 끔찍한 현실에 맞서는 길을 대신 찾아내기도 해야 하는 사람이다. 그것은 아동문학을 하는 어른들이 짊어져야 할 버거운 짐이자 영광된 자산 같은 것이라 생각한다. 아이가 죽어서야 비로소 자신의 복수를 완성하기 전에, 시인은 자신이 가진 힘으로 무언가를 해야만 한다. 그것이 현실 앞에 무용하고 무력한 것으로 비치는 것이더라도 말이다.

물론 최근 우리 동시가 그와 관련한 행보에서 무관한 길을 걷고 있다는 말은 아니다. 우리 동시는 앞 세대 시인들이 보여 주지 못했던 상상력과 언어를 새롭게 발명해 내며 단조롭고 협소했던 기존의 동시에 새로운 충격과 활기를 불어넣어 준 공적이 있다. 전통적인 동시의 말하기 방식과 다른 유머와 난센스, 환상성 등을 활용하여 새로운 어법을 구사함으로써 구시대의 아동관이나 현실을 보는 관점에서 의미 있는 변화를 불러왔고, 오랫동안 동시의 중심이라 믿어 왔던 고정관념에 균열을 가한 것은 우리 모두가 주지하는 바다. 그럼에도 여전히 우리 주변에는 주류가 드리우는 그늘에 가려진 존재들이 있고, 그런 존재들에 대한 억압과 차별이 해소되기는커녕 오히려 강화되고 있는 실정이다. 우리 사회에서 어린이라는 존재 또한 암묵적으로 관철되어 온 모종의 규범성에 억눌린 채 어른들의 소망과 목적을 위해 여전히 타자화된 삶을 살고 있다.

앞서 과거의 두 시인들을 통해 우리는 중심에서 소외되어 있는 '퀴어한 존재'들에 대한 지극한 관심, 그리고 '카니발의 문법'으로 어른들이 조성해 놓은 가짜 질서를 전복하려 한 시적 전략에 대해서 살펴보았다. 여전히 '보이지 않는, 그러나 있는' 존재들을 위해 우리는 과거 두 시인이 시도했던 탈중심의 상상력을 끊임없이 자기화할 필요가 있다. 그렇게 해서 "닫힌 어른들의 세계가 균열과 붕괴를 통해 열린 아이들의 세계로 환원되"[13]기까지 우리 동시는 보이지 않는 것들을 눈 크게 뜨고 지켜보며, 어른만이 질 수 있는 짐을 계속 감내해야 할 것이다.

13 함기석 「꿈과 환상의 세계로 떠나는 탐험개미」, 김개미 『커다란 빵 생각』 해설, 문학동네 2016, 103면.

2부
도전과 변모의 발자취

'동시'의 기원과 계보

『금성』지 수록 동시고

1. 문제 제기

1920년대 초반에 발간되었던 문학 동인지 중에 『금성』이라는 잡지
가 있다. 1923년 11월 양주동, 백기만, 손진태, 유엽 등에 의해 창간되
어, 2호(1924. 1)에 이어 3호(1924. 5)까지 나온 뒤 종간된 잡지다. 그런데
1920년대 나온『창조』『백조』『폐허』 등의 다른 동인 잡지들과 다르게
『금성』지에는 특이하게도 '동시'라는 장르 명칭이 붙은 작품들이 실려
있다. 창간호에 실린 백기만의 「청(靑)개고리」, 손진태의 「별똥」과 「달」,
2호와 3호에 실린 손진태의 「신선(神仙)바위에서」 「키쓰와 포옹(抱擁)」
「옵바, 인제는 그만 도라오세요」 총 6편의 작품이 그것인데, 동시사(童
詩史)의 관점에서 결코 예사롭게 보아 넘길 작품들이 아니다. 각 작품에
명기되어 있는 '동시'라는 명칭이 근대 아동문학 문헌 가운데 최초로
나타나고 있다는 점, 그리고 6편의 작품들이 가지는 시 형식과 내용이

한국 동시의 기원을 보여 줄 수 있다는 점에서 각별한 의미가 있는 작품들이라 본다. 아쉽게도 이런 문제에 대한 천착이 우리 아동문학 논의에서 아직까지 이루어지지 못하고 있는 실정이다.[1]

『금성』 창간호가 발간된 것은 우리 근대 아동문학의 본격적 기점으로 삼는 『어린이』가 발간된 해였다. 어린이(소년) 독자를 겨냥한 잡지의 발간이 이루어진 그해에 일본 유학생들이 주축이 되어 발간한 시 동인지에 동시가 실린 연유는 무엇인가? 『금성』지에 수록된 동시 작품의 수준은 같은 시기 어린이 잡지에 발표되는 작품들과 어떤 공통점과 차이점이 있을까? 그것은 말 그대로 평지돌출 식으로 출몰한, 단발성의 시도에 지나지 않는 것이었을까? 아니면 우리 아동문학사 전개 과정에서 동시의 중요한 계보를 형성하게 되는 의미 있는 기점이었을까? 비록 6편에 불과한 소수의 작품이지만, 그것이 생산된 '시기'를 고려할 때 이 작품들은 여러 모로 세밀한 검토가 필요하다는 생각이 든다.

---

1 아쉽게도 우리 아동문학사 논의에서 『금성』지에 실린 동시는 아예 외면당해 왔거나 별 주목을 받지 못했다. 이재철의 『한국현대아동문학사』(일지사 1978)에는 『금성』지에 실린 동시 작품에 대한 언급 자체가 없으며, 1980년대 윤석중이 쓴 「한국동요동시소사」에서도 이에 대한 언급은 빠져 있다. 다만 『금성』지에 실린 동시에 대해 처음 언급한 이는 제해만이다. 그는 「일제 식민기의 동요·동시고」(『비평문학』 제10호, 1996. 1)에서 『금성』지에 실린 백기만과 손진태의 작품을 지칭하는 명칭으로 최초로 '동시'라는 용어가 쓰였다는 것을 밝혔는바, 이후 몇 편의 동요 동시 관련 아동문학 연구 논문들에서 이런 사실이 재차 언급된 바 있다. 그러나 『금성』지에 실린 동시에 대한 깊이 있는 분석은 아직 본격적으로 이루어지지 못하고 있는 실정이다.

2. 『금성』지에 수록된 동시에 대하여

1) '동시'라는 명칭에 대하여

앞서 말한 바와 같이 3호까지 발간된 『금성』지에는 세 차례에 걸쳐 모두 6편의 '동시'가 실렸다. 이들 작품에 주목하기에 앞서 우선 눈길을 끄는 것은 작품 제목 앞에 동인들 스스로 붙여 놓은 '동시'라는 갈래 명칭이다. 지금은 '동시'라는 용어가 아동문학 운문을 대표하는 명칭으로 널리 쓰이고 있지만, 『금성』지가 발간될 때만 해도 우리 아동문단에서는 전혀 쓰이지 않던 용어였다. 이들은 어떤 연유에서 '시'나 '동요'가 아닌 '동시'라는 용어를 자신들의 작품을 지칭하는 장르 명칭으로 붙였던 것일까?

『금성』지가 창간될 당시 우리 아동문단의 분위기는 한마디로 '동요'라는 장르를 어떻게 확산할 것인가에 전적으로 매달려 있던 시기라고 볼 수밖에 없다. 당시 제출된 이론이나 작품들을 보면 '가창'의 형태로 향유되는 '동요'만을 지향했던 것이 명백하게 드러난다.[2] 그러나 당시 일본에서는 기타하라 하쿠슈(北原白秋)를 필두로 동요와는 다른 새로운 시 형식으로서의 '동시'를 모색하고 있었다. 그 근거가 바로 기타하라 하쿠슈가 1923년 1월 발표한 「동요사관(童謠私觀)」이다.

동요는 동심 동어의 가요이다. 가요가 가요이기 위해서는 조율과 정제, 작곡상 아동 본연의 박자 감각이 노래와 일치되도록 해야 하는 제작상의 규약

---

2 버들쇠가 쓴 「동요 지시려는 분께」(『어린이』 제2권 2호, 1924. 2)와 「동요 짓는 법」(『어린이』 제2권 4호, 1924. 4)은 이 시기에 제출된 대표적인 동요 이론이라 할 수 있겠는데, 여기서 강조되는 것은 "입으로 부르는 노래"이다.

이 있다. 노래하기 위한 이런 동요 이외에, 정독하거나 묵독하는 재미로 읽는 시―동시―가 아동에게 주어져야 할 것이다. 아동 자신도 지금은 주로 자유율의 시를 짓고 있다. 나는 아동들이 가요를 지으려고 억지로 음률의 수를 맞추는 데 골몰하기보다 자유시를 짓는 편이 낫다고 생각한다.

그것을 생각하면 나는 가요 외에도, 새로운 풍조로서 동시(주로 자유율)의 방면에도 앞으로는 더욱 유념하여 개척을 해야겠다고 다짐한다. 이미 두세 편의 시험작들을 지어 보았는데, 동요와 같은 자리에서 나에게 중대한 제작이 될 것이라 본다. 나는 내 염원이 성취되기를 바라며 매진할 것이다. (강조는 인용자) (「童謠私觀」, 『詩と音樂』 1923년 1월호, 『綠の觸角』, 東京: 改造社 1929, 53면)

기타하라 하쿠슈는 1918년 스즈키 미에키치(鈴木三重吉)가 창간한 『빨간새(赤い鳥)』에 참여해 누구보다 활발하게 동요 작품을 발표했고, 1919년에 첫 동요집 『잠자리 눈동자』를 시작으로 『토끼의 전보』(1921), 『축제의 피리(祭の笛)』(1922) 등을 잇달아 발간하게 된다. 그는 창작뿐 아니라 동요에 관한 이론을 수립하는 데도 적극적이었다. 그는 1920년대 초반부터 『예술자유교육』 『시와 음악』 등의 잡지를 통해 동요와 관련한 발언들을 쏟아 냈으며, 이 글들을 뒤에 『녹(綠)의 촉각(觸角)』(1929) 이라는 책으로 엮어 냈다. 하쿠슈의 동요론은 그의 작품과 함께 1920년 대는 물론이려니와 1930년대 이후까지 우리 아동문단에 상당한 영향을 끼친 것으로 파악된다.[3] 앞에 소개한 하쿠슈의 글에서 주목할 것은 "동심 동어의 가요"인 '동요'와 구별되는 "새로운 풍조"로서의 '동시'의 필

---

3 기타하라 하쿠슈의 동요론은 일제시대 동심주의 계열 시인들뿐 아니라 계급주의를 표방했던 시인들이나 평론가들에게까지 하나의 이론적 틀로 작용했고, 이는 1960년대 초반 박목월의 『동시교실』이나 이원수의 아동문학 이론에까지 영향을 미쳤다.

요성을 분명하게 언급하고 있다는 점이다. 그런데 정작 이런 하쿠슈의 발언이 조선에서는 곧바로 수용되지 못했다.

앞서 말한 것처럼 하쿠슈의 '동시 제창'이 행해지던 시기에 우리의 아동문단은 '동요'를 어떻게 창작할 것인가를 고민하고 있었다. 이는 1924년 1월과 4월 『어린이』지에 버들쇠(유지영)가 발표한 「동요 지으려는 분께」와 「동요 짓는 법」이라는 글에 명백히 드러나는바, 버들쇠는 이 글들에서 '동심 동어의 가요'의 성격을 지니는 동요의 창작 방법에 관해서만 발언을 하고 있다. 다시 말해 1918년 『빨간새』의 창간과 더불어 일어난 일본에서의 창작동요운동이 약 5년간의 진행을 통해 이전까지 추구한 동요와는 구별되는 새로운 형식으로서의 동시를 모색하는 단계에 이르렀다면, 우리의 경우는 아직까지 창작 동요를 어떻게 써갈 것인가 하는 문제를 놓고 고민을 하던 단계였던 것이다. 그렇다면 1923년 11월 창간한 『금성』지에 나타난 '동시'라는 용어는 어찌 보아야 할까.

그 문제는 시 전문 동인지를 표방한 『금성』지의 성격에서부터 따져봐야 하지 않을까 한다. 『금성』은 동인지 문단의 완숙기를 장식한 잡지로서, 문과 출신 도쿄 유학생 중심으로 결성된 전문가 집단의 성격을 띠고 있었다. 개인적인 열정과 취미, 교양으로서 문학을 접하고 문인으로 성장했던 선배 문인들과 달리 이들은 그 열정과 취미를 '전문적 지식'으로 다시 여과하는 과정을 겪어야만 했다. 자신들보다 앞선 동인지들과 차별화를 선언했던 『금성』 동인은 다양한 시적 모색을 시도하려고 했다. 이들이 번역을 중요시한 점, 잡지의 전문성을 지키기 위해 면수를 제한하고 시가만을 다루겠다고 선언한 것 등은 이들의 전문가적인 자의식과 '자부심'을 보여 준다.[4] 와세다(早稻田)대학 문과에 재학 중이던 이들에게 일본 시단의 경향은 하나의 모델이었을 것이며, 기타하라 하쿠슈의 작품 활동이나 이론적 모색 또한 중요한 관심사의 하나였을 것이라 짐작된다. 일본의 시 전문 잡지『시와 음악』에 발표된 기타하라 하쿠슈의「동요사관」역시 이들이 모색하려는 시 전문지의 방향에 일정 부분 힌트를 주었음이 틀림없다. 이는 소년운동을 전제로 하여『어린이』지 등을 중심으로 펼쳐진 1920년대 동요운동과 구별되는 지점인바, 1920년대 동요운동이 집단적 확산을 위한 노래운동이 주가 될 수밖에 없었다면『금성』에 나타난 '동시'는 말 그대로 예술성의 측면에서 시인이 쓰는 작품이라는 차원으로 접근한 결과물일 가능성이 크다.

다시 말해『금성』동인들이 사용한 '동시'라는 명칭은 우연의 소산인 조어(造語)가 아니라, 1923년 기타하라 하쿠슈가 제창한 '동시'의 개념을 충분히 인식한 상태에서 쓰인 용어라는 것을 짐작할 수 있다. 이런 가설은 백기만과 손진태가 발표한 실제 '동시' 작품을 살펴봄으로써 입증될 것이다.

2) 백기만의 동시

목우(牧牛) 백기만(白基萬, 1901~1969)은 경북 대구 태생으로 양주동

---

4 김춘식『미적 근대성과 동인지 문단』, 소명출판 2003, 213~14면. 일찍이『금성』지 동인들이 지니는 '시 전문집단'으로의 성격에 주목했던 김용직은 "『금성』동인들에게는 선구적인 위치에서 문학을 전공 중이라는 생각이 빚어낸 자부심이 간직되어 있었다. 그리고 이런 자부심은 그들로 하여금 선행한 유파, 집단에 비해 그들이 우위에 서 있다는 긍지와 함께 자신들이 진행하는 일들이 탁월한 것이 되어야겠다는 정열, 의욕 등을 낳게 했다. 말하자면『금성』동인들은 일종의 선민의식 같은 것에 사로잡혀 있었다고 하겠다"라고 말하고 있다. 김용직「시전문집단,『금성』파의 등장」,『한국근대시사』, 새문사 1982, 252면.

과 함께 『금성』지를 주도했던 인물이다. 그는 시인 28명의 시가 수록된 최초의 근대 시인 선집인 『조선시인선집』(조선통신중학관 1926)을 편찬하기도 했다. 그러나 시인으로서 창작활동이 비교적 짧았던 탓에 다른 동인들에 비해 비교적 많은 조명을 받지 못했던 시인이다. 시인으로서 그의 창작활동 기간은 1923년에서 1928년 사이의 약 6년간으로, 이 시기 『개벽』『금성』『신민』『조선일보』『동아일보』『현대평론』 등에 총 24편의 창작시를 발표했다.[5] 이 가운데 백기만은 자신의 작품에서 유일하게 '동시'로 명명된 「청(靑)개고리」를 1923년 11월 『금성』 창간호에 싣고 있다. 그는 자신이 엮은 『조선시인선집』에 이 「청개고리」를 「산촌모경(山村暮景)」「은행(銀杏)나무 그늘」 등 자신의 시 4편과 함께 다시 실었는바,[6] 이 작품은 시인이 자선한 대표작이라 해도 무방하다. 작품 전문은 다음과 같다.(이하 인용 동시는 모두 원문대로 표기함)

靑개고리는장마째에운다, 장마째에슬푸게운다, 장마째에목이압흐도록운다.

靑개고리는不孝한 子息이엿다, 어머니의식히시는말슴을한번도들어본적이업섯다.

어머니개고리가 '오날은山에가서놀아라'하면, 靑개고리는반다시물에가

5 김두한「백기만의 시관과 시세계」, 『백기만 전집』, 대일 1998, 216~17면.
6 선집에 수록할 때 백기만은「청개고리」의 일부분을 다음과 같이 개작한 것이 확인된다. 1연 "장마째에목이압흐도록운다."는 "장마째에목이터지도록운다."로, 3연 "죽을째에, '나를江가에무더라'하엿다"는 "죽을째, '내가죽거든江가에무더라'하엿다"로, 6연 "그는어머니의무덤을생각한다"와 "소리처우느니라."는 각각 "그는어머니를생각한다"와 "소리처운다."로 바뀌었다.

서놀앗섯다, 또 '물에가서놀아라'하면, 그는긔어히山으로만갓섯느니라.

어머니靑개고리가이世上을다살고죽을째에, '나를江가에무더라'하엿다,-
이말은 '山에무더라'는 말이어니.

靑개고리는그의어머니의죽음을볼째, 조고마한가슴이슬품에무허저섯다,
넓고넓은天地에다시는그를사랑하여줄이가업섯슴이다.
그째에靑개고리는어머니의生前에한말슴도들어보지(順從)못하엿슴을뉘
웃첫다, 그러나그것은영영돌아올줄을몰으는지난일이다.

그는어린가슴에슬품과앞흠을안고,그의어머니의마조막말슴을좃차어머
니의屍體를물맑은江가에, 써러지는눈물과한가지로무덧더라.

그뒤에장마째가될째마다, 그는어머니의무덤을생각한다, 싯벌언黃土ㅅ물
이넘어어머니의屍體를씌워갈가念慮이다.
그리하야靑개고리는장마째에운다, 비마즌나무입헤서몸을적시우면서어
머니를생각하고는, 슬푸게슬푸게소리처우느니라.

아이들아, 너의들이일즉이장마비오는날 또는밤 靑개고리의우는슬푼노래
에, 귀를 기우려들어본적이잇느냐.
(이것은우리의엇던地方에傳해오는아이들이약이를詩로쓴것이외다.)

이 시는 소재와 형식, 두 가지 측면에서 일단 주목된다. 우선 작품의
소재가 청개구리와 관련한 설화[7]에 근거하고 있다는 점, 또 하나는 산

문시에 가까운 시형을 보여 주고 있다는 점이다. 전술한 것처럼 이 시가 발표되던 당시 우리 아동문단은 정형률을 철칙으로 여기던 시점이었다. 그 점을 감안한다면 백기만의 「청개고리」는 당시 동요 확산과는 다른 시적 지향의 태도에서 나온 결과물임을 확인할 수 있다.

근대 이후 어린이 독자를 상정한 운문에서 옛 설화나 민담에서 작품의 소재를 가져오는 예는 백기만의 작품이 처음은 아니었다. 가령 1910년대 최남선이 주재한 잡지 『붉은 저고리』와 『아이들 보이』에는 '금도끼 은도끼' '토끼와 거북이' 같은 옛이야기나 이솝 우화를 4·4조나 7·5조의 창가에 결합시킨 '동화요(童話謠)'를 시도한 것이 확인된다. 그러나 이런 동화요는 4·4조나 7·5조 운율을 고수함으로써 기계적인 음률의 반복과 평면적인 줄거리 나열이라는 한계를 벗어나지 못했다. 백기만은 '동화요'가 가지는 그러한 한계를 산문시의 형태를 통해 넘어서고 있는바, 이는 이야기와 산문시가 결합한 일종의 '동화시'의 효시라 할 수 있다.

이전 시기의 '동화요'와 백기만에 의해 새롭게 시도된 '동화시'는 어떤 차이가 있는가. 우선 앞의 동화요가 곡보를 전제로 하여 '가창'될 것을 염두에 두고 쓰이는 것이라면, 동화시는 확실히 '묵독'이나 '낭독'을 전제로 쓰인 작품이라 할 수밖에 없다. 즉 「청개고리」는 기타하라 하쿠

---

7 '청개구리 설화'는 동물담(動物譚) 중 유래담(由來譚)에 속하며, '청와전설(靑蛙傳說)' '청개구리의 불효' '청개구리의 울음소리'라고도 한다. 중국 당나라 이석(李石)의 『속박물지(續博物志)』 권9, 단성식(段成式)의 『유양잡조속집(酉陽雜俎續集)』 권4, 10세기 말 송나라 때에 나온 『태평광기(太平廣記)』 권39 등에 실려 있다. '청개구리 설화'는 우리나라의 여러 지역에서 구전되어 왔다. 손진태가 엮은 『조선민족설화의 연구』(을유문화사 1947)에는 '중국 영향의 민족설화'라는 장에 「청와전설(靑蛙傳說)」이라는 제목으로 소개되어 있다.

슈의 말을 빌리면 "동심 동어의 가요"가 아니라 "정독하거나 묵독하는 재미"를 지향한 말 그대로 "동시"였던 것이다. 전술한 바와 같이 이러한 형식은 우리 근대 아동문학상에 나타난 최초의 산문시적인 성격을 띠며, 1920년대 동요 문단에서는 좀체 시도되지 못하다가 1933년 '동시집'을 표방한 윤석중의 『잃어버린 댕기』에 '동화시'라는 장르 명칭으로 그 계보가 이어진다.

다만 「청개고리」는 설화의 줄거리를 차용해 어른인 시적 화자가 어린이에게 들려주는 형식을 취했을 뿐 별다른 창작적 손길이 더해지지 않아 그 내용이 사뭇 고답적인 느낌을 준다.[8] 그러나 이 문제를 백기만의 시인으로서 능력 문제로만 여기는 것이 과연 타당한지는 모르겠다. 설화의 줄거리를 그대로 가져온 것은 그의 시적 능력의 한계에도 원인이 있을지 모르지만, 그 안에는 설화가 가지는 고유성을 훼손하지 않으려는 의도가 담겨 있다고도 볼 수 있기 때문이다. 『금성』지 2호와 3호에는 「새는 새는」 같은 전래동요와 「쇠집사리」 「채녀가」 등 민요가 수록되어 있다. 이는 『금성』 동인들이 창작시뿐 아니라 전승 동요, 민요의 보존에도 깊은 관심을 가지고 있었음을 보여 주는 사례다. 백기만의 「청개고리」 창작에는 전래 설화의 원형을 훼손하지 않으면서, 그것을 시적인 형식에 담아 어린이 독자에게 전달하고자 하는 의도가 들어 있지 않았나 생각한다.

『금성』지에 수록된 백기만의 작품 가운데 '동시'라는 명칭이 붙어 있는 작품은 「청개고리」가 유일하다. 따라서 백기만의 동시 창작이 하나의 실험 내지 단발성에 그친 작품이라는 평가 이상의 의미를 부여하기

---

8 김용직 『한국근대시사』, 새문사 1982, 255면.

가 어렵다는 시각이 있을 수 있겠는데, 백기만이 시도한 다른 시들과 외국 시 번역 작업을 함께 살펴보면 그가 누구보다 '동심 지향'의 시 쓰기에 깊은 관심을 쏟은 인물임을 짐작할 수 있다.

『금성』지에는 타고르(Tagore) 시집 『초생달』에서 골라낸 13편의 시가 번역되어 있다. 이들 가운데 양주동이 「해안에서」「아기의 버릇」「천문학자」 외 9편을, 백기만이 「그째에 그 쯧을」「구름과 물결」「적고 큰 사람」「영웅」 4편을 번역했다. 타고르의 『초생달』에 실린 시들은 대체로 유장한 가락을 지닌 산문시 형태의 시들로서 특히 시인이 어린이가 되어 어린이의 기분으로 자연과 세상을 보고 거기서 느낀 것을 노래한 것이 특징이다.[9] 타고르의 『초생달』에 실린 시는 뒤에 윤석중에 의해서도 번역되는데, 이 시집은 시적 화자나 시적 발상이 동시에 가까운 면모를 보이고 있는 것이 특징이다.

　　내가녀이들에게 五色작난감을쥐어줄째에, 내어린이들이어, 내가 째닷노라ー 물우에, 구름우에變化만흔彩色이써도는쯧을, 그리고四時의꼿들이울긋불긋한빗흘자랑하는쯧을ー 내가녀이들의게五色작난감을쥐어줄째에, 내어린이들이어.
　　　　ー「그째에 그 쯧을(When and Why)」 부분(『금성』 창간호, 1923. 11)

　　어머니, 나는그보다도됴흔놀이를알지오,
　　나는그구름이되구어머니께서는달이되서요,
　　내가두손으로어머니의얼골을가리우리다,

9 이기철 「백기만 연구」, 『백기만 전집』, 대일 1998, 210면.

'동시'의 기원과 계보　115

그러면우리집웅은푸른하날이될터이지오.

—「구름과 물결(Clouds and Waves)」부분(『금성』창간호, 1923. 11)

十月엇던공일날에아버지는, 내가아즉도어린아긴줄로만생각하시고, 도회에서조그마한신과적은비단저고리를사가지고집에오시렷다, 나는말하리라, "아버지, 나도인제는아버지만침커젓스니까요, 그것은 다―싸싸들주시오."

—「적고 큰 사람(The Little Big Man)」부분(『금성』제2호, 1924. 1)

千가지쓸대업는일은날을이어니러나는데, 엇지하야이와갓흔일은조흔째에참으로오지를못하나요?

그것은 冊에잇는이약이갓치될터인데요,

우리언니는말하리라, "그러케될수가잇슬가?나는늘그애가그러케軟弱하다고만생각하얏섯는데!"

우리마을사람들은다눈이둥그래저서말하리라, "그애가참어머니와함씌잇기를잘하지안이하얏든가?"

—「영웅(The Hero)」부분(『금성』제3호, 1924. 5)

「그째에 그 쯧을」에는 시적 화자가 어린이를 시적 청자로 하여 그들에게 아름다운 것을 주고자 하는 자신의 간절한 마음을 호소하고 있으며, 「구름과 물결」 등 나머지 세 작품은 어린이가 시적 화자로 등장하여 성장한 존재로 인정받고 싶어 하는 어린이의 심리를 인상적인 필치로 그려 내고 있다. 이를 보면 백기만의 동시 「청개고리」에 나타나는 산문시적 형식의 근원이 무엇에 근거한지가 드러난다. 이 말고도 백기만이 『금성』 3호에 발표한 「은행나무 그늘」[10]은 타고르의 『초생달』의 시적 어조나 분위기를 많이 닮았으며, 갈매기가 나는 저녁의 인상적인 풍경을 노래한 「갈메기 날든 저녁 한울이」(『조선일보』 1925. 4. 20)와 "옥가티도 아름다운" 아기의 모습을 찬미한 「아기의 얼골」(『현대평론』 1927. 7)은 비록 산문시 형식이 아니긴 해도 전형적인 동심주의 경향이 드러난다는 점에서 동시풍의 범주에 놓을 수 있는 시들이다.

이상을 종합해 보면 백기만은 일본의 기타하라 하쿠슈에 의해 제기된 '동시 선언' 이후 동요가 아닌 동시 작품을 쓰려고 시도했으며, 창간호에 발표한 동시 「청개고리」는 내용상으로는 전승되는 우리 설화를, 형식상으로는 타고르의 『초생달』이 갖고 있는 산문시적인 형식을 참조하여 창작한 것으로 추정된다.

3) 손진태의 동시

백기만에 견준다면 손진태(孫晉泰, 1900~?)는 아동문학과 좀 더 친연성이 있는 인물이다. 그가 다름 아닌 색동회 초대 멤버였기 때문이다. 그는 1923년 5월 1일 방정환, 진장섭, 조재호, 정병기 들과 더불어 색동회 결성에 참여한다. 그는 『어린이』지에 '동화'를 발표하기도 하고, '역사 이야기'를 연재했으며, 우리 전래동요나 전래동화에 관심을 갖고 연구를 지속했다. 1927년 2월 『신민』 22호에 발표한 「조선 동요와 아동성」은 1920년대 산출된 동요 관련 비평 중에 단연 돋보이는 글이다.[11]

---

10 이 시는 결혼 적령기에 이른 처녀가 어머니에게 한 청년을 연모하고 있음을 고백하는 내용이다.

11 손진태는 이 글에서 같은 색동회 회원이던 정인섭에게 경상도 일대에서 수집한 전래동요 자료를 건네받아 그 속에 내재된 열 가지 아동성을 추출해 보여 주고 있다. 그가 추출한 아동성은 근대 아동문학의 관점에서도 충분히 참고할 만한 시사점을 던져 준다.

손진태는 『금성』 창간 동인으로 활동하며 창간호, 2호, 3호 세 차례에 걸쳐 동시 다섯 편을 발표한다. 창간호에 발표한 작품은 「별똥」과 「달」 두 편이다. 전문을 소개하면 다음과 같다.

어머니, 제게말하섯지오,
어제밤에별똥이써러젓슬 째
'저별똥을먹으면죽잔는다'고.
새벽에나혼자압산넘어로
그별똥을주으러갓다왓서요.
아모리차저도몰느겟서요
어머니,별똥이엇지생겻소?
1923. 10. 12. 밤

　　　　　　　　　　　　　　　　　—「별똥」 전문

달아너는 멧살먹엇니?
멧살에너어머니돌아가섯니?
나는다섯살에돌아가섯다!

달아 너혼자어듸로가니?
이밤중에너혼자어듸로가니?
너의집은너의집은어듸에잇니?
1923. 10. 12. 밤

　　　　　　　　　　　　　　　　　—「달」 전문

우선 이 작품에서 특징적으로 드러나는 것은 4·4조나 7·5조의 정형률을 취하지 않고 있다는 점이다. 두 작품 말미에는 모두 창작한 일시가 표기되어 있는데, 이 시기에 어린이 잡지에 발표되는 작품들은 대부분 엄격한 정형률을 고수한 것이 특징이다. 그러나 손진태가 쓴 이 작품들은 그러한 율격의 구애를 받지 않고 있어, 이 작품들이 '입으로 부르는 노래'를 전제로 하여 쓰인 작품이 아니라는 것을 명백하게 입증한다. 손진태는 율격상으로 당시 쓰인 '동요'들과는 다른 차원의 '동시'를 지향하려고 했던 것이다.

시의 내용으로 들어가 보면 시적 화자는 모두 어린이로 설정되었다. 비록 시 전문지에 발표된 작품이긴 하지만, 역시 어린이 독자를 상정한 '동시'를 지향하려고 했음을 보여 주는 증거다. 「별똥」에 등장하는 시적 화자는 '별똥을 먹으면 죽지 않는다'고 말한 어머니의 말을 곧이 곧대로 믿고 새벽에 앞산 너머까지 그 별똥을 주우러 간다. 어른이 무심코 지어낸 말을 그대로 믿고 호기심에 그것을 직접 눈으로 확인하려 하는 시적 화자는 말 그대로 '순진무구함'을 간직한 존재다. 이 시에 등장하는 순수한 동심상은 아동성을 낭만적으로 미화한 일본 동요의 영향으로만 보기에는 독특한 점이 있다. 「조선 동요와 아동성」에서 그가 말한 생동적이고 단순하며 호기성이 강한 존재가 바로 「별똥」에 등장하는 어린이 화자라 할 수 있다. 손진태의 「별똥」은 특히 1920년대 중반 이후 정지용의 동시 「별똥」,[12] 1930년대 후반 윤동주의 산문 「별똥 떨어진 데」, 분단 이후 이문구의 동시 「산 너머 저쪽」과 하나의 계보를 이루면서 그 기원으로서 중요한 의미를 지니는 작품이기도 하다.

---

12 "별똥 떠러진 곳,/마음해 두었다/다음날 가보려,/벼르다 벼르다/인젠 다 자랐오."(「별똥」전문,『학생』제2권 9호, 1930. 10)

「달」은 「별똥」에 견주어 더욱 서정성이 살아 있는 작품이다. 시적 화자는 달을 보며 자신의 외롭고 쓸쓸한 처지를 토로한다. 자연물에 의탁해 외로운 자신의 심사를 표현하는 방식은 우리의 시적 전통에 비추어 그리 새롭기만 한 것이라 이르기는 어렵지만, 「달」에서 특기할 것은 그런 정서적 표현을 온전한 어린이의 말로 구현하고 있다는 점이다. 시적 화자가 어린이로 나타나고 있는 것뿐만 아니라 어린이의 말로 어린이가 가지는 심정적인 측면을 온전히 담아냈다는 점에서 초창기 동시로는 드문 성공을 거둔 작품이다. 어머니를 잃은 쓸쓸함을 달에 의탁하여 전달하는 이 시는 단순한 애상성과 동심주의의 범주를 뛰어넘는다. 한마디로 이 시는 어린이의 생활과 심정을 소재로 끌어왔으면서도 어린애의 유치한 행동이나 발상과는 차별성을 보여 주는 시라 할 것이다.

『금성』 2호에는 「신선(神仙)바위에서」라는 동시가 수록되었다.

여보시오 사공님!

당신의배는어듸로가는길이심닛가?

만일당신의배가 龍宮으로 지내는날이잇거든,

부대우리 어머니를 한번차저주십시오.

그래서나의말을 잇지말고 傳해주십시오,

"그이의어린아기의 조고마한가삼은

어머니를기다려 인제는 터지겟슴니다"고,

"눈은어둡고 다리는쓸알여, 인제는다시이바위에와서

어머니의계신곳도바라보지못하겟슴니다"고.

1923. 12. 7. 밤

— 「神仙바위에서」 전문

이 작품은 앞서 『금성』 1호에서 발표한 「달」과 상호텍스트성을 가지는 작품이다. 이 작품의 시적 화자 역시 어머니를 잃은 아이다. 이 아이는 신선(神仙)바위에서 지나가는 뱃사공에게 "당신의 배가 용궁(龍宮)으로 지내는 날이 잇거든" 제발 어머니에게 자신의 소식을 전해 달라호소한다. 물가에 있는 신선바위와 뱃사공, 용궁이라는 시어로 미루어짐작하건대 화자의 어머니는 아마도 물에 빠져 생을 마감한 것 같다. 어머니의 비통한 죽음을 애달파하며 시적 화자는 가슴이 터질 것 같고, 눈물을 흘린 눈은 어두워지고 밤낮으로 신선바위를 오간 다리는 쓰라려 "어머니의 계신 곳"을 바라보지도 못하겠다고 토로한다. 이 시는 어머니를 졸지에 잃은 어린아이의 심정을 직정적으로 표출한 작품이다. 이 때문에 앞 호에 실린 「달」과 같이 어머니의 부재를 슬퍼하고 있지만, 그 슬픔의 정도가 더욱 비극적이고 강렬하게 다가온다. 한편으로 이런 강렬함 때문에 「달」에서 보여 준 시적 여운은 발견하기 어렵다. 굳이 견 준다면 같은 소재로 쓰인 시이지만 「달」에 비해 작품의 완성도는 떨어지는 작품이 아닌가 한다. 그러나 「달」이 표방하는 것처럼 이 시에는 1920년대 우리 동요문학에서 발견되는 '어머니의 부재'와 '슬픔의 정조'가 고스란히 들어 있는 것을 확인하게 된다. 그러나 그 외형만큼은 정형과는 무관한 자유율격을 취하고 있다. 이 작품 역시 '동시'를 지향하고 있는 것이다.

『금성』 3호에 수록된 「키쓰와 포옹(抱擁)」은 내용상 앞의 두 작품과는 대조를 이룬다.

초사흘실달이, 그고흔얼골을조곰만내밀고,

한울에는세일수업는별들이, 산들그리우며우슬째,
나는압쓸에서어머니젓가삼에안겨, 이러케물엇슴니다,
"어머니, 저별들은무엇이조타고
저럿케자미잇게계속살거리고잇슴닛가?"

어머니는조곰잇다, 이러케대답하섯슴니다,
"아가! 귀를기우리고가만히들어보아라,
머ㅡㄹ니서는개고리의, 놉히불으는노래,
여긔저긔서요란히들녀오지안이하나?
그리고너의발밋헤서는, 한머리귓도램이
찌찌찌혼자외로운노래를불으고잇다.

달님은이것들의노래에마음이홀녀,
조곰만방문밧게얼골을내밀고
귀여운이것들을내려다보며잇눈 것이다.

아가, 쏘보아라! 별들도이어린것들의
자미스런귀여운노래에귀를기우리고,
정다운푸른빗갈을멀니보내여
개고리와귓도램이에입맛초며잇다!

아가, 지금시원한바람이솔솔불어온다,
바람은풀입사귀를안고입맛초면서
괴로운다리를거긔서쉬이고저할째,

풀잎사귀도함의깃버우스며한들그리고잇다."

어머니는이러케말삼하시고, 다시나의얼골을들여다보실째, 나는

"그러면우리도저것들과갓치……"하면서,

어머니의가삼을안고, 조고마한키쓰를올녓슴니다.

—「키쓰와 抱擁」 전문

우선 이 작품은 앞의 두 작품에 비해 길이가 길다. 총 6연으로 되어 있
는 이 작품은 "어머니 젓가삼에 안"긴 아가가 화자로 등장한다. 시적 화
자를 유년의 아이로 설정하여 동심주의에 입각한 소재를 그리고 있다
는 점에서 역시 '동시'라는 장르에 귀속시킬 만한 작품이다. '초사흘달
과 별들이 무엇이 좋다고 저렇게 속삭이고 있는가' 물으면서 어머니와
아이 사이에 오간 대화를 그리고 있는 이 작품은 흡사 백기만이 번역한
타고르의 『초생달』의 시적 화자와 상황을 연상케 한다. 이 작품 역시 타
고르의 시적 발상과 화법에 빚지고 있는 것이다. 그러나 시적 화자의 연
령과 시적 화자의 말법이 온전한 균형을 이루는지는 의문이다. 시의 문
장은 설명투의 어미 때문에 늘어지는 경향을 보이며, 화자의 나이에 견
주어 화자의 말투나 시적 정서 또한 알맞게 조율되어 있다는 생각이 들
지 않는다. 시의 근저에 자리한 것은 다름 아닌 동심주의적 발상이겠는
데, 이것이 하나의 낭만적 포즈로 인식될 뿐이지 시적인 울림을 주는 데
는 오히려 방해 요소로 작용하는 것이 아닌가 싶다. 또한 시어의 사용에
있어서도 미숙함이 느껴지는데, 가령 '키쓰와 포옹'이라는 제목부터 그
어감이 참신하기보다는 어색함으로 다가온다. 이 시에서만큼은 손진태
가 구현하려 한 동심주의적 세계가 마치 남의 옷을 빌려 입은 듯한 모

습을 보여 주고 있는 것이다. 그러나 같은 지면에 이 시와 함께 실린 「옵바, 인제는 그만 도라오세요」는 다른 차원의 감흥을 던져 준다.

옵바, 당신의계시는나라는엇던곳임닛가?
넷이약이에잇는 '고초나라' 가거긔임닛가—
고초만큼한쇠맹이들이붉은옷을입고도라단이는?
만일그러면, 저도한번놀너가고십흡니다만!

안이겟슴니다, 어머니의말삼을들어보닛가,
그나라사람들은모다검은옷을입는다고요?
그러면, 거긔가아마할머니의말삼하시든 '어득나라' 이겟슴니다—

몸에는짐생갓치싯컴한털난사람들이사는,
그리고, 우리나라의해와달을도적해가고저하는,
모질고미운, 불개들이만히사는그나라이겟슴니다그려.

옵바, 그리고, 그나라는매우치운곳이라지요?
그러면그곳사람들은모다짐생의가죽을입엇겟지오,
—그림책에잇는그것들과갓치, 또짐생들을잡아먹겟지오,
옵바, 왜그러케무서운나라로가섯슴닛가!

인제는거긔잇지말고집으로돌아오세요,
나는어머니무릅에누엇슬째마다
아모무서움도걱정도업슴니다만,

다맛, 옵바생각까닭에눈물이흘너나림니다!

옵바, 인제는그만집으로돌아오세요,

그래서, 나와함의옛날과갓치

압산에올나솟도썩고, 바다에나가조개도캡시다.

도랑잇거든안고건너며, 내가괴로울째에는입도맛초아주시오,

옵바, 정말인제는그만도라오세요,

옵바업시는아모래도못살것갓슴니다. ─옵바─

(1924. 2. 동경서)

─「옵바, 인제는 그만 도라오세요」 전문

앞의 「키쓰와 포옹」이 근원이 뚜렷치 않은 동심주의 세계를 그리는
데 머무르고 말았다면 「옵바, 인제는 그만 도라오세요」에는 보다 구체
적인 시적 정황이 그려지고 있다. 이 시에 등장하는 아이는 역시 유년
의 여아다. 이 아이는 집을 떠나 먼 추운 곳으로 간 '옵바'를 애타게 그
리워하고 있다. 시적 화자의 오빠가 간 곳은 아마도 북쪽에 있는 외국
땅으로 짐작된다. 오빠가 가 있는 그 공간은 아이에게 구체적인 지명으
로 인식되는 것이 아니라 옛이야기에 등장하는 전설적인 공간으로 다
가온다. 아이는 어머니와 할머니 같은 어른들, 혹은 그림책에서 보고 들
은 이야기들을 바탕으로 하여 오빠가 가 있는 공간을 스스로 구체화한
다. 그곳은 모두 "검은 옷"을 입은 "짐생갓치 싯컴한 털난 사람들"이 사
는 "어득나라"이며, "우리나라의 해와 달을 도적해" 가고자 하는 "모질
고 미운, 불개들"이 많이 사는 나라다. 아이는 무섭기만 한 그 나라에 가
서 왜 오빠가 얼른 돌아오지 않는지를 이해할 수 없다. 시적 화자는 오

빠에게 인제 그만 돌아와 "옛날"처럼 함께 지내자고 호소한다. 이 동시는 친근한 대상의 부재에 대한 그리움과 두려움의 정서를 어린이의 눈높이로 그려 낸 수작이다.

이 작품의 공간적 배경으로 드러나는 설화적 세계는 전래동요나 전래동화에 깊은 관심을 쏟았던 손진태의 면모를 새삼 확인시켜 준다. 이 시가 혀짤배기 어린아이의 투정으로 전락되지 않고 한 편의 시로 승화할 수 있었던 것은 바로 그러한 설화적 세계가 보여 주는 상상력이 밑받침되고 있어서가 아닐까 한다. 이는 함께 발표한 「키쓰와 포옹」이 보여 주는 막연한 관념의 세계와는 차이가 있는 지점이라 하겠다. 이 시는 동요가 가지는 정형율격을 벗어나 보다 자유로운 리듬을 취하고 있는데, 앞의 작품들과 마찬가지로 그 형식에서 이미 동시의 요건을 갖추고 있다.

정리하자면 「옵바, 인제는 그만 도라오세요」는 설화적 세계를 밑그림으로 하여 오빠를 그리워하는 어린이의 심리를 잘 붙잡아 그린 동시다. 공교롭게도 손진태가 보여 준, 부재하는 '옵바'를 그리워하는 시적 모티프는 이후 정지용의 「서쪽 하늘」 「무서운 시계」로 그 계보가 이어진다.

3. 결론을 대신하여: 동시의 기원과 계보

1923년 창간된 『금성』지에 실린 동시 6편은 일반문학 연구에서는 물론이고 아동문학 장에서조차 깊이 있게 분석되지 못하였다. 그러나 앞에서 살핀 바와 같이 『금성』지의 백기만과 손진태가 남긴 동시 작품들은 작품 간 편차는 있으나 지금의 '동시'의 기준에 입각해 읽어도 크게 손색이 없을 만큼 동시의 요건을 갖추고 있는 시들로 파악된다. 그러나 지금까지『금성』지에 실린 동시들은 우리 아동문학사에서 온전한 평가를 받지 못했다. 특히 동인들이 작품에 명기했던 '동시'라는 장르 명칭은 지금의 '동시'라는 장르적 속성과는 무관한 우연의 산물처럼 취급되거나 아예 간과되기 일쑤였다. 이런 원인에는 우리 동시사적 논의가 1920년대 대두한 소년운동과 그 소년운동의 일환으로 전개한 소년문예운동에만 주로 초점이 맞추어진 때문이라고 생각한다.

현재 유일한 아동문학 통사라 할 이재철의『한국현대아동문학사』는 1920년대 동요를 '창가적 동요'라 명명한 바 있다. 이재철은 이 책에서 1920년대 동요 대부분이 "창가적인 후렴구의 남용과 7·5조의 고정자수음, 그리고 구성의 획일적 평면성"이라는 한계를 가졌음을 비판하며 이런 '창가적 동요'를 극복하고 그것을 '시적 동요'로 끌어올린 이를 윤석중이라 지목하고,[13] 그 뒤를 이은 박영종(박목월)과 김영일의 '자유시운동'으로 "창작 동요는 서서히 시적 동요 내지는 동시로 진전되어 갔다"라고 적고 있다.[14] 김영일이 제창했다는 '자유시론'은 실체가 없는 허구임이 드러났거니와,[15] 1930년대 말에 들어서야 동요가 동시로 진전되어 가기 시작했다는 이재철의 말은 지금의 시점에서는 수정되어야 마땅하다. '동시'라는 용어의 기원과 그 용례를 1930년을 전후로 계급주의 평론가들 사이에서 펼쳐진 이른바 '동요, 동시 논쟁'에서 찾는 경우도 있을 수 있겠으나, 이 또한 다분히 한계가 있는 시각이라 생각된다.

일제 말기나 1930년을 전후로 한 시기를 동시의 기점으로 삼는다

---

13 이재철『한국현대아동문학사』, 일지사 1978, 303면.
14 같은 책 591면.
15 김찬곤 「김영일의 '자유시론'과 '아동자유시집'『다람쥐』」,『아동청소년문학연구』
　　제10호, 2012. 6.

면 무엇보다 1920년대 탁월한 동시를 썼던 정지용이라는 존재를 마땅히 세워 둘 만한 자리가 없다. 그는 스스로 '동시'를 쓴다고 말하지도 않았고, 자신의 작품에 동시라는 장르 명칭을 표기하지도 않았으나 이미 1920년대 보편적인 창작 동요의 모습과는 다른 완전한 동시 형식의 작품을 남겼다. 정지용이 동시를 창작한 배경에는 시 문예지『근대 풍경(近代風景)』을 주관했던 일본의 기타하라 하쿠슈가 자리하고 있지만,『금성』동인 중 손진태가 남긴 작품을 보면 반드시 정지용이 하쿠슈 만을 모델로 삼았던 것이 아님이 입증된다. 이는 정지용의 동시가 일본의 하쿠슈를 전범으로 했을 뿐만 아니라『금성』동인들을 선배 격으로 삼고 있음을 보여 주는 사례라 할 것이다. 즉 시 전문지를 표방하고 다양한 시 세계를 모색하는 과정에서 나타났던『금성』동인들의 동시가 1920년대 중반 이후 정지용의 동시로 이어졌던 것이다. 그렇다면 정지용의 계보는 누구에게 이어졌을까. 두 사람을 지목할 수 있다고 생각한다. 하나는 동요시인으로 정평이 나 있던 윤석중이며, 하나는 분단 이후 한국 동시문단의 한 축을 이끌던 박목월이다.

세간에 알려진 것과는 다르게 동요시인으로 정평이 나 있는 윤석중은 1920년대 동요의 틀을 벗으려고 부단한 노력을 했던 시인이다. 이재철은 자신의 문학사 저술에서 윤석중의 그런 노력의 동인이 무엇에 근거하는지를 명확히 밝혀 놓지 않았다. 윤석중이 동요의 틀을 벗어나려고 했던 배경에는 다름 아닌『금성』동인들의 뒤를 이어 동시를 쓴 정지용이 있었다. 윤석중은 1920년대『어린이』지를 통해 등단한 이른바 동요 2세대였으니 '동요의 황금시대'를 이끌던 장본인으로서 충분한 자부심을 가질 만했다. 그러나 그는 그런 자부심을 갖는 대신 동요가 아닌 동시를 써냈던 정지용을 흠모했다.[16] 윤석중은 정지용의 작품을 능가

하기 위하여 1920년대 썼던 동요 작품을 모은 첫 동요시집 『윤석중 동요집』(신구서림 1932)을 상재한 후 더욱 부단한 노력을 기울인다. 그는 동요적 율격에서 벗어나려 애쓰고 타고르 등의 외국 동시를 번역했으며, 동화시를 써내는 등 이른바 '동시'를 지향하려 애썼다. 그런 결과물이 1933년 두 번째 작품집 『잃어버린 댕기』로 나왔으니 이 책 표지에 '윤석중 제1동시집'이라는 부제가 표기된 것은 우연한 일이 아니다.

한편 백기만, 양주동 등에 의해 시도되었던 타고르의 『초생달』 번역은 1930년대 시문학파의 한 사람이었던 박용철에게 이어진다. 박용철은 『아이생활』을 무대로 투고된 동요 작품을 뽑고 자신이 번역한 서양의 동시들을 소개했다. 1930년대 초반 박영종은 이 『아이생활』을 통해 동요 시인으로 등단했으니, 그는 『아이생활』의 애독자로서 그 잡지에 소개되는 외국 작품을 발판으로 습작을 해 나갔음을 고백한 바 있다.[17] 그

16 윤석중은 1990년에 쓴 논문에서 정지용의 동요가 지니는 아동문학사적 위치를 이렇게 평가한 바 있다. "우리나라 동요와 동시를 문학작품으로서 그 수준을 올려놓은 선구자가 누구일까? 1902년에 태어난 정지용 시인 바로 그분이다. (…) 뭐니 뭐니 해도 우리나라 예술 동요의 선구자는 정지용 시인이 아닌가 싶다."(윤석중 「한국동요문학소사」, 대한민국예술원 문학분과 1990, 41~43면) 윤석중은 또한 말년의 한 대담에서 정지용에 대해 이렇게 회고한 바 있다. "정지용이 발표한 동요는 시적인 동요였어요. 지금도 잊지 못하는 것은 몇 편 안 되지만 '아 이게 참 진짜 동요다' 하는 느낌이었어요. 정지용은 시로서 동요를 쓴 분이거든. 다른 건 다 창가 비슷하고요. 그때 이원수나 윤복진, 송완순, 신고송, 최순애 들이 동요를 지었지만 지금 생각해도 잘된 작품들이 아니에요. 그런데 정지용은 시로서 동요를 개척한 분이다. 지금도 그렇게 생각하고 있죠."(윤석중·원종찬 대담 「한국아동문학사의 숨은 이야기를 찾아서」, 『아침햇살』 제14호, 1998. 7, 140면)
17 박목월은 「내가 좋아한 동시」라는 글에서 어릴 때, 감명 깊게 읽었던 것은 주로 『아이생활』에 실리던 "박용철(朴龍喆) 씨의 번역을 통한 몇 편의 외국 작품"이었음을 밝히고 있다. 여기에는 타고르(Tagore)의 「종이배」, 스티븐슨(R. L. Stevenson)의 동요집 『어떤 아이의 시동산』, 기타하라 하쿠슈(北原白秋), 노구치 우조(野口雨情)의 작품들

는 소년운동과 계급주의 운동이 모두 와해되던 시점에 아동문단에 등
장함으로써 1920년대의 동요가 지닌 '감상의 과잉'과 1930년을 전후로
나타난 계급주의 동요들의 '의식의 과잉'을 모두 비켜 갈 수 있었다. 그
런 경로를 비켜나서 그가 만난 동시의 모델은 아무래도 정지용과 윤석
중이었을 가능성이 크다.[18] 『금성』지 동인들이 추구하려 했던 '동시'의
계보가 정지용과 윤석중을 거쳐 1930년대 박목월에 이어졌던 것이다.

　우리 아동문학에서 서정 장르의 역사는 "동요에서 동시로"라는 명제
로 흔히 기술되기 일쑤였다. 그러나 동요에서 동시로의 전환이라는 문
학사적 구도는 재검토를 할 시점이 되었다. 아동문학의 서정 장르는 동
요에서 동시로 진전된 것이 아니라 비슷한 출발점에서 함께 시작된 것
이라 보아야 옳다. 즉 근대 아동 서정 장르는 1920년대 소년운동을 기반
으로 하는 대중적인 창작동요운동과 함께 시 전문지를 표방한 『금성』
지를 기원으로 하는 예술성에 바탕한 동시의 출현으로 비롯된 것이다.
그런 측면에서 『금성』지가 가지는 문학사적 의미는 결코 작지 않다고
본다.

───────

이 거론된다. 박목월의 말에 따르면 박용철은 "당시 『아이생활』의 독자문예에 선자(選
者)이면서 그 지상에 시시로 동시를 번역 발표"했다고 한다. 박목월은 박용철의 번역
시 가운데 특히 좋았던 것으로 기타하라 하쿠슈의 작품을 들고 있다.(『아동문학』 제
2집, 1962. 11, 4~7면)
18　윤복진은 6·25 직전에 발표한 「석중과 목월과 나」에서 1920년대 동요 시인이었던 자
신과 윤석중이 "동요에서 동시의 울안으로 들어가려고 자주 넘겨다보았다"면서 그러
한 노력과 실험의 "바통을 날래게 붙잡은 사람"은 박목월이라 단언한다. 그는 박목월
이 "석중과 나의 세계에서 자라난 사람"이지만 "동시에 있어서 석중보다 나보다 뛰어
났다. 목월은 확실히 동시의 선구적 시인이다"라고 말하고 있다.(『시문학』 1950. 4)

동갑내기 두 문인의 행보

윤석중과 이원수의 삶과 문학

1. 대립 구도에서 벗어나기

이 글을 쓰는 목적은 이원수와 윤석중의 문학, 그 가운데서도 동시와 관련된 활동을 재조명하기 위해서다. 이원수와 윤석중이 한국 아동문학사에서 발자취가 뚜렷한 시인이란 것을 부정할 사람은 많지 않을 것이다. 주지하다시피 두 사람은 한일병합 이듬해인 1911년에 태어난 동갑내기로, 일생을 마칠 때까지 아동문학에 전념하여 많은 작품을 남겼다. 그런데 같은 시대를 살며 오로지 아동문학의 한길에 매진해 온 두 시인의 문학적 행보에 대한 평가는 사뭇 대조적인 모습이다. 윤석중은 흔히 '낙천적 동심주의'에 입각하여 작품을 써 온 시인으로, 이원수는 '현실주의'에 입각하여 작품을 써 온 시인으로 규정되어 왔다. 이런 규정은 두 시인이 표방해 온 문학적 경향을 구분하는 표지로서 그 나름의 구실을 한 측면이 있지만, 다른 한편으로 두 시인을 보는 시각을 고정화한 혐의도 안고 있지 않나 생각한다. 두 시인을 규정하는 '동심주의/현실주의'라는 이분법적인 대립 구도는 두 시인이 가진 특성을 객관적으로 조망하여 그 성취와 한계를 온당하게 판별하는 긍정적 기능보다 그들의 작품을 일방적 옹호와 배제의 차원으로 몰고 가는 부정적 결과를 초래하기도 했던 것이다.

　이 글은 윤석중과 이원수를 동심주의와 현실주의라는 대립 구도 안에 가두어 두는 것이 과연 두 시인이 남긴 문학적 유산을 평가하는 데 얼마나 유효한 것인가 하는 질문에서부터 시작하려 한다. 이것은 우리 아동문학사에서 엄연히 존재해 온 동심주의와 현실주의 사이의 긴장관계를 부정하자는 이야기가 아니라, 그런 긴장으로 인해 그동안 사각지대에 머물러 있던 두 시인의 교차점을 새롭게 조명해 보자는 뜻을 담고 있다. 내가 보기에 그동안 두 시인의 작품 세계에서 가려진 지점들은 차이점을 부각하는 쪽보다 공통점을 상기하는 방향에서, 단순한 대립 관계가 아닌 상호 호응이나 상호 보완의 관계로 놓고 볼 때 더욱 여실하게 드러나는 것이 아닌가 생각된다. 특히 두 시인은 소년문사로서 문학적 출발을 하던 1920년대 중반부터 어엿한 시인의 위치를 확보한 1930년대 초반까지 대척적인 지점에 멀리 떨어져 있기보다 일종의 공감대를 가지고 문학 활동을 전개하려 했음이 감지된다. 이러한 면모는 해방기를 지나 분단 이후를 거치면서 점차 퇴색된 면이 없지 않지만, 두 시인은 유년과 소년, 공상과 현실, 웃음과 슬픔이라는 각기 다른 인자들로 자신의 작품세계를 구성해 오면서도 또한 함께 동시대인으로서 그 문학적 성과를 공유하려 한 측면이 있다. 이러한 성취를 놓고 단일한 잣대로 두 사람의 우열을 가리거나 경중을 평가하는 것은 결코 소망스러운 일이 아니라 본다. 무엇보다 우리 아동문학의 유산을 온전히 수습하기 위해서 윤석중과 이원수는 어디까지나 동등한 항이 되어야 하며 그 항에 속한 인자들 또한 단순한 대립 관계보다 상호 보완이나 호응 관계로서 파악하는 태도가 절실히 요구된다 하겠다.

이 글에서는 두 시인의 문학 활동 시기를 모두 다섯 장면으로 나누어 각 시기에 교차했던 두 시인의 문학적 행보와 작품에 나타난 특징을 검토함으로써 두 시인의 문학적 위치를 재점검해 보려 한다.

2. 다섯 장면으로 구성해 본 두 문인의 행보

1) 문학적 출발과 '기쁨사'

아무리 뛰어난 문인이라도 누구에게나 습작기는 있는 법이다. 그러한 습작기의 면모를 들여다보면 거기서 그가 평생 동안 추구하게 되는 문학적 씨앗을 발견하게 된다. 윤석중과 이원수의 경우를 보더라도 그렇다. 윤석중과 이원수는 1920년대 초반에 대두된 이른바 한국 근대 아동문학 운동의 수혜를 입은 첫 세대였다고 해도 과언이 아니다. 방정환을 주축으로 하는 아동문예 잡지『어린이』가 창간되면서 이원수와 윤석중은 그 잡지의 열렬한 애독자로서 동요 창작에 발을 들이게 된다.

그러나 이들이 처음부터 화려한 문학적 출발을 했던 것은 아니다. 윤석중이『어린이』지에 얼굴을 처음 내민 것은 1924년 7월로 확인되는데, 그는 독자로서 '독자 담화실'에 다음과 같은 소회를 밝히고 있다.

선생님 저는 다섯 가지나 되는 잡지를 읽고 있습니다. 그러나 그중에도 제일 재미있고 사랑하는 것은 우리『어린이』입니다. 그런데 다른 잡지에는 써 보내는 대로 자주 나는데 『어린이』에는 한 달에 한 번씩 꼭꼭 보내도 제 글은 아니 납니다그려. 퍽도 섭섭합니다. 인제는 의견 보기보다 작문(作文) 동요 일기문(日記文)을 써 보냅니다. 그리고 제 생각 제 손으로 소년소설(少年小說) 지은 것이 있습니다. 이것도 뽑으시는지요? 다달이 들어가도 좋습니까?[1]

윤석중은 자신이 잡지를 다섯 가지나 구독하고 있음을 밝히는데, 이를 보면 그가 당시 대두하기 시작한 소년문예에 얼마나 깊은 관심을 두고 있는지를 짐작하게 된다. 그는 다섯 가지 잡지 중 『어린이』를 으뜸으로 뽑는데, 생각처럼 자신이 투고한 글이 실리지 못함을 매우 아쉬워하고 있다. 그는 독자투고란에 의견(현상 문제에 대한 답)을 보내는 것을 그만두고 작문, 동요, 일기문, 소년소설 같은 창작품을 보내리라 결심하고 있다. 이를 보건대 그는 이 시기만 해도 결코 '동요의 천재'가 아니었으며, 동요라는 장르를 이른바 자신의 문학적 지향으로 확실하게 삼은 것은 아님을 알 수 있다.

이원수가 자신의 이름으로 발표한 첫 작품은 『신소년』(1924. 4)에 실린 「봄이 오면」이다. 그런데 이 작품은 『어린이』(1923. 3)에 발표된 버들쇠의 「봄이 오면」을 그대로 베껴 보낸 것이었다.[2] 이원수는 문학 습작기에 가지게 되는 발표 욕심으로 남의 작품을 표절하는 실수를 저지르고만 것이었다. 1924년 무렵만 해도 윤석중과 이원수는 습작기의 문학 소년의 미숙함과 조급성을 그대로 보여 주고 있다. 윤석중은 1925년 4월 『어린이』지 '입선 동요'란에 처음으로 「옷둑이」라는 작품을 발표하고,

1 윤석중 「독자담화실」, 『어린이』 1924. 7, 42면.
2 이재복 「동원 이원수의 삶과 문학」, 『이원수탄생 100주년 기념 학술세미나집』, 사단법인 고향의봄기념사업회 2011. 4, 9면.

이원수는 그보다 한 해 뒤인 1926년 4월에 처음으로「고향의 봄」을 발표한다. 이들이『어린이』가 창간된 초기부터 열렬한 애독자였음을 감안할 때, 적어도 약 2~3년간의 습작 투고기를 거쳤음을 알 수 있다.

그런데 습작기 문학 소년의 처지에 있었던 두 사람의 행보에서 간과해서는 안 될 사안이 한 가지 있다. 그것은 이들이 바로 '기쁨사'라는 소년문예 단체를 조직하여 활동했다는 점이다. 기쁨사는 소년 자신의 손으로 조직되어 활동하기 시작한 우리나라 최초의 소년문예 단체라는 문학사적 의의를 지닌다. 1924년 기쁨사 조직을 처음 주도한 이는 윤석중이었다.

윤석중은 이미 보통학교 3학년 시절부터 이웃에 살던 심재영, 설정식과 더불어 '꽃밭사'를 조직할 만큼 조숙한 행태를 보인다. 그는 같은 학교에 다니던 심재영과 설정식이 다른 학교로 진학을 하여 관계가 소원해지자, 서울 지역의 문학 소년들을 찾아다니며 새로운 동인모임을 제안한다. 이렇게 조직된 기쁨사는 서울 지역을 벗어나 곧 전국적인 문학 소년들의 모임으로 확대되어 나갔다. 그 기반을 제공한 것은 바로 방정환이 주도한『어린이』지면이었다.『어린이』를 중심으로 한 애독자들이 '독자담화실'란이나 '입선 동요'란을 통해 서로의 신상과 작품을 공유하게 되고 이들은 여기에서 얻은 정보를 바탕으로 우편을 통해 편지를 주고받으며 모임을 확대하고 운영해 갔던 것이다.[3]

---

3 "이 책의 글이면 한 자 반 자까지라도 빼지 않고 읽었습니다. 이다지도 재미있게 열심히 읽어 온 책은 아마 달리 없을 것입니다. 글! 그것이 나로 하여금 안 읽고 말지 못하게 하였습니다. 기쁨은 또 있습니다. 꽃 같은 맘으로 같이 읽는 수많은 우리 독자들이 서로 정을 주고받고 하여 그리워하게 되어 아름다운 교제를 맺는 이가 많았습니다. 장차 조선에 새 일꾼이 되려는 어린 우리들의 마음과 마음은 이『어린이』로 하여 만나도 보지 못한 동무를 그리워하는 것이야말로 나의 가장 기뻐하는 일의 한 가지였습니

대부분 습작기의 소년들이었던 이들 동인들은 서로의 작품 활동을 격려하며 더욱 끈끈한 우정과 연대를 쌓아 갔다.[4] 이들은『어린이』지면을 무대로 문학적 역량을 다져 가는 동시에, 연 4회『기쁨』이라는 등사동인지를 발행하고 회람동인지『굴렁쇠』를 엮는 등 문학적 열망을 적극적으로 키워 나갔다. 이들이 발표하는 작품은 습작시기의 문학 소년들에게 "조흔 모범"으로 인식되었고,[5] 또한 윤극영, 홍난파, 정순철, 박태준 같은 작곡가들의 곡이 붙여져 불림으로써, 대중적인 인지도를 갖게 되었다. 이로써 이들 동인들은 1920년대 중반 이후 우리 아동문학의 초석을 닦는 소년문예가로서 중요한 위상을 확보하기 시작한다. 서울의 윤석중, 마산의 이원수, 대구의 윤복진, 언양의 신고송, 울산의 서덕출, 진주의 소용수, 수원의 최순애, 합천의 이성홍, 원산의 이정구, 안주의 최경화 등 이른바 '스타 소년문예가'들이 탄생하게 된 것이다. 1926년 이후 전국적으로 기쁨사의 활동을 모방한 수많은 소년문예단체가 뒤를 이었으며, 이런 흐름은 1930년대 초반까지 지속되었다.[6]

다."(이원수「창간호부터의 독자의 감상문」,『어린이』1930. 3, 58면)

4 이들의 교류는 단순히 서로의 글을 나눠 보는 차원에 머무르지 않고, 인간적인 교류로 확대되었다. 서울의 윤석중이 대구의 윤복진, 언양의 신고송과 함께 울산의 서덕출을 찾아간 이야기나 최순애와 이원수의 결혼이 성사된 일에서 그런 추정은 충분히 가능하다.

5 승효탄「조선 소년문예단체소장사고」,『신소년』1932. 9, 26면.

6 승효탄의 글에 따르면 1924년 기쁨사 결성 이후 1932년 당시까지 수많은 소년문예단체들이 명멸했던 것을 알 수 있다. 기쁨사 이후 가장 먼저 창립된 소년문예단체는 등대사(1926, 대구, 윤복진 주도, 등사잡지『등대』2호까지 발행, 대구사범학교 재학 중인 신고송, 대전 송완순, 김천 승응순 발기)였다. 이어 방년사(芳年社, 1926, 경성시외 동막, 임동혁 주도), 소년문예사(1927, 개성, 현동염 주도), 달빛사(1927, 경남 합천, 이성홍 주도, 등사잡지『달빛』2호까지 발행), 글꽃사(1928, 경성, 승응순·최정하 주도. 뒤에 '조선소년문예협회'로 개칭) 등이 창립되었다. 1929년부터 1930년 사이에는 대동

그런데 또 한 가지 간과해서는 안 되는 기쁨사의 활동이 있다. 이들이 1927년을 전후로 계급주의에 눈을 뜨기 시작했고, 식민지 삶을 살아가는 우리 민족의 처지에 관심을 기울이기 시작했다는 점이다. 이것은 당시 천도교의 민족주의자들과 사회주의자들이 연계하여 구축한 신간회의 결성에 자극받은 소년문예가들 나름의 현실 대응이었다는 점에서 주목을 요한다. 이들은 습작 단계나 초기 작품에서 드러나는 갑갑한 정형률과 상투적인 언어감각, 막연한 감상(感傷)에 의존하려던 자세에서 벗어나, 겨레가 처한 식민지 현실을 어떻게 작품 속에 구현할 것인가를 고민하기 시작한다.

이러한 움직임 속에서 1929년에 이르면 이원수는 초기 동요에서는 볼 수 없었던 식민지 현실을 살아가는 어린이의 삶을 구체적으로 보여주는 작품을 창작하는 데 이르며, 윤석중 역시 7·5조의 정형에서 탈피하여 보다 자유로운 율격을 구사하는 한편 민족주의적인 저항성과 서민성을 기반으로 한 현실주의적 요소가 짙게 감지되는 작품을 발표한다. 이원수의 「헌 모자」(1929), 「잘 가거라」(1930), 「찔레꽃」(1930) 등의 작품에는 그러한 현실 비판의 요소가 잘 드러나 있으며, 이러한 경향은 1930년 이후 「벌소제」(1932), 「눈 오는 저녁」(1934) 같은 작품들로 이어

소이한 소년문예단체가 수없이 발생하였는데, 그 가운데 대표적인 것은 백의소년사(함북, 허영만 주도), 횃불사(춘천, 홍은표 주도), 붓춤사(진남포, 정명걸 주도)가 있다. 이렇게 자연발생적으로 생겨난 소년문예단체들은 "조선의 객관적인 정세 변화"에 따라 파열과 청산의 운명을 맞는다. 1931년부터는 프로소년문학의 확립을 기하기 위한 목적의 소년문예단체가 결성되었다. 이때 결성된 단체로는 새힘사(1931, 진주, 정상규 주도), 조선소년문학연구회(1931, 경성, 송영·이동규·홍구 등이 발기), 신흥아동예술연구회(1931, 윤석중·신고송·승응순 발기)가 있다. 그러나 나날이 심하여만 가는 "조선의 객관 정세"가 이런 단체들의 결성과 존립 자체를 불가능하게 하였다고 승효탄은 적고 있다.(승효탄, 같은 글 25~29면 참조)

진다. 윤석중은 「밤 한 톨이 떽떼굴」(1927) 같은 기존의 7·5조 형식의 틀을 과감히 깨트린 작품과 함께 「단풍잎」(1928), 「고향길」(1929) 같은 서정성이 짙은 작품들을 꾸준히 발표하는 한편으로, 「꾸중을 듣고」(1928), 「거지행진곡」(1929) 등 민족주의적 저항성이 강하게 드러난 작품을 발표한다. 특히 윤석중의 첫 작품집인 『윤석중 동요집』(신구서림 1932)은 1925년 이후부터 1932년까지 발표된 윤석중 작품의 총결산이라 할 만한데, 윤석중은 이 작품집에 「언니 심부름」 「허수아비야」 「솔개미」 「소」 등 부당한 권위에 대한 저항, 약자들끼리의 연대감, 서민 현실에 대한 관심이 잘 드러나 있는 작품을 수록하였다.[7]

　이러한 일면만을 두고 두 시인의 작품 경향을 현실주의라는 단일한 범주 안에 놓고 보는 것은 무리가 따르는 일이겠지만, 종전의 통념대로 두 시인을 동심주의와 현실주의의 이분법의 구도로 보는 것은 더 큰 오류라 본다.[8] 1924년 『어린이』 애독자들의 모임으로 출발한 기쁨사 동인

---

7 『윤석중 동요집』에는 총 35편 동요가 실렸는데, 이 가운데 현실 비판이나 현실 참여의 성격을 띤 작품은 모두 17편으로 파악된다. 특히 현실 비판 의식을 강하게 드러낸 「우리가 크거들랑」 등 5편은 조선총독부 검열에 걸려 수록되지 못하였다. 이 동요집의 서문을 쓴 주요한은 윤석중 동요의 한 특징을 "시대적 생활상의 반영을 그 동요의 선(線) 뒤에 그려 내는 데 성공"했다고 평한 바 있다. 이는 윤석중 초기 동요에서 엿보이는 현실에 대한 관심을 간파한 언급이라 생각한다. 이 시기 윤석중의 민족주의적 저항 의식을 살펴볼 수 있는 작품에는 동요뿐 아니라 동극, 가요도 있다. 이러한 측면에서 윤석중 초기 작품을 "한때의 유행"으로 치부하거나(송완순), "초현실주의적 동요기"로 명명하는 것(노원호)은 문제가 있다고 본다.

8 윤석중은 자전적인 글에서 자신의 동요를 낙천주의적 동심주의로 규정하는 세간의 평가에 대해 이런 언급을 한 바 있다. "내 동요를 천사주의·동심주의·낙천주의로 몰기도 하고, '유쾌한 아동문학'(불쾌한 아동문학도 있는 것인지?) 전문가로 치는 이도 있기는 있었지만 그것은 '장님 코끼리 더듬기'나 다를 바 없으니 코끼리가 담벼락(몸뚱이)처럼, 기둥(다리)처럼, 부채(귀)처럼, 무자위(코)처럼, 총채(꼬리)처럼 생겼다고 서로들 우기는 것이나 마찬가지였다."(윤석중 『어린이와 한평생』, 범양사출판부 1985,

들은 1927년 이후 전개되는 새로운 민족운동사적인 큰 흐름 속에서 각
기 서로 다른 지향점을 찾아간 것이 아니라 오히려 하나의 지향점을 공
유하는 모임으로 거듭난 측면이 있는 것이다. 1930년을 전후로 쓰인 이
원수의 현실 비판을 주조로 하는 작품이 개인사적인 고뇌와 함께 마
산 소년운동의 자장 안에서 식민지 현실과 계급의식에 눈을 떠 갔던 그
의 행적에 연유한다는 것은 이미 밝혀진 사실이거니와,[9] 윤석중의 경
우에도 굳이 그러한 근거를 찾자면 얼른 찾아질 수 있는 행적들이 없
지 않다. 우선은 그가 1920년대 초반부터 사회주의 운동에 몸담았던 아
버지를 두었다는 사실,[10] 그리고 서울 한복판에서 중앙 문단의 일급 문
인들과 교유를 하며 민족의식과 사회의식에 일찍이 눈을 떴다는 사실
을 지목할 수 있겠다. 윤석중은 1929년 광주학생운동을 계기로 양정고
보 졸업을 목전에 앞두고 「자퇴생의 수기」를 발표하며 다니던 학교를
스스로 그만두는데, 이는 청소년기의 객기어린 돌출적 행동이 아니라

134면)

9 원종찬 「이원수와 마산의 소년운동」, 『아동문학과 비평정신』, 창작과비평사 2001,
325~37면.

10 그간의 윤석중 생애를 살펴보는 논문에서 특히 소홀히 다루어진 부분은 바로 아버
지 윤덕병(尹德炳, 1884~1950)에 관한 언급이다. 대부분의 논자들은 윤석중의 회고에
기대어 윤덕병이 사회운동을 한 것으로만 짧게 언급하거나 대부분 간과해 왔다. 그러
나 이는 윤석중 생애를 파악하는 데 주요한 한 부분을 누락시키는 것과 같다는 생각이
다. 윤덕병은 1920년대 초반부터 사회주의 운동의 일선에서 맹활약을 한 인물이다. 그
는 1925년 4월 조선공산당 1차 대회 때 중앙검사위원으로 선출되었다가 같은 해 10월
일경에 피검, 1929년 8월까지 감옥 생활을 하고 풀려난 뒤 1930년 3월 신간회와 관련
된 격문 사건으로 다시 구속되어 4월 불기소로 석방된다. 이 시기는 윤석중이 소년 문
사로서 문단에 나와 명성을 얻기 시작하던 시기로서 아버지의 특이한 경력은 여러모
로 윤석중의 삶과 문학에 영향을 끼칠 수밖에 없었던 것으로 판단된다.(졸고 「윤석중
의 생애와 문학에 대한 재검토: 아버지 윤덕병과 관련하여」, 『아동청소년문학연구』 제
4호, 2009. 6)

1920년대 중반 이후 그가 지향했던 삶의 한 귀결이기도 한 것이다.

이런 추정은 초기부터 기쁨사 활동에 참여했으며 1927년 카프 (KAPF) 회원이 되었던 신고송의 글을 통해서도 그 근거를 확보할 수 있다. 신고송은 1929년 10월 20일부터 10월 30일 사이에 『조선일보』에 연재된 「동심에서부터」와 1930년 벽두에 발표한 「새해의 동요운동」이라는 글에서 이원수와 윤석중의 작품을 매우 호의적으로 평가한다.[11] 이 시기에 신고송이 계급주의의 관점에서 안일한 태도를 지닌 문단의 기성 문인을 질타하고, 문단을 향해서 프롤레타리아 대중들을 위한 진보적 작품을 창작하기를 주장하는 입장에 서 있었음을 볼 때,[12] 이원수와 윤석중의 작품을 비판적이 아니라 호의적으로 본 것은 특기할 사실이다. 신고송의 태도로 짐작해 보건대 기쁨사 동인이었던 이들은 계급주의 의식의 성장단계에서 일정 부분 이념을 공유한 측면이 있으며 동인으로서 강한 유대감을 지속하고 있었음을 추정할 수 있다.[13]

---

11 신고송은 「동심에서부터」란 글에서 "신문 잡지에 발표되는 동요를 볼 때 그것이 거개가 개념을 노래한 것"이라 전제한 뒤, 이구월·양우정·윤복진·문복영·윤원구·김영일·고긴빗·김사엽 등의 작품을 실례로 들어 그 한계를 신랄하게 비판한다. 그러나 이원수의 「약 지어오는 밤」과 윤석중의 「꿀꿀돼지」라는 작품을 두고서 '개념'이 아닌 "어린이다운 환호"와 "어린이다운 충동과 정서의 약동"을 맛볼 수 있다고 상당한 호평을 했다.(신고송 「동심에서부터: 기성동요의 착오점, 동요시인에게 주는 몇 말」, 『조선일보』 1929. 10. 20~10. 30) 또한 신고송은 1929년 한 해 동안 나온 동요 이론과 작품에 대한 총평의 성격을 갖는 「새해의 동요운동」이라는 글에서 당시 신문과 잡지에 발표된 작품들의 전체적인 인상에 대해 "새로운 경향(傾向)과 청신미(淸新味) 있는" "천연스럽고 순연(純然)한 동심의 노래를 뵈어 준 이가 없었다"라고 진단하며, 한정동·고장환·김태오·윤복진·송완순·양우정·이구월·김사엽·현동염·남양초 등의 작품에는 호된 비판을 가하고, 윤석중·이정구·정상규·이원수·한태천·엄흥섭·김병호의 작품은 매우 호의적으로 평가했다.(신고송 「새해의 동요운동」, 『조선일보』 1930. 1. 1)
12 김봉희 「신고송의 삶과 문학관」, 『신고송 문학전집 2』, 소명출판 2008, 769면.
13 신고송의 이 두 글에 대해 송완순은 "엄정한 비평적 잣대에 근거하지 않고 사적인 친

2) 새로운 아동문화를 꿈꾸다: '신흥아동예술연구회'의 기획과 좌절

1930년대 초반의 윤석중과 이원수의 행보를 관찰하려 할 때 눈에 들어오는 것은 그들이 함께 조직하려 했던 '신흥아동예술연구회'이다. 아쉽게도 우리 아동문학 연구에서 신흥아동예술연구회에 대한 고찰은 자세히 행해진 적이 없다. 신흥아동예술연구회는 과연 어떠한 조직이었던가.

아동예술의 연구와 제작 및 보급을 목적으로 신흥아동예술연구회가 창립되었다. 적막한 조선 아동예술운동계에 이러한 단체가 생겨난 것은 일반 식자급의 주의도 상당히 끌려니와 특히 지방 각 사립학교 유치원 소년회 강습소 야학교와 일반 아동 문제에 유의하는 이에게 지도적 연락기관이 될 것이라 한다. 그 회의 발기인과 사업의 대략을 소개하면 다음과 같다.

발기인: 신고송, 소용수, 이정구, 전봉제, 이원수, 박을송, 김영수, 승응순, 윤석중, 최경화

1. 제작부
▲ 동요 동화 동극 등 창작 ▲ 해외작품 번역 ▲ 동요 작곡 ▲ 아동예술 평론 ▲ 작품비평

소 관계로 작품의 우열을 가리는 맹목적 남평(濫評)" 수준에 머물고 있다고 공박한 바 있다. 송완순이 말한 '사적인 친소 관계'는 아마도 기쁨사 동인들의 유대 관계를 의식한 발언이 아닌가 추측된다.(구봉학인(송완순) 「비판자를 비판: 자기 변해(辨解)와 신군(申君) 동요관 평」, 『조선일보』 1930. 2.19~3. 19)

2. 출판부

▲ 기관지(월간) ▲ 작곡집(월간) ▲ 작품집(연간)

3. 보급부

▲ 신작발표회(격월 개최) ▲ 동극공연회(연 1회) ▲ 동화(童畵)전람회(연 1회) ▲ 반우실지교수(班友實地敎授) ▲ 강습회(수시) ▲ 방송, 지방순회 등

4. 도서부

▲ 도서급자료모집 ▲ 이동도서관

5. 조사부(약)

6. 서무부

임시사무소 경성 숭2동 101의 6[14]

신흥아동예술연구회(이하 '연구회') 창립 기사는 1931년 9월 17일자 『조선일보』와 『동아일보』양 신문에 나란히 올랐다.[15] 이 기사를 통해 짐작하건대 연구회는 상당한 비전과 목적을 가지고 움직이려 했던 단체임을 알 수 있다. 우선 그 설립 목적을 밝히는, "일반 식자급의 주의도 상당히 끌려니와 특히 지방 각 사립학교 유치원 소년회 강습소 야학교와 일반 아동 문제에 유의하는 이에게 지도적 연락기관이 될 것"이라는 대목을 보면 이는 단순한 문학 동인에 국한된 조직이 아니라 아동문화

---

14 『동아일보』 1931. 9. 17.

15 두 신문의 기사는 내용이 대동소이하다. 다만 『조선일보』 기사에는 발기인을 해외, 조선으로 구분해 소개하고 있다. 해외 회원은 신고송, 소용수, 이정구 세 사람이며 나머지는 모두 조선에 거주하는 회원이다. 『조선일보』 기사에는 『동아일보』 기사 말미에 있는 임시사무소 주소가 누락되어 있다. 참고로 『동아일보』에 기재된 임시사무소의 주소는 당시 윤석중이 거주하던 집 주소였다. 이는 윤석중이 이 단체에서 주도적 인물이었음을 방증한다.

전반에 관하여 각종 교육기관과 소년회 모임을 선도하는 연구 단체가 되는 것을 목표로 했음을 알 수 있다.

그 조직과 임무를 일별해 보더라도 아주 구체적이었음이 드러난다. 조직을 제작부, 출판부, 보급부, 도서부, 조사부, 서무부 등 여섯 개의 부서로 세분화하고 각 부서가 담당할 사업들을 구체적으로 제시해 놓고 있다. 제작부의 사업을 보면 동요, 동화, 동극 등의 창작 부문의 사업은 물론이고 번역, 작곡, 비평에 이르기까지 광범위한 활동을 전개할 것을 계획했음을 알 수 있다. 특히 월간으로 기관지를 발행하며 별도로 작곡집과 연간 작품집을 내려고 한 것에서 연구회가 상당히 구체적인 단계까지 조직적 준비를 하고 있었음을 추정하게 된다.

또 하나 주목할 것은 그 구성원의 면면이다. 이 연구회의 발기인으로 등록한 이는 신고송, 소용수, 이정구, 전봉제, 이원수, 박을송, 김영수, 승응순, 윤석중, 최경화 모두 열 사람이다. 이 중 신고송, 소용수, 이정구 세 사람은 당시 해외에 체류 중이었으며 나머지는 서울, 지방 등에 거주하고 있었던 것으로 짐작된다. 이를 보면 연구회는 서울과 지방을 아우를뿐더러 해외까지 포괄하는 인적 네트워크를 구성하려 한 것을 알 수 있다. 이들은 당시 대부분 1907~1911년 전후에 태어난 20대 초중반 청년들이었다. 이 가운데 신고송, 이원수, 윤석중, 소용수, 이정구, 최경화는 기쁨사에서 초기부터 동인으로 활동한 비교적 낯익은 이름들이나 전봉제, 박을송, 김영수, 승응순은 생소한 이름이다. 그러나 이들은 모두 1920년대 초반부터 대두한 한국 근대 아동문학운동의 첫 수혜자들이었다는 점에서 공통점을 지니고 있다. 특히 이들은 『어린이』 『신소년』지 초기부터 열렬한 애독자로서 소년문예운동에 발을 들였다는 점, 기쁨사 동인 활동을 함께 전개했거나 기쁨사와 유사한 소년문예단체를 조직해 서울 혹은 지방에서 맹렬히 활동한 인물들이라는 점, 그리고 1920년대 후반부터 1930년대 초반까지 신문 잡지 지면에 활발하게 작품을 발표했다는 공통점을 지닌 인물들이다.

한 가지 궁금한 것은 이들이 지향한 이념이 당시 대두한 계급주의 노선에 얼마나 가까웠는가 하는 점이다. 기사 내용을 표면적으로 보아서는 그런 지향의 흔적은 또렷하게 드러나지 않는다.[16] 다만 승효탄(승응순)이 자신의 회고에서 연구회가 단지 "기쁨사의 재흥의 계획"만은 아니었다고 밝히고 있는 것으로 봐서[17] 당시 대두한 계급주의의 성격을 새롭게 포함하고 있었음을 충분히 짐작할 수 있다. 그러한 성격은 구성원의 면면에서도 여실히 드러난다.[18] 이렇듯 야심찬 포부와 구체적인 계획을 가지고 출발하려던 연구회는 그러나 첫발을 떼 보지도 못한 채좌초하고 만다. 그것은 내부 사정 때문이 아니라 순전히 외부적 여건 때문이었다. 연구회는 일제 당국에 의해 불허되어 창립총회조차 열지 못

---

16 1931년 11월호 『신소년』에는 편집부 명의로 「아동예술연구회의 탄생과 우리들의 태도」라는 글이 실려 있다. 이 글은 신문지상에 소개된 신흥아동예술연구회의 창립을 바라보는 『신소년』 편집진의 시각이 드러난 글이라는 점에서 주목을 요한다. 『신소년』사는 전폭적인 지지를 보내기보다 앞으로의 추이를 지켜보겠다는 유보적인 태도를 취하고 있다. 그들은 "지금까지 우리에게 그만한 기관이 없었음이 퍽 유감이었음"을 전제하면서도 "사업의 실현을 보지 않고"서는 그것이 "우리 노농소년들"에게 어떤 효과를 줄지 단언할 수 없다고 밝히고 있다. 또한 "과연 우리들의 앞에 어떠한 사업을 보여 줄지 어떠한 역할을 할지 우리는 엄격하게 냉정하게 무자비하게 아동예술연구회의 활동을 감시하며 비판하자"라며 글을 맺고 있다.(신소년사 「아동예술연구회의 탄생과 우리들의 태도」, 『신소년』 1931. 11, 19면)

17 승효탄, 앞의 글 29면.

18 이들 가운데 신고송, 이정구, 승응순, 소용수, 이원수는 카프 조직의 회원으로 활동했거나 카프와 비교적 근거리에서 활동한 인물들로 분류할 수 있다.

한 채 좌절하고 만 것이다.[19]

　그러나 연구회가 창립총회조차 변변히 열지 못하고 일제의 탄압에 의해 유산된 단체라 해서, 그것을 간단히 폄하할 수는 없을 것이다. 우리가 눈여겨보아야 할 것은 1920년대 중반에 습작기의 문학 소년들을 중심으로 만들어졌던 기쁨사의 구성원들이 어엿한 기성 문인들로 성장해 우리 아동문학, 나아가서 아동문화 전반을 고민하는 조직적이고 체계적인 모임을 구성하는 데 이르렀다는 점이다. 이것은 1923년 방정환을 중심으로 조직된 '색동회'의 정신을 새롭게 계승한 일인 동시에, 1927년 이후 변화된 정세 속에서 세대의식을 공유하며 소년문예운동의 돌파구를 모색하려고 노력한 기쁨사 동인들의 새로운 조직적 연대였다고 할 수 있다. 이들은 식민지 조선의 현실에서 자신들이 감당해야 할 과제들을 새롭게 설정하고, 새로운 아동문화를 가꾸어 가려는 원대한 포부를 세웠던 것이다. 그 중심에 1925년 기쁨사 동인으로 만난 윤석중, 이원수, 신고송이 함께 발기인으로 참여하고 있다는 사실은 특기할 만하다. 그들은 계급주의가 대두되면서 동심주의와 계급주의(혹은 현실주의)로 갈라선 것이 아니라 여전히 교감과 소통을 나누었음을 충분히 짐작할 수 있다. 1930년대 초반까지 윤석중과 이원수는 대립항이기보다는 하나의 동류항이었던 것이다.

---

19 승효탄은 자신의 글에서 이들이 "나날이 심하여만 가는 조선의 객관정세" 속에서 "만반 준비를 정돈하였다가 결국 불허가되어 창립총회도 못 열고" 좌절되었음을 밝히고 있다. 승효탄이 말한 '조선의 객관정세'는 날로 강고해져 가는 일제 당국의 간섭이라는 것을 짐작하기란 어렵지 않다.(승효탄, 같은 글 29면)

3) 체제 저항에서 협력과 순응의 길로

1931년 만주사변 이후 일제의 억압은 더욱 강고해져 갔다. 새로운 아동문화 건설이라는 포부 아래 신흥아동예술연구회라는 하나의 구심점을 마련하고자 했던 기쁨사 동인들은 일제의 간섭으로 그 목표가 좌절되자, 각자의 지향점을 찾아 나가기 시작했다.

윤석중은 1932년 윤극영의 '다알리아회'에 의해 시도된 적이 있던 '노래 모임'을 부활시키고자 하는 의도에서 '계수나무회'를 조직한다. 계수나무회는 보육학교 학생들과 주일학교 아동들을 그 구성원으로 하여 새로 작곡된 동요를 연습하고 발표하는 일을 꾸준히 해 나갔다. 1933년 4월 경성방송국이 조선어 방송을 시작하면서 계수나무회는 방송을 통해 동요 발표를 했으며, 오케레코드사 등에서 음반 취입을 하기도 했다. 다른 한편으로 윤석중은 1933년 5월 차상찬, 최영주의 권유로 개벽사에 입사하여 『어린이』지 편집에 관여하며, 1934년 개벽사가 문을 닫자 이태준의 주선으로 조선중앙일보에 입사하여 『소년중앙』을 편집하고, 다시 일장기 말소 사건으로 조선중앙일보가 문을 닫자 1936년 조선일보로 일터를 옮겨 『소년조선일보』 지면과 잡지 『소년』, 『유년』의 편집을 맡았다. 이 시기 윤석중의 행보를 보면 그는 동요 보급 운동과 신문 잡지를 통한 아동문학 확산에 적극 참여하려 했음을 알 수 있다.

이원수 또한 자신이 처한 현실에서 새로운 아동문학 활동을 모색한다. 이원수는 1931년 마산 공립상업학교 졸업 직후에 함안 금융조합에 서기로 취직한 뒤로 1934년 무렵 함안, 마산 지역을 근거지로 하는 새로운 문학 서클을 조직한다. 이 모임에는 함안 금융조합에 함께 근무한 제상목(諸祥穆), 마산에 거주하며 세무서 임시 고용원으로 일하던 김문주(金文珠), 역시 마산에 거주하던 나영철(羅英哲), 일본 도쿄에서 자동

차 운전기사로 일하던 황갑수(黃甲秀)까지 5명이 참여한다. 이들은 일제 당국의 눈을 피해 비밀리에 모임을 운영하면서 동요 창작과 합평, 이념 서적 탐독, 동인지 출판을 계획하였다. 그런데 이원수의 동료였던 제상목이 돌연 사직을 하게 되면서 이를 위로하기 위한 회식 자리에서 평소 불화가 있던 금융조합 이사와 사소한 언쟁을 벌인 것이 계기가 되어 이들은 일경의 탐문 수사를 받게 되었고, 이원수가 가택 수사까지 당하면서 1935년 2월 28일 결국 "프로문예연구의 간판 밑에서, 적색 비사(秘社)를 조직한" 혐의로 회원 전원이 검거되기에 이른다.[20] 이에 관한 사건의 전말이 『조선중앙일보』(1935. 5. 3)에 자세히 소개되었는데, 그 기사 내용을 유심히 살펴보면 이 모임이 애초 "동요애호가들"의 동인 모임에서 출발한 모임임을 알 수 있다.

오래전부터 문예에 뜻을 두고 동요 등을 연구하여 오던바 작년부터 라영철 김문주 등이 주동이 되어 마산을 중심으로 함안, 일본 내지에 있는 동요 애호가들을 망라하여 프롤레타리아 문예협회를 조직하고 비밀리에 원고를 서로 교환하여 감상비판을 하여왔는데 최근에 와서는 더욱 내용을 확장하여 비밀출판을 계획하는 일방 개인적으로는 적색서적을 다수 구입하고 문예 비판은 불합리한 사회제도 비판으로 변하여 격렬한 원고 교환과 서신래왕이 빈번함으로 (…)[21]

이 기사 내용에서 주목할 것은 1931년 만주사변 이후 강화되어 가는

---

20 당시 양창준(梁昌俊, 양우정)도 조직에 관여한 혐의로 검거되었으나 취조 과정에서 사건과 관계가 없음이 밝혀져 석방되었다.
21 『조선중앙일보』 1935. 5. 3.

일제의 사상 탄압 문제이다. 이원수가 연루된 문학서클 활동은 1920년 대만 해도 크게 저촉이 되지 않는 문제였다. 1920년대에도 비슷한 사 상 탄압이 자행되었더라면 아마 이원수가 몸담았던 기쁨사를 비롯한 1920년대 소년문예단체들의 활동은 심히 위축되었거나 애초 불가능한 일이었을지 모른다. 그 일은 원고 교환과 서신왕래라는 수단을 통해 서 로의 작품을 합평하고, 동인지 출판을 계획하고 실행하는 일에 다름 아 니었기 때문이다. "적색서적을 다수 구입하고 문예 비판에서 불합리한 사회제도 비판"으로 눈을 돌린 것 또한 계급주의가 성행하던 1930년 전 후를 생각하면 그리 새삼스러운 일이 아니었다. 말하자면 이원수의 활 동은 기쁨사 이후 그의 문학적 행로의 자연스러운 연장에 다름 아니었 던 것이다. 그러나 이러한 활동에 일제는 '치안유지법 위반'이라는 딱 지를 붙여 구속을 집행한다. 이원수는 이 사건으로 징역 10월, 집행유예 5년을 언도받게 되었다. 비교적 식민지 외곽이라 할 수 있는 함안 지역 에서 벌어진 이 사건의 본질은 결국 만주사변 이후 군국주의적 행보를 가속화하던 일제가 공안 정국을 조성하기 위해 의도적으로 획책한 사 건에 지나지 않았다. 이는 일제가 불온한 사상을 갖고 있는 세력들을 탄 압하기 위한 일종의 사전 정지 작업의 성격을 지닌다. 다른 한편으로 보 면 이는 1930년대 중반을 거쳐 일제 말기로 이어지는 우리 아동문학의 험로를 예고하는 상징적 사건이기도 했다. 이원수는 이 구속 사건을 계 기로 기쁨사 동인 활동 이후 지속해 왔던 문예조직 활동을 더 이상 수행 해 나가지 못하며, 체제 저항과 현실 비판의 자리에서 퇴보해 결국 적극 적 친일 작품을 발표하는 자리에 이르게 된다.

이원수에 견준다면 서울 중앙 문단에서 활동하던 윤석중은 일제가 정한 합법의 테두리 안에서 비교적 소시민적인 안온한 길을 걸은 것으로 파악된다. 그는 중앙에 머무르면서 일급 문인들과 교유를 활발히 지속했으며, 그런 교유의 결과로 유수의 잡지사와 신문사에 입사해 편집자로서 자신의 문학적 역량과 위상을 계속 강화해 나갈 수 있었다.[22] 단지 문인의 조건으로서 비교해 보면 윤석중은 지방의 금융조합 서기에 불과했던 이원수에 비해 여러모로 유리한 위치에 있었음이 틀림없다. 그러나 그 또한 시대적 조건에서 결코 자유로운 처지가 되지 못했다.

윤석중은 신흥아동예술연구회가 좌절되고 나서 2년 뒤인 1933년 두 번째 시집을 출간한다. '윤석중 제1동시집'이란 부제를 단 『잃어버린 댕기』(계수나무회)였다. '잃어버린 댕기'라는 제목만을 놓고 보면 이 작품집이 식민지 백성의 처지에 놓여 있던 우리 겨레의 상실감을 구현한 작품으로 인식되지만, 사실 그러한 민족적 저항의식은 오히려 희박한 편이다. 대신 그의 두 번째 작품집에서는 일종의 형식에 대한 실험을 적극적으로 시도하려는 의도가 뚜렷이 감지된다. 「담모퉁이」「언니의 언니」「잃어버린 댕기」를 비롯해 '동화시'로 명명한 5편의 작품들은 종래 우리 동요들에서 볼 수 없던 새로운 시도를 담고 있다. 또한 이 작품에는 '역요시(譯謠詩)'로 명명한 10편의 번역시가 실려 있는데, 윤석중의 이런 노력들을 보면 그가 신흥아동예술연구회에서 시도했던 사업 일부를 직접 실천에 옮기려 한 것이 아닌가 생각된다.

그러나 윤석중은 1930년대 후반으로 갈수록 첫 동요집 『윤석중 동요집』에서 보여 주었던 현실에 대한 비판의식과 두 번째 작품집 『잃어버린 댕기』에서 시도했던 파격적인 형식의 시들을 더 이상 이어 가지 못한

---

22 윤석중은 이 시기에 편집자로서 두 가지 중요한 역할을 해내었다. 하나는 아동문학의 질적 향상을 위해 기성 작가들을 아동문학에 참여하도록 이끌어 냈다는 점이며, 또 하나는 박목월, 강소천, 윤동주, 현덕 같은 유수한 신인들을 발굴해 냈다는 점이다.

다. 1939년 1월에 나온 그의 첫 번째 선집『윤석중 동요선』(박문서관)에는 종전에 선보였던 저항성을 지닌 작품, 고단한 현실에 대한 직접적인 토로를 하는 작품들이 모두 빠져 있으며, 그가 모처럼 시도한 새로운 형식의 작품들 또한 배제된 것을 볼 수 있다. 그는 식민지 현실에 대한 비판 혹은 저항의 모습을 지우고 현실 긍정이나 현실과 관련이 희박한 동요 세계로 퇴행을 하고 만 것이다. 윤석중의 작품이 이른바 동심주의로 낙인찍히게 되는 기원은 바로 여기에 기인하는 것이 아닌가 싶다.

그가 조선일보 장학생으로 일본 유학 중에 간행된『어깨동무』(박문서관 1940) 또한 그러한 한계가 명백한 작품이었다. 이 동요집의 시적 주체는 생동감 있는 어린이가 아니라 어린 자녀를 둔 중산층의 어른인바, 그가 바라본 것은 식민지 현실이 아니라 그 현실을 소거한 공간에서 살아가는 행복한 아이들 모습이었다. 한마디로 윤석중이 1930년대 초반까지 보여 주었던 작품 경향과 30년대 중반을 거쳐 30년대 후반까지에서 드러나는 작품 경향은 상당한 편차가 느껴진다. 윤석중의 이런 변화는 어디에서 온 것일까? 그것을 시대의 흐름과 무관한 시인 개인의 문학관 변화 탓으로만 돌리기에는 석연찮다. 이 역시 만주사변 이후 노골화된 일제의 탄압과 밀접한 관련성을 갖는 문제가 아닌가 생각한다.

지금까지 연구에 의하면 윤석중은 일제 말기까지 친일과 관련한 일체의 활동에 관여하지 않은 것으로 알려져 있다. 그러나 윤석중은 또한 일제 말기의 시대 분위기에 편승한 흔적이 드러난다. 윤석중은 1941년부터 1943년까지『매일신보』『신시대』『조광』『반도의 빛(半島の光)』등에 동요를 꾸준히 발표했는데, 이들 동요들의 경향은 대부분 현실 미화나 현실 긍정의 세계관을 담고 있다. 이들 동요들은 이른바 '가정가요'라는 이름으로 지면에 소개되었는데, 이 용어는 일제가 정치적 목적 아

래 '건전한 문화 풍토 조성'을 빌미로 조성한 '건전한 가요 보급 운동'과 맥락이 닿아 있는 것이어서 주목을 요한다.[23]

'가정가요'란 음악의 어느 특정한 장르를 말하는 것이 아니라 레코드 보급으로 가정에서 유행가를 어른 아이 할 것 없이 부르는 세태에 대한 반성으로 건전한 가정가요를 만들어 보급시키자는 일종의 '건전한 가정가요 정화운동'에서 나온 말이다. 레코드가 보급되기 전인 1920년 대부터 음악가들은 퇴폐적이고 불건전한 유행가가 가정교육에 나쁜 영향을 줄 수 있다는 생각에서 가요의 정화를 꾸준히 제기해 왔다. 그런데 이런 주장은 일제 말기 단순히 불건전한 유행가에 대한 정화 차원을 넘어 일제 당국의 정치적 목적과 연결되었다. 이때 나온 것이 바로 '가정가요'라는 용어다. 가정가요는 정치적인 내용이 없이 순수한 가사를 가진 것도 있지만 친일적인 노래도 다수 포함되어 있었다.[24] 당시 음악가들의 글을 보면 이 '가정가요'라는 용어에 숨겨진 정치적 함의가 분명히 드러난다.[25] 윤석중은 『신시대』(1942. 7)에「바위와 샘물」「복우물」「자장가」「풍년가」등 4편의 작품을 싣고 있으며, 『조광』(1942. 7)에도 역

23 김수현 「해제」, 『한국근대 음악기사 자료집』 권9 잡지편(1941~1945), 민속원 2008, 16면.
24 같은 글 16면.
25 가령 박태준은 「가정과 음악」(『신시대』 1941. 6, 176면)에서 "건전한 가정가요, 애국가, 군가를 많이 부르자"라고 주장하고 있으며, 임동혁은 「시국과 음악」(『신시대』 1941. 10, 132면)에서 음악가들에게 "더욱 대담하고 더욱 친절하게 국민생활을 발랄케 하고 명랑하게 할 음악을 창작"할 것을 주문하고 있다. 계정식 또한 「가정과 음악」(『조광』 1942. 11, 128면)에서 "가정음악이 철저히 보급되어 가정 내가 화기 윤색하게 지내는 것이 선량한 국민 생활이라고 할 수 있다"라고 적고 있다. 이들의 주장은 '건전한 가정가요 보급'을 통해서 '선량한 국민 생활'을 진작시키자는 의미를 담고 있는 것으로, 이는 당시 일제 당국의 시책에 호응하는 발언이라 할 수 있다.

시 「뱃노래」 「느티나무」 「즐거운 이발사」 「먼 길」 「자장가」 「즐거워라 우리집」 「사랑에도 푸른 싹이」 「우리들의 거리」 등 총 8편의 가정가요를 실었고, 『반도의 빛』(1943. 5)에도 「노래가 업고 보면」 「봄노래」 「사랑」 「이웃사촌」 「늙은 체신부」 등 총 5편의 가정가요를 실었다.

윤석중의 가정가요는 제목에서 드러나듯 대부분 건전하고 명랑한 내용을 주조로 한 동요 가사나 가요 가사 형태를 지니고 있다. 동요의 율격을 다루는 데 천부적인 재질이 있던 그는 이들 작품에서도 '입으로 부르는 노래'의 특성을 잘 살리고 있는데, 문제는 가사 내용에서 드러나는 건전성과 명랑성이다. 여기서 드러나는 건전성은 식민지 현실을 긍정하고 미화함으로써 결국 일제의 시책에 호응하고자 하는 교훈성에 다름 아니며, 명랑성 또한 1930년대 초반까지 그의 작품에서 볼 수 있었던 것과는 다르게[26] 이른바 "국민 생활을 발랄케 하고 명랑하게" 하려는 부자연스러운 계몽적 의도와 맞닿아 있다.

이원수가 1930년대 중반 치안유지법 위반이라는 사회적 제약을 받게 된 이후 종래의 체제 저항적 태도에서 퇴보해 결국 일제 말기에 적극적 협력의 길을 걷게 된 것처럼, 윤석중 또한 일제의 억압이 강화되는 과정에서 순응의 터널을 지나지 않으면 안 되었던 것이다.

4) '새 나라 어린이'를 대하는 두 가지 방식

1931년 만주사변 이후 군국주의적 행보를 가속화하던 일제는 1945년 8월 결국 패망의 길에 이르게 된다. 예기치 못한 순간에 찾아온

---

26 1930년대 초반 그의 작품에서 드러나는 명랑성은 어디까지나 고단한 식민지 현실에 근거한 것이었으며, 그것은 얼마간 그러한 현실을 극복하는 의지로서 작용한 측면이 있다.

해방은 우리 겨레에게 기쁨과 함께 혼란과 궁핍이라는 또 다른 삶의 조건을 안겼다. 새로운 국가 건설에의 희망과 참여의지가 솟구쳐 올랐던 만큼 좌우익의 이념적·물리적 갈등은 날로 첨예해 갔다. 이런 격동기는 윤석중과 이원수의 삶에 새로운 국면으로 다가오게 된다. 해방기에 두 시인은 어떤 문학적 행보를 보였던가. 그것은 다음과 같은 두 시인의 발언에서 상징적으로 드러난다.

흙탕물에서 피어나는 연꽃을 보라! 우리는 이 혼란 가운데에서도, 우리 문화의 발굴과 새 문화의 창조를 위하여 굽힘 없이 전진해야 할 것이다. 한 나라의 문화 주추는 아동문화다. 아동 문화야말로 모든 문화의 저수지요 원천인 것이다. 그렇거늘, 노래 한 마디, 그림 한 폭, 장난감 한 개 물려줄 것이 없는, 거덜난 조선에 태어난 어린이야말로 어버이 없는 상제아이보다도 더 가엾지 아니한가.[27]

압제자는 갔으나 감시자가 더 많아진 조국의, 자리 잡혀지지 않은 질서 위에 이욕에 눈이 시뻘게진 사람들. 이들이야말로 노예근성을 가진 벼락 장군처럼 사방에서 큰소리들을 치고, 또 권세와 재물을 쌓아 올리고 있었다. 그런 세상에서 자라는 아동들의 형편을 보고 동시를 쓰는 나의 마음은 울분과 탄식에 젖어들지 않을 수가 없었다. (…) 동화를 쓰자. 소설을 쓰자. 그런 것으로 내 심중의 생각을 토로해 보자는 속셈이었다.[28]

---

27 윤석중「아동문화 선언」(1945. 9),『어린이와 한평생』 197면.
28 이원수「나의 문학 나의 청춘」(1974. 2),『이원수아동문학전집』 30, 웅진출판 1984, 255~57면.

앞의 발언은 윤석중이 "어린이의 생활 해방과 새로운 어린이문화 건설"을 위한 목적으로 창립한 '조선아동문화협회'(이하 '아협') 결성 당시의 '아동문화 선언'의 일부이다.『매일신보』(1945. 9. 17)에는 아협의 창립 목적과 구체적인 사업 계획이 자세히 소개되어 있다.[29] 여기서 짐작할 수 있는 것은 새롭게 아동문화를 건설하려는 당시 아협의 포부가 얼마나 크고 치밀했는가 하는 점이다. 윤석중이 주도한 아협은 한마디로 아동예술 및 교육은 물론 아동 생활 전반에 걸친 사업을 펼치기 위한 원대하고 세밀한 밑그림을 그렸던 것을 알 수 있다. 인적·물적 토대가 빈약했던 당시 시대상에 비추어 볼 때 아협이 기획했던 사업의 실행 가능성은 사실 희박한 면이 없지 않았다. 그러나 윤석중은 자신의 특장이라 할 수 있는 아동물 출판을 통하여 그 계획 일부를 직접 실행하는 일에 몰두했다.

윤석중은 1930년대『어린이』필자로 인연을 맺었던 임병철을 통해 유한양행의 유명한을 소개받고 그의 후원으로 '고려문화사'를 설립하

---

29 "어린이의 생활 해방과 새로운 어린이문화의 건설을 위하여 아동예술가, 아동연구가, 아동교육가들의 발기로 조선아동문화협회가 탄생되었다. 이 협회는 역사, 과학, 언어, 생활, 교육, 보건, 완구, 동요, 동화, 음악, 무용, 미술 등 12심의실을 두어 각각 다섯 사람씩을 망라하였으며 편집실에는 기관지『조선아동문화』와 아동잡지『우리동무』『우리그림책』『우리노래책』, 단행본 등 여섯 편집실을 두고 기획실에는 어린이병원, 어린이극장, 어린이유원지, 어린이과학관, 어린이도서관에 대한 입안 계획 설계 연구를 위하여 다섯 기획실로 나누었으며, 따로이 부속보육학교(附屬保育學校)와 부속 '서울어린이집'(새로운 형식의 유치원)과 우리동무회 장난감공장 등을 계획 중이라는 바 100명에 가까운 그 진용은 최후의 한 분까지 쾌락을 얻어 만전을 기한 다음 발표하리라 하며 우선 학생별 과외독본(課外讀本) 제1기 전12권의 편찬을 개시하였고 동요 작가 윤석중, 아동미술가 정현웅(鄭玄雄), 한글서도가 이각경(李珏卿) 공저의『그림한 글책』도 다시 착수하였다. 동협회의 준비사무소는 서울 영락정(永樂町) 2정목(丁目) 영락빌딩 4층이다."(『매일신보』1945. 9. 17)

는 데 참여해 1945년 11월 초순 『주간 어린이신문』을 창간한다. 그러나 고려문화사가 『민성』을 창간하는 등 애초 어린이 관련 사업과는 다른 방향으로 사업을 전개하려 하자, 곧 고려문화사를 나와 1945년 11월말 조풍연, 민병도, 정진숙 등과 손을 잡고 '을유문화사' 설립에 참여한다. 윤석중이 을유문화사의 설립에 참여한 까닭은 어디까지나 아협에서 기획한 사업을 실행하기 위한 목적이 컸다. 윤석중은 을유문화사의 출판 자본을 기반으로 하여 아동출판 사업 부문에서 아협이 의도했던 계획을 하나씩 펼쳐 나갔다.

윤석중이 주도한 아협은 1946년 2월부터 한국전쟁이 발발한 1950년 6월까지 모두 39종에 달하는 아동출판물을 간행한다.[30] 아협이 간행한 출판물은 순수 창작집에서 지식책, 잡지에 이르기까지 그 종류가 매우 다양한 면모를 보이고 있다. 이를 보면 "기관지 『조선아동문화』와 아동잡지 『우리동무』 『우리그림책』 『우리노래책』, 단행본"을 내겠다고 공표했던 창립 당시 의도가 어느 정도는 관철된 느낌을 준다. 이들 출판물은 특히 아동용 읽을거리가 절대 부족했던 해방기의 현실에서 새로운 교과서의 구실을 톡톡히 했다. 아협 그림동산 시리즈의 제1집으로 낸 『어린이 한글책』(1946. 5)을 비롯해 이각경의 『어린이 글씨체첩』(1946. 2) 등

---

30 아협 아동출판물은 아협어린이독본, 아협문고, 아협그림동산, 아협그림얘기책, 소파 동화독본, 소년과학독본 등 다양한 시리즈 형태로 출간되었다. 윤석중은 아협이 만들어 낸 어린이책은 "22가지의 '아협 책', 11권의 '아협그림얘기책', 5권으로 된 '소파동화독본', 『주간 소학생』의 후신인 『소학생』이 있었"다고 밝히고 있다. 이를 보면 아협에서는 총 39종의 출판물이 간행된 것을 알 수 있다.(윤석중, 앞의 책 207면) 다만 오영식이 펴낸 『해방기 간행도서 총목록, 1945~1950』에는 아협에서 간행한 출판물이 총 35종으로 소개되어 있다.(오영식 편저 『해방기 간행도서 총목록, 1945~1950』, 소명출판 2009, 230~31면)

은 『당시 아동들에게 한글 배움책의 구실을 했으며, 특히 그 단체의 기관 지격으로 낸 『주간 소학생』[31]은 당시 빈약하기에 이를 데 없던 초등학교 문학 교과서의 역할을 충실히 대행했다.

일제강점기만 해도 마산, 함안 지역에서 머물던 이원수는 해방 직후인 1945년 10월 서울에 입성한다. 그는 당시 경기공업학교 교장으로 있던 동서 고백한의 권유로 교사로서 생활을 시작하는 동시에, 동향이자 가까운 문우였던 김원룡이 설립한 '새동무사'의 편집 자문이 된다. 이어 그는 1947년 경기공업학교 학내 문제로 교사직을 사직하고, 일제강점기부터 활발히 출판 활동을 해왔던 '박문출판사'의 주간을 맡게 된다. 윤석중이 아협을 중심으로 아동출판 사업에 몰두했다면 이원수 또한 서울 유수의 출판사 주간으로 해방기의 출판 활동에 참여하게 된 것이다.[32] 그런데 이원수의 활동에서 특기할 일은 그가 윤석중이 벌이는 아협 활동에도 참여했다는 사실이다. 이원수는 우선 아협에서 발행한 『주간 소학생』의 단골 필자였으며,[33] '아협 글짓기' 현상 문예의 심사자로 윤석중, 피천득, 박목월 등과 어린이 글을 뽑았다.[34] 윤석중은 두 번째 동요선집 『굴렁쇠』를 이원수가 주간으로 있던 1947년 박문출판사에

---

31 『주간 소학생』 창간호는 1946년 2월 11일 을유문화사에서 처음 나왔으며 주간지 형태로 발행되다가 47호(1947. 6)부터 제호가 『소학생』으로 바뀌어 월간지 형태로 발행되었다. 『소학생』은 6·25전쟁으로 79호까지 발행되고 종간된다.

32 이원수는 이곳에서 권위 있는 저자 확보와 출판 기획을 통해 무게 있는 단행본들을 간행하여 인텔리층 독자들의 큰 호응을 받았다고 한다.(조성출 『한국인쇄출판백년』, 보진재 1997, 437면)

33 『주간 소학생』에 실린 이원수의 작품은 모두 10편(동요 8편, 소년시 2편)으로 운문 작품 수록으로는 단연 선두를 차지한다. 반면 이 잡지의 주간이었던 윤석중은 동요 6편을 수록하는 데 그치고 있다.

34 윤석중, 앞의 책 197~98면.

서 내기도 했다. 이는 해방기에도 두 시인의 관계가 여전히 긴밀했음을
보여 준다.

그러나 작품 경향이나 정부 수립 전후의 행보를 지켜볼 때 두 사람에
게선 하나의 차이점이 발견된다. 앞서 인용한 아동문화 선언문에서 보
듯 해방기 윤석중의 관심은 새로운 아동문화 건설에 있었다. 그는 "거
덜난 조선에 태어난 어린이"들에게 좋은 문화를 건네줌으로써 그들의
삶에 기쁨을 주는 역할을 맡고자 했다. 해방기의 현실은 그에게 있어
"흙탕물"에 가까운 모습으로 인식되었지만, 시인으로서 그는 그런 현실
을 부정하고 비판하지 않았다. "새 나라의 어린이는/일찍 일어납니다/
잠꾸러기 없는 나라/우리 나라 좋은 나라"(「새 나라의 어린이」 1연)에서 보
듯 오히려 그는 현실 긍정의 자세에서 새로운 국가 건설에의 희망을 노
래하고자 했다. 이에 견준다면 이원수는 해방기의 현실에 대해 "울분과
탄식"을 하는 비판적 입장에 서 있었으며, 그런 자신의 입장을 작품으
로 토로하고자 했다.

두 시인의 이런 상반된 태도는 1948년 8월 남한 정부 수립을 계기로
더욱 심화된다. 남북한의 분단이 고정화되면서 문단에도 남북 분열이
이어져 좌익 계열의 문학 활동을 하던 작가들은 대부분 월북을 하고, 그
주도권은 청년문학가협회를 중심으로 한 우익 작가들이 쥐게 되었다.[35]
문단의 이런 재편 구도에서 윤석중은 남한 아동문단에서 확고한 위상
을 확보하게 된다. 윤석중은 여러모로 남한 아동문단의 주류가 되기에
적합한 조건을 지니고 있었다. 우선 그는 식민지 시절부터 우리 아동문
단에서 중요한 위치에 있었다는 점, 또 하나는 해방 직후부터 아동문화

---

35 해방기 아동문단의 전개과정은 원종찬 「이원수 판타지동화와 민족현실」, 앞의 책
   118~27면을 참조할 것.

활동에 매진하여 한글 보급과 동요 보급, 아동문학 확산에 상당한 기여를 했다는 점, 그럼에도 좌우익 어느 쪽에도 이념적 편향을 보이지 않았다는 점, 그리고 작품에서 현실 부정이나 비판의 태도보다 현실 긍정의 태도를 보여 준 작가라는 점이 주요한 요인으로 작용했던 것이다. 남한 정부 수립 이후 그는 '새 나라' 교과서의 주된 필자가 됨으로써 분단 이후 재편된 남한 아동문단의 주류로서 부상하게 된다. 이는 윤석중 개인의 문학적 입지를 강화한 계기가 되었을지 모르나 그의 문학적 정체성을 협소화하는 계기로 작용한다. 그의 초기 문학작품들에서 엿보였던 생기발랄한 동심상은 국가 이데올로기에 순응하는 동심상으로 고착화되며, 다양한 시적 형식을 모색했던 그의 실험정신은 실종되고 대신 그의 작품은 정형화된 동요의 틀 안에 머무르게 된다. 분단 이후 그의 작품에 대한 평가가 주로 '낙천적 동심주의'에 귀결되는 것은 바로 그러한 문학적 정체성의 변화와 밀접한 관련이 있다. 반면 이원수는 해방기의 남한 현실에 대해 비판적 입장에 서 있었기에 윤석중처럼 남한 교과서의 주된 필자로 채택되기에는 어려운 점이 있었다. 이원수는 동요나 동시로서 토로할 수 없는 해방기의 현실을 동화와 소년소설로 그려 내기 시작했다.

5) 교과서의 안과 밖

남한 정부 수립 이후 두 시인의 위상에 가해진 변화는 한국전쟁 이후로까지 이어진다. 윤석중은 전쟁기를 거치며 반공주의와 국가주의가 전면화된 풍토 속에서 초등 교과서의 주요 필자로 확고한 위치에 서게 되며, 이원수는 여전히 그 교과서의 권외에 머무르게 된다. 윤석중이 보여 준 현실 순응과 긍정의 세계는 당시 교과서를 주도하던 이들에게 동

심주의의 전범으로 받아들여졌다.[36]

특히 박목월은 1950년대 후반과 1960년대 초반에 현장 교사들과 어린이들을 위한 동시 창작법 『동시교실』(아데네사 1957)과 『동시의 세계』(배영사 1963)를 각각 엮어 내는데, 그는 여기서 윤석중의 작품을 주로 인용하여 그의 작품이 가지는 동심주의 경향과 기지적(機智的)인 착상 혹은 기교적인 표현 방법을 동시 창작의 모범으로 제시했다. 박목월은 동시를 쓰려는 지망생들뿐 아니라 아동들에게까지 윤석중 동시에 나타난 어법과 표현 방식을 따르도록 강조함으로써, 본의 아니게 윤석중 동시의 아류를 성행하게 하는 풍토를 조성하게 된다. 또한 순수와 공상을 앞세워 현실 미화나 현실 도피의 세계관을 강조함으로써, 으레 동시란 현실과 무관한 꿈의 세계, 비현실의 세계를 아기자기하게 노래하는 것이라는 통념을 양산했다. 이러한 동시 창작 방법이 당시 국어 교과서와 동시 교육이 행해지는 현장에 그대로 관철되고 유포되었음은 물론이다. 박목월의 태도에서 1930년 전후로 나타난 윤석중의 현실 지향의 작품이 전혀 언급되지 않고 있음을 엿볼 수 있다. 박목월을 비롯해 교과서 편찬을 주도하는 이들은 윤석중이 한때 지니고 있던 '현실 지향'의 측면을 의도적으로 배제하고, 그의 문학적 특성을 오로지 '동심 지향'의 코드에만 맞추고 있는 것이 드러난다. 윤석중 문학이 동심주의 구도 안에 갇히게 된 것은 시인 내부의 정체성 변화에만 원인이 있던 것이 아니라, 외부에서 조성된 동심주의 관점 또한 결정적 요인이 되었던 것이다.

반면 이원수는 현실주의 관점을 고수하며 교과서 주변에 머물렀기에

---

36 특히 청년문학가협회 일원으로 전쟁 이후 주류로 부상한 박목월이나 남한 정부 수립 이후 초등 국어 교과서 편수에 관여했던 강소천, 최태호 등은 윤석중 작품을 동심주의의 전범으로 삼는 데 기여한 인물들이다.

동심주의로의 포섭으로부터 비교적 자유로운 처지에 있었다고 볼 수 있다. 분단 이후 교과서를 중심으로 학교 현장에서 이루어지는 동심주의 편향의 시 교육에 대해 이원수는 그 폐해를 신랄하게 비판한다. 그는 "어린이들에게 시의 유사품을 많이 보여 줌으로 해서 시 아닌 것을 시로 잘못 알고, 스스로의 작품에까지 나쁜 영향을 받게" 하는 당시의 동시 교육에 대해 부정적 입장을 취하고 있다.[37] 그는 "초등학교 아동들의 시를 보면 정형률의 동요를 흉내 낸 것이 너무도 많"으며, 그런 흉내는 형식뿐만 아니라 내용에서도 이루어지고 있음을 지적하며, 그러한 "아동들의 동요 모방이 그들의 마음 세계까지 좁혀 놓고 있는" 현실을 개탄한다.[38]

이원수는 이러한 견지에서 당시 동심주의의 전범으로 추앙받고 있는 윤석중의 작품에 대해서도 다음과 같은 부정적 평가를 내린 바 있다.

윤석중 씨의 해방 전 작품을 예로 든다면 (…) 윤 씨의 동요에서 아동(주로 유년)들의 명랑 활달한 생활과 그 생활의 미에의 결합을 느낄 수 있었다.

(…) 평범한 사물에서 유쾌한 이치를 터득해 내고 재미있는 까닭을 찾아내는 윤 씨의 재능은 동요 작가로서 씨의 창작에 많은 플러스를 했으나 그것은 한편 유머러스한 언어의 재간과 사물의 비교 대조의 묘미를 찾기에 치중케 하여 씨의 동요를 아동시에서 노래에로 달리게 한 감이 있다. (…) 즉 씨의 동요는 시의 세계를 떠나 재미있는 교훈과 혹은 유쾌한 이야기 및 격언의 노래화로 보이는 것이 많아진 것이다.[39]

---

37 이원수 「시와 교육」(1961. 1), 『이원수아동문학전집』 28, 웅진출판 1984, 312면.
38 이원수 「아동문학 프롬나아드」(연대 미상), 같은 책 232면.
39 이원수 「동시의 길을 바로잡자」(1960. 2), 같은 책 340~42면.

우리는 이 글에서 분단 이후 변모한 윤석중의 동요의 한계를 읽게 되거니와, 윤석중은 해방 전에 보여 주었던 '아동 생활과 미에의 결합'에서 점차 멀어져, 교과서의 동심주의가 유포한 현실 순응과 현실 미화에서 오는 매너리즘에 봉착하게 되었던 것이다. 1950년대 후반부터 현실주의 관점에서 동심주의 아동문학의 폐해를 꾸준히 지적했던 이원수는 1970년대 중반, 동심주의 진영에 대하여 다음과 같은 발언을 한다.

그들은 아동문학을 아동의 즐거운 노리개로 만들어 줄 수 있으면 만족한다. 철없는 것으로 — 그것도 동심이라는 깃발을 앞세우고서. (…) 철학이 없는 동시인, 꿈만 붙들고 사는 동시인, 말재주 놀이를 시인의 사명으로 여기는 동시인, 이들이 아동에게 끼치는 영향은 무서운 것이다.[40]

이원수는 이 글에서 자신이 지목한 '그들' 속에 과연 윤석중이 포함되는지를 구체적으로 명시하지 않았다. 그러나 분단 이후 동심주의의 그늘에 안주하게 된 윤석중이 그러한 혐의에서 결코 자유롭지 못했을 것이라는 추정은 충분히 할 수 있다. 윤석중과 이원수는 분단 이후 축조된 교과서의 안과 밖에서 '우리'가 아닌 '나'와 '그'로 각각 분리되어 대척적인 위치에 놓이게 되었던 것이다.

---

40 이원수 「동시의 유아성」(1975), 같은 책 359면.

3. 결론: 타자화를 넘어서

이상에서 우리는 윤석중과 이원수의 문학적 행보를 간략하게 더듬어 보았다. 두 사람은 동갑내기로서 나라의 주권을 잃은 시기에 태어나 일 제강점기와 해방, 그리고 분단 이후의 한국의 근현대사를 고스란히 겪 으며 자신의 문학적 삶을 영위해 왔던 것을 알 수 있다. 분단 이후 두 사 람의 행보는 동심주의와 현실주의라는 서로 다른 영역으로 갈리게 되 지만, 해방기와 해방 이전의 문학적 삶을 고찰해 보면, 두 사람은 서로 긴밀한 관계를 유지하며 아동문학의 새로운 길을 개척하기 위해 노력 했던 것을 알 수 있다.

여기서 한 가지 유념할 사실은 두 시인이 각자의 자리에서 추구하려 했던 문학적 인자들이 서로 포개지기보다 정확히 대칭을 이룬다는 점 이다. 윤석중 문학을 구성하는 키워드는 유년, 웃음, 공상이라 할 수 있 으며, 이원수 문학을 구성하는 키워드는 소년, 슬픔, 현실이라 할 수 있 다. 전술한 것처럼 두 시인에게서 발견되는 이러한 상반된 인자들은 동 심주의와 현실주의라는 두 가지 관점 사이에서 지나치게 홀대되거나 과한 평가를 받았다. 그러나 해방기와 해방 이전으로 거슬러 올라갈수 록 두 시인의 자질은 상호 배제적인 대립쌍이라기보다 상호 보완의 관 계로 이해되는 지점이 있다.

윤석중은 서울 토박이로 아무래도 농촌 출신이 갖게 되는 정서보다 도시적 감각에 더 친숙할 수밖에 없는 시인이었다. 그는 유수한 작곡가 들의 곡에 힘입어 유치원과 보육학교, 주일학교를 중심으로 보급되는 유년 동요에 대해서 누구보다 깊은 관심을 가지고 있던 시인임이 드러 나는데, 그런 그의 '유년 지향'이 그의 생애 혹은 그가 몸담고 있던 도

시적인 배경과 연관이 있는 것이 아닌가를 고려할 필요가 있다. 윤석중은 서울에서 대대로 높은 벼슬을 한 양반의 후예였다. 그러나 그의 성장기 환경은 유복한 편이라기보다는 불행한 축에 속한다. 그는 어머니를 일찍 여의고 사회주의 운동에 헌신하는 아버지를 둔 까닭에 부모의 사랑을 온전히 맛보지 못한 채 성장기를 보냈다. 그의 작품에 드러나는 유년 지향의 태도와 웃음은 그런 불행한 환경에서 역설적으로 배태된 정서가 아닐까 생각하게 된다. 그는 슬픔을 슬픔 그 자체로 받아들이지 않고, 웃음을 통해 그것을 극복하려는 태도를 견지했다. 이런 태도는 그의 작품의 중요한 특성이라 할 수 있는 '공상'과 연결되는 것으로서, 우리에게는 그 공상에서 단순한 현실 도피가 아닌 현실 극복의 요소를 발견해 내려는 안목이 요구된다.

이원수는 어릴 적 농촌에서 태어나 지방 도시로 이주했다. 이원수는 그곳에서 소년회 활동을 통해 문학과 사회의식에 눈을 떴다. 그 또한 소년 시절 아버지를 여의는데, 그의 어머니는 자애로운 모성으로 존재했다기보다 부재하는 아버지를 대신하는 부성으로 존재했다. 이원수에게는 어머니로부터 충족하지 못한 모성을 그의 누이들을 통해 보상받으려는 심리가 엿보이며, 이러한 태도는 그의 작품에 그리움과 슬픔의 정서를 배태하는 동인이 되었다. 그는 유년 동요보다 소년시로서 득의의 영역을 개척했다. 그의 소년시에는 그가 지니고 있던 슬픔의 정서가 그대로 묻어나며, 공상보다 현실 지향의 요소가 두드러진다. 그러한 현실 지향과 슬픔의 정서는 이원수 스스로가 가지는 특성일뿐더러, 소년시적인 장르적 특성을 반영한 결과라 볼 수 있지 않을까 한다. 그의 작품에서 드러나는 '소년'의 의미를 단지 반영론의 관점이 아니라 심리주의의 관점과 장르적 관점에서 새롭게 해석해 내려는 안목이 필요하다.

널리 알려진 대로 이원수의 호는 동원(冬原)이었다. 그의 호에서는 현실을 쓸쓸한 겨울 들판으로 인식하려는 현실 감각과 그것을 견뎌 내겠다는 생의 의지가 감지된다. 반면 윤석중의 호는 석동(石童)이었다. 그의 호에서는 서울내기의 당돌함과 고된 현실에도 쉽게 주눅 들지 않는 아이다운 생기가 감지된다. 동원과 석동은 서로 다르면서도 여러모로 비슷한 점이 있다. 두 사람이 가지고 있는 공통점을 헤아려 보는 안목과 함께, 석동이 가지는 결여태로서의 동원과 동원이 가지는 결여태로서의 석동을 함께 끌어안는 지혜가 필요한 시점이 아닌가 한다.

2000년대 동시 흐름과 전망

1. 들어가며

편집자로부터 '2000년대 동시의 흐름과 전망'에 관한 원고 청탁을 받고 새삼 새로운 세기가 벌써 20년 가까이 흘렀구나 하며 세월의 빠름을 실감했다. '아동문학의 새로운 르네상스'를 운운하던 2000년대 초반이 엊그제 같은데 벌써 20년이라는 시간의 더께가 쌓인 것이다. '10년이면 강산도 변한다'는 옛말도 있지만 우리 동시가 지난 20년간 걸어온 길을 돌이켜 보면 말 그대로 엄청난 변화가 있었음을 생각하게 된다. 20년이라는 시간을 지나는 동안 우리 동시에는 과연 어떤 일들이 있었을까?

2. 변방에서 중심부로

1980년대라는 격랑의 시대를 지나 1990년대 중반 이후 우리 아동문학판에는 일종의 지각변동이 진행되고 있었다. 유례없는 아동문학에 대한 관심이 폭발적으로 늘어난 것이다. 그러나 이런 아동문학의 흥성거림에서 유독 소외된 장르가 있었으니 그건 바로 동시였다. 아동문학의 호황기라 불렸던 2000년대 초반까지만 해도 우리 동시에는 침체, 퇴보라는 말이 심심찮게 붙어 다녔다. 화려하게 부상하는 동화에 견주어 동시는 일종의 변방의 장르처럼 인식되었던 것이다.

새로운 감각과 인식으로 아동 독자에 다가가려는 몇몇 시도들이 있었지만, 시단의 활성화를 위한 적극적인 돌파구가 되기에는 역부족이었다. 동어반복과 기법상의 오랜 구투를 벗지 못하는 한계 때문에 대부분의 동시는 모처럼 아동문학에 부는 흥성한 분위기에 쉽게 동참하지 못했다. 동시집의 출간은 동화집 출간에 비해 상대적으로 빈약했고, 시인들 역시 독자와의 적극적인 소통보다 여전히 자기만의 '게토' 안에서 자족하는 경우가 많았다. 이에 동시를 둘러싼 비평담론 또한 영성하기 그지없었다.

침체 일로를 걷던 동시단에 새로운 분위기가 감지되기 시작한 것은 2000년대 중반에 들어서면서부터다. 특히 2005년 최승호의 『말놀이 동시집』의 출현은 동시단에 새로운 전환을 예고하는 사건이었다. 최승호는 시적 주제와 의미를 중시하던 종래의 동시적 관습에서 벗어나 언어 연상에 따른 말의 재미를 추구하는 것에 중점을 두는 이른바 '말놀이 동시'를 선보임으로써 우리 동시단에 새로운 활력을 불어넣었다. 따분한 교훈주의나 천편일률적인 동시의 말법에 식상해하던 독자들은 그의 말놀이 동시에서 일종의 해방감을 맛보았다. 어린이 정서에 아랑곳하지 않고 어른 본위의 감상에 매몰되거나 언어에 대한 예민한 감각 없이 어른 위주의 뜻을 실어 나르려던 시들은 차츰 구태의연한 것이 되어 갔다. 그의 시를 상업적 기획의 일단으로 몰거나 무책임한 말장난의 시라고 비판하는 이들이 없지 않았지만, 무엇보다 동시를 보는 우리의 고정관념을 흔들고 깨트렸다는 점에서 그의 말놀이 동시가 지니는 의의는 결코 작지 않았다.

『말놀이 동시집』 이후 우리 동시는 차츰 과거와의 단절을 모색하기 시작했다. 눈에 띈 변화의 하나가 바로 동시를 창작하는 시인층의 변화였다. 2000년대 전반까지만 해도 동시만을 전문으로 쓰던 시인들이 주로 동시 창작에 참여했다면, 『말놀이 동시집』 이후에는 성인시단 출신 시인들의 비율이 높아졌다. 시인층의 변화와 함께 동시 창작에서 눈에 띄는 변화는 개성과 다양성이 본격적으로 추구되었다는 점이다. 주제와 소재의 획일화에서 벗어나 다양성을 보여 주려 하거나, 정체되어 있는 동시의 어법에 새로운 언어감각으로 새로운 기운을 불어넣었다. 과도한 엄숙주의나 얄팍한 동심주의를 벗어나 발랄한 모드로 생동감 있는 시적 자아의 목소리를 들려주려는 노력들이 잇달아 나타났다.

동시 창작에 새로운 기운이 일면서 그런 창작의 변화를 포착해 내려는 비평적 움직임 또한 새롭게 일어나기 시작했다. 2007년 김이구가 발표한 평론 「해묵은 동시를 던져 버리자」는 '동시계(童詩界)의 혁명 선언'이었다. 김이구는 이 글에서 우리 동시단이 지닌 문제점을 네 가지로 요약 제시했는바, 그것은 시적 모험이 없다는 점, 자기 작품을 보는 눈이 없다는 점, 비평다운 비평이 없다는 점, 타자와의 소통이 없다는 점이었다. 김이구는 낡은 어린이관에 매여 '해묵은 동시'를 되풀이하는 동시단의 유습과 완전히 결별할 시점이 되었음을 선포하며, 그 대안으로 2005년 이후 산출된 새로운 동시 작품들이 가지는 가능성에 주목할 것을 주문했다. 김이구의 발언은 기존 동시단의 반발을 불러오기도 했지만, 2007년 이후 새로운 동시를 써 보려는 시인들을 자극하고 격려하는 계기로도 작용한다. 김이구의 주장대로 우리 동시에서 부족했던 시적 모험을 감행해 보려는 일군의 시인들이 등장하여 독창적이고 개성 있는 동시 세계를 선보이기 시작했던 것이다. '문학동네 동시집' 시리즈를 비롯한 여러 출판사의 꾸준한 동시집 출간은 신인들과 성인시단 시인들을 동시 창작으로 끌어 들이며 2000년대 초반 동시의 침체된 분위기를 일신하고 아동문학의 중심으로 진입할 교두보를 확보하기 시작했다.

동시가 한 발짝 더 아동문학의 중심부로 다가서는 데는 2010년 출현한 동시 전문지 『동시마중』의 역할 또한 컸다고 생각한다. 이 잡지는 2005년 이후 약 5년 동안 지속되어 온 동시단의 창작 열기를 받아 안으면서 한편으로 새로운 동시 흐름을 선도할 비평지로서 역할을 자임했다. 『동시마중』은 신인들을 적극적으로 발굴하며 새로운 경향을 보이는 동시들에 과감하게 지면을 할애하고자 노력했다. 또한 송찬호, 신경림, 유강희, 이정록, 송진권 등 성인문단 시인들의 동시와 새로운 동시들에 대한 평문, 시인들과의 대담을 꾸준히 수록함으로써 2010년 이후 진행되는 동시 흐름에 중요한 참조점을 제공하는 구실을 했다.

2005년 최승호의 『말놀이 동시집』에 대한 독자들의 환호와 이후 2010년 동시 전문지 『동시마중』 창간으로 이어지는 5년간의 흐름에서 엿보이는 동시의 비약적인 변화는 어떻게 가능했던 것일까? 구태를 벗고 새로운 작품을 탄생시키고자 했던 시인들의 노고를 우선 떠올려야 하겠지만 단지 그것만이 전부는 아닐 것이라 생각한다. 꽃을 피어나게 한 것이 꽃 자신이 아니듯 동시가 활성화된 것은 그것을 받아 줄 시대적 토양이 어느 정도 무르익었기 때문이 아니었나 생각한다. 다시 말해 새로 발표되는 동시 작품들에 관심을 갖고 그것을 읽어 내려는 사회적 분위기나 독자층이 형성되지 않고서는 동시의 비약은 사실상 불가능한 일이었던 것이다. 산문 영역에 견주었을 때 동시는 여전히 상대적으로 열세임에 틀림없지만, 2000년대 전반기의 모습에 비추었을 때 그 양상은 사뭇 다른 모습으로 전개된다. '이름만 가리면 어떤 것이 누구 작품인지 알 수가 없다'는 천편일률의 멍에를 벗어던지고, 우리가 경험하지 못한 새로운 개성을 담보하며 더 다채로운 형식과 내용을 펼쳐 보이기에 열중했던 것이다. 시대적 조건의 성숙에 때맞춘 시인들의 노력으로 변방에서 홀로 침잠하던 동시가 아동문학의 중심부로 당당히 걸어 나오기 시작한 것이다.

3. 동시가 거둔 수확

그렇다면 새로운 개성을 담보하며 다채로운 형식과 내용을 펼쳐 보인 시인들은 누구였을까. 개개 이름을 거론하기에 앞서 그 시인들을 범박하게 세 그룹으로 나눌 수 있다고 생각한다. 우선은 성인시단에서 시를 쓰다가 동시를 쓰게 된 시인들이 있다. 이들은 대개 2005년 최승호의 『말놀이 동시집』 이후 동시단에 진입한 시인들이다. 이들은 이미 시단에서 일가를 이루었거나 작품성을 입증한 시인들로 언어감각과 개성미를 드러내는 데서 특유의 장점을 발휘했다. 둘째로 이미 2000년대 이전부터 동시만을 써 온 시인들이 있다. 이들은 '해묵은 동시'를 반복하는 구태에 빠지지 않고, 시대 변화에 맞게 자기 갱신의 노력을 다한 시인들이다. 마지막으로 2007년을 전후하여 아동문학 관련 지면을 통해 동시로 등단한 시인들이 있다. 2000년을 전후로 한 아동문학의 부흥 시기에 아동문학 공부에 입문하면서 우리 동시가 안고 있는 문제점을 자각하고 동시 창작에 발을 들인 이들이다. 이들은 신인이었던 만큼 기성 동시에 대해 날카로운 문제의식을 가지고 있으면서, 그러한 동시의 한계를 극복하기 위한 노력들을 해 왔다.

이안은 2014년 출간한 동시 평론집 『다 같이 돌자 동시 한 바퀴』(문학동네)에서 우리 동시의 실패가 "일체의 배반이 없고 일체의 파산이 없다는 데서 기인"했음을 일갈하며, 2005년 이후 약 10년은 우리 동시가 그러한 정체를 깨트리기 위해 분주했던 시기였음을 역설한다. 그에 따르면 2005년 이후 새롭게 등장한 시인들은 "우리 동시의 엄숙성, 교훈성, 주제 중심의 흐름에 균열을 가하는" 동시에, 새로운 상상력과 언어를 통해 "새로운 인식을 낳"는 데 이바지했다.(22~99면 참조) 동시의 비약은 단지 새로운 시인들의 충원으로 저절로 이루어진 것이 아니라, 그 새로운 시인들이 혁신을 거듭하며 앞 세대와는 전연 다른 면모를 보여 주었기 때문이다.

2007년 이후 시인들이 거둔 성취를 짧은 지면에 모두 소개할 수는 없다. 대표적인 사례를 몇 꼽으라면 우리는 그 첫 자리에 먼저 김륭이라는 시인을 놓아야 한다고 생각한다. 김륭은 2009년 출간된 첫 동시집 『프라이팬을 타고 가는 도둑고양이』(문학동네)에서부터 앞 세대들이 추구했던 어법과 날카로운 단절을 시도한다. 그는 장르적 관습 아래 숨어 안이한 상상력과 동어반복을 일삼았던 시인들이 전혀 보여 주지 못했던 독창적인 비유와 시적 진술 방식을 채택함으로써 우리 동시의 경계를 확장하는 데 기여했다. 다음으로 언급할 시인은 남호섭이다. 남호섭은 1990년대 초반부터 동시를 써 온 교사 시인이다. 임길택의 현실주의 계보를 이었다고 볼 수 있는 그는 『놀아요 선생님』(창비 2007), 『벌에 쏘였다』(창비 2012)들을 통해 변화하는 시대 아이들의 정서에 호응하는 시 세계를 가꾸어 오는 한편으로, 교훈성을 승화한 '역사·인물시'를 선보임으로써 개성을 확보했다. 2000년대 신인으로 출발하여 꾸준히 자신의 색깔을 가꾸어 온 여러 시인들 가운데 대표적인 시인을 꼽자면 정유경과 김개미 시인을 꼽을 수 있겠다. 발랄한 언어감각으로 아이들 일상을 노래하는 데서 출발했던 정유경은 더욱 감각적이고 내밀한 시적 언어를 통해 우리 동시의 영역을 확장하고 있으며, 김개미 또한 활달한 상상력과 거침없는 말법으로 아이들 현실과 내면에 감추어져 있는 밝음과 어둠의 지점들을 두루 비추어 보임으로써 자신만의 개성을 또렷하게 보여 주고 있다.

2000년대 시인들이 거둔 시적 성취는 이뿐만이 아니다. '청소년시'라는 새로운 영역을 개척한 박성우의 노력도 주목해야 하거니와, '무생물의 생물화'라는 언어적 기법을 통해 우리 동시에서 자연스러운 환상성을 구현한 송찬호, 젊은 랩 세대의 말법과 상상력을 유감없이 보여 주는 신민규, '손바닥 동시'라는 새로운 동시 양식을 개발한 유강희의 노력 또한 2000년대에 이룩한 중요한 성취라 할 만하다. 어디 그뿐이겠는가. 2000년대 동시단을 가꾸어 온 시인들의 면면과 그 성과들을 헤아리자면 지면이 턱없이 모자란다. 우리 동시 생태계에 희망이 보이는 것은 그런 시인들의 성과가 어떤 단일한 색깔이나 경향으로 뭉뚱그려지지 않기 때문이다. 동시단을 구성하는 시인들의 출신이 다양할뿐더러 그들이 추구하는 시 세계 또한 어떤 유행에 휩쓸리기보다 각자의 개성을 따르고 있는 것이다.

4. 전망을 대신하여

전술한 것처럼 2000년대 우리 동시가 걸어온 길에서 가장 특기할 점은 구시대의 낡은 상상력과 언어를 탈피하려 했다는 점이다. 이른바 '언어의 혁명'을 통해 '동시의 혁신'을 꾀하려 했던 것이다. 주지하다시피 여러 시인들의 노력으로 인해 그 부분엔 많은 성과가 있었던 것이 사실이다. 문제는 언어의 혁명 이후 제기된 '독자의 정체성'에 관한 문제이다. 2000년대 동시의 새로워진 언어와 상상력의 성과 뒤에는 '동시의 진짜 독자는 누구인가?'라는 의문부호가 따라붙게 되었다. 2000년대 이룩한 동시의 성과가 동시를 향유하려는 어른 독자들에게 집중될 뿐, 정작 동시의 주된 독자여야 할 아이들은 그 성과에 무심한 편이라는 지적이 제기되었던 것이다.

언어의 혁명을 통해 기존 동시가 고수했던 옹색한 경계가 허물어진 것은 분명한 일이며, 2000년대 동시의 비약이 그로 인해 가능했음을 부인하기는 어려울 것이다. 동시는 '아이만 읽는 시가 아니라 아이부터 읽는 시'란 말도 있듯이, 동시를 향유하는 독자층을 아이 독자에만 국한해 볼 필요는 없다는 주장은 일견 타당한 바가 있다. 언어의 혁명으로 동시의 영역이 확장되면서 동시의 독자층이 어른 쪽으로 자연스레 확대되었다고 긍정적인 평가를 내려 볼 수도 있을 것이다. 덧붙여 종이책에서 영상 매체로 아이들의 관심이 옮겨 간 것이 어제오늘 일이 아니며 그 책임을 모두 시인이 짊어져야 하는 것 또한 아닐 터이다. 동시가 아동 독자에게 어떻게 수용되는지에 대한 구체적 진단을 생략한 채 무작정 시인에게 아동 독자와의 소통을 강조하는 것은 자칫 시인의 문학적 자율성을 억압하고 동시의 수준을 하향 평준화하자는 주장에 그칠 염려가 있다.

이 시점에서 우리가 새삼 아동 독자와의 소통을 언급하는 것은 시인들의 언어와 상상력을 억압하자는 것이 아니라, 그 언어와 상상력의 힘이 아동의 감수성에까지 닿을 수 있도록 최대한의 지혜를 발휘해 보자는 뜻이다. 시인의 개성이 존중되면서도, 그것이 아이부터 읽는 시로서의 동시의 조건을 충족할 수 있을 때 우리 동시는 정체성을 더욱 확고히 할 수 있을 것이다. 말하자면 시인에게 주어진 문학적 자율성(원심력)과 아동 독자와의 소통(구심력)이 팽팽한 균형을 이루는 '힘점'을 더욱 세심하고 적극적으로 탐색할 필요가 있다. 지난 20년간 우리 동시단에 새로운 성과들이 축적되었지만, 최승호의 『말놀이 동시집』 이후 유독 유년 독자까지를 아우르는 동시집이 드물었던 것은 무엇을 말해 주는가. 또 하나 20년간의 동시가 보여 준 새로운 상상력과 언어의 모험이 실제 아이들이 겪고 있는 현실과 어떻게 마주치고 그것에 충격파를 던졌는지 냉철한 점검 또한 필요해진 시기가 아닐까.

그러나 이런 아쉬움이 지금까지 우리 동시의 성취와 앞으로의 전망을 부정적으로 평가할 근거는 되지 못한다고 생각한다. 자꾸만 어려워지는 출판 사정에서도 우리 동시 생태계는 아직 젊고 가능성으로 충만해 있다. 여기에서 걸음을 한 발 앞으로 더 내딛기 위하여 10년 전의 김이구가 말한 '동시단의 4무(無)'를 이 시점에서 다시금 재점검할 필요는 없을까. 우리 동시는 시적 모험으로 충만한 길을 여전히 가고 있는

가, 시인들 각자는 자기 작품을 보는 눈이 엄정한가, 비평다운 비평은 있는가, 타자와의 소통 없이 자족적인 세계에 갇혀 있지 않은가? 각자 이 질문에서 떳떳하고 자유로울 수 있다면 앞으로 우리 동시의 미래 또한 밝으리라 생각한다.

동시 100년, 도전과 변모의 발자취

1

동시의 역사가 흘러온 지 어느덧 100년이다. 인간이 이룬 모든 역사가 그렇듯이 동시가 탄생하고 또 그 흐름에 여러 차례에 걸쳐 새로운 변화가 있었던 것은 앞에 존재했던 것에 대한 '도전 정신' 때문에 가능한 일이었다.

1923년 방정환의 『어린이』지로부터 시작되는 '동요' 역시 앞 시기 존재했던 '창가'에 대한 도전에서부터 출발한 것이었다. 누구나 알다시피 1920년대는 소년운동이 활발하게 이루어진 시기다. 이른바 식민지에 대한 일제의 압박과 전통적 유교사상에서 오는 어린이에 대한 멸시로 고통받는 어린이의 지위를 높이기 위한 사회운동이 본격적으로 펼쳐졌다. 동요운동은 그러한 소년운동의 선상에서 기획된 일종의 문예운동의 성격을 지닌다. 그것은 일본에서 촉발한 창작동요운동에 영향받은 바 있지만, 식민지라는 요인으로 인하여 그 성격이나 전개 과정은 사뭇 다를 수밖에 없었다. 창가에 대응되는 동요라고 할 때 그 '대응'의 의미는 여러 층위를 내포한다.

일본의 동요운동을 대표하는 것이 일본 시단의 전문적 시인 집단이었다면, 우리의 동요운동을 이끈 것은 소년운동을 주도하던 청년 지도자들이었다. 그러나 궁극적으로 동요운동을 뒷받침하고 꽃을 피운 것은 소년들 자신이었다고 해도 과언이 아니다. 그들은 동요의 단순한 수용자가 아니라 누구보다 적극적인 생산자였다.

이 가운데 방정환이 주재하던 『어린이』지를 통해 등단한 소년시인들의 활약은 주목할 만하다. 윤석중, 이원수, 윤복진 등이 참여한 '기쁨사'는 소년 자신의 손으로 조직되어 전국적인 네트워크로 운영되던 우리나라 최초의 소년문예 단체였다. 기쁨사 일원들은 1920년대 당대에도 같은 또래들의 모범이 되었을 뿐 아니라 1930년대에는 우리 동요문단을 이끄는 주요한 시인으로 활약하게 된다. 이들이 창작한 동요들은 작곡에 힘입어 입에서 입으로 전파되었다. 1920년대 동요는 입으로 부르는 노래, 즉 '아동가요'의 성격을 지님으로 해서 창작이나 수용의 측면에서 공히 대중적인 관심을 불러일으켰다. 당시 동요는 주로 슬픔을 환기하는 애상적 정조를 띠고 있는 경우가 많았는데, 이것이 당대 대중의 정서에 부합했다.

그러나 1920년대 산출된 모든 동요가 대중에게 호응을 얻었던 것은 아니다. 1920년대 동요 가운데 대다수는 단조롭고 상투적인 내용의 반복과 정형화된 율격의 반복에서 오는 한계를 명백하게 노출했다. 세련된 언어 기법을 개발하는 데 박차를 가하지 못하고 대부분 앞의 것을 흉내 내거나 거칠고 투박하게 자신의 감정을 토로하는 정도에 머무른 경우도 많았다. 소년운동이 전개되었던 1920년대 초반부터 1930년대 초반에 이르는 약 10년의 시기에 신문 잡지 지면에는 수많은 시인들의 동요가 발표되었지만, 작곡을 통해 대중의 입에 오르내리거나 뒤에까지 창작으로서 살아남은 작품은 사실상 얼마 되지 않는다. 1930년을 전후로 계급주의 문학운동이 위세를 떨치면서 동요는 계급적 현실에 지극한 관심을 표출하기도 하였는바, 그 역시 앞 시기 동요들이 노출한 한계를 크게 극복하지는 못했다. 당시의 동요시인들은 어떻게 노래 부를까에 대한 고민보다 그저 감정을 표출하는 자체에 만족하는 경우가 허다했던 것이다. 여기에는 소년문예운동에 참여한 인자들이 대부분 본격적인 의미의 문인이 아니라 소년운동가나 소년문사들이었다는 데 원인이 있었다. 이들은 아마추어리즘을 온전히 탈각하지 못한 한계를 노출했다.

이들과는 대조적으로 윤석중, 이원수, 윤복진 등이 1930년대 전문 동요시인으로 살아남을 수 있었던 까닭은 1920년대 동요가 가진 상투성에서 탈출하기 위한 노력을 아끼지 않았기 때문이다. 그들은 천편일률에서 탈피해 자신만의 개성을 찾음으로써 비로소 온전한 시인이 되었다.

이들보다 한발 앞서 시적 개성을 유일하게 뽐낸 1920년대 동요시인이 있었으니 그가 바로 정지용이다. 정지용은 유학 중 일본 시단에 등단한 전문 시인이었던 만큼 언어에 대한 자각과 동시가 가지는 장르적 특성을 누구보다 정확하게 꿰뚫고 있던 시인이었다. 그는 1918년 『빨간새』를 무대로 펼쳐지기 시작한 일본 문단의 동요운동과 1923년 기타하라 하쿠슈의 '동시 제창' 이후 전개된 동시 창작의 흐름을 소화하고 그것을 우리말과 정서로 새롭게 거듭나게 한 시인이라 할 수 있다. 그의 동시 중 어떤 것은 지금의 어린이 독자들이 읽기에도 전혀 낡지 않은 면모를 지니고 있다. 이는 그가 선보인 동시에는 진정한 의미의 근대적인 시정신이 내재했기 때문이라 생각한다.

그런 정지용을 닮으려고 애쓴 것이 바로 당시에 '천재 동요시인'으로 정평이 나 있던 윤석중이다. 윤석중은 방정환의『어린이』지가 배출한 최고의 스타였다. 윤석중과 동갑이면서 함께 기쁨사 동인으로 동요 창작을 시작했던 이원수는 늘 카프(KAPF)의 지근거리에 있던 시인이긴 했지만 계급주의 시인들과 일정 부분 다른 시세계를 선보였다. 계급주의를 표방한 시인들이 '청년적 아동' 혹은 메가폰을 든 '수염 난 총각'의 그림자를 서툴게 드러내 보였다면 이원수는 공감할 수 있는 어린 서정적 자아의 관점과 목소리로 식민지 현실을 보여 줌으로써 폭넓은 공감을 확보했다. 그러나 그는 일제 말기에 친일 혐의가 농후한 시를 발표함으로써 오점을 남겼다. 윤복진은 단순한 언어와 정형율격만으로 유년의 세계를 그리는 데 재능을 보인 시인이다. 그는 그러한 점에서 윤석중과 쌍벽을 이루었는데, 윤석중이 도시 아이들의 세계를 그렸다면 그는 토속적인 시골 아이들의 세계를 그려냈다.

1920년대 동요단이 천편일률적인 아마추어 시인들이 등장하는 무대였다면 1930년대는 자기 개성을 확보한 시인들이 등장한 시기였다. 이들에게 윤석중과 윤복진은 하나의 주요한 모델이었다. 앞서 말한 대로 정지용 작품 또한 빼놓을 수 없는 모범이었다. 특히 1935년 출간한『정지용시집』에 수록된 그의 동요들은 1930년대 등장한 동시 지망생들에게 큰 의미를 지닌 텍스트였다. 이런 정지용의 작품과 1920년대 소년문사 출신의 윤석중, 윤복진을 본으로 하여 윤동주의 동시가 나왔고, 박영종(박목월)의 동시가 나왔다. 또한 한국전쟁 이후 1950~60년대 아동문단을 주도하던 인사 가운데 하나인 강소천이 나왔다. 이들은 소년운동이 와해되고 계급주의 운동이 좌절된 상황에서 등장한 시인들이기에 1920년대 동요시인들이 안고 있던 '감정 과잉' '의식 과잉'이라는 한계를 오래 답습하지 않아도 되는 이점을 누렸다. 반면에 강고해져만 가는 식민지 체제의 억압과 그로 인한 소년운동의 소멸, 문학단체에 대한 탄압 등으로 당면한 아동 현실에 대한 관심에서 멀어질 수밖에 없는 조건을 떠안게 되었다. 현실 도피와 순응, 자연 관조 등의 한계를 지닌 작품 경향에 머무름으로써 분단 이후 우리 동시의 흐름을 일정 부분 왜곡하는 결과를 낳게도 된다.

해방은 우리 겨레에게 환희를 안겼다. 잠시나마 잃어버렸던 나라의 주권을 되찾았다는 기쁨과 함께 새 나라 건설을 위한 희망으로 부풀었다. 그러나 겨레의 그런 열망에도 불구하고 한반도는 곧 외세의 각축장이 되었다. 해방은 우리에게 혼란과 궁핍이라는 또 다른 삶의 조건을 안겼다. 새로운 국가 건설에의 희망과 참여의지가 솟구쳐 올랐던 만큼 좌우익의 이념적·물리적 갈등은 날로 첨예해져 갔다. 이런 와중에 해방기의 걸출한 시인으로 등장했던 이가 바로 권태응이다. 권태응은 1930년대 윤석중, 윤복진으로 대표되는 우리 동요의 계보를 이으면서, 농촌 현실을 배경으로 유년 아이들의 생활을 쉽고 깨끗한 말로 부려 썼다. 그는 일제 말기 등장한 앞 세대 시인들처럼 생활의 실감이 거세된 자연을 그리는 데 머무른 것이 아니라, 농촌 아이들의 삶과 그 배경이 되는 해방기의 민족 현실을 간결하고 정제된 언어로 그려 냈다. 1920년대 촉발된 동요의 전통은 바로 해방기의 권태응에서 정점을 이루었다고 해도 과언이 아니다. 하지만 분단 이후 우리 동요는 새로운 전기를 마련하지 못한 채 점차 퇴조의 길을 걷는다.

2

　해방 이후 우리 동시단에 가해진 의미 있는 '도전'을 꼽자면 먼저 우리는 1960년대 대두되었던 '본격 동시운동'을 언급하는 것이 옳을 것이다. 분단에 이은 전쟁 뒤의 1950년대 동요는 해방기의 성취에도 다다르지 못한 채 동어반복과 자기 복제를 일삼으며 퇴행하는 형편이었다. 이에 대한 반발로 일어난 동시운동은 4·19 이후 새로운 분위기를 갈망하는 사회적 요구와도 연결되었는데, 이 동시운동을 주도한 이들은 공교롭게도 해방이 되고서야 학교에 입학한 이른바 한글 세대였다. 동시운동의 골자는 노래 가사로 전락한 동요를 버리고 회화성과 자유율에 입각한 새로운 자유시를 쓰자는 것이었다. 환언하면 1960년대 동시운동은 구태의연한 동어반복에서 벗어나 새로운 율격과 언어, 표현 기법을 동시에 적극적으로 도입하려는 시도였다. 새로운 동시운동을 주도한 이들은 해방 전부터 동시를 쓰기 시작한 기성들이 아니라 새로운 등단 제도를 거쳐 문단에 나온 젊은 신인들이었다. 이들에겐 이른바 전문 문인으로서의 도전의식과 자부심이 충만했다. 그들은 앞 세대가 보여 준 '낡은 시'를 버리고 "시로서 형상화된 완벽한 동시"(박경용)를 추구하고자 했다.

　그러나 애초의 의욕만큼 이 운동이 우리 동시사에 의미 있는 문학적 성취를 거두었는지는 의문이다. 언어와 형식의 새로움이라는 면에서는 얼마간의 성과를 올렸을지 모르나, 그 반대급부로 관념적 비약과 자기 폐쇄적인 언어 실험에 몰두한 경향이 없지 않았던 것이다. 급기야는 동시와는 어울리지 않는 '난해시'라는 용어까지 등장하게 되었으니, 시를 탐구하려다 독자를 잃었다는 비판을 낳았다. 1920년대 동요운동에서 촉발된 우리 동요는 감상적이나마 대중의 감성과 호응하는 면이 있었고, 정지용의 동시를 비롯해 해방기에 나온 권태응의 동요나 이원수의 동시는 아동문학의 장르적 특성을 희생시키지 않으면서도 당대 사회 현실과 긴장을 유지하며 동요나 동시의 가능성을 보여 주었다. 그러나 1960년대 나온 동시들은 시와 구별되는 동시만의 고유한 장르적 특성을 고민하기보다 오히려 성인시를 닮으려 했으며, 이런 결과로 얻은 것은 결국 동시의 파탄이었다. 여기서 더욱 문제 되는 것은 시의 내용이었다. 1960년대 동시들은 새로운 형식 변화를 주도하긴 했지만 내용이나 세계관은 여전히 낡은 과거에 붙들려 있었다. 구시대 동요가 가지고 있던 시 형식과 언어에 대한 도전의식에는 충실했을지 모르나 근대에 대한 보다 예리한 성찰이나 비판은 미흡했던 것이다. 이는 동시인들의 시인으로서 자각이 불철저했음을 의미한다. 그러나 이 모두를 시인 개인의 책임으로 돌릴 수는 없다고 본다. 그 배경에는 분단과 전쟁이라는 해방 이후의 불행한 역사가 하나의 원인으로 작용한 측면이 있기 때문이다.

1960년대 자유시운동은 1970년대에 접어들면서 새로운 도전에 직면한다. 1970년대 중반에 나왔던 이오덕의 『시정신과 유희정신』(1977)은 1920년대 동요운동부터 1970년대 초반까지 우리 동시의 흐름을 본격적으로 진단한 비평서다. 이오덕은 우리 동요·동시에 나타난 "관념적 동심주의"와 "탐미적 독선세계"가 이 땅의 아동 현실을 깊이 자각하지 못한 시인들의 "열등의식"에서 빚어진 문제라 일갈했다. 그는 아동이 어른들의 회고 취미를 만족시키는 완롱물이 아니며, 어른이 주는 교훈을 고분고분 받기만 하는 존재가 아님을 역설하며, 아동이란 존재를 "성장하는 인간"으로, 그리고 "사회적 존재"로 볼 것을 주문했다. 또한 그는 「동시란 무엇인가」에서 "동시는 먼저 시가 되어야 하고, 그 위에 다시 동시로 되어야 한다"라고 주장함으로써 동심을 그린다는 미명 아래 "유아독존의 심리세계만을 희롱"하거나 시를 추구한다는 미명 아래 독자를 내팽개친 채 "감각적인 기교만을 존중"하는 시인들에 대해 신랄한 비판을 가했다. 이오덕이 보기에 유아독존의 심리세계만을 희롱하는 동요는 '먼저 시가 되어야 하는' 조건을 충족하지 못했다는 점에서, 감각적 기교만을 중시하는 시는 '다시 동시로 되어야 하는' 조건을 충족하지 못했다는 점에서 각각 온전한 동시의 개념에 미달한 동시로 비쳤던 것이다.

이오덕은 70여 년에 걸쳐 이어져 온 동요·동시의 흐름에서 극복해야 할 동심주의와 기교주의의 대표적 시인들로, 당시까지 동시단에서 주류의 자리를 지키던 윤석중, 박목월, 강소천, 김영일 등 이른바 대가들과 1960년대 동시운동의 선두에 섰던 젊은 시인들 대부분을 지목한다. 이오덕이 동심주의와 기교주의의 대안이 될 만한 시인으로 거론한 이는 방정환과 이원수에 불과했다. 이오덕은 이들만이 "민족의 운명"과 "이땅의 아동현실"에 착목해 현실주의 시정신을 올곧게 지켜 냈다고 주장했다. 당시 문단 상황에서 이런 이오덕의 주장에 대해 반론이 제기된 것은 어찌 보면 당연한 일이었다. 그러나 그 반론의 수준은 이오덕이 제기한 문제를 생산적으로 이어 가는 데는 기여하지 못했다. 비논리적이고 인신공격적인 비판이 앞서거나 반공주의를 앞세워 엉뚱하게 이념 공세를 가하는 수준에 머물렀기 때문이다.

이오덕이 규정한 아동관과 동시의 개념은 당시 시대 상황과 문단의 흐름에 대입했을 때 분명 정곡을 짚은 면이 없지 않다. 그러나 우리 동시가 남긴 유산에 대한 그의 박한 평가는 재고해 볼 여지가 있다. 이오덕은 동심주의와 기교주의가 쌓아 온 폐습을 일소하기 위해 현실주의적 관점에 입각한 엄격한 비평적 기준을 제시했던바, 그가 대안으로 제시한 동시의 유산이 이원수의 작품으로만 한정되었던 것은 무척 아쉽게 여겨지는 대목이다. 이원수 동시의 시적 자질은 대개 '현실, 농촌, 슬픔, 소년'이라는 인자들로 구성된다. 상대적으로 그의 동시에서 적은 비율을 차지하는 것은 '공상, 도시, 웃음, 유년'의 요소들이다. 이원수 동시가 지닌 현실주의 시정신이 강조되면서 상대적으로 우리 동시의 전통에서 희미하나마 존재하던 모더니즘적 요소들은 아무래도 후퇴한 감이 없지 않다. 1970년대 문단 상황 아래 제출된 이오덕의 동시론에서 배제될 수밖에 없던 그 요소들을 지금 관점에서 새롭게 검토하고 재호명하는 작업이 절실하다.

3

1960년대 본격 동시운동과 1970년대 제출된 이오덕의 동시론은 시대적 의미와 함께 한계도 갖게 되었다. 구세대가 탈피하지 못하는 매너리즘을 극복하려는 자세는 바람직한 것이었지만, 그것이 하나의 편향으로 작용할 때 예기치 않은 부작용을 낳기도 했던 것이다. 그 부작용의 하나가 바로 순수와 참여라는 잣대로 동시를 갈라 보는 이분법이 아니었던가 싶다.

2005년 최승호의 출현은 이를테면 1970년대 이후 30년간이나 지속된 그 이분법을 해체한 문학사적 사건이었다. 그의 이른바 '말놀이 동시'는 순수와 참여라는 이분법의 구도 아래 어른 중심으로 편재되어 있던 동시를 어린이들 손에 다시 돌려주고자 한 의도를 지니고 있었다. 그의 말놀이 동시가 표방한 유희본능은 사실 낯설고 새로운 것은 아니었다. 그것은 멀게는 아이들이 부르던 구전동요에도 내재되어 있던 것들이었지만 진지함과 엄숙주의 위주로 흘러온 우리 동시단의 분위기에서는 쉽게 기를 펼 기회를 얻지 못했다. '재미'보다 '의미'를 중시했던, 독자에게 해방감을 느끼게 하기보다 따분함과 식상함을 안겨 주었던 저 과거의 동시들에서 최승호는 과감한 탈주를 하도록 독자들을 이끌었다. 최승호의 그런 태도에는 1990년대 이후 변화된 어린이에 대한 새로운 인식이 깔려 있었다. 그의 '말놀이 동시집' 시리즈는 유사 이래 가장 많은 독자를 거느린 동시집이 되었는바, 이를 단순히 상업적 기획의 성공으로 연결 짓고 마는 것은 문제다. 그의 새로운 시도에는 1990년대 이후 변화한 독자들에 호응하고자 하는 시인의 감각과 성실성이 자리하고 있었다고 생각되기 때문이다.

최승호 이후 특히 2007년을 기점으로 우리 동시는 이전과 다른 모습으로 거듭난다. 그 변화의 현상에서 제일 먼저 손꼽을 것은 동시를 쓰는 시인 그룹의 변화였다. 이른바 동시만을 창작하던 동시인들이 기성 그룹으로 물러앉고, 대신 성인시단에서 활약하던 시인 그룹과 2000년대 이후 새로운 아동문학 매체를 통해 등단한 신인 그룹들이 동시단을 주도하는 세력이 되었다. 새로운 얼굴들의 등장은 곧 새로운 동시를 불러왔다. 이들이 자신의 동시에 펼쳐 보인 각각의 개성들은 우리 동시단을 횡행하던 천편일률적인 언어 표현과 획일적인 아동관을 자연스레 해체시키는 데 이바지했다.

참신한 은유와 환유의 활용, 서정성과 환상성의 절묘한 결합, 유희본

능과 난센스를 바탕으로 한 언어 구사 등은 기존 동시에서 쉽게 맛볼 수
없는 것이었다. 새로운 얼굴들이 탐색한 것은 언어 표현만이 아니었다.
아동의 일상을 묘사하는 것을 넘어 그들 내면에 잠재된 감정이나 욕망
을 깊이 탐구해 들어가거나 "우리 동시가 필터링하여 배제해 온"(이안)
금기를 다루는 데까지 우리 동시는 계속 진화하고 확장해 가는 중이다.
2005년 이후 우리 동시가 보여 주고 있는 이런 면모들은 분명 우리 동
시가 거둔 새로운 성과임에 틀림없다.

　지난 15년의 성과를 다시 압축한다면 '단절과 확장'이라는 말을 쓸
수 있지 않을까? 앞 세대가 빠졌던 매너리즘과 작별하기 위하여 2000년
대 새로운 시인들은 앞 시기 언어, 아동관과 날카로운 단절을 보여 주었
다. 또한 앞 세대 동시들이 '말하지 않은 것' 혹은 차마 '가 보지 못했던
영역'까지 과감히 발걸음을 내딛음으로써 옹색했던 동시의 경계를 확
장한 공적이 있다. 그러나 그런 단절과 확장의 과정에 생겨난 부작용이
라든가 아직 극복하지 못한 한계가 없는지를 돌아볼 시점 또한 되었다.

　이미 다른 지면에서도 밝힌 바 있지만 최승호의『말놀이 동시집』이
후 우리에겐 유독 유년 독자까지를 아우르는 동시집이 드물다. 새로
운 상상력과 언어의 모험에 몰두한 만큼 독자의 영역이 확장된 것은
분명하나 유년 이하의 독자를 아우를 언어와 상상력의 확장에는 무심
한 편이 아닌가 싶다. 동시 100년의 전통 속에 연속성의 자질로 보존하
고 계승해야 할 것들을 간과하고 있다는 생각도 든다. 가령 구전동요나
1920년대 동요가 지니고 있던 노래의 활력이나 1950년대 북한에서 백
석이 시도했던 동화시 같은 형식을 지금 여기의 스타일과 감각으로 다
시금 되살려 보려는 노력들이 소망스럽다. 1920년대에 쓰인 정지용의
동시는 거의 100년이 가까워 오는 지금까지 그 생명력을 잃지 않고 있

다. 아직 '말해지지 않은 말'들과 아직 '발견되지 않고 호명되지 않은 존재'들을 찾아 나서려는 노력과 함께, 동시에서 미래의 고전으로 오래도록 살아남을 보편적인 언어와 상상력은 무엇이 있을지를 아울러 고민했으면 한다. 무엇보다 지난 15년의 시적 성과 이면에 잠복하고 있을지도 모를 타성이나 퇴행의 조짐들을 부지런히 경계하고 점검해 가는 것이야말로 우리 동시의 당면 과제가 아닐까 생각한다.

물론 2005년 이후 전개된 작금의 동시는 완료형이 아니라 진행형이다. 이를 두고 성과와 한계를 운운하는 것은 어쩌면 섣부른 일인지도 모르겠다. 자신에게 주어진 '지금 여기'의 시간을 충실하게 살기 위해 애쓰는 모든 동시인들의 건투를 빈다.

3부

시인에 대한 탐색

동천 권태응의 삶과 문학

『권태응 전집』 간행에 부쳐

1. 들어가며

동천(洞泉) 권태응(權泰應, 1918~1951)은 해방기에 활동한 동시인이다. 일본 유학시절 조선 독립을 위해 활동하다 일제의 만행으로 감옥에서 결핵이란 병을 얻게 되었고, 그 천형과 같은 병마와 싸우며 아이들을 위한 시를 쓰다 동족상잔의 틈바구니에서 서른네 해 짧은 생애를 마감한 비운의 시인이다. 생전에 내어놓은 시편들이라곤 1948년 출간한 『감자꽃』(글벗집) 수록작과 『소학생』 『아동구락부』지 등에 발표한 작품 등 총 50여 편이 전부였다. 문단 활동이래야 고작 4년 남짓, 그것도 좌우 대립과 전쟁이 휘몰아치던 불행한 시기에 활동하다 요절한 시인이었으니 그의 이름이 널리 알려지기는 사실상 쉽지 않은 일이었다. 그는 해방기에 소박한 동시 몇 편을 남기고 간 동시인쯤으로 인식되기 일쑤였다.

권태응의 문학적 면모가 본격적으로 드러나기 시작한 것은 사후

40여 년이 흐른 1990년대에 와서다. 그런 계기를 마련한 것은 미발표 유작들이 연구자들에게 공개되면서부터다. 생전의 발표작 외에도 육필 형태의 동시집 여러 권과 소설, 희곡, 수필 등 산문 자료들을 남겼다는 사실이 유족에 의해 공개되면서 해방기 소략한 작품만을 남기고 요절한 동요시인으로 알려졌던 권태응은 농촌의 자연과 삶을 참다운 동심의 눈으로 잡아낸 탁월한 시인으로, 농촌 현실과 농민들의 절실한 삶을 그린 작가로 그 면모가 새로이 부각되기 시작했다.

무엇보다 1995년 간행된『감자꽃』(창작과비평사)은 시인 권태응의 위치를 새롭게 자리매김하게 한 동시선집이다. 1948년 간행된『감자꽃』(글벗집) 수록 30편에다가 시인이 육필로 엮어 둔 시집에서 고른 64편의 시를 더해 펴낸 이 선집은 그의 동시가 지닌 매력을 유감없이 보여 준다. 이후 이 선집의 발간에 관여했던 유종호를 비롯하여 신경림, 이재철, 도종환, 이오덕 등 여러 영향력 있는 논자들이 권태응의 삶과 문학 세계를 언급함으로써 그의 문학이 지니는 가치와 중요성을 환기해 주었다. 특히 도종환은 권태응이 남긴 소설, 희곡 자료들과 함께 일제에 저항했던 행적을 면밀히 추적하여 해방 전후 식민지 현실과 농민 문제를 고민한 작가로서의 면모를 입증했고, 이오덕은 육필 동시집 여덟 권에 수록된 미발표 작품들을 중심으로 권태응 동시의 특질을 논한 연구서『농사꾼 아이들의 노래』(소년한길 2001)를 상재하여 권태응의 문학사적 위치를 밝혀 주었다. 이런 노력들로 인하여 1990년대 이전과 비교했을 때 권태응은 이 땅의 독자들에게 더욱 많은 관심을 받게 되었다. 그러나 여전히 해결되지 않고 있는 점이 있었으니, 그것은 시인이 육필로 남긴 동시들과 산문들이 온전히 활자화되지 못한 채 유고 상태로 남겨져 있었다는 점이다.

흔히 작가의 '전집'이라 하면 이미 발표된 작품과 작품집을 중심으로 엮는 것이 상례다. 그러나 권태응의 경우에는 원고 상태의 미발표 작품들이 각별한 의미를 띤다. 1990년대 이후 권태응의 재발견이 이루어진 것은 그가 육필로 남긴 미발표 원고들이 갖는 무게 때문이다. 권태응은 비록 생전 단 한 권의 동시집을 출간하고 병고에 시달리다 전쟁 통에 유명을 달리한 시인이지만, 죽음에 이르는 순간까지 한시도 창작을 게을리하지 않고 끊임없이 작품을 퇴고하고 갈무리하는 과정을 거쳐 그것을 여러 권의 육필 작품집으로 남겨 놓았다. 이 육필 작품집들은 단순한 습작 모음이 아니라 시인의 문학적 정수를 담은 유작의 성격을 지니고 있다. 그동안 이 자료들은 1995년 창비에서 나온 선집을 비롯하여, 일부 잡지 지면이나 연구논문의 인용을 통하여 소개된 적이 있지만, 그 전모가 온전히 공개된 적은 없었다.

올해(2018년)는 마침 그가 탄생한 지 꼭 100주년이 되는 해다. 이를 기리기 위하여 생전 그가 발표했던 작품들과 육필 형태로 남겨놓은 미발표 작품들을 한데 모아 책으로 엮게 되었다. 건강한 몸도 아니고 병자의 몸으로 굴곡진 역사의 틈바구니에서 겨레 아이들을 위한 작품 쓰기에 매진했던 한 시인을 기리기에는 늦은 감이 없지 않지만, 이제라도 시인이 남긴 원고들을 한자리에 모으는 기회를 가질 수 있어 다행이다. 이 자리에서는 『권태응 전집』(김제곤 엮음, 창비 2018)에 수록한 작품을 중심으로 권태응의 생애와 작품 세계를 간략하게나마 살펴보고자 한다.

2. 권태응의 생애와 문학적 행보

권태응은 충주 태생이다. 뼈대 있는 안동 권씨 가문으로 일가가 충주에 뿌리를 내린 것은 9대조부터였다 한다. 아버지 권중희는 일찍이 개화하여 일본 유학을 다녀왔고, 어머니 민병희 또한 민비의 척족으로 권태응은 유복한 집안 출신이었던 것을 알 수 있다. 그러나 열 살 때 아버지가 병으로 돌아가는 바람에, 아버지 대신 한학자로 진사 벼슬을 지낸 조부의 사랑을 받고 자라야 했다.

권태응은 아홉 살 때 충주공립보통학교(현 교현초등학교)에 입학한다. 그는 남달리 머리가 명석해서 학교 성적이 좋았다고 한다. 그는 학과 공부뿐 아니라 문학, 음악 등에도 조예가 깊었으며 운동 또한 좋아했다. 당시 집에는 일어판 세계문학전집이 구비되어 있었다는 것으로 보아 그는 어려서부터 문학을 즐기고 가까이 하는 환경에서 자랐음을 알 수 있다. 유복한 집안 자제였지만 그는 집안일을 돕는 일꾼들과도 소탈하게 어울렸고 소작인들 집에도 스스럼없이 드나들었다고 한다.

권태응은 보통학교를 졸업하고 경성제일고보(현 경기고등학교)에 입학한다. 이때부터 그는 고향과 가족을 떠나 문학적 사색에 잠기며 민족의식에 눈뜨게 된다. 동기생들의 증언에 따르면 그는 매우 치밀한 성격에 정의감이 강한 학생이었다고 한다. 일본인 교사가 "조센징 주제에 건방지다"라고 차별적인 언행을 일삼아도 주눅 들지 않고 저항했다. 권태응은 뜻이 맞는 친구들과 'U.T.R 구락부'라는 모임을 만들고 등산모임을 하면서 '등산일지'라는 모둠일기를 쓰고 돌려 보며 민족의식을 키워 갔다. 고보 졸업 무렵 졸업앨범 기증 문제로 학급회의를 하다가 "우리가 졸업하게 되는 것은 천황 폐하의 홍은이 아니냐"라고 발언하는 친일 학생을 집단 구타 하고 이로 인해 'U.T.R 구락부' 동기들과 함께 보름간 종로경찰서에 구금되기도 했다. 이 사건으로 인해 학적부에는 '요주의 인물'로 기록되었다고 한다.

권태응의 항일의식은 1937년 일본에 유학을 간 뒤로 더욱 심화된다. 와세다(早稻田)대학 정경학부에 입학한 그는 도쿄에 유학 중인 경성고보 33회 졸업생을 중심으로 '33회'라는 지하 독서회를 조직하여 조선의 독립을 위한 모임을 갖기 시작한다. 그러다가 1939년 치안유지법 위반으로 일경에 검거되어 스가모(巢鴨)형무소에서 감옥살이를 하게 된다. 평소 운동을 즐길 만큼 건강하던 권태응은 감옥 생활 1년 만에 폐결핵 3기의 몸이 되어 병보석으로 출옥한다. 동기생 홍순환과 함께 출소한 권태응은 도쿄시에 있는 제국갱신회(帝國更新會)로 거주지가 제한당하고 와세다대학에서는 1940년 4월 퇴학 처분을 받는다.

이듬해인 1941년 당시로서는 매우 심각한 병을 안고 고국으로 돌아온 권태응은 인천에 있는 적십자요양원에서 치료를 하게 된다. 이곳에서 정신적 안정을 되찾은 그는 1944년에 귀향하여 요양원 시절 그를 정성껏 간호하던 박희진과 결혼, 슬하에 1녀 1남을 둔다. 고향에 돌아온 그는 병든 몸을 추스르며 야학을 하고 농민들을 위한 활동에 골몰한다. 권태응이 본격적으로 글쓰기에 매진한 것은 바로 이때부터다.

한동안 그의 시작 활동은 오로지 동시 창작에 국한되었고, 그 시발점 또한 해방 직후라고 추정되는 주장들이 있어 왔을 뿐이다. 그런데 그는 이미 요양원에서 퇴원한 시기인 1944년 초부터 시조나 단시를 썼고, 이뿐 아니라 소설 창작에도 심혈을 기울였던 것이 확인된다.

그가 소설을 쓰기 시작한 것은 해방 전인 1945년 4월로 약 열흘 사이에 「식모」「청폐환(靑肺丸)」「새 살림」「별리(別離)」등 여러 편의 소설

을 썼다. 권태응은 요양 생활로 고통과 인내의 시간을 보내면서도 누구
도 쉽게 따를 수 없는 창작열을 불태웠음을 알 수 있다. 그는 해방 후인
1945년 12월부터 약 한 달 동안 「지열(地熱)」을 비롯한 「양반머슴」「산
울림」「울분」 등 몇 편의 소설을 더 쓴다. 그가 쓴 소설은 자전적 성격을
가진 작품이 대부분이다. 소설 「지열」의 주인공 '문식'은 "좌익사상으
로 검거되어 철창생활"을 하다 "흉병이 발병하여" 고향에 돌아와 요양
을 하는 인물인바, 이는 작가의 자화상을 그린 것이라 해도 과언이 아니
다. 「청폐환」「별리」 등에 등장하는 문식 또한 다름 아닌 작가의 분신이
다. 다른 소설에 등장하는 인물들 또한 작가 자신의 체험을 재구성한 것
이거나 작가 주변 인물들의 삶을 관찰하여 쓴 것으로 파악된다. 이 소설
들은 당시 해방 전후 농촌 현실을 짐작하게 할뿐더러 권태응 자신이 겪
었던 인간적 고뇌와 삶의 지향점을 여실히 보여 준다. 소설이 갖는 미학
적 완성도를 떠나서 이 작품들은 권태응의 작가의식과 내면을 이해하
는 주요한 통로라 생각된다.

　권태응이 쓴 희곡들 또한 소설과 비슷한 성격을 지닌다. 그가 쓴 희
곡들은 모두 해방 직후 쓴 것들로 남아 있는 작품은 모두 세 편이다. 그
가운데 '학동극'인 「우리 교실」은 짧은 소극이긴 해도 등장하는 인물들
의 행동과 대사가 생동감 있어 흥미를 끈다. "이제부터는 젊은 놈들 세
상"이니 "조금도 까닭없"다고 호기 있게 외치는 학동들의 모습에서 해
방 직후의 분위기가 물씬 풍겨 온다. 해방 무렵 권태응은 마을 청년들과
소인극을 공연하기도 하였는데, 그가 남긴 희곡은 실제 상연을 목적으
로 한 작품이었을 가능성이 농후하다. 희곡 「고향 사람들」과 「동지들」
은 연작으로 쓰인 작품이다. 여기에는 식민지 농촌 현실을 살아가던 백
성들의 궁핍한 삶과 지주와 소작 농민들 간의 갈등이 드러나 있다. 이

연작에 등장하는 '광식'은 소설 속에 등장하는 문식에 대응되는 인물이다. 그는 대학을 졸업한 인텔리로 일제를 등에 업고 횡포를 부리던 지주에 맞서 소작농민들과 농민조합운동을 벌인다.

권태응이 남긴 두 편의 수필 「파리채」 「좌우론」 또한 그의 소설, 희곡과 기조를 같이한다. 「파리채」에는 고통스러운 병상의 삶을 견뎌 내면서도 여전히 민족의 앞날을 걱정하는 마음이 담겨 있으며, 「좌우론」 역시 어지러워만 가는 당시 정치 현실에 대한 탁월한 풍자와 비판의 시선이 들어 있다.

그런데 무엇보다 주목할 것은 시조에서 출발한 그의 시작 활동이다. 1944년 초 시조에 처음 발을 들인 그는 불과 두 달 사이 400여 편에 달하는 시조를 습작하게 되는데, 그의 시조 습작은 우리 고유의 시 양식인 시조를 현대화하려는 문제의식에서 출발한 것이었다. 그는 새로운 시조를 고민하는 과정에서 단시 형식을 발견하게 되며 그 단시는 마침내 득의의 영역인 동시라는 귀착점에 이르게 된다. 그가 동시인이 된 것은 우연의 산물이 아니라 시조에서 단시로, 단시에서 다시 동시로 새로운 시 형식과 내용을 꾸준히 모색한 결과였다.

시인이 스스로 제목 옆에 '동요'라고 명기한 작품을 처음 쓰기 시작한 것은 1945년 5월 초다. 이후 해방 직전인 1945년 8월 초까지 그는 시조, 단시와 함께 약 100여 편에 달하는 동시를 따로 습작했다. 이들 동시는 권태응만의 장점과 개성을 충분히 확보한 수준은 아니지만, 이전의 시조나 단시와 다른 동시만의 유형과 특징을 담고 있다. 그 작품들 가운데는 1947년 이후 그의 육필 동시집에 수록되는 「땅감나무」(1945. 5. 25)를 비롯해 「담 넘어 멀리엔」(1945. 7. 7), 「우리는」(1945. 8. 3), 「아버지 산소」(1945. 8. 9) 같은 수작들이 들어 있다. 해방 이듬해인 1946년 6월 그는 약 2년간 습작 활동에서 얻은 시조, 단시, 노래 가사 등 총 45편을 선별해 육필 시가집『탄금대』를 엮은 뒤, 시조와 단시 창작을 중단하고 오로지 동시 창작에 매진하게 된다. 약 2년간의 시작 활동을 통해 그는 드디어 자신의 특장이 동시에 가장 잘 어울린다는 것을 깨닫게 된 것이다. 이후 1947년 3월 육필 동시집『송아지』를 엮은 그는, 한 달 뒤인 4월 윤석중이 주관하던『주간 소학생』에「어린 고기들」을 발표하며 동시인으로서 세상에 첫발을 내딛게 된다.『주간 소학생』은 한 달 뒤인 1947년 5월 주간에서 월간으로, 제호도『소학생』으로 바뀌는데, 권태응은 그 잡지의 단골 필자로 거의 달마다 작품을 발표했다. 이듬해인 1948년 겨울 그는 윤석중의 주선으로 글벗집에서『감자꽃』을 상재하게 되는바, 이 시집이 엮이기까지 그는『송아지』『하늘과 바다』『우리 시골』『어린 나무꾼』『물동우』『우리 동무』 등 모두 여섯 권의 육필 동시집을 손수 엮었다. 1947년 초부터『감자꽃』을 낸 1948년 말까지 2년 동안 그는 오로지 동시 창작에 골몰했던 것이다.

권태응은 1948년『감자꽃』을 상재한 이후 좀 더 새롭고 깊은 동시의 세계를 탐색하려 분주했다. 그는『감자꽃』이후 '제2시집'을 출간하려 마음먹고 동시 창작에 몰두했던 것으로 보인다. 1949년부터 1950년 초에 엮인 육필 동시집『작품』『동요와 또』에 수록된 일련의 동시들은 그런 고투의 결과물이다. 그의 시선은 좀 더 우리 삶에 밀착하였으되, 그 말을 다루는 솜씨는 한결 자연스럽고 깊어져 갔던 것을 볼 수 있다.

그러나 시대적 운명은 동시인으로서 그의 행보를 온전히 허락지 않았다. 남과 북으로 갈린 겨레는 마침내 동족상잔의 비극에 휘말리고야 말았으니, 그 틈바구니에서 결핵 약을 구하지 못한 채 두 번의 피란을 겪어야 했던 권태응의 폐는 만신창이가 되었다. 그 와중에도 권태응의 동시 창작 의지는 쉽게 꺾이지 않았다. 첫 번째 피란지의 체험을 그린 동시들을 모아 그는 육필 동시집 『산골 마을』을 엮어 낸다. 그러나 1951년 초 매서운 겨울 추위 속에 떠났던 두 번째 피란의 후유증은 결국 그의 목숨을 앗아 가고야 만다. 전쟁 통의 어수선함 속에서 그는 집 선반에서 뜯어낸 널빤지로 짠 관에 덮여 충주의 한 야산에 묻혔다.

3. 권태응 동시가 지닌 미덕과 문학사적 위치

이오덕은 『농사꾼 아이들의 노래』에서 권태응을 우리 아동문학사에서 "농사꾼과 농사꾼의 아이들의 삶을 있는 그대로 보여 준" 유일한 시인으로 높이 평가한 바 있다. 이오덕은 농민들의 삶을 정직한 태도로 바라보는 눈과 그것을 깨끗한 시어로 담아내려고 한 자세를 다른 시인이 따를 수 없는 권태응만의 독보적 미덕이라 보았다. 앞에서도 언급한 바와 같이 이는 권태응이 지닌 문학적 가치를 적실하게 평가한 발언이라 본다. 그런데 이오덕의 논의에서 한 가지 걸리는 것이 있다. 그의 발언 속에는 권태응의 독보적 위치만 언급될 뿐 권태응 전후로 진행된 아동 문학사적 맥락이나 영향관계가 생략되고 있다는 점이다. 권태응 동시가 지닌 독보적 위치를 거론하더라도 권태응 문학의 앞뒤를 좀 더 면밀히 살펴 그의 문학이 우리 동시사적 흐름에서 어떤 영향관계를 가지며 어느 위치에 놓이게 되는지를 언급했더라면 더 좋지 않았을까 하는 아쉬움이 든다.

권태응의 동시가 우리 동시사적 흐름에서 어떤 영향관계를 갖는지를 살피려면 권태응과 비슷한 또래 동시인들이 어떤 문학 조건에서 성장했는지를 살필 필요가 있다. 권태응과 동갑인 강승한과 오장환, 한 살 위인 윤동주, 두 살 연상인 박영종(박목월) 등은 1930년대부터 동시를 썼던 이들이다. 이들은 모두 비슷한 문학 조건 속에 성장한 세대들이라 할 수 있다. 이들은 소년문예운동이 활발했던 1920년대를 유소년기로 보냈고, 1930년을 전후로 한 계급주의 문학운동의 흐름을 목격했던 이들이다. 이들 세대들이 본격적으로 아동문단에 발을 들이는 시기는 소년운동과 계급주의 문학운동이 와해된 1930년대 중반 이후다. 하지만 이들이 아동문학 창작으로 나오기까지 아동문학의 열렬한 독자였다는 점에서 그 이전에 전개된 문학적 성과들을 습작기의 모델로 받아들였을 개연성은 충분하다.

윤동주가 습작기에 정지용과 윤석중의 동시를 즐겨 읽었다는 점, 박영종 또한 일본에서 번역한 서양 시인들이나 일본 시인들이 쓴 동시와 함께 정지용, 윤복진, 윤석중 등 선배 시인들의 작품을 참조하며 습작기를 지났다는 점에서 우리는 소년 권태응의 행보를 대강 짐작하게 된다. 권태응과 친척으로 어린 시절 함께 성장했던 김태길의 증언에 따르면 권태응은 학창시절부터 문학에 지대한 관심을 가지고 있던 소년임이 드러난다. 이 시기 뚜렷한 습작기의 산물은 발견되지 않지만, 아마도 권태응 또한 그러한 문학적 전범들을 섭렵하며 동시인으로서의 자질과 감각을 익혀 갔을 것이다.

권태응이 본격적으로 동시를 쓰게 된 것은 해방 직전인 1945년 초반이지만 그런 창작의 기저에는 어린 시절부터 싹튼 문학에의 관심이 깊숙이 자리하고 있는 것이다. 따라서 우리는 권태응의 문학적 자양분으로서 선배 시인들을 상정해 볼 수 있다. 우선은 유년들의 세계를 발랄한 언어감각으로 그려 낸 윤석중과 농촌의 풍경과 정서를 유년 아이들의 눈높이로 잘 구현했던 윤복진을 빼놓을 수 없을 것이다. 권태응은 1930년을 전후로 대두된 계급주의 동요와 격이 다른 현실 지향의 작품들을 써냈지만, 가난한 서민들의 삶에 밀착해 있다는 점에서 그보다 앞서 현실주의 시를 써낸 이원수를 떠올리게도 한다. 또한 그들의 뒤를 이어 새로운 신예로서 30년대 동시단의 자리에 우뚝 섰던 박영종의 영향을 생각해 볼 수 있다. 즉 권태응은 단순히 자신만의 재능으로 평지에서 돌출한 시인이 아니라 1920년대부터 일제 말기까지 전개된 우리 동시가 개발한 시의 형식, 언어, 내용들을 바탕으로 하여 자신의 길을 개척한 시인이라 할 수 있다.

흙 묻힌 손
뒤에 감추고 오다가
영감님을 만났네.
"어른 앞에 뒷짐을 지다니,
허, 그놈 버릇 없군."

흙 묻힌 손
뒤에 감추고 오다가
뒷집 애를 만났네.
"얘
먹을 거냐? 나 좀 다우."

─ 윤석중 「흙 손」 부분

다저녁때 배고파서

고개 숙이고 오니까,

들판으로 나가던 언니가 보고

"얘, 너 선생님께

걱정 들었구나."

다저녁때 배고파서

고개 숙이고 오니까,

동네 샘 앞에서 누나가 보고

"얘, 너 동무하고

쌈했구나."

— 권태응 「고개 숙이고 오니까」 부분

이와 같이 선행 작품과 권태응 작품 간에 나타나는 시적 소재나 발상, 시어나 통사 구조의 반복에서 느껴지는 유사성은 이 작품 말고도 비교적 여러 군데서 산견된다. 가령 "기차가 철교를/건너가요./떨어질까 겁이 나/뻑뻑뻑." 하는 권태응의 「기차」에서는 "강을 건널 땐 무서워서/소릴 뻑뻑 지르지요."라고 노래한 윤석중의 「기차는 바보」가, "언제든지 멋이든지/어른만 위하고//언제든지 나는 머/찌어린 걸" 하는 권태응의 「난 싫어」는 "난 밤낮 울 언니 입고 난/헌털뱅이 찌꺼기 옷만 입는" 윤석중의 「언니의 언니」가 연상된다. 눈 오는 새벽길 실 공장으로 출근한 누나의 모습을 그린 「누구 발자욱」과 공장에 간 누이를 마중하러 가는 시적 화자가 등장하는 「휘파람」 역시 윤석중의 「차장 누나」나 「휘파람」과 유사한 점을 찾을 수 있을 것이다. 여기서 이런 이야기를 꺼내는 것은 권태응이 윤석중의 작품에 빚지고 있다는 것을 새삼 밝히기 위함이 아니다. 어떤 후대의 시인도 뛰어난 선배 시인이 닦아 놓은 길을 에돌아 지나칠 수는 없다는 것, 즉 3·4조의 음수율이나 1연 2행의 시형, 대구와 반복, 그리고 시 안에 자연스레 배치된 의성어나 의태어의 쓰임은 권태응 자신만의 트레이드마크가 아니라 1920년대에 출발해 1930년대를 지나오며 우리 동시단이 생성한 공동자산이자 산물이기도 하다는 것이다. 따라서 권태응을 평지돌출의 시인으로 추켜세우는 것은 권태응 문학이 놓인 위치를 합당하게 평가하는 일은 아니다.

그렇다면 권태응의 탁월한 점은 무엇일까. 권태응의 미덕은 우리 동시가 도달한 시의 형식과 언어적 감각을 단순 수용하고 섭렵하는 것을 넘어서 해방기 농촌 현실에 기반한 자신만의 세계를 새롭게 창조해 냈다는 점에 있다. 그는 우리 동시의 전통에 입각해 있었지만, 선배 시인들이 도달한 동시의 세계를 흉내 내는 데 그치지 않았다. 그는 우리말에 대한 감각과 동시가 가지는 단순한 형식을 기반으로 해방공간의 우리 현실을 개성 있게 포착해 냈다. 그 근저에는 해방 이전까지 이룩한 우리 근대 동시의 전통이 자리하고 있으면서 다른 한편으로 이전 동시들에서 쉽게 발견되지 않는 새로운 개성이 숨 쉬고 있다.

혼자서 떠 헤매는
고추잠자리,
어디서 서리 찬 밤
잠을 잤느냐?

빨갛게 익어 버린
구기자 열매,

한 개만 따먹고서

동무 찾아라.

—「고추잠자리」 전문

　이 작품은 권태응의 동시 가운데 비교적 널리 알려진 것에 속한다. 이 동시에서 발견하게 되는 권태응만의 미덕이란 무엇인가? 우선 시 형식을 보자. 음수율로 따지면 전형적인 7·5조 동시다. 음보로 따져 보더라도 이전 시인들의 작품에서 흔히 보이는 3음보의 율격을 벗어나지 않았다. 권태응 동시는 이처럼 시의 형식이나 율격에 있어 전형적인 동시의 틀을 고수하는 경우가 많다. 시적 발상이나 내용 또한 따지고 보면 새로운 것은 아니다. 이 작품은 서리가 내리는 늦가을의 아침 정경을 그 배경으로 하고 있다. 1연에서 시적 화자는 외롭게 간밤을 보낸 고추잠자리에게 말을 건넨다. 말하자면 미물에 대한 연민의 발로다. 그러나 이러한 연민의 정서는 권태응이 새로 발견한 것이라 보기 어렵다. 거슬러 올라가 보면 그런 연민은 이미 1923년 방정환이 발표한 「늙은 잠자리」에까지 닿는다.

　그렇다면 이 작품만이 갖는 개성이란 무엇인가? 그것은 결국 시에 쓰인 새로운 언어와 시적 발상에서 찾을 수밖에 없다. 1연이 기존의 발상에 어느 정도 기대어 있다면 2연의 "빨갛게 익어 버린/구기자 열매/한 개만 따 먹고서"란 표현은 시인이 독창적으로 창안한 말에 가깝다. 사실로 치면 '고추잠자리'가 '구기자 열매'를 따 먹을 일은 없다. 그런데 동시의 매력이란 그 '없는 일'을 마치 있는 것처럼 연결하는 데서 발생한다. 이런 발상은 가령 하얀 연기가 하늘로 올라가 구름이 된다고 믿는 아이의 생각을 방불케 한다. 고추잠자리의 외양과 구기자 열매의 색깔에서 연상되는 붉은색의 이미지만으로도 두 사물의 연관성이 하나의 시적 진실로 통용될 수 있는 세계, 그것을 권태응은 정확히 잡아내고 있는 것이다. "한 개만 따 먹고서"라는 표현 또한 예사롭지만은 않다. 이 또한 아이다운 눈높이를 고려한 세심한 진술이라 할 수 있다. "한 개만 따 먹고서/동무 찾아라."라는 그 말 속에는 시적 화자로 등장한 아이의 쓸쓸한 현재 처지와 진심 어린 마음 쏨쏨이가 드러난다.

또 다른 대표작 「땅감나무」 또한 그러한 시적 진실이 잘 구현된 작품이다.

키가 너무 높으면
까마귀 떼 날아와 따 먹을까 봐,
키 작은 땅감나무 되었답니다.

키가 너무 높으면
아기들 올라가다가 떨어질까 봐
키 작은 땅감나무 되었답니다.

—「땅감나무」 전문

제목으로 '토마토'가 아닌 '땅감나무'라는 시어를 차용함으로써 이 시는 이미 반의 성공을 거두고 있다. '키가 작다'는 사물의 이미지와 그 사물을 지칭하는 '땅감나무'라는 시어는 둘도 없이 잘 어울리는 말들이다. 1연 3행씩 모두 2연으로 구성된 시는 철저하게 대구와 반복의 형식을 취하고 있다. 이런 단순한 형식 역시 권태응 이전 우리 동시가 성취한 전통의 결과라 할 수 있다. 그런데 시에 군더더기가 없는 깔끔함

을 선사하는 것은 오로지 그런 형식의 효과만은 아니다. 각 연 2행에 제
시된 "까마귀 떼 날아와 따 먹을까 봐"와 "아기들 올라가다가 떨어질까
봐"라는 표현은 이 시의 핵심이면서 독자의 눈높이를 고려한 시인의 독
창성이 빛나는 대목이다. 이 시편 역시 사물을 어린이의 관점에서 보려
는 시인의 태도가 두드러진다. 두 편의 짧은 작품이 보여 주듯 권태응은
말에 대한 감각뿐만 아니라 어린이의 눈높이에서 사물을 파악하는 능
력이 탁월하다.

　권태응의 동시 작품을 분석해 보면 그 제재가 단일하기보다는 상당
히 다양한 모습을 하고 있다. 시인 자신의 주변에서 보고 듣고 느낀 것
들을 주로 그리면서도 단조롭기보다 다채로운 느낌을 준다. 시인은 자
신이 관찰한 "어른과 아이와, 밭과 논과, 산과 나무와, 강과 물과, 하늘
과 별과, 이 모든 것을 아끼고 사랑하고 위하는"(윤석중,『감자꽃』머리말)
마음을 그대로 담아 작품을 썼다. 권태응의 작품에 나오는 '아름다운
산과 나무의 시, 강과 물의 시, 하늘과 별의 시'가 모두 다 좋지만 특히
주목할 것은 아이들과 이웃들의 삶을 그린 시들이다.

　　활짝 장마비
　　개었습니다.
　　샛빨간 봉선화
　　눈부십니다.
　　맴맴 매미들
　　울어 댑니다.

　　인젠 장마비

개었습니다.
잠자리도 좋아서
날라댑니다.
우리들은 고기잡이
개울 갑니다.

—「장마비 개인 날」 전문

　장맛비가 그치고 새빨간 봉선화 눈부실 때 고기를 잡으러 개울가로 몰려가는 촌아이들 모습이 선명하게 그려진 시다. 이 시를 읽다 보면 우리 또한 저절로 그 아이들 중 한 명이 된 듯한 즐거운 착각에 빠진다.
　어른들의 살림살이를 그린 작품들에는 또 그것들대로 삶의 세목들이 군더더기 없이도 구체적으로 그려져 있다. 그런 작품들 가운데 비교적 잘 알려져 있지 않은 작품을 보자.

해마다 더해 가는 나무 걱정
나무야 있지만 돈이 없지.
그러나 불 안 때고 살 수 없고…

왕겨와 톱밥이 동이 나지요.
풀무 소리 붕붕 얄궂은 노래.

해마다 심해 가는 살림 걱정
물건이야 없나, 값이 비싸지.
그렇다고 들어앉아 굶을 수도 없고……

돼지먹이 비지도 세가 나지요.
두붓집 문앞에 늘어선 사람.

──「왕겨와 비지」전문

이 시를 보면 해방기의 서민 현실이 손에 잡힐 듯 또렷이 드러난다. 권태응의 작품에는 이 시에서처럼 대부분 몸을 부려 어떻게든 자신의 생계를 이어 가는 가난한 사람들이 등장한다. 권태응은 그러한 인물들을 예의 섬세하면서도 따스한 시선으로 그려 낸다. 가난하고 힘들게 살아가는 서민들의 삶을 그리고 있으나 그에게서는 가령 1930년을 전후로 계급주의 동요가 노출했던 이분법의 맹점들은 결코 발견되지 않는다. 그는 관념에 기대어 시를 쓰는 사람이 아니라 사람살이의 이면을 구석구석 살펴 시를 쓰는 진정한 의미에서의 리얼리스트였기 때문이다.

나는 나는 알고만 싶어요.
저 하늘에 별이 대체
몇 개나 되는지.

나는 나는 알고만 싶어요.
이 우주의 끝의 끝은
어디까지인지.

그리고 또 나는
알고만 싶어요.

우리는 왜 밤낮

못살기만 하는지.

─「알고만 싶어요」 전문

이 시에서도 역시 시인은 "하늘에 별"과 "우주의 끝의 끝"이 어디인
지를 궁금해하는 어린이의 속성을 살필 뿐 아니라, 그 어린이가 "우리
는 왜 밤낮/못살기만 하는지" 의문을 갖기도 하는 '현실의 존재'임을
은근하게 보여 준다.

말하자면 권태응이 구현한 어린이는 세상 물정을 모르고 자족적인
세계 안에서 마냥 뒹구는 철부지가 아니다. 그들은 부조리하고 모순된
세상을 슬그머니 넘겨다보고 때론 그것에 의문을 갖는 존재이기도 한
것이다. 이런 어린이상의 구현은 권태응의 동요가 가지는 또 하나의 미
덕이자 개성이다.

1920년대 소년문사로 동요를 쓰기 시작했던 윤석중과 윤복진은
1930년을 전후로 한 계급주의 동요의 흐름에 동참하며 현실 참여적 작
품을 남기기도 하였지만, 권태응처럼 일하는 사람들에 관심을 갖고 그
것을 적극적으로 그려 내지는 못했다. 그들은 동심이 가지는 낙천성과
유년의 세계를 발견했을지 모르나 현실을 살아가는 존재로서 어린이상
을 유감없이 표출해 내지는 못했다. 계급주의 동요의 세가 꺾이면서 문
단에 등장했던 박영종은 더더욱 그런 세계와는 거리를 두었던 시인이
라 할 수밖에 없다. 현실주의 계보 측면에서 권태응의 현실에 대한 감각
은 이원수의 동시를 연상케도 한다. 그러나 이원수에게서는 권태응이
지닌 밝음의 정서와 유년의 세계, 자연 속에서 뒹구는 아이들의 생동감
을 쉽게 발견할 수 없다는 점에서 둘을 동일한 색깔을 지닌 시인이라 부

르기는 어렵다.

즉 권태응은 일제강점기에 이룩한 한국 동요의 전통을 섭렵하는 한편으로 누구의 후배, 누구의 아류라 할 만한 길을 걷지 않은 시인이라 할 수 있다. 그는 선배들이 이룩한 미덕을 자신의 자양분으로 온전히 흡수하면서 그들이 결여하고 있거나 외면했던 부분을 충실히 보완한 시인에 가깝다. 비록 짧은 창작 활동을 하다가 생을 마감한 시인이긴 하지만 동시사적인 측면에서 그가 놓인 자리는 결코 예사로운 자리가 아닌 것이다.

4. 결론을 대신하여

이오덕은 권태응을 일러 "동요를 쓰기 위해 이 세상에 잠깐 다녀간 사람"이라 했다. 권태응의 생애와 작품 세계를 돌아볼 때 이오덕의 이 말은 정곡을 찌른 말임이 분명하다.

권태응은 시대적 불운으로 인해 얻게 된 폐결핵으로 말미암아 겨레를 위한 사회변혁운동의 꿈을 문학 창작으로 대신 승화시키고자 하였다. 말하자면 그의 글쓰기는 대의를 위한 의무감과 사명감에 기초한 것이었다고 생각한다. 투철한 사명감에 입각한 시인의 행보가 반드시 좋은 결과만을 낳는 것은 아니다. 과도한 의욕으로 말미암아 시의 파탄은 물론 시인 자신의 파탄을 불러오는 경우가 허다하다. 해방 공간에 이어진 분단과 전쟁의 시기는 그러한 시인의 파행과 몰락이 자주 목격되는 시기이기도 했다. 권태응에게서는 그러나 그러한 허점이 좀체 발견되지 않는다. 나는 이것이 시인이 지녔던 균형감각에 기인하는 것이라 생각한다. 권태응은 현실감각과 언어감각에서 예리한 일면을 보여 준다. 현실에 대한 그의 감각은 그의 동시를 다만 가벼운 언어유희나 동심주의에 머무르지 않게 하며, 언어에 대한 예민한 감각은 그의 동시를 단순한 목적시로 전락되지 않게 하는 힘을 발휘했다고 생각한다.

그는 습작의 시기에 시조에 처음 발을 들이게 되는데, 그의 그런 습작기는 어느 한 지점에 고착되지 않고 끊임없는 자기 갱신의 과정을 거치게 된다. 시조 습작에서 동시의 발견까지 그의 시적 행보를 돌아볼 때 그는 과거 전통에 안주하여 심심파적 글쓰기를 하려는 목적보다 우리 것을 갈고닦아 그 속에서 현대적인 것을 창조해 내려는 문제의식에 입각해 있었음을 알 수 있다. 그는 새로운 시조를 고민하는 과정에서 단시 형식을 발견하게 되며 마침내 그 단시 형식에서 득의의 영역인 동시라는 최종 목적지에 다다르게 된다. 우리 동시의 전통을 섭렵하고 있으면서도 그만의 동시 세계를 이룩한 것은 바로 그렇게 새로운 시 형식과 내용을 꾸준히 모색한 결과였다. 1947년부터 본격적으로 동시 창작에 몰두하게 된 그는 1948년 『감자꽃』을 상재한 이후 좀 더 새롭고 깊은 동시의 세계를 탐색하려 분주했다. 1949년부터 1950년 초에 이르는 일련의 동시 작품들은 그런 고투의 결과물이다. 그의 시선은 좀 더 우리 삶에 밀착하였으되 그 말을 다루는 솜씨 또한 한결 자연스럽고 깊어진 것을 볼 수 있다. 그가 6·25전쟁이라는 시대적 굴곡을 만나지 않고 자신의 병을 다스리며 시작에 더 몰두할 수 있었더라면 우리는 그에 값하는 훌륭한 동시들을 더 많이 만날 수 있었으리라.

동시에 견준다면 그의 산문들은 성글고 충분히 다듬어지지 못한 느낌이 든다. 이를 보면 그는 아무래도 산문가보다는 시인으로서의 자질이 우세했다고 평가할 수 있을지 모른다. 하지만 이는 그가 당시로서는 무서운 병마와 싸우는 처지였다는 것을 간과한 소치다. 시조에서 단시로, 단시에서 동시로 시의 내용과 형식을 완성해 가듯이 산문에까지 그런 정성을 기울일 만한 시간적 여유와 체력을 따로 가질 수 없었던 것이다. 그럼에도 그의 산문들의 의미가 퇴색되는 것은 아니다. 그가 남긴 소설과 희곡들은 무엇보다 작가 자신의 자전적 경험들에 바탕한 것으로서 권태응이 지향한 삶의 태도가 무엇이었는지를 살피게 해 준다. 식민지 농촌 현실을 살아가던 백성들의 궁핍한 삶을 그리는 것과 함께 해방을 맞이하는 환희와 기대감, 그리고 분단으로 치달아 가는 과정에서 민족의 운명을 걱정하는 작가의 시선이 그의 산문 속에는 오롯이 배어 있다. 그런 의미에서 그의 산문들은 그의 시들 못지않게 중요한 의미를 내포하고 있다고 생각한다.

권태응의 탄생 100주년, 사후 70여 년 만에 그가 남기고 간 육필 자료의 먼지를 털어 한데 모으게 된 것은 감격스러운 일임에 틀림없지만, 만시지탄이 느껴지는 것을 어쩔 수 없다. 이 땅의 굴곡진 역사를 살아가며 목숨이 다할 때까지 시인의 사명을 온몸으로 완수하려 했던 한 인간을 위한 최소한의 도리를 하기까지 시간은 참 더디게도 흐른 셈이다. 겨우 수습된 이 전집을 바탕으로 권태응에 대한 한층 깊은 이해와 풍성한 논의들이 오간다면 더 바랄 것이 없겠다.

덧붙이는 말

『권태응 전집』이 간행된 뒤에 그가 잡지에 발표한 동시 가운데「책가게」「돼지 새끼」두 편이 엮은이의 불찰로 전집에서 누락되었음을 발견하게 되었다. 그 두 편의 전문은 다음과 같다.

　책가게
　즐거운 가게

　어른 책도 애들 책도 많이 있다
　어른들도 애들도 같이 손님

　책가게
　고마운 가게

　돈이 없어 못 사도 읽게 둔다
　그림책도 잡지도 볼 수 있다

　책가게
　낯익은 가게

　무슨 책이 또 왔나 가고 싶다
　자꾸만 읽고 싶은 좋은 새책들

　　　　　　　　　　　　　　　　　—「책가게」(『어린이나라』 1949. 11)

울 속까지 햇볕이 들여쬐고
어미 돼지 드러누운
배 위에는

젖꼭지가 두 줄

다섯개씩 두 줄

새끼는 일곱 마리

어미 닮아 흰 점박이

엎치락 덮치락 젖을 빨고

젖꼭지를 바꿔 가며 물고 빨고

　　　　　　　　　　　—「돼지 새끼」(『어린이나라』 1950. 3)

동시인 권태응이 되기까지[1]

새로운 유작들을 중심으로

1. 들어가며

동천 권태응(1918~1951)은 작고한 지 20~30년이 흐른 1970~80년대까지만 해도 우리 아동문단에서 그리 활발하게 조명받는 시인이 아니었다. 1990년대 이전 권태응 동시에 대해 비평적 언급을 한 이는 윤석중,[2] 이재철[3]에 불과했는데, 이는 권태응이 남긴 작품에 대한 전모가 채 파악되지 않은 것도 하나의 이유였을 것이라 생각한다. 당시 권태응의

---

1 이 글은 2018년 2월 3일 국립어린이청소년도서관에서 열린 한국아동청소년문학학회 겨울 학술대회 '어린이와 시: 시는 어린이와 어떻게 만나는가?'에서 발표했던 논문 「권태응의 해방 전후 시작(詩作) 활동에 관한 소고: 새로 발견된 유작들을 중심으로」를 수정 보완한 글이다.

2 윤석중 「윤동주와 권태응」, 『아동문학평론』 제3호, 1976.

3 이재철 「권태응론」, 『국문학논집』 제12권, 1985; 이재철 「윤동주와 권태응」, 『2000년대 한국문학』, 창작예술사 1985.

자료라고 해야 『소학생』 등 잡지에 실린 20여 편과 글벗집판 『감자꽃』 (1948)에 실린 30편이 전부였다.

　권태응에 대한 본격적 논의가 시작된 것은 권태응의 유작이 공개된 1990년대에 와서다. 시인의 사후 약 30년 넘게 유족이 간직하고 있던 육필 형태의 동시집과 산문 자료들이 1990년대가 지나서야 연구자들에게 공개되면서, 비로소 권태응에 대한 비평문과 연구 논문들이 본격적으로 쓰이기 시작했다.[4] 당시 공개된 자료들에 의하면 권태응은 1947년부터 1951년 작고하기 직전까지 모두 9권에 달하는 육필 동시집들을 남겼으며, 동시집 이외에도 세 편의 단편소설과 세 편의 수필, 그리고 두 편의 희곡을 남겼다. 이 자료들로 인하여 1980년대까지만 해도 30편 내외의 소략한 작품만을 남기고 요절한 시인으로 알려졌던 권태응은 해방 직후부터 6·25전쟁기까지 상당한 양의 빼어난 동시를 남긴 시인으로 새롭게 자리매김하였고,[5] 해방 전후 농촌 현실과 농민들의 절실한 삶의 문제를 형상화한 산문 작가로서 면모가 새롭게 부각되었다.[6] 이 과정에서 항일운동과 관련한 작가의 행적들이 보강되어, 그는 명실공히 진정한 '애국시인'임이 입증되었던 것이다.

---

4 1990년대 이후 지금까지 나온 권태응 동시에 대한 연구 논문들을 열거하면 다음과 같다. 주명자 「동요 작가 권태응론」, 단국대 교육대학원 석사학위 논문 1995; 박민 「권태응 동시 연구」, 고려대 석사학위 논문 2010; 구아람 「권태응 동요 연구」, 춘천교대 교육대학원 석사학위 논문 2011; 윤수정 「권태응 동시 연구」, 경희대 교육대학원 석사학위 논문 2003; 남지현 「권태응 동요의 형식적 특징과 시적 공간 '동네'의 의미」, 『아동청소년문학연구』 제8호, 2011; 김윤정, 「권태응 동요의 생명중심주의 연구」, 『아동청소년문학연구』 제18호, 2016; 졸고 「권태응 동시 정본확정에 관한 연구」, 『아동청소년문학연구』 제20호, 2017.

5 이오덕 『농사꾼 아이들의 노래』, 소년한길 2001.

6 도종환 「권태응의 생애와 농민소설」, 『창비어린이』 2006년 겨울호.

그런데 다시금 우리가 권태응에 대해 주목할 일이 생겼다. 지금까지 역사의 뒤안길에 가려져 공개되지 않았던 권태응의 또 다른 육필 원고들이 발견된 것이다.[7] 이 유작들은 1944년 3월부터 1946년 6월 사이 쓰인 것들로 그 분량은 시조집 두 권, 시집 세 권, 소설 세 편, 희곡 한 편에 달한다. 이들은 대부분 백지나 원고지에 육필로 쓰여 책의 형태로 엮였다. 이 자료들은 지금까지 그 존재가 전혀 드러나지 않았던 것들이다.

이 자료들에서 무엇보다 주목할 점은 시작 활동과 관련한 부분이다. 지금까지 그의 시작 활동은 오로지 동시 창작에 국한되었다고 알려져 있었고, 그 시발점 또한 해방 직후라고 추정되어 왔을 뿐이다. 그런데 이번에 새롭게 발견된 자료를 보면 그는 이미 해방 전인 1944년부터 동시를 썼고, 동시뿐만 아니라 시조와 시 창작에도 심혈을 기울인 것으로 드러난다. 좀 더 주목할 것은 이 작품들이 단순한 습작기의 산물이 아니라 이미 일정한 작가적 지향을 보여 준다는 점이다. 다시 말하면 그의 시 작품에서는 '시인 자신만의 색깔'을 견지하려는 시적 태도가 명백히 감지된다. 즉 그는 병을 앓는 환자로서 단순한 심심파적 글쓰기를 이어 간 것이 아니라 끊임없이 자신을 단련하려는 작가적 욕구를 표출하고 있는 것이다. 이와 관련하여 새롭게 발견된 자료들은 권태응의 문학 세계를 이해하는 데 매우 중요한 의미를 내포하고 있다고 판단된다.

이 글에서는 새롭게 발견된 권태응의 유작 가운데 시 작품들을 중심

7 출판사 창비는 2018년 권태응 탄생 100주년을 기념하기 위한 사업으로 『권태응 전집』 발간을 준비 중이었는바, 기존 자료 보완을 목적으로 권태응 유족과 접촉하는 과정에서 권태응이 남긴 자료들을 새로 입수하게 되었다. 이 자리에서 언급하려는 자료는 창비 편집자 이하나 씨가 유족으로부터 건네받은 자료이다. 이 자리를 빌려 귀한 자료를 제공한 유족 권영함 씨와 창비의 이하나 씨께 감사드린다.

으로 그것이 가지는 특징과 의미를 밝혀 보고자 한다.

2. 유작들을 통해 본 권태응의 시작 활동

권태응은 지금까지 알려진 바와 달리 해방 이전부터 시작에 몰두했다. 권태응의 시작 활동은 시조, 시, 동시 세 분야에 걸쳐 이루어졌다. 작품 편수 또한 상당한 양인 것을 알 수 있다. 권태응의 시작 활동은 시조 창작에서 출발하여 점차 시와 동시로 확대되어 갔다. 권태응이 처음 동시를 쓰기 시작한 것은 해방 이후로 알려졌으나, 이번에 새롭게 발견된 유작들을 살펴보면 그 시기는 해방 이전까지 앞당겨진다. 그 자료들의 목록을 밝히면 다음과 같다.[8]

① 시조집『등잔불』(1944. 3. 27~1944. 4. 29) 총 200편(제목과 본문 확인 가능한 작품 수 4편)

---

8 여기에 밝히는 유작들 이외에도 권태응은 1944년 3월 이전 시조집『첫새벽』과 1945년 8월 14일에 엮인 동시집을 하나 더 남겼던 것으로 파악된다. 아쉽게도 이 작품집들은 보관 과정에서 유실된 것으로 짐작된다. 이들 두 작품집이 존재했던 것을 알 수 있는 자료는 시조집『등잔불』의 서문과 후기, 그리고 서문과 목차 일부만 남은 '동시집'을 통해서다. 이들 자료로 미루어 보건대『첫새벽』에 수록된 시조 편수는 총 200편이며, 동시집에 수록된 동시 편수는 총 30편이다. 동시집에 수록된 작품 30편 가운데 15편은 다행히 그 목차가 남아 있어 제목만이라도 어떤 작품인지 식별할 수 있으나,『첫새벽』에 수록된 작품들은 그 목록이나 내용을 전혀 알 수 없다. 어쨌든 이들 자료를 통해 짐작하건대 권태응은 적어도 615편에 달하는 시조를 썼으며, 첫 번째 육필 동시집으로 알려진『송아지』를 엮은 1947년 초반보다 훨씬 앞선 1945년 8월 14일에 자신의 첫 번째 육필 동시집을 엮은 것을 알 수 있다.

② 시조집 『탄금대』(1944. 5. 4~1946. 3. 18) 총 215편 수록

③ 문집 『청담집』(1944. 5. 18~1945. 5. 18) 총 122편 수록

④ 시집 『동천시집』(1945. 5. 9~1945. 8. 11) 총 330편 수록

⑤ 시가집 『탄금대』(1946. 6. 24) 총 45편 수록

위 내용에서 알 수 있는 것처럼 권태응은 1944년 3월 27일부터 1946년 6월 24일에 이르는 기간 동안 상당한 양의 시 작품들을 썼다. 이들을 편의상 순서대로 나누어 그 특징을 설명해 보고자 한다.

1) 왕성한 창작 의욕과 시조 형식의 실험: 시조집 『등잔불』

권태응은 해방 전인 1944년 3월 이전부터 1946년 3월 중순까지 약 2년간 시조를 창작했다. 그는 2년 동안 총 세 권의 시조집을 엮은 것으로 파악되는바, 첫 번째 엮은 것이 『첫새벽』, 둘째가 『등잔불』, 마지막이 『탄금대』다. 이 세 권 중 온전히 남아 있는 것은 마지막에 엮인 『탄금대』뿐이고, 『첫새벽』은 유실되어 지금은 그 모습을 확인할 길이 없다. 두 번째 엮인 『등잔불』 역시 서문과 후기, 그리고 수록 작품 중 극히 일부인 네 편만이 남아 있다. 『첫새벽』의 존재 여부를 명확히 알 수 있는 것은 『등잔불』의 서문과 후기 덕분인데, 거기에서 시인은 다음과 같이 언급하고 있다.

먼저 내놓은 처녀작 『첫새벽』이 전연 시간관념을 망각하고 작품 얻기에 열중되어 짓고 짓고 겨우 한 달 동안의 것을 모아 놓은 것이었지만 이번에는 좀 더 시간의 여유를 가진 재음(再吟) 퇴고를 거듭하고 가열 엄정한 비판을 거친 작품들을 만들고자 하지만 어느 정도 희망에 달할지는 알지 못하겠다.

(『등잔불』 1면)

　　먼저 『첫새벽』이 불과 1개월도 못 된 그 안에 것을 모은 200수로 되었지만 『등잔불』 역시 불과 1개월도 못 된 동안의 작품 200을 모은 것이니 첫머리 서문에 말한 과작주의(寡作主義)는 어그러지고 말았고 우습다 할 수 있겠으며 매일 노래로 날을 보내다시피 하는 이 열정이 언제까지 계속될까를 생각하면 더욱 미소를 금치 못하겠다. (『등잔불』 93~94면)[9]

　　위 내용에서 드러나듯 권태응은 『등잔불』을 엮기 전 이미 『첫새벽』이라는 시조집을 엮었음을 알 수 있다. "불과 2개월도 못 된 동안" 그는 총 400수에 달하는 시조를 썼던 것이다.[10] 시인이 말한 대로 "시간관념을 망각하고 작품 얻기에 열중되어 짓고 짓고" 한 그 작품들은 어떤 모습을 하고 있었을까? 『첫새벽』은 실물을 확인할 수 없어 작품의 수준을 추측하기 어렵지만 두 번째 엮은 『등잔불』에 실려 있던 네 편이 남아 있어[11] 대략 그 수준을 짐작하게 된다. 그중 두 작품만 소개하면 다음과 같다.

---

9 이하에서 권태응이 남긴 시집의 서문과 후기의 글들을 인용할 때는 현행 맞춤법에 따라 표기했고, 시 작품을 인용할 때는 원문대로 표기했다.

10 여기서 짚고 넘어가야 할 문제는 그는 왜 하필 다른 시 양식을 마다하고 시조를 자신의 시작 활동의 출발점으로 삼았을까 하는 것이다. 시기상으로 보았을 때 1930년대 후반에 대두한 '시조부흥운동'의 여파가 아닐까 추정할 수도 있겠으나, 그 영향 관계를 파악할 근거는 명확하지 않다. 권태응이 시조 창작을 하고 그것을 문집으로 엮어 낸 배경에는 그가 양반가의 가풍 속에 성장했다는 것이 하나의 요인으로 작용했을 가능성이 있다.

11 전문을 확인할 수 있는 작품은 다음과 같다. 「이론과 실지」(1944. 4. 20), 「생명보담 더 중한 게」(1944. 4. 20), 「맞고야만 비로소」(1944. 4. 20), 「두레샘」(1944. 4. 21).

階級打破 高唱하며

獄에매인 내였다만

行廊사람

常人에게

尊對깍득 안나오네

——「理論과 實地」 전문(『등잔불』 79면)

한박아지 올너오고

한박아지 나려가고

한박아진 물이찻고

한박아진 물비였네

——「두레샘」 전문(『등잔불』 80면)

  우선 눈에 띄는 것이 시조의 형식이다. 위 두 작품에서 엿볼 수 있는
바와 같이, 권태응의 시조는 통상적인 3장 6구 형식을 그대로 따르지 않
고, 일종의 파격 내지 변화를 꾀하고 있다. 뒤에 엮은 시조집 『탄금대』
에 시인 스스로도 밝히고 있듯이 그는 시조가 본디 지니고 있는 정형적
리듬을 과감히 탈피하여 새로운 형식을 실험하려 하였다. 가령 위의 두
작품은 초장과 중장만 두고 종장을 생략한 경우다.
  권태응의 시조는 내용상으로도 자신의 삶과 직접적인 관련이 있거나
자신이 살고 있는 공간의 실제 사물들을 작품의 소재로 하고 있다. 이런

모습은 훗날 쓰이는 동시 창작의 기조와 크게 어긋나지 않는다. 시조로 출발한 그는 현실과 유리된 세계를 지향하려 한 것이 아니라 자신의 삶과 직결된 소재나 주제를 다루려고 했던 것이다.

이를 보면 권태응은 시조의 형식이나 내용 면에서 전통의 답습보다는 새로운 변화를 꾀하려고 했던 것을 알 수 있다. 예의 『등잔불』의 서문에는 시작에 임하는 시인의 진지한 자세와 각오가 다음과 같이 드러나 있다.

> 작품 경험으로 인한 책임도 한층 느끼게 된다. 좀 더 진보 발전된 시경(詩境)과 심취하고 투철한 인생관의 유로가 있어야겠고 풍부한 감성과 광범한 시야도 가져야겠다. (『등잔불』 1면)

> 3기를 훨씬 넘었다는 나다. 어떤 의사는 기적을 바라기 외에는 완전 치료가 곤란하다는 암시도 주었다. 그 후 벌써 1년이 되지만, 지금 무수한 병균이 섞였을 청황담(淸黃痰)을 주야로 뱉어 내는 나다. (…) 다시 돌아오지 않을 하루하루의 생명을 좀 더 아끼어 보려고도 한다. 나는 작품을 귀(貴)여 하며 나는 시조를 사랑하겠다. (『등잔불』 2면)

그런데 "불과 1개월도 못 된 동안" 200수의 시조를 짓고 난 후 쓴 『등잔불』의 후기에는 "몸도 괴로운 데다가 복잡한 심리 상태에 빠져 시정을 가다듬기 곤란"했던 그간의 사정이 담겨 있다. 그는 이 시조집을 엮는 사이 인천 적십자요양원에서 만나 사랑을 나누게 된 간호사 박희진과 혼인을 올리려 했으나 양가의 반대로 난관을 겪고 있던 처지였다.[12] 『등잔불』 후기에서 권태응은 『등잔불』과 『첫새벽』 모두 "아내와 떨어져 있는 동안"에 쓰인 것이라 밝히고, 자연 작품도 "마음의 위안을 얻으려" 는 목적에서 쓰인 경우가 많았다고 적고 있다. 요양을 계속해야 하는 처 지에서 결혼 반대에도 부닥친 권태응은 괴로운 마음을 시조 창작에의 열정으로 다스리고자 했던 것이다. 그런데 이 후기에서 그의 시작 활동 과 관련하여 눈여겨볼 대목이 하나 있다.

이번 작품들 중에 색다른 점은 꾸준히 시조를 지어 가는 동안 필연적으로 시조로는 만족지 못할 사정이 가끔 있었으니 이것이 즉 시로 되었다. 어떠한 '이즘'을 따를 것도 아니고 내 심중에 가장 적당하다는 표현을 해 볼 게다. 나는 이러한 변화를 발전을 위한 한 가지 계단이라 보고 싶고 자신 기뻐하며 이후도 이러한 표현에 힘써 보려고 한다. (『등잔불』 96~97면)

권태응은 이 발언에 이어 1944년 4월 24일부터 4월 28일까지 자신이 보고 듣고 겪은 일들 가운데 시로 쓸 만한 시상들을 따로 시조집 말미 에 적어 놓는다. 이것들은 그의 말대로 시조 형식으로보다 다른 시의 형 식으로 표현하고 싶은 욕구 때문이었던 것 같다. 권태응은 약 두 달 남 짓한 시간에 약 400수에 걸친 시조를 써내면서 누구 못지않은 창작열 을 불태웠거니와 그는 그 과정에서 일종의 정형시에 가까운 시조의 틀 만을 계속 고수하지 않고, 자신이 표현하려는 시상에 어울리는 새로운

---

12 권태응의 동생 권태윤은 도종환과 나눈 인터뷰에서 권태응의 결혼은 양가에서 다 반 대했음을 밝혔다. 권태응의 어머니 민경희는 '간호사라서 안 된다' '병을 고치고 결혼 해야 한다'고 했고, 박희진의 부모는 '환자하고 결혼하느냐, 안 된다'고 했다고 한다. 그러나 1944년 7월 딸 영진을 낳고 권태응이 어머니를 설득해서 8월에 결혼식을 올렸 다고 한다.(도종환, 앞의 글 176면)

시의 틀을 부지런히 탐색해 나갔던 것이다. 권태응이 『등잔불』에 이어 1944년 5월 4일 세 번째 시조집 『탄금대』를 엮기 시작하는 한편 약 보름 뒤인 1944년 5월 18일 시집의 성격이 짙은 『청담집』을 함께 엮어 나가는 것은 바로 그러한, "시조로는 만족지 못할" 사정이 작용했기 때문으로 보인다.

시조집 『등잔불』에서 한 가지 더 소개할 점은 시조집 맨 뒤에 기록한 '부기(付記)'다. 권태응은 '『등잔불』 완성 기간 중의 독서한 것'이라는 제목 아래 자신이 읽은 책들의 목록을 적어 두었다.[13] 그는 자신의 창작을 진행해 가는 한편으로 끊임없이 창작에 필요한 지침을 제공받기 위한 목적에서 '시 창작방법론'이나 '시집'들을 꾸준히 읽었던 것을 알 수 있다. 결핵을 앓는 환자임에도 거의 하루도 빠짐없이 시 읽기와 시 쓰기를 게을리하지 않았던 것이다.

2) 시조 형식에 대한 고민과 새로운 시 형식의 발견: 시조집 『탄금대』

전술한 것처럼 시조집 『탄금대』는 『첫새벽』 『등잔불』에 이은 권태응의 세 번째 시조집이다. 이 시조집은 1944년 5월 4일부터 1946년 3월 18일까지 쓴 총 215편의 시조가 수록되어 있다. 전편이 유실되지 않고 모두 남아 있다는 점에서 권태응이 거둔 시조의 수준과 특징을 오롯이

---

13 권태응은 '부기'에 3월 31일부터 4월 27일 사이 읽었거나 주변에 나누어 준 책들의 목록을 일일이 적어 두고 있다. 이 가운데 시인이 통독한 몇 권을 소개하면 다음과 같다. 佐藤惣之助 『詩と歌謡の作り方』(3월 31일); 이하윤 편 『조선현대서정시선』(4월 5일); 임화 편 『조선민요선』(4월 20일); 김억 편 『소월시초』(4월 22일); 박종화 『청태집』(4월 26일); 윤석중 『윤석중 동요선』(4월 27일)(이상 『등잔불』 100~102면 참조) 대부분 1939년에서 1942년 사이에 출간된 책들로 당시로서는 비교적 신간에 속하는 것들이었다.

살필 수 있는 작품집이다. 시조집의 표지에는 '시조집 제3부 탄금대'라는 제목이 붙어 있고 시조집을 엮기 시작한 해인 '갑신(甲申)'과 시인의 호인 '추호(秋湖)'가 쓰여 있다.

시인은 서문에서 앞서 엮은 두 시조집에 이어 새로이 세 번째 시조집을 엮게 된 경위를 짧게 언급하며 지금까지 자신이 행한 시조 창작에 대한 성찰을 하고 있다. 권태응은 시조를 짓기 시작한 지 반년도 안 되었긴 하지만 그간 자신이 "만족하는 작품을 몇 개 얻지 못하였음이 쓸쓸하고 섭섭하다"라고 소회를 적는다. "매일 일기처럼 적어 가던 노래"가 "단지 기록에 지나지 못하고 작품으로써 거리가 멀지 않은가" 하는 회의와 더불어 불만이 있다고 진술한다. 그러면서 그는 다음과 같은 말을 덧붙이고 있다.

> 시조에 있어 철저한 규약과 역사적 변이가 그리 필요치 않다는 나는 전연 망각해지다시피 되고 무시되어 있다시피 된 현금의 적요한 시조를 어찌 발전 융성케 해 볼까 다시 한번 생각지 않을 수 없게 된다. (『탄금대』 2~3면)

우리는 이 문장의 맥락에서 권태응이 시인으로서 가졌던 포부가 얼마나 컸는지를 짐작할 수 있다. 그는 종래의 관습으로 굳어져 내려온 시조의 형식적 규약과 역사적 변이를 크게 염두에 두지 않는다. 그것을 강조한다면 "현금의 적요한 시조"의 현실을 결코 온전히 타개해 나갈 수 없다고 보기 때문이다. 그러면서 권태응은 자신의 시조 창작을 단순한 생활의 기록이 아니라 침체된 시조를 발전시키기 위한 하나의 계기로 삼고자 하였다. 즉 "시조에 있어 철저한 규약과 역사적 변이가 그리 필요치 않다"라는 시인의 말 속에는 종래의 관습을 벗어던진 전연 새로운 시조, 현대에 걸맞은 그런 시조를 창안하겠다는 시인의 의지가 또렷하게 반영되어 있다. 물론 시인은 스스로 그것을 "주제넘"는 일이라 이르며 그 길은 쉽지 않은 길임을 토로하기도 한다. 그럼에도 "확고부동한 그 길을 찾을" 때까지 오로지 앞을 향해 걸어갈 것을 다짐하고 있다.

시인이 쓴 서문에서 짐작할 수 있듯이 시조집 『탄금대』에 실린 시조들은 우리가 통념상 알고 있는 시조의 형식과 사뭇 다른 모습이다. 앞의 『등잔불』에 수록된 두 편의 작품에서와 마찬가지로, 정형에 입각한 3장 6구 형식에 매이지 않고 다양한 구조와 시형을 시도한 것을 확인할 수 있다. 시조의 내용 또한 관념적이고 사변적인 것과는 거리가 멀고, 시인이 몸소 보고 듣고 체험한 생활 주변의 것들을 솔직하게 토로하는 경우가 대부분이다. 그것은 새로운 시조를 찾기 위한 탐색의 과정이면서 권태응 스스로 자신의 몸에 맞는 시의 내용과 형식을 찾아가는 과정임을 보여 준다.

그런데 권태응은 약 76편가량의 시조를 쓰고 난 뒤 다음 날인 1944년 6월 2일 「새 출발」이라는 제목으로 그동안 탐색해 온 자신의 시조 창작 과정에 대한 점검을 시도한다. 그는 이렇게 적고 있다.

반년이 안 되지만 그간에 모여진 게 약 500수가량 되니 한번 뒤를 바라보지 않을 수 없다.

나는 먼저 시조 작성의 정형적 리듬을 탈각기 위해 율법을 파각(破殼)하고 항상 자연적이며 무리가 없는 감정의 유로를 그대로 표현하기에 힘써 왔다. 그렇다고 전연 시조의 구성법까지 무시한 것은 아니고 초장 중장은 두고서 종장에 있어 구속된 리듬을 내 멋대로 탈각해 보았다. 이리하여 된 것이 처녀작 『첫새벽』 그리고 『등잔불』 다음이 『탄금대』에게까지 계속해 왔다. 몇

번 나의 이론도 말했거니와 시조를 일상생활에 합치시키어 생활에 예술성을 붙이고 예술을 생활에서 찾자 하였다. 즉 생활화된 예술을 주창(主唱)하며 걸어가는 데 시조의 새로운 출발이 있고 기대가 크리라 하였다. 그러자니 일상생활에서 우리가 쓰는 용어, 우리가 토로하는 생활감정을 솔직히 표현하며 정화하면 되리라 생각하였다. 오늘날 시조가 단지 골동화(骨董化)하여 나는 다시 한 번 이 시조를 살려 보고 싶었다.

그러나 나의 미흡한 재능은 단기일의 노력으로 그 결과를 보리라고는 믿지 않는다. 내 멋대로의 주장을 세우고 나아가는 동안 나는 다시 차질(蹉跌)해 버렸으니 왜 그랬을까. 정형적 리듬을 벗어나고자 한 내가 이번에는 부분만이 아니고 전부에 있어서 즉 구속된 리듬에 있어서도 갑갑함과 답답함을 느끼고 말아 새로이 단시, 소품 등을 짓게 되어 여기에 한 가지 각오를 얻었다.

부분적 리듬을 변화시켜 본대도 전적(全的) 리듬이 남아 있는 한 새로운 시조의 생산이 못 되니 오히려 전통을 존중하여 그 제한 안에서 자유로이 감정과 의사를 표현할 일이다.

몇 달간 나의 노력을 전연 허사였다고 보고 싶지 않다. 이제 전통을 존중한다 해서 새로운 시조에 대한 길을 발견하겠다는 의지가 절멸된 바는 아니다. 나의 내면적 새로운 욕망이 솟을 날까지 옛날부터 내려오는 대로의 율형(律型)을 좇으려고 한다. (『탄금대』 49~51면)

권태응은 "골동화"해 버린 시조를 살려 보고자 생활화된 예술성을 지닌 시조를 늘 염두에 두었으며 부분적으로나마 시조의 율격을 깨뜨려 보고자 시도했지만, 결국 그것이 성공을 거두지 못했음을 자인한다. 그리하여 그는 다시 전통을 존중하여 원래 시조가 갖고 있는 "율형(律型)을 좇으려" 한다고 적고 있다. 이런 언사를 표면적으로만 읽었을 때는 권태응이 새로운 시조를 창안하기 위한 시도를 하려다 실패해서 할수 없이 전통적인 틀 안으로 복귀하게 되었다는 뜻으로 받아들일 수도있지만, 사실 그 이면에는 그것을 넘어서는 중요한 시사점이 내포되어있다. 그는 시조의 갑갑한 리듬에서 해방되기 위한 그 나름의 시도를 하다가 시조와는 다른 "단시, 소품" 즉 새로운 시 형식을 발견하게 된 것이었다. 말하자면 새로운 시 형식의 발견으로, 그는 시조에서 더 이상의실험이나 변화를 꾀할 필요가 없었던 것이다.[14]

권태응은 「새 출발」을 쓴 지 약 한 달 후인 1944년 7월부터 이듬해 2월까지 시조를 거의 쓰지 않는다. 그는 1945년 2월 15일 쓴 「한 가지변명」이란 글에서 "다른 형체로나 마음의 기록을 게을리하지 않았다"고 적었는바, 이 시기에 그는 시조를 쓰는 대신 새로운 시형을 고민하는시간을 보냈기 때문으로 추측된다. 이 글 이후 『탄금대』에 실리게 되는120편가량의 시조들은 권태응이 1945년 4월부터 이듬해인 1946년 2월 16일까지 쓴 작품들이다. 특히 해방 직전이나 직후에 쓴 작품들에는 당시 시대 상황과 세태를 짐작할 수 있는 내용이 들어 있어 이목을 끈다.

없는 石油 억지로 구할 것이 없도다

피마자 짠기름도 다 키고는 없고나

저녁밥 일즉해먹고는 오는밤을 즐기리

—「무제」(1944. 7. 8) 전문(『탄금대』 72면)

---

14 권태응은 「새 출발」을 쓴 직후부터 1946년 3월 『탄금대』 작품을 마감할 때까지 3장6구 형식을 꾸준히 지키며, 종장의 둘째 구절 또한 5음절의 규칙을 대체로 고수하려한 것을 확인할 수 있다.

언제나 왜말하게 왜놈인가 하였드니

왜말은 싹집어치고 꼬부랑말만 중얼대니

그대체 어딧놈일가 형체몰너 하노라

　　　　　　—「世俗雜詠」(1945. 11. 16) 1연(『탄금대』 87면)

　「세속잡영」은 당시 충주읍에서 발행되던 『아우성사보(我友聲社報)』
(1945. 11. 24)에 발표한 작품이다. 『아우성사보』는 해방 직후 발간된 충주
지역의 신문으로 짐작되는바, 권태응은 이 지면에 「세속잡영」을 포함한
「농민의 읊음」「고적을 찾어서」세 편을 게재했다고 기록해 두고 있다.
당시 이 신문의 설립 의도와 구성원, 신문의 성격과 논조 등이 어떠했는
지를 좀 더 자세히 파악할 수 있다면 권태응의 작가적 행적을 밝히는 데
유용한 자료가 되리라 생각한다.

3) 시조에서 단시로, 단시에서 동시로: 문집 『청담집(靑談集)』

　『청담집』은 권태응이 1944년 5월 18일부터 1945년 5월 18일까지 꼭
1년간 시조, 단시, 동시 형식의 시 작품들을 비롯해 자신의 소설 창작 일
지, 속담 및 수수께끼, 방언 들을 기록해 놓은 문집이다. 시 작품은 모두
118편으로 앞의 『탄금대』에 비해 소략한 편이지만 속담 및 수수께끼 등
을 기록한 분량이 많아 부피가 꽤 두툼하다. 문집 앞표지에는 창작 연
도가 '갑신(甲申)-을유(乙酉)'로 명시되어 있으며, '청담집'이라는 제목
옆에 '동천(洞泉)'이라는 그의 호가 적혀 있다.

　권태응은 문집의 서문 격인 '권두사'에서 "시조집, 시집과는 달리 수
필이든 수상이든 우화이든 단상이든 단평이든 휘뚜루마뚜루 적어 보
련다. 다시 말하자면 병창만록(病窓漫錄)이라고나 할까"라고 적고 있다.

시인의 이 말은 이『청담집』의 성격을 말해 준다.『청담집』은 앞서의 시조집과 달리 환자의 몸으로 지내며 하루하루 시인이 보고 듣고 겪은 일을 '율문의 형식'으로 기록한 일기의 성격을 지닌다. 그는 문집의 제목 '청담'이란 말 속엔 "청담(青痰)"이 암시되어 있기도 하다고 말함으로써 폐결핵을 앓는 자신의 내면을 토로하고자 하는 욕구를 은연중 표출하기도 한다.

그러나『청담집』에 실린 작품들은 단순한 율문으로 된 수필이라기보다 시조, 단시, 동시로 분류될 수 있는 것들이다. 앞서의 시조집이 '시조'라는 일정한 장르의 틀 안에서 변화를 모색한 작품들이라면 이 작품집에 수록된 시 작품들은 시조, 단시, 동시라는 다양한 장르를 시험한 결과물들이다. 또 하나,『청담집』은 시조에서 단시로, 단시에서 다시 동시로 장르적 분화를 거듭해 가는 과정을 엿볼 수 있다는 점에서도 특이점을 지녔다. 가령 다음과 같은 시는 시적 율격의 측면에서 시조보다는 단시로 옮아 가는 과정에 있는 작품이라 할 수 있는바, 이 작품은 뒤에 나오게 되는 동시들과도 율격이나 표현 면에서 친연성을 갖고 있어 주목할 만하다.

　　솟고 솟고
　　작고만 솟고

　　가득차면은
　　넘쳐버리고

　　넘쳐버리면

노래부르고

노래부르며
산길 떠나고

길을 떠나면
정처가 없네

——「洞泉」 전문(『청담집』 85면)

또 하나 주목할 것은 '동요'라는 장르 명칭을 명기한 작품들이다. 시
인 스스로 제목 옆에 '동요'라고 명기한 작품은 「동무」(1945. 5. 5),[15] 「시
계」(1945. 5. 8)[16] 두 편인데, 이들이 각각 정형 율격과 자유시형을 따로 구
사하고 있어 눈길을 끈다. 서로 각기 다른 형식을 차용한 두 작품의 출
현으로 미루어 보아 권태응은 이때부터 비로소 동시라는 장르에 관심
을 가지고 본격적인 탐구를 시작한 것이 아닌가 생각된다.

권태응은 이 시집에서 역시 자신이 몸소 보고 듣고 체험한 생활 주변
의 것들을 소재로 하여, 담담하면서도 솔직하게 자신이 관찰하고 생각

15 「동무」 전문은 다음과 같다. "앞뜰에 딸기가/익을 때 되면/작고만 우습게도/동무가
늘고,//뒷뜰에 대추가/빨아지면은/도모지 귀찮케도/동무가 느네."(『청담집』 90면)
16 「시계」 전문은 다음과 같다. "책상우/안즐뱅이 시계//싱거운 긴바늘이/짜른 바늘을
까려보고는/작고만 술네잡기 걸지요.//짜른 바늘이 아무리 다라나도/긴바늘이 성큼
붓들면/분해서 똑닥이며 울어대지요.//울면서도 술네잡기 재미가 있어/밤새도록 두
리서 뺑뺑 돌지요."(『청담집』 98면) 이상 두 작품을 보면 권태응은 아직까지 동시 장르
에서 자신의 장점과 개성을 충분히 확보하지는 못했던 것으로 보인다. 말하자면 이 시
기는 권태응이 동시의 유형과 특징을 탐색하며 습작을 시도하던 시기라 할 수 있다.

한 바를 시로 적었다. 작은 생명체들을 대하면서 갖게 되는 기쁨과 연민, 가족들에 대한 애틋함, 일하면서 살아가는 농부들의 모습과 춘궁기의 농촌 현실, 그리고 완치가 불가능한 병을 앓고 있는 환자로서 자신의 처량하고 괴로운 내면 등을 그렸다. 이 가운데는 징병을 가는 이웃을 소재로 한 다음과 같은 시도 있다.

힘끈이 조흔데다
꾀를 바수지않고
일도 잘 거둬주고
심부름도 잘 해주드니

이제
訓鍊所에 들어간다고

첨보는 洋服을 말짱이 입고
脚絆을 차고 戰鬪帽 쓰고
가□에는 墨痕이 □□하게
'廣昌奉德'이라 부터있었다

누가 썻는지는 못쟌었지만
'가갸'도 몰으는
그가 몹시 딱했다

난생 처음 써본다는

'치솔 치분'과

'왜비누' 한 장을

나는 싸주었다.

──「전별」(1945. 5. 1) 전문(『청담집』 73면)

담담하고 평이한 진술 속에 녹아 있는 시적 대상에 대한 연민과 시대
에 대한 비판적 시선이 참으로 인상 깊게 다가오는 시다.

『청담집』에는 단편소설 여덟 편을 모두 쓰고 나서 그 감회를 시로 쓴
「작품」[17]과 '작품 일지'[18]도 적혀 있다. 이를 보면 권태응은 1945년 4월
17일부터 27일까지 약 10일 동안 총 8편의 단편소설을 탈고한 것으로
파악된다. 병자의 몸으로 하루 또는 이틀 만에 소설 한 편씩을 쓴 셈인
데 그의 창작에 대한 열정이 얼마나 뜨거웠는지를 알 수 있는 대목이다.
덧붙여 그는 여러 경로를 통하여 속담을 조사하고 수수께끼를 기록하
고 심지어는 아내가 일상에서 무심코 쓰는 사투리까지 세세히 기록해
두는 태도를 보이기도 했다. 이 또한 작가로서 그의 성실한 면모를 확인
할 수 있는 자료라 하겠다.

---

17 「작품」 전문은 다음과 같다. "몇해동안 내머리속에/케케 묵어 익었든 것이/맛치 암
탉이 날마다/하나씩 알을 낫드시/머리에서 손을 통해/쏙쏙 나왔다네/닭알과 갓치/
깨끗치는 못했지만/생명이 그속에/잠겼으면 하였네//그러나 그나마도/몇개 쏘더놋
코나니/한참 동안은/나올 것이 없었네."(『청담집』 44면)

18 '작품 일지'라는 제목 아래 권태응이 기록해 놓은 내용은 다음과 같다. "① 4. 17 완
(2일간) 단편 「식모」, ② 4. 19 완(2일간) 단편 「청폐환(淸肺丸)」, ③ 4. 21 완(2일간) 단
편 「청자(靑磁)」, ④ 4. 22 완(1일간) 단편 「비창교향곡」, ⑤ 4. 23 완(1일간) 단편 「산울
림」, ⑥ 4. 24 완(1일간) 단편 「님자리」, ⑦ 4. 26 완(1일간) 단편 「새살림」, ⑧ 4. 27 완
(1일간) 단편 「우정」(이상 『청담집』 45면 참조)

4) 권태응 동시의 본격적인 출발점: 시집 『동천시집(洞泉詩集)』

『동천시집』은 해방 직전인 1945년 5월 9일부터 1945년 8월 11일까지 약 석 달 동안 총 330편의 시와 동시를 엮은 것이다. 『동천시집』은 5월 9일부터 6월 29일까지 쓰인 150편을 1권으로, 6월 30일부터 8월 11일까지 쓰인 180편을 2권으로 구분해 묶었다. 1권 150편의 작품 가운데 동시는 총 20편이며, 2권 180편 가운데 동시는 총 70편이다.[19] 그러니까 『동천시집』에 수록된 동시는 총 90편임을 알 수 있다. 권태응은 해방 이후가 아니라 이미 해방 전에 90편이 넘는 동시를 썼던 것이다. 권태응은 특히 6월 30일에서 8월 11일에 이르는 기간 동안 동시 창작에 매우 심혈을 기울였음을 알 수 있다. 이렇듯 앞서 확인한 작품집들과 다르게 『동천시집』은 동시 창작에 본격적으로 발을 들인 권태응의 모습을 살펴볼 수 있다는 점에서 큰 의미를 지닌 작품집이다. 앞서 언급한 바와 같이 권태응은 해방 직전인 1945년 8월 14일에 30편을 수록한 '동시집'을 엮게 되는데, 여기에 수록된 것이 확인되는 15편 가운데 12편은 모두 『동천시집』에 실린 작품에서 뽑은 것이다. 아마도 '동시집'에 실린 30편 거의 대부분이 『동천시집』에서 뽑힌 작품이 아니었을까 짐작된다.

『동천시집』의 표지에는 창작 연도가 '을유(乙酉)'라고 표시되어 있고 제목 '동천시집'과 함께 '태응'이라는 본명을 써 놓았다. 머리말에는 "만드는 시보다 스스로 흘러나오는 시에 주옥이 더러 섞여 있는 것 같"다라며 "요양에 얼마쯤 무리가 되어"도 정신을 집중해 "시뿐 아니라 동요고 소품이고 샘솟는 대로 적어보겠"다는 의지를 표명하고 있다. 이런 의지 표명은 앞서 살펴본 『청담집』에서의 태도와는 사뭇 구별된다. 『동

---

19 이는 작가 스스로 작품 제목 옆에 '동요'라고 명기한 작품의 숫자이고, 동시의 특성을 지닌 작품을 고르자면 더 많은 편수가 해당될 수 있다.

천시집』은 제목 그대로 '시집'의 성격을 분명히 한 작품집이라 할 수 있다. 머리말의 태도에서 보듯 시적 리듬을 다루는 기술이나 시적 대상을 포착하고 그것을 공감으로 이끌어 가는 솜씨는 이전의 시조집이나 문집에서의 작품들보다 더욱 향상된 느낌을 준다. 특히 권태응이 '동시'라 명명한 다음의 작품에는 이른바 어린이 독자를 향해 자신의 목소리를 조율한, 동시인으로서의 면모가 유감없이 드러나 있다.

오날은 할머니 제삿날
우리모다 새옷 갈어입고

애기는 머리가 노라니까
송화다식 하나
누나는 얼굴이 하야니까
녹마다식 하나
나는 목 뒤와 발바닥이
색카마니까
까막깨다식 두 개

어머니 보고
제사 지내기 전에
달래서 먹자.

—「다식」(1945. 5. 20) 전문(『동천시집』 46면)

이 작품을 쓴 닷새 뒤 권태응은 그의 대표작으로 삼아도 좋을 저 유명한「땅감나무」를 쓴다.

키가 너머 놉흐면,
까마귀 떼날너와 따먹을가바
키즉은 땅감나무 되엿답니다

키가 너머 놉흐면,
애기들 올너가다 떠러질가바
키즉은 땅감나무 되엿답니다

——「땅감나무」(1945. 5. 25) 전문(『동천시집』 83면)

이 작품은 뒤에 『소학생』 46호(1947. 5. 1), 1947년에 엮인 육필 동시집
『송아지』와 『하늘과 바다』, 1948년에 엮인 육필 동시집 『우리 동무』, 글
벗집판 『감자꽃』에 별다른 수정 없이 연이어 재수록된다. 그만큼 시인
이 애착을 가졌던 작품이라 할 수 있겠는데, 시적 완성도에서 흠결이 없
는, 동시로서는 매우 뛰어난 작품이라 하겠다. 『동천시집』에는 이 작품
말고도 뒤에 엮인 육필 동시집이나 글벗집판 『감자꽃』에 수록된 작품
들이 더 있다. 「담 너머 멀리엔」(1945. 7. 7), 「우리는」(1945. 8. 3), 「아버지
산소」(1945. 8. 9)가 바로 그것이다.

권태응은 『동천시집』 '뒷말(후기)'에 이렇게 적고 있다.

제1부 150편(그중 3편은 타작)은 거의 시작이지만 제2부 180편에서는 동
요가 대부분을 점하게 되었다. 이것은 나의 시작의 경향을 엿볼 수 있어 재
미있는 일이다. 첫째 건강상으로 보아 다음은 미흡한 재능으로부터. 마음은

두고 있고 장시가 없었음은 쓸쓸하다.

모든 작품을 순으로 따라 읽어 보면 나의 그날그날의 정신생활을 기록한 일기와도 같다. 그래 시 아닌 시도 있다. 단상도 있다. 감상도 있다. 여하튼 마음 솟는 대로 아무 계열도 없이 아무 통일도 없이 시재를 골랐지만 계절을 따라 변화하는 자연경관을 관찰한 바가 중심이 되고 여태껏 정적인 것을 면치 못했다.

제2부에 있어 동요가 많음은 작시하는 동안에 자연적으로 동요에 마음 쏠리게 된 탓에서다. 이제 또 앞으로 얼마 동안이나 동요에 열중케 되며 어떤 경향을 취하게 될는지는 내 자신도 모르겠다. 모든 예술에 있어 그렇지만 시작에 있어서도 체험(넓은 의미의 경험)이 필요함을 느끼겠으며 추억과 공상 등을 위주로 하는 작품은 절실미(切實美)라든가 신선미가 적음을 깨닫는다. 요양 중인 나는 생활 범위가 한정되고 요즘은 읽고 싶은 책도 맘대로 구하지 못하는 데다가 늘 흉병이 일진일퇴를 거듭하는 터이니까 걸작절창을 다출(多出)시킬 수는 없지만 한편 보통 세인이 갖지 못하는 내성적 □□가 나의 특징이기도 하겠으니 최선으로 이용하여 꾸준히 몇 해 동안이고 노력할 작정이다. (『동천시집』 212~15면)

이 글에서 알 수 있는바 권태응은 『동천시집』을 엮어 나가는 시기에 동시 장르에 더욱 깊은 관심을 기울이게 되었으며, 앞으로도 자신의 특장을 살려 동시 창작에 "꾸준히 몇 해 동안이고 노력"하리라는 다짐을 하고 있다. 즉 『동천시집』은 시조 장르를 탐색한 '『탄금대』 시기'와 시조, 단시, 동시를 함께 모색한 '『청담집』 시기'를 거쳐 동시 장르로 창작의 관심을 집중하게 되는 이른바 '동시로 가는' 시기적 특징을 고스란히 보여 주는 시집이다. 『동천시집』은 다시 말해 1944년부터 촉발된 시적 모색의 세 번째 단계이자, 1947년부터 꽃피기 시작하는 권태응 동시의 본격적인 출발지의 성격을 갖는다 하겠다.

『동천시집』은 이렇듯 동시의 본격적인 시발점이긴 해도 수록된 작품 가운데 주목할 시들 또한 적지 않다. 가령 '폐우'가 되어 도살장 앞에서 죽음을 기다리고 있는 젖소의 처지를 그린 「유우(乳牛)」(1945. 5. 17), 양반과 상민 출신이 서로 뒤엉켜 주먹다짐과 거친 몸싸움을 하는 모습을 그린 「싸움」(1945. 6. 7), 징병에 끌려가는 이웃집 청년의 모습을 그린 「이별」(1945. 7. 31) 등은 현실을 예리하게 포착하는 시인의 시선이 잘 드러난 인상적인 작품이다. 추억과 공상 등을 위주로 하는 작품은 절실함과 신선미가 떨어진다는 그의 지론을 스스로 실천이라도 하듯 권태응은 이들 작품에서 자신이 직접 듣고 보고 느낀 것을 사실적인 필치로 그려내고 있다.

끝으로 언급할 것은 『동천시집』 말미에 적혀 있는 '독서 일지'다. 앞의 『등잔불』에서처럼 권태응은 『동천시집』 말미에도 날짜별로 자신이 읽은 책들의 목록[20]을 꼼꼼히 적어 두었다. 독서 일지에는 1945년 5월 9일부터 8월 9일까지 약 석 달간 읽은 책들의 목록이 기록되어 있는바, 이를 보면 이전보다 '동시'와 관련된 서적들이 더 늘어난 것을 볼 수 있다. 당시 권태응이 동시 쪽에 상당한 관심을 기울이고 있었음을 방증하는 예다.

---

[20] 시 창작과 관련하여 참고했을 것으로 추정되는 책들의 목록만 밝히면 다음과 같다. 괄호 안의 날짜라는 읽은 날짜다. 『조선동요선집』(1945. 5. 9), 『윤석중 동요선』(1945. 5. 19), 『3인 시가집』(1945. 5. 20), 『현대서정시선』(1945. 5. 24), 『국민시인』 1, 2월 합본호(1945. 6. 5), 『詩と歌謠の作り方』(1945. 7. 13), 『백추시집』(1945. 7. 23), 동요집 『능금』(1945. 7. 24), 『동서명시선』(1945. 7. 24), 동요집 『어깨동무』 『윤석중 동요선』 (1945. 7. 25)(이상 『동천시집』 216~17면 참조)

5) 해방 전후 시작 활동에 대한 결산: 시가집 『탄금대』

1946년 6월 24일 엮인 시가집 『탄금대』는 앞에서 소개한 다른 작품집들과 달리 일종의 선집 성격을 지닌다. 즉 다른 작품집들이 서문에서 시작하여 일기를 써 나가듯이 한 작품 한 작품을 모아서 만든 작품집이라면, 시가집 『탄금대』는 그간 써 둔 작품들을 놓고 시인이 직접 자선(自選)하여 만든 작품집이라 할 수 있다. 표지에는 '시가집 『탄금대』'라는 제목이 쓰여 있고, 엮은 해를 의미하는 '병술(丙戌)'과 '권태응 저'라는 저자 이름이 쓰여 있다. 이 선집은 총 4부로 구성되어 있는데, 1, 2부에는 시나 단시로 분류될 작품이 각각 10편, 20편씩 총 30편이 실려 있고 3부에는 시조로 분류될 작품이 모두 10편, 4부에는 노래 가사로 분류될 작품이 5편 수록되어 총 작품 수는 45편이다. 수록된 작품이 창작된 시기는 1944년 3월 23일부터 1946년 6월 15일까지로, 앞서 엮었던 시조집이나 시집에서 뽑거나 다른 데다 써 두었던 것을 옮겨 적은 것으로 파악된다. 이 시집은 선집의 성격을 가지는 만큼 정서(正書)를 해서 보관하려 했던 것 같고, 글씨는 '오준(五俊)'이라는 이의 손을 빌렸다고 속표지와 후기에 기록되어 있다.

우선 1부에 실린 10편의 작품들을 보면 해방 전인 1945년 5월 1일부터 5월 22일 사이 쓰인 6편의 작품과 해방 후인 1945년 12월 9일부터 1946년 3월 28일 사이 쓰인 4편의 작품으로 나눌 수 있다. 해방 전의 작품들이 주로 동네 우물이나 봄의 정경, 호수, 한 줄기 길, 탕약 등 자연의 모습이나 시인의 생활 주변의 사물들을 다룬 시들이라면 해방 후의 시들은 「야학」 「감방」 「우민(愚民)」 「찾는 길」 같은 제목에서 보듯 당시 시대상황이나 해방 직후 열린 야학의 모습, 일제 때 겪었던 시인의 감옥 체험 등을 그리고 있다. 소재가 소재이니만큼 해방 전의 작품들보다 해방 후의 작품들이 더욱 사변적이고 무거운 분위기를 띠고 있는데, 그것을 반영하듯 시어들 또한 딱딱한 관념어나 한자어가 많이 쓰인 것을 알수 있다. 그러나 해방 전후에 쓰인 이 시들은 모두 시적 기교나 리듬의 활용 면에서 다소 투박하고 미흡한 모습을 보여 준다.

달리 보면 긴 호흡으로 진행되는 시가 권태응의 체질에는 어울리지 않았던 것도 같다. 그런 생각을 해 볼 수 있는 근거가 바로 2부에 실린 단시들이다. 이 단시들은 시가집 『탄금대』에서 가장 많은 수를 차지하는 작품들로 1944년부터 진행된 권태응의 시적 탐색에서 그만큼 중점을 두고 노력했던 영역이 아니었나 생각한다. 이들은 1부의 시들에 비해 말 그대로 길이가 짧고, 대개 소품이라 이를 만한 시들이다. 그럼에도 시가 주는 감흥이나 시적 여운이 결코 가볍거나 얕다고 볼 수만은 없는 작품들이다.

> 흔것도 새것이였지요
> 새것도 흔것이되지요
>
> ——「흔것」(1945. 7. 19) 전문(『탄금대』 33면)

> 소리개가 날러간다
> 그림자도 날러간다
>
> 병아리가 도망간다
> 그림자도 도망간다
>
> ——「즘심때」(1945. 7. 24) 전문(『탄금대』 35면)

매미가 우네
나무가 우네.

매미가 우네
바람이 우네.

—「매미」(1945. 8. 9) 전문(『탄금대』 35면)

　권태웅은 이런 단시 형태에서 득의의 영역인 동시의 씨앗을 발견하고, 그 세계를 꾸준히 발전시켜 나갔던 것이 아닐까 생각한다. 1부에 실린 시나 3부에 수록한 시조에서도 시인으로서의 자질이 전혀 발견되지 않는 바는 아니지만, 권태웅은 무엇보다 간결한 시형과 단순 소박한 언어에서 울려 나오는 시적 울림을 자신의 가장 친근한 자산으로 여기고 그것을 발전시켜 나간 것으로 보인다. 그가 이 시가집을 엮고 난 1년 뒤부터 오로지 동시에 매진하게 되는 것은 어쩌면 필연적이며 자연스러운 귀결이었다.

　4부에는 전술한 것처럼 '노래 가사'용으로 지은 민요풍의 시 한 편과 일종의 행사시 세 편이 실려 있으며, 더불어 다음과 같은 자전적 시가 한 편 실려 있어 눈길을 끈다.

서울은 五年동안 工夫하든 곳
下宿에서 공연히 집생각나서
남몰래 똑한번 눈물졌든곳

서울은 五年동안 工夫하든 곳

목이패고 키크고 몸이부러서

해마다 새洋服 마춰입든곳

서울은 五年동안 工夫하든 곳

낡은 歷史 고요히 한숨내쉬고

廢墟엔 버레가 슬피울든곳

서울은 五年동안 工夫하든 곳

모르는새 가삼속 불이붙고는

빽돌른 山마닥 올러갓든곳

—「서울」(1945. 5. 21) 전문(『탄금대』46~47면)

이 시가 쓰인 것은 해방 전인 1945년 5월 21일이다. 시인의 경성고보 시절을 그린 작품으로 짐작되는 이 시에는 지나간 학창 시절에 대한 그리움과 함께 망국의 슬픔을 속으로 삭이며 살아야 했던 시인의 비애가 서려 있다. 한 치 앞을 헤아릴 수 없는 상황에서도 여전히 그는 청춘 시절에 품었던 "가삼속 불"을 간직하고 있었던 것이다. 이런 모습 또한 무엇보다 '권태응다운' 모습이었다고 생각한다. 그가 맨 처음 시도했던 시조에서나 단시, 그리고 동시로 이어지는 시적 모색의 과정에서 그의 이런 시적 태도는 변함이 없이 한결같은 기조를 유지했기 때문이다.

서투르나마 나에게는 나의 시가 있을 것을 나는 믿는다. 그리고 이 시가 나의 개성 그것의 세련된 '엑기스' 될 날이 있을 것도 나는 믿는다. 4부로 된

이 책은 나의 숨김없는 모습일 것이다. (『탄금대』 1면)

시인이 '머리말'에 적어 둔 문장이다. 이런 발언은 권태응이 시인으로서 당시 도달한 자신의 위치를 규정한 발언일뿐더러 그가 앞으로 도달할 미래를 예언한 발언이기도 했다. 말하자면 시가집 『탄금대』의 수록작들은 다듬어지지 않고 아직 완성되지 않은 권태응의 현재였을뿐더러 그가 도달할 시의 미래를 담지하고 있는 '진수'이기도 했던 것이다.

3. 유작들이 가지는 의미: 결론을 대신하여

이상으로 해방 전후 권태응의 시작 활동을 파악할 수 있는 유작들을 살펴보았다. '해방기의 동시인'이라는 수식어가 붙을 정도로 해방 이후부터 동시를 썼다고 알려졌던 권태응은 해방 전부터 시조, 시, 동시 등을 섭렵하며 꾸준한 시작 활동을 했음이 확인된다.

권태응의 시작 활동은 매우 왕성했다. 그는 두 달 만에 400편이나 되는 시조를 쓰기도 했으며, 석 달 남짓한 기간에 330편이 넘는 많은 시를 쓰기도 했다. 암흑기로 일컬어지는 일제 말기, 결핵을 앓는 몸으로 매일매일 시 쓰기에 열정적으로 매진한 결과였다. 그는 시조에서 단시로 단시에서 다시 동시로 끊임없이 자기의 시 세계를 심화하며 정련해 갔다. 이런 의미에서 해방 전후 권태응의 시작 활동은 해방기 권태응이 도달했던 동시를 형성한 중요한 과정이었다고 할 수 있다.

권태응이 시조를 통해 맨 처음 시작에 발을 들일 때 우리 시단은 이미 서구시적 전통이 우위를 점한 시기였다. 그럼에도 시조 창작으로 시작 활동을 시작했다는 것은 예사롭지 않다. 권태응에게는 무엇보다 '우리 것'에 대한 남다른 애착과 자각이 있었다고 볼 수밖에 없다. 그는 서구 시적 전통이나 기법을 익히기보다 우리 전통에 기대어 우리 정서와 어법, 호흡에 맞는 우리 시를 새롭게 창안하고 개선해 가는 길을 택하고자 했던 것이다.

그는 시조라는 장르로 시작 활동을 시작했지만 자연관조나 음풍농월의 세계로 흐르지 않았다. 자연물을 소재로 하더라도 어디까지나 삶에 굳건히 뿌리를 둔 문학을 시도했다. 그는 공상이나 추억보다 눈앞에 벌어지는 현실, 지금 현재의 삶에 주목함으로써 진실하고 실감 있는 시를 쓸 수 있다고 믿었기 때문이다. 그는 결핵 환자로서 운신의 폭이 제한된 처지였다. 오로지 자신이 거처한 공간을 중심으로 자신이 보았던 것, 들었던 것, 체험했던 것만을 그릴 수밖에 없었다. 그러나 그 제한된 공간 안의 것들을 그린 시들은 정감 있으면서도 매우 신선한 맛이 있다. 그의 언어는 쉽고 단순하면서도 구체적이다. 그 저변에는 사물을 예리하고 꼼꼼하게 살피는 시인의 예민한 관찰력이 자리하고 있다.

시조에서 단시로 단시에서 동시로 이어지는 새로운 시형의 탐구 역시 단순한 시 형식의 실험이나 변모에서 그친 것이 아니다. 그것은 내용과 형식이 합치되는 양식으로서의 시를 추구하는 과정이었다. 시의 형식적 탐구의 측면에서도 해방 전후 그의 시작 활동은 중요한 의미를 내포하고 있다고 판단된다.

태평양전쟁의 막바지에서 해방기에 이르는 시기까지 끊임없이 시작 활동에 매진했던 권태응은 어두운 시대의 압박에도 굴하지 않고 '기록하는 자'로서의 충실한 면모를 보여 준다. 그가 남긴 작품은 우리의 정서를 환기할 뿐 아니라 시대의 아픔과 슬픔을 생생히 증언하는 사료적 가치 또한 지니고 있다.

　권태응이 남긴 해방 전후의 미간행 작품집들은 거기 수록된 작품만으로 의미를 지니지만 작품 앞뒤에 붙은 서문과 후기 또한 중요한 가치를 띤다. 서문과 후기에는 권태응의 문학관이나 지향점이 자연스레 녹아 있다. 또한 창작하는 동안 안팎에서 겪은 시인의 고뇌와 내밀한 속내가 속속들이 드러나 있다. 이 자료는 앞으로 권태응 문학을 파악하는 데 귀중한 역할을 해 주리라 기대한다. 아울러 권태응이 기록해 둔 독서 일지 또한 앞으로 작가의 영향관계를 파악하는 중요한 단서가 될 것이라 생각한다.

　이 논문은 권태응이 남긴 유작들의 대강을 소개하는 목적에서 작성된 글인바, 앞으로 각 자료들에 대한 개별적 분석과 탐색이 더욱 본격적으로 이루어져야 하겠다. 그러한 작업은 차후를 기약하고자 한다.

'어린 민중'의 발견과 서정성의 구현

정세기론

1. 들어가며

정세기(鄭世基, 1961~2006) 시인은 전남 광양에서 태어났다. 서울교대를 졸업하고 서울 장평초등학교에서 교직의 첫발을 내딛은 이후로 서울, 경기 지역의 초등학교에서 아이들을 가르쳤다. 그가 문단에 얼굴을 내민 것은 1989년 무크 잡지 『민중시』 5집을 통해서다. 그는 이 잡지에 「고모님전 상서」 등을 발표하면서 작품 활동을 시작했다. 1989년 전국교직원노동조합 결성 이후 조직된 교사문인들의 단체인 교육문예창작회에 가입해 활동했고, 『어린 민중』(푸른나무 1992), 『그곳을 노래하지 못하리』(내일을여는책 1994), 『겨울산은 푸른 상처를 지니고 산다』(실천문학사 2002) 등 세 권의 시집을 냈다.

그는 교육문예창작회에서 교사 시인으로 활약하는 한편, 초등 교사들을 중심으로 전개되던 '삶의 동화 운동'에 참여하여, 동화를 쓰기도 했다. 그가 본격적으로 동시를 쓰기 시작한 것은 월간『어린이문학』이 창간된 1998년 이후였다. 그는『어린이문학』에 동시와 동시평을 발표하며 동시에 애정을 보였고, 이후 창간된 계간『창비어린이』와 무크『우리 어린이문학』등에 여러 편의 동시를 발표하며 동시인으로서 입지를 다졌다. 그는 2006년 1월, 약 7~8년간 창작한 동시들을 모아 한 권의 동시집을 엮는다.『해님이 누고 간 똥』(창비 2006)이 그것이다. 그는 그해 9월 지병인 뇌종양이 악화되어 만 45세의 이른 나이에 세상을 떠났다.

정세기 시인은 1989년에서 2002년에 이르는 기간 동안 세 권의 시집을 상재하면서 성인시인으로 자신의 시 세계를 확고히 한 시인이다. 그러나 그가 동시 창작을 시작한 것은 시를 창작한 시기보다 훨씬 뒤의 일이고, 또한 갑작스럽게 닥쳐온 죽음 때문에 그 기간이 그리 길게 지속되지는 못했다. 그런 이유에서 그는 자신의 동시 세계를 확고히 다지지는 못했다고 생각된다. 그러나 그가 보여 준 동시 세계는 2000년대에 전개된 우리 동시의 흐름에 기여한 바가 있었으며, 그런 성과는 그가 성인시에서 이룩한 성취와도 일정 부분 연결되는 지점이 있으므로 주목을 요한다.

이 자리에서는 정세기 동시를 이루는 배경과 그의 동시가 이룩한 성과와 한계를 간략하게 살펴보려 한다.

2. 정세기 시의 조건: 민중성과 생태학적 상상력

정세기 동시를 온전히 파악하기 위해서는 우선 그가 동시를 쓰게 된 배경을 살펴보는 것이 필요할 듯하다. 그 배경은 두 가지다. 하나는 그가 애초 '민중시'를 쓰던 시인이었다는 점이며, 또 하나는 그가 초등학교에서 아이들을 가르치는 교사였다는 점이다. 이 두 가지 요소는 그의 동시를 배태한 주요한 토양이었다.

우선 시인으로서 그가 지니고 있던 조건들을 탐색해 보자. 그가 등단한 1980년대 후반은 우리 시단이 사회성을 최대한 담아내려고 애쓰던 시기다. 이 시기에는 시가 이른바 시대와 사회의 반영물이라는 인식이 시인이나 독자에게 보편적으로 받아들여졌다. 1980년대가 '시의 시대'라는 말은 그러한 분위기와 연관이 있다. 광주민주화운동을 총칼로 진압하며 등장한 신군부의 탄압에 맞선 시민들의 지속적인 저항은 마침내 1987년 6월 항쟁의 불길로 타올랐고, 산업화가 본격적이고 전면적으로 대두되면서 성장한 노동자들의 각성은 민중시, 노동시의 등장과 확산을 불러왔다. 봇물처럼 쏟아지는 그런 시들을 담아내는 매체로서 동인지 및 무크가 활발하게 발간되었다. 정세기는 이러한 1980년대 시단의 특징을 고스란히 받아 안은 시인이었다.

1980년대 후반 등장한 시인으로서의 그의 면모를 몇 가지 키워드로 정리한다면 우리는 '전교조 운동' '민중시' '무크' 같은 말들을 떠올려 볼 수 있다. 그는 1980년대 시적 분위기가 낳은 누구도 부인할 수 없는 '민중시인'이었던 것이다. 이것을 더 구체적으로 살펴보기 위해서는 『민중시』 5집에 발표한 그의 등단작을 살펴보는 것이 유용하리라 본다.

아버님 돌아가셨을 적에
삼십 리 돌자갈 길을 맨발로 달려와
날 데려가소 소리치며 자지러지시더니
그렇게 아우님 둘 자식 둘을 먼저 보내시고

지난 여름 막내 고모님 떠나실 적엔

내가 죄인이제 죄인이여

죄진 적 없는 사슴은 한평생 오래 사시는 것이 죄스러워

스미치온 농약으로 목숨 끊으려 하셨나요

고모님 생각나세요

모진 바람이면 바람으로 먹장구름이면 구름으로

슬픔 누이고 떨쳐 일어섰던 당신의 생애

(…)

호적에나 있는 당신의 이름

불러 줄 사람도 없는 쓸쓸함으로 고향산천에 묻히려 하신 건가요

남들은 잘도 피해 가던 세상의 궂은일

큰 난리 있을 적마다 당신 마음의 밭뙈기는 우르르 무너지고

천수답 씨나락은 홍수에 떠밀려 갔지요

고모님

오래 사시라는 말이 차라리 불효가 된다면

일부러 목숨 끊어 우리들의 큰 기다림 등지지는 마세요

　　　　　　　　　　　　　　　　—「고모님전 상서」 부분

　이 시의 시적 화자는 굴곡진 생애를 살며 온갖 "세상의 궂은일"을 다 겪은 "고모님"이 '농약'을 마시고 목숨을 끊으려 했던 기막힌 현실을 제재로 하고 있다. 그는 "사랑하는 아우님 둘 자식 둘을 먼저 보내시"고 억척스러운 삶을 살아 낸 고모의 생을 애절한 어조로 회상한다. 그 진술 속에서 우리는 고모가 억척스러움만이 아니라 다정다감함으로 손아래 식솔들을 다독이는 크고 소중한 존재였다는 것을 알게 된다. "남들

은 잘도 피해 가던 세상의 궂은일"을 온몸으로 받아 가며 꿋꿋한 생을 살아 냈던 고모는 그러나 고단한 생을 "스미치온 농약"으로 마감하려 했다. 시적 화자는 고모의 그런 모습을 시종 따스하고도 안타까운 시선으로 노래한다. 이 시에서 우리는 시인이 추구하는 시의 방향이 뿌리 뽑힌 민중의 삶에 대한 곡진한 헌사(獻辭) 쪽에 놓여 있었음을 확인하게 된다.

정세기가 이 작품으로 시단에 등장하던 시기는 마침 전교조가 출범하던 시기였다. 1980년대 후반 결성된 전교조는 1980년대 진행된 민주화운동의 확산과 밀접한 연관을 지니면서, 해방 이후 점철된 우리 교육의 모순이 일순간에 폭발한 일대 사건이었다. '민중시인'이라는 분명한 지향점을 지니고 있었던 그가 전교조 운동에 몸을 담은 것은 자연스러운 귀결이었다. 그러나 그 길은 결코 순탄하지 않았다. 전교조는 출범과 동시에 정부에 의해 불법단체로 낙인찍히며 곧 1,500여 명에 가까운 전교조 가입 교사들이 강제 해직된다. 정세기는 군대문제가 걸려 외면상으로 전교조를 탈퇴하지만, 학교 현장에서는 여전히 전교조 활동에 열의를 다했다. 그가 전교조 소속 교사 시인들이 중심이 된 교육문예창작회에 가입하여 활동하게 된 것도 당연한 수순이었다.

나는 오늘도 교실로 갑니다
아무도 밟지 않은 새벽 눈길을 걷듯
정갈한 마음으로 갑니다
옮기는 걸음마다 아이들의 해사한 얼굴
조국의 미래를 생각합니다
심고 가꾸는 대로 거두게 될 저들이기에

한 알갱이 한 톨도 소중히 여기는
농부의 마음으로
내 육신 벼리고 벼려
잘 드는 삽날이 되어 꼿꼿이 갑니다

　　　　　　　　　　　　　　　　—「교실」부분

　이 시는 전교조 운동이 한창 핍박을 받던 때, 그 운동의 대열에 서서
참교육을 실현하려던 교사 시인 정세기의 육성이 그대로 드러난 시라
할 수 있다. 시 전체를 지배하는 분위기는 결연함과 비장함이다. 그러나
이러한 시적 분위기는 그 결연함과 비장함 때문에 오히려 다소 과장된
포즈로 읽히는 면이 없지 않다. 이 시에서 아이들의 얼굴을 마주 대할
때마다 "조국의 미래를 생각"하고 "잘 드는 삽날이 되어 꼿꼿이" 가겠
다고 진술하는 것은 시 내부에 도저한 시정신의 건강성에도 불구하고
관념적이라는 혐의를 온전히 벗지 못한다.
　그러나 진보적인 교육운동의 한복판에서 민중시 계열의 작품을 지향
하는 그의 시가 모두 이러한 면모를 지닌 것은 아니다. 그는 교단에서의
체험을 바탕으로 자신이 가르치는 소외계층 아이들의 삶을 구체적인
언어로 그려 냄으로써 민중시의 새로운 차원을 보여 주기도 하였다.

부르기 좋아 꽃집 아이
길모퉁이 가판대에서 꽃을 파는
네 이름은 김상년
아이들이 쌍년이라고 놀려 대도
아무렇지도 않은 듯 한번 보고 마는

너는 구구셈도 한글도

제대로 몰라 더듬거리지만

꽃 이름 하나는 잘도 외지

—「꽃집 아이」 부분

쓰기 시간에 '어머니'를 글감으로 주었더니

풋콩 두어 되 깻잎 서너 단을

시장 바닥에 놓고 앉아 있을

할머니를 생각하며 열심히 공부한다는

그의 글을 통해 나 비로소 알았네

도무지 어린애답지 않은 조숙함

누구도 따를 수 없는 착한 마음이

슬픔이 키운 심성이라는 것을

—「슬픔의 힘」 부분

　정세기 시인은 서울 변두리 학교를 전전했다. 이것이 그의 자발적
인 선택인지 전교조 활동에 대한 교육당국의 부당한 조처 때문인지는
알 수 없지만, 그는 그런 서울의 가난한 지역의 학교들에서만 근무하며
'민중의 자식들'인 아이들의 삶을 줄곧 만나게 된다. 그 아이들을 일러
시인은 '어린 민중'이라 명명한다. 정세기 시인이 쓴 '어린 민중'이란
말 속에는 어린이 또한 현실에 발을 디딘 채 살아가는 고단한 민중이라
는 의미가 내포되어 있다. 어린이는 미숙한 존재도 아니며 현실과 동떨
어져 살아가는 존재는 더더욱 아니다. 그러기에 시인은 서울 변두리 학
교에서 마주친 아이들의 가정사에서 뿌리 뽑힌 삶을 살아가는 민중들

의 얼굴을 읽어 내려 하였다. 꽃집 아이 김상년을 비롯해 조손가정에서 할머니 손에 자라며 나이에 어울리지 않게 조숙해져 버린 반 아이의 모습은 단순한 아이의 모습이 아니라 소외된 민중의 얼굴을 하고 있다. 시인은 그런 '어린 민중'들을 안타깝고도 따스한 시선으로 어루만진다.

숙제 안 했다고 매 맞고
떠들었다고 벌받고
키 작다고 놀림받고
친구도 없이 혼자 노는 아이야
시험 못 봤다고 꾸중 듣고
학원에 안 갔다고 따귀 맞고
벽담에 기대어 혼자 우는 아이야
앉은뱅이꽃을 보아라
한 생애 사는 동안
제 생명에 온당한 꽃
피울 날 있음을
자주꽃빛 속 네 꿈을 보아라

——「앉은뱅이꽃」 전문

그러나 시인이 감싸려 한 이 어린 민중이 현실을 살아가는 모든 어린이의 모습을 온전히 대변하고 있는지는 재고할 문제다. 이런 소재의 시들은 대개 시적 화자가 어린이 자신으로 등장하지 않고 시인 자신으로 짐작되는 어른으로 등장하는 특징을 보인다. 어린이는 스스로 목소리를 내는 존재가 아니라 어른의 시선으로 관찰되는, 선별된 '타자'의 위치에 머무르고 있는 것이다. 거기에는 "50명 아이들 좁은 교실에 가둬 놓고/줄 맞춰라 움직이지 마라 조용히 해라/끊임없이 잔소리 해 대는" 자신을 "반생명의 얼치기 감독"이라 칭하는 시인의 자의식이 투영되어 있다.

그러나 이러한 그의 민중적인 세계관 속에 숨어 있는, 놓쳐서는 안 될 한 가지 요소가 있다. 그것은 시인이 바로 어린이만이 가진 생기를 분명히 인식하고 있었다는 점이다.

> 내가 이런 생각을 하는 동안에도
> (…)
> 우리반 까불이 인수와 규선이
> 내 눈길 피해 복도로 뛰쳐나가고 있으니
> 밖으로 흘러넘치는 저 싱싱한 기운을 좀 보아
> 어찌할 수 없는 생명력을 보아
>
> ──「비둘기」 부분

고영직은 시인의 두 번째 시집 『그곳을 노래하지 못하리』 발문에서 얼핏 비참하고 고단한 민중의 삶을 비장하게만 그렸을 것 같은 정세기의 시가 실은 삶을 긍정하는 언어들로 가득 차 있음을 지적하며 시인을 일러 '따뜻한 낙관주의자'라 명명한다. 고영직의 표현대로 정세기 작품에서 우리가 눈여겨봐야 할 것은 바로 '푸른 생명력에 대한 예찬' 바로 그것이다. 이 시에서 보듯 시인은 아이들 속에 내재된 "어찌할 수 없는 생명력"에 감탄을 보낸다. 그가 전교조 운동을 하는 교사로서 우리 교육의 왜곡된 현장을 고발함과 동시에 이 사회를 살아가는 민중들의 슬픈 삶의 양상을 그려 낸 것은 어찌 보면 아이들이 생래적으로 지니고 있는 이런 생명력을 지키려는 몸부림이 아니었을까?

1990년을 전후로 급속하게 진행된 사회주의권의 몰락 이후 진보 진영은 일종의 동요를 겪는다. 1980년대 민주화 요구와 함께 봇물처럼 터져 나왔던 민중시에 대한 관심 역시 사그라들었다. 이러한 사회적 변화는 시단에도 영향을 주어 그간의 시적 성과물에 대한 비판의 계기가 조성되기 시작했다. 그동안 매진했던 진보적 이론과 실천이 생산의 패러다임에 붙잡힌 채 인간만을 위한 진보의 세상을 건설하고자 한 데 대한 근원적 비판이 제기되면서 근대의 자본주의적 물신화의 삶을 넘어선 '생태학적 상상력'이 대두되기 시작했다. 이 시기는 정세기 시인이 등단을 해서 첫 시집과 두 번째 시집을 발간했던 시기와 겹친다. 그가 본격적인 습작을 시작했을 1980년대 중반부터 등단을 한 1989년까지가 이른바 민중시의 시대였다면 그의 두 시집들이 상재되는 시기는 이른바 민중시에 대한 자기 성찰의 움직임이 일기 시작하던 때이다.

그의 두 시집은 새로운 시적 모색기 혹은 새로운 과도기라 할 수 있는 1990년대 초반의 시단의 흐름을 반영한다. 정세기의 시에는 1980년대 분출되어 나온 민중시적인 단호함이 내재되어 있는데 다른 한편에서 생태학적 상상력에 입각한 시들이 여럿 등장한다. 그러나 그가 보여 준 생태주의적 관심은 단순히 민중시와의 대척점에서 새롭게 솟구쳐 나온 것이라고 볼 수는 없다. 그것은 이미 민중시 내부에 잠재되어 있던 싹이었기 때문이다. 앞서 말한 대로 그의 민중시는 자연스러운 생명을 억누르는 세력에 대한 저항의 몸짓에서 촉발된 측면이 강하다. 물론 그런 행보가 시적 완성도나 감동의 깊이 면에서는 모두 일정한 성취를 거둔 것은 아니었다. 주관적 의도가 앞선 탓에 목소리는 높지만 울림은 얕은 시를 동어반복의 형태로 보여 주는 예를 적지 않게 노출하기도 했던 것이다.

그러나 세 번째 시집 『겨울산은 푸른 상처를 지니고 산다』에 오면 그 면모는 사뭇 달라진다. 이 시집에서는 이른바 앞 시기에 볼 수 없었던 시적 완숙미를 갖춘 시들이 고르게 실려 있다. 우리는 그의 시에서 사물을 단지 예각적으로 바라보기보다 좀 더 부드러워지고 웅숭깊어진 시선을 느끼게 된다.

> 벚꽃은 피어 흐드러지지요
> 은어 떼는 팔딱팔딱 튀어오르지요
> 바윗돌 엉덩짝에 물살이
> 찰싹찰싹 달라붙지요
> 왕대숲엔 죽순이 쑥쑥 뻗어오르지요
> 살랑살랑 부는 실바람을 휘감고
> 능수버들 가지는 자지러지는데요
> 아 요 미칠 것 같은 봄날에 마주친
> 어느 흠 많은 생인들
> 서로의 눈에 설레는 꽃빛으로
> 눈부시지 않을 도리가 있나요
>
> ―「쌍계사 가는 길」 전문

이러한 시를 두고 현실을 외면한 결과라 단정하는 것은 성급한 판단일 것이다. 그의 이전 시들이 현실의 겉면만을 거칠게 혹은 뜨겁게 노래한 것이라면 이 시는 그런 것에 가려져 있던 심상한 자연 풍경과 이웃의 삶을 경쾌하고도 다정다감하게 어루만지고 있기 때문이다. 이런 변화는 무엇에 기인하는 것이었을까.

엄동설한에도
탈 없던 몸이
봄 되어 날씨가 풀리니
고뿔에 걸려 넘어진다
향기만 좇아 할랑대는
마음 붙들어 두려고
몸이 앓는다
가슴에 붙은
불, 혹 꺼 버린다
이제 내게 오는 세월은
無, 덤이라 해도 좋으리

―「불혹의 문턱에서」 전문

이 시를 쓸 때 시인은 심근경색이라는 병을 앓고 있었다. 그는 두 번
의 심장 수술을 받고 요양을 위해 일터 또한 서울에서 경기도 신도시로
옮겼다. 마흔을 갓 넘긴 나이에 받게 된 두 번의 큰 수술로 그는 삶과 죽
음에 대한 인식을 새롭게 했던 것 같다. 그는 하찮은 주변 사물에 대한
세심한 눈길과 애착을 보내는 동시에 혹시 닥쳐올지도 모를 자신의 죽
음을 담담한 시선으로 응시하려는 몸짓을 보인다.

슬픔이 끌어 산으로 간다
살 저미는 아픔에 겨워 산도

어디론가 떠날 채비 중이다

바람에 갈무리한
견고한 영혼의 무게를 지니고
거리에서 쫓겨난 햇살과 별빛을 품고
맑은 물소리로 나를 씻어 준다

산도 나도 상처는 깊어
서로의 상처에 기대면
내 가슴에도 새겨지는 나이테
아픔이 내게로 가는 길을 연다

나무 속으로 나를 밀어넣는다
누구도 넘보지 않고 육탈한 몸
슬픔을 끌고 따뜻한 겨울잠에 든다
상처만이 푸르게 깨어 있다.

―「겨울산은 푸른 상처를 지니고 산다」 전문

　　그의 세 번째 시집에는 큰 병을 앓고 난 뒤 바라본 자연과 세상의 모습이 포착되어 있다. 시집의 해설을 쓴 김진경은 그것을 일러 '몸이 바라보는 풍경'이라 했다. 우리는 이것을 병인(病人)이 투병의 체험에서 자연스럽게 갖게 된 '생태학적 상상력'이라 불러도 좋으리라 생각한다. 부당한 억압과 왜곡된 현실에 대한 저항과 분노의 시선으로 충만했던 시인의 내면은 죽음의 경계를 경험하고 난 뒤 어둡고 비관적인 언어에서 벗어나 세상사를 한층 여유 있고 너그러운 시선으로 살피며 작고 여린 생명체들에 대한 따스한 사랑의 언어를 더욱 적극적으로 모색하기 시작한다. 그것은 현실을 회피하거나 초월하려는 몸짓이 아니라 세상 아래로 더 내려가 그 밑바닥에 있는 것들을 진심으로 껴안으려는 몸짓이었다.

시인은 아픈 몸으로 바라보는 풍경을 단정한 기품이 돋보이는 언어로 차분하게 그려 낸다. 이는 초기에 보여 주었던 격정적인 말들을 넘어서는 새로운 힘을 지니고 있다. 이전 작품의 언어가 '충분히 발효되지 못한, 뜨거운 말들'에 가까웠다면, 세 번째 시집에 나타난 시편들은 하나하나가 단단한 차돌처럼 맑게 빛나는 품격을 지니고 있다. 그의 시는 세 번째 시집에서 비로소 완성된 느낌을 준다.

이상 정세기 시가 가지는 특징을 그것이 쓰인 시간의 경과에 따라서 대략적으로 살펴보았다. 그렇다면 이러한 그의 시가 가지는 특징은 그의 동시와 어떤 연관이 있을까? 이제 그가 쓴 동시를 살펴볼 차례다.

3. 정세기 동시의 성격: 서정성의 구현과 미완의 동심 탐색

정세기 동시에 접근하기에 앞서 그가 어떤 계기로 동시를 쓰기 시작했는지를 좀 더 구체적으로 살펴보자.

정세기가 동시를 본격적으로 쓰기 시작한 것은 1990년대 후반이었다. 전술한 바와 같이 1990년대 초반 그는 교육문예창작회 초등분과에서 삶의 동화 운동에 참여하였다. 그는 「진돗개와 다람쥐」 「들쥐들의 반란」 「아버지의 훈장」 등의 동화를 발표한다. 당시 동화가 동심주의에 함몰되어 아이들의 현실을 도외시할 때, 삶의 동화 운동은 소외받는 아동 현실에 전폭적인 관심을 표명하였다. 정세기의 동화도 바로 그런 유형에 드는 작품이다. 삶의 동화 운동에 입각하여 쓰인 동화들은 주로 농촌과 도시 변두리에 살아가는 가난한 아이들을 주인공으로 하여 왜곡된 교육 현실과 사회 현실을 비판하는 내용들을 담았다.

하지만 이렇게 산출된 작품들은 대개 이념성이 앞섰을 뿐 그것을 뒷받침할 문학성은 소홀하게 취급됨으로써 일정한 한계를 노출하게 된다. 문학성이 소홀하게 취급되었던 원인 가운데 하나는 아무래도 동화를 창작하는 이들이 주로 진보적 교육운동에 참여한 현장 교사 출신의 아마추어 작가들이었기 때문이 아닐까 한다. 그들은 동화가 가지는 이야기의 재미를 우선 탐구하기보다 사회 비판적인 내용을 전달하기에 급급한 경우가 적지 않았다. 공식적으로 등단한 시인으로서 정세기는 분명 그런 작가들과 구별되는 지점이 있었다. 하지만 그 또한 삶의 동화가 내세우는 이념성의 한계를 온전히 넘어설 수는 없었다. 이후 삶의 동화 운동은 1990년대 중반을 거쳐 아동문학에 대한 새로운 관심이 대두된 90년대 후반에 이르기까지 자기 성찰과 암중모색의 과정을 거쳐야 했다. 정세기 또한 삶의 동화를 써낸 교사로서 그러한 운동의 부침 과정을 그대로 겪는다.

그런데 1990년대 중반부터 우리 아동문학은 새로운 패러다임을 맞이하기 시작한다. 아동문학의 르네상스가 찾아오기 시작한 것이다. 새로운 이야기에 대한 독자들의 갈망은 새로운 이야기를 써내려는 작가들의 출현을 불러왔다. 이 시점에서 1998년 잡지 『어린이문학』이 창간된다. 이 잡지는 애초 진보적 아동문학인들의 단체인 한국어린이문학협의회의 기관지 성격을 띠고 발행되었지만, 사실 그 중심에 서 있던 것은 새로운 이야기를 써내려는 신진 작가들이었다. 이 잡지의 책임편집을 맡은 이는 다름 아닌 이재복이었는데 그는 교육문예창작회 초등분과를 이끌었던 주요 멤버 가운데 한 사람이었다. 이재복은 정세기의 서울교대 선배로서 둘은 교육문예창작회 초등분과가 벌인 삶의 동화 운동에 함께 참여한 인연이 있었다. 정세기는 이재복이 주관하는 『어린이문학』의 출현을 반겼고, 그 잡지 지면에 처음 동시를 발표했다. 아동문학의 새로운 부흥기라 일컬어지는 2000년을 전후로 한 시기는 동화의 시대였다. 동화에 비해서 동시는 여전히 주변부에 머물고 있었지만 정세기의 동시에 대한 애정은 오히려 깊어진다. 그 애정은 그가 뇌종양으로 세상을 뜨기까지 지속되었다.

그렇다면 정세기 동시는 어떤 특징을 지니고 있었을까? 그것을 살펴보려면 우리는 그가 생전에 단 한 권 남긴 동시집 『해님이 누고 간 똥』을 읽어 볼 필요가 있다. 안타깝게도 출간된 지 만 4년이 넘도록 이 동시집을 살피는 논자들은 쉽게 눈에 띄지 않는다. 다만 서평 형식으로나마 정세기의 동시에 대해 주목한 이들이 있는데 그는 전병호와 오인태다.

전병호는 『어린이와 문학』(2006년 4월호)에서 정세기의 동시가 지니는 특징을 '서러운 서정'이란 말로 요약하였다. 전병호는 정세기 동시의 주된 기조가 "빈곤층의 고단한 현실을 적나라하게 드러"낸 것에 있다고 지적하며, '참혹한 현실'을 그리더라도 "감정을 극도로 절제함으로써" 오히려 "강렬한 정서적 환기력"을 발휘하고 있다고 적고 있다. 한편 시인은 현실 비판적 시만이 아니라 "매우 아름다운 서정시"도 함께 보여 줌으로써 "그가 본질적으로 시의 미학에 충실한 시인임을 입증"하고 있다고 밝히고 있다. 이어 전병호는 정세기 동시의 한계로 낯익은 시상들이 많아 상투성을 온전히 벗지 못한 인상을 주는 점, 현실을 그리는

데 있어 이분법적 논리로 현실을 재단하는 문제점 등을 지적하며, '지나간 오늘'을 그릴 것이 아니라 '지금, 여기'를 그리는 데 좀 더 집중할 것을 주문한다.

오인태는 『작가』(2006년 봄호) 계간 촌평에서 정세기 동시집에 실린 동시들은 "생생한 리얼리티를 바탕으로 '시의 화자'에 대한 가슴 뭉클한 친밀감"을 느끼게 하는 것이 가장 큰 매력이자 미덕이라 찬사를 보내고 있다. 이런 매력은 정세기의 많은 동시들이 지금 이 시대를 사는 아이들, 그것도 서민 아이들의 생활을 소재나 주제로 다룬 덕분이 아닌가 추정하며, 시인이 초등학교 교사 생활을 하면서 누구보다 아이들을 가까이서 보고 느낄 수 있었기에 가능한 일이라 적고 있다. 정세기 동시에는 간혹 메시지에 너무 몰두하여 시인 자신이 어린이 화자를 밀쳐 내고 적극적으로 개입한 양상을 보여 주는 작품들이 있는데, 오인태는 이를 크게 걱정할 만한 일은 아니라고 본다. 그는 병마와 싸우고 있는 시인이 끝까지 삶의 의지와 희망을 잃지 않기를 바라며 글을 맺고 있다.

두 논자들의 글은 정세기 동시가 가지는 미덕과 한계를 나름대로 적실하게 짚고 있지만, 서평이나 촌평이 가지는 글의 한계 때문에 더 심도 있는 논의를 펼치지 못한 아쉬움을 준다. 특히 전병호와 오인태는 모두 정세기 동시의 두드러진 특징을 '빈곤층의 고단한 현실' 혹은 '서민 아이들의 현실'을 그린 점을 꼽고 있는데, 이는 정세기 동시가 지니는 일면적 특징을 살핀 것일 뿐 그의 동시 전부를 말한 것은 될 수 없다고 생각한다. 두 논자가 각자 정세기의 서정시인으로서의 면모, 어린이 독자에 친밀한 화자의 목소리가 가지는 의미에 좀 더 천착하였더라면 어땠을까 하는 아쉬움이 든다.

앞서 우리는 민중시인으로서 정세기의 면모와 교육운동에 매진한 교사로서의 정세기의 시적 배경을 알아보았다. 성인시를 쓰는 시인으로서 가지는 이러한 면모들은 그의 동시에도 일정한 영향을 끼쳤음이 확인된다. 정세기의 여러 동시 작품에는 그가 시로서 구현했던 소재와 주제들이 그대로 재현되는 것을 볼 수 있기 때문이다. 그의 시에서 엿보이는 고단한 서민 현실에 대한 관심은 그의 동시에도 건재하며, 아이들과 함께 생활하는 교사의 처지에서 마주칠 수밖에 없는 소재나 주제들이 등장한다.

파리채를 들고 있다.

포장으로 햇볕 가린
복숭아 장수 아저씨

대낮 열기 후끈한
큰길가 전봇대 아래

꾀는 파리를 쫓고 있다.

복숭아 살이 다칠까 봐
내려치지 못하고

하품을 하며
졸음을 참으며

파리채를 옆으로 휘젓고 있다.

—「대낮」 전문

봉제 공장 다니는 우리 엄마
밥 지어 식구들 먹이시고
숙제 마치기도 전에
꾸벅꾸벅 존다.

엄마, 숙제 검사 해 주세요.
흔들어 깨우면 보는 둥 마는 둥
대충 사인해 주시고
또 고개를 주억거린다.

일기 검사도 받아야 하는데
어느새 잠들어
코를 곤다.

드르륵 드르륵
미싱 일 15년에 엄마 몸이
기계가 되었는지
재봉틀 소리를 내며 주무신다.

—「코 고는 엄마」 전문

이 두 작품에서 짐작할 수 있듯이 시인은 가난한 민중들의 삶과 서민 가정의 아이들의 삶을 애정 어린 시선으로 붙잡아 내고 있다. 그런데 여기서 한 가지 주목할 것은 이 두 시의 시적 화자가 모두 어린이라는 점이다. 시적 화자인 이 어린이는 '복숭아 장수 아저씨'와 '봉제 공장 다니는 엄마'의 고단한 삶의 모습을 세심하고도 따스한 눈길로 어루만진다. 우리는 이 시에서 날것 그대로의 시인의 육성은 감지할 수가 없다.

단독주택에 살 때는
우리 집을
한결이네 집이라 했는데,
아파트로 이사 오니
모두들 503호라고 해요.

(…)

번호가 이름을 대신하는
아파트는
사람이 집의 주인이 아니라
집이 사람의 주인만 같아요.

—「아파트 1」 부분

물통들이 줄을 서 있다.

팔굽혀펴기를 하고 있는
사람들 곁

나무 의자 위엔

신문을 덮고
잠든 아저씨
빵구 난 양말에
나비가 앉았다 날아가고,

뒷굽이 꺾인
낡은 구두는
먼지가 쌓여
햇빛이 앉지 못한다.

　　　　　　　　　　　　　　—「약수터에서」 전문

　이 시들은 현대의 도시 문명과 자본주의 체제가 안고 있는 인간 소외의 문제를 담담하고도 예리한 시선으로 그리고 있다. 「아파트 1」은 어린 시적 화자의 입을 빌려 획일화된 도시 문명이 인간을 어떻게 소외시키는지를 날카롭게 포착해 내며, 「약수터에서」는 자본주의 경쟁 체제에서 낙오한 우리 이웃의 쓸쓸한 처지를 나지막한 어조로 그려 내고 있다. 이런 동시들 또한 서민 현실에 대한 시인의 애정 어린 관심을 반영한 작품으로서 시적 완결성에서 일정한 성취를 보여 준다고 할 수 있다.
　그러나 현실을 그리고 있는 시들 가운데는 시인의 과도한 개입으로 말미암아 시적 균형을 잃은 작품도 눈에 띈다.

　우리 집은 단칸 셋방에서

끼니 걱정에 한숨짓는데

사장님 집은 맨션아파트
외제 차 타고 교외로 나가
맛있는 것만 골라 먹습니다.

일요일에도 일 나가신 아버지
파출부 하러 가신 어머니 기다리며
혼자 라면을 끓여 먹는 나는

개미처럼 살아야 합니까?
베짱이가 될 꿈을 꾸어야 합니까?

——「개미와 베짱이」 부분

　이 시는 앞에서 살펴본 「대낮」 「코 고는 엄마」에서는 전혀 표출되지 않던 시인의 목소리가 날것 그대로 터져 나온다. 따라서 시인이 그리고 있는 단칸 셋방의 아이는 현실의 아이라기보다 시인의 의도를 전달하기 위해 관념적인 도식으로 그려 낸 인물에 가깝다는 생각이 든다. 이런 문제점은 사실 민중시 계열의 그의 초기 시에서도 종종 발견할 수 있었다.
　고단한 민중의 현실을 그리고 있는 것은 정세기 동시가 지니는 하나의 특징이라 할 수 있지만, 그것이 정세기 동시집 전체를 대표하는 주된 기조라고 할 수는 없다. 민중의 고단한 현실을 그리는 것과 아울러 정세기 동시에서 주목되는 것은 자연 풍경을 서정적으로 그리고 있는 다음과 같은 시들이다.

눈밭을 가로지른
짐승 발자국
꽃잎처럼 곱다.

고라니, 토끼 발자국이
문살에 새겨진
꽃무늬 같다.

사붓사붓 가다가
갑자기 사라진 꽃잎은
하늘로 날아간 새 발자국이다.

—「발자국 무늬」 전문

아가가 잃어버린 신발을
누가 하늘 시렁 위에 올려놓았나.

아가는 울다가 깜빡 잠이 들어
별꽃을 따러 꿈길을 자박자박.

—「초승달」 전문

와글와글 개구리 떼
그 소리만큼이나 수많은
밤하늘에

총총한 별들
들꽃 향기로 밀려온다.
뒷산 숲에서
멧비둘기도 소쩍새도 흥에 겨워
구꾹 소짝 구꾹 소짝
온 마을이 들썩인다.

—「여름밤」 전문

    이런 시들에는 앞에서 살펴본 고단한 민중의 삶이 전혀 반영되어 있
지 않다. 이런 면모는 그를 선뜻 현실주의 계보를 잇는 동시인이라 부르
는 것을 주저하게 만든다. 이런 유형의 시들은 이른바 전통 서정에 가까
운 것들이다. 정세기의 시적 출발이 '민중시'에 있었다는 것을 염두에
둔다면 이는 분명 새로운 시도처럼 여겨지기 쉽다. 그러나 사실 이런 면
모는 그의 시가 지니는 또 다른 일면이기도 하다. 그는 1990년대 초반
심장병을 얻으면서 '푸른 생명력'에 대한 강한 희구를 담아내는 시들을
선보여 왔다. 시인은 민중의 비참한 현실을 단순 고발하는 차원을 넘어
생태주의적 삶에 대한 애착과 그리움을 시화하는 데 심혈을 기울여 온
것이다. 그러한 노력이 『겨울산은 푸른 상처를 지니고 산다』라는 시집
에서 하나의 결실을 보게 되었음은 이미 앞에서 살펴본 바 있거니와, 정
세기의 이런 일면을 다만 순수 서정시의 일단으로 파악하는 것은 문제
가 있다고 본다. 그것은 단순히 기존의 전통 서정시를 차용한 결과물이
아니라 그의 시 내부에서 오래전부터 뿌리를 뻗어 온 생태학적 상상력
의 발현이기 때문이다.

달동네 골목길에
참새들이 모이를 쫀다.

고 조그만 부리로
빵 부스러기를 먹는다.

부릉부릉 오토바이 소리에 놀라
푸르릉 날아올라
전깃줄에 앉아 눈치를 본다.

고 조그만 눈 속에
별이 뜨고 달이 뜨면

일을 마치고 오는 사람들
무거운 발걸음 소리 쌓이고,

달동네의 어둠 속에
쌀 씻는 소리
고 조그만 귀로 듣는다.

—「참새들」 전문

시인은 이 시에서 도시 변두리 달동네 골목길에 내려앉아 모이를 먹
는 참새를 세심한 눈길로 살핀다. 달동네 골목길에서 모이를 쫀다가
"부릉부릉 오토바이 소리에 놀라" 전깃줄로 날아오르는 참새의 형상이

시인이 감싸고 보듬고자 했던 '어린 민중'의 변주에 다름 아닌 것을 짐작하기란 어렵지 않다. 시인은 '참새'라는 자연물을 우리 삶의 권역에서 분리해 노래하지는 않는다. 참새는 "일을 마치고 오는 사람들"의 "무거운 발걸음"과 어둠 속에서 달동네의 가난한 사람들이 "쌀 씻는 소리"를 조그만 눈과 귀로 보고 듣는다. 이런 표현에서 드러나듯 시인은 참새의 형상만을 그려 내는 데 머무는 것이 아니라 그 이면에 깔린 달동네 사람들의 삶을 함께 그려 내고 있다. 즉 시인은 참새라는 작고 여린 존재에만 따스한 시선을 보내는 것이 아니라 그 참새가 기대어 살아가는 가난한 달동네 사람들의 삶까지 두루 어루만지고 있는 것이다.

손이 작아서
작은 것만 어루만져요,

개나리 가지에 꼬물꼬물
시골집 울타리에 살살
강아지 눈에 곰실곰실.

발이 작아서
작은 것만 디뎌요,

아가 신발에 사뿐사뿐
젖먹이 머리칼에 살짝
개미 허리에 조심조심.

귀가 작아서
낮은 소리만 들어요,

씨앗들 싹 트는 소리
땅속 깊이 아무도 못 듣는
봄이 오는 소리.

—「아기 햇살」 전문

이 작품에도 역시 작고 여린 것들을 감싸고 어루만지려는 시인의 마음이 잘 드러나 있다. 이 시를 쓸 때 시인은 뇌종양이라는 큰 병을 앓고 있었다. 두 번의 심장수술 뒤에 찾아온 고약한 병마였다. 악성종양이 머리 안에서 자꾸 커 갈수록 그의 눈과 귀는 차츰 기능을 잃어 갔다. 급기야 말이 자꾸만 어둔해져 정상적인 대화가 불가능해지고 자기 손으로 시 한 줄을 옮겨 적기조차 힘든 상황이 되었다. 그는 자리에 누운 채 부인에게 명확하지 않은 발음으로 머릿속에 떠오르는 시구들을 받아 적게 했다. 모르긴 해도 이 시 또한 그러한 처지에서 나온 시가 아닌가 생각한다. 몸은 더없이 피폐해져 죽음이 언제 찾아올지 모르는 상황에서 그는 안간힘을 다해 자신에게 찾아오는 작고 여린 것들을 보듬어 안으려 했다. '손발이 작고 귀가 작은' 아기 햇살은 그런 시인의 자화상에 다름 아니다. 이런 시를 보면 시인은 생의 막바지에 이르러 동시의 본질에 더욱 적극적으로 다가가려 했던 것으로 보인다. 이 시는 작고 여린 것을 감싸 안으려는 정신에서뿐만 아니라 시어나 시적 호흡에서도 동시가 구비해야 할 조건들을 온전히 갖추고 있다.

그러나 이런 시적 고투는 또 다른 측면에서 여전히 한계를 지니고 있다. 정세기 동시에서 드러나는 현실 지향의 작품이나 작고 여린 생명체에 대한 사랑의 감정을 노래한 작품들을 보면 대체로 그 소재들이 시인이 '바라본' 대상, 즉 대상화된 존재들에 머물고 있음을 확인하게 된다. 어린이 화자를 동원해 어린이가 겪는 현실을 노래한 작품일지라도 그화자는 자신의 솔직한 심정을 직접 토로하는 주체가 아니라 어떤 대상을 바라보는 관찰자에 머물고 있을 따름이다. 그래서 때로 어린이 화자는 시인의 말을 대신 전하는 전달자로서 기능할 뿐, 자신의 감정을 있는 그대로 드러내지는 못한다. 이는 가난한 민중 현실, 작고 여린 생명체에 대한 '정치적으로 올바른' 시인의 관점을 유포할 뿐, 아이들 속에 본래 내재되어 있는 생기나 욕망을 그려 보이는 데는 한계를 드러낸다. 정세기의 이런 한계는 2000년대 변모한 아이들의 생활양식에 효과적으로 대응하기 어려운 조건을 지닌다.

이러한 문제는 무엇보다 시인이 어쩔 수 없이 맞닥뜨린 신변의 조건에 기인한 것이 아닌가 생각한다. 주지하다시피 정세기는 두 번에 걸친 심장수술의 후유증과 뇌종양을 다스리느라 동시 창작을 시작한 이후 줄곧 몇 년간 학교를 떠나 있어야 했다. 그에게는 멀리 그리운 아이들이 있었을 뿐, 눈앞에서 생생히 살아 움직이는 아이들이 없었던 것이다. 게다가 그 아이들의 생활 모습 또한 그가 1990년대를 전후로 하여 발견한 '어린 민중'의 모습과는 새로운 차원으로 빠르게 변모하고 있었다. 시인은 하루가 다르게 변모해 가는 아이들에 호응하는 시적 탐색을 절실히 요청받고 있었지만, 그에게는 그런 시적 탐색에 전념할 시간과 여력이 주어지지 않았다. 그는 2006년 1월 『해님이 누고 간 똥』이라는 생애 최초이자 마지막 동시집 한 권을 내고 그해 가을 세상을 떠나게 된다.

4. 맺음말

이상에서 살펴본 바와 같이 1989년 민중시인으로 출발을 한 정세기는 같은 해 전교조 출범으로 자연스럽게 진보적 아동문학 운동의 일선에 서면서 아동문학에 첫발을 내디뎠다. 그는 삶의 동화 운동에 참여하여 몇 편의 동화를 써내지만, 시인으로서의 본분을 망각하지 않고 1990년대 후반부터 본격적으로 동시를 쓰기 시작하였다.

그의 동시는 그가 성인시에서 추구한 세계를 잇고 있다. 민중시적인 요소와 함께 작고 여린 것을 감싸는 생태학적 상상력에 입각한 작품들이 그의 동시에 특징적으로 드러난다. 그는 생애 막바지에 이르러 작고 여린 것을 감싸 안으려는 시적 태도를 더욱 분명히 한다. 그러한 태도에서 서정성과 동심의 탐색이 조화를 이룬 동시가 산출되었다. 그러나 민중의 현실에 대한 그의 관심은 때론 도식적인 관념에 입각한 작품을 낳기도 했다. 또한 그의 동시는 시인의 처지에서 바라보는 동심만이 존재할 뿐, 동심 스스로 자신의 생기를 뿜어내지 못하는 한계를 지닌다.

정세기는 애초 성인시에서 출발하여 동시를 쓰게 된 시인이다. 그러나 그의 시적 자산의 뿌리는 세련된 언어감각에 있었던 것이 아니라 어린 민중과 작고 여린 생명체들을 감싸 안으려는 건강한 시정신에 있었다. 그 시정신에 입각한 서정시를 모색하는 과정에서 그는 갑작스러운 병마로 세상을 등져야 했다. 부질없는 가정에 불과할지라도 만약 그가 건강하게 살아서 아이들 곁에서 동시를 계속 썼더라면 그는 동시인으로서 우리에게 좀 더 의미 있는 행보를 보여 주었을 것이라 생각한다. 정세기의 동시는 비록 미완으로 남게 되었지만, 동시를 사랑하는 모든 이들이 그의 어린이에 대한 애정과 동시에 가졌던 열정을 오랫동안 기억해 주었으면 한다.

순정함의 힘

성명진론

친숙하면서도 낡지 않은 시

2010년 전후를 우리 동시가 새로운 도약을 하던 시기라 명명할 수 있다면, 그것을 가능케 한 것은 무엇보다 다양한 색깔을 지닌 시인들의 출현 때문이었다. 새로운 시인들은 비슷비슷한 소재, 언어, 서정성 등을 탈피하여 이전에 볼 수 없었던 새로운 상상력과 어법들을 발명해 내기 시작했다. 그로 인해 지난 10년간 우리 동시단은 생기와 활력을 이어 올 수 있었다. 그러나 2010년 우리 동시단의 현상을 단지 '새로운 상상력과 어법'이라는 용어로만 한정 짓는다면 우리는 또한 갑갑증을 느끼게 된다. 2010년 이후를 함께 살아온 시인 가운데는 단지 '새로움'이란 잣대로만 설명되지 않는 성취를 이룬 시인들도 여럿 있다고 생각되기 때문이다. 가령 2011년 첫 동시집을 내며 동시단에 부지런한 발걸음을 보여 준 성명진 시인의 경우가 그렇지 않은가 한다.

성명진 시인의 작품은 한마디로 기발한 상상력과 새로운 언어 탐구와는 일정 부분 거리를 두고 있다. 그가 발견한 소재들은 우리 동시가 전통적으로 많이 다루어 온 자연이거나 그 자연과 합일을 이루려는 동심과 가까운 것들이다. 단적으로 말해서 그의 작품은 낯설고 신기한 무엇을 보여 주는 것이 아니라 어쩌면 우리에게 낯익고 친숙한 무엇을 보여 주는 쪽에 가깝다. 그의 작품을 읽을 때 우리는 새로운 것이 주는 기쁨과 설렘보다 우리에게 익숙한 세계를 재확인할 때의 충만함과 안도감 같은 것을 느끼게 된다.

그의 동시는 그러나 그 내부에 친숙함을 내장하고 있으면서 우리에게 '해묵은 동시'의 느낌 따위를 주지는 않는다. 현란한 어법을 쓰지 않으면서도 참신한 감흥을 던지고, 표 나게 색다른 상상력을 동원하지 않으면서도 결코 소소하다고만 할 수 없는 감동을 안겨 준다. 겉은 순박하고 허름하지만 속내는 옹골찬 사람처럼 그의 동시는 보면 볼수록 진중한 맛과 깊이를 드러낸다.

외유내강형의 시인

성명진은 착하게 생겼다. 더하고 뺄 것도 없이 순박한 시인의 얼굴이다. 순해 빠진 그의 외모만큼 그의 동시에 등장하는 아이들도 착하고 순박하고 촌스럽다. 때로는 어눌해 보이기도 한다. "잘난 것도 못난 것도 없이 너무 평범해서 눈에 잘 띄지 않는" "은근 소심"하거나 "왕 소심"인 아이들이다.[1]

종종이는 기주네 개,

강아지 땐 내 거였다.

귀에 흰 점이 있는

제일 이쁜 놈이었다.

종일 함께 놀았다.

밥도 내가 먹이고.

그 종종이를 엄마가

나 몰래 기주네 주어 버린 거다.

기주네 집 앞 지나는데

제법 자란 종종이가 날 보고 짖는다.

이를 드러내고 짖는다.

나쁜 놈, 나쁜 놈

욕해 주려다가

무서워서 멀리 돌아간다.

　　　　　　　　　　　　　──「종종이 미워」 전문(『축구부에 들고 싶다』)

　남의 것에 욕심을 내기는커녕 제 손에 가지고 있는 것을 빼앗기고도
큰 소리 한 번 내지 못하는 저 '소심한 호구'가 바로 그의 동시에 주로

1 김유진 「살금살금 다가가고 가만가만 뒷걸음치고: 『축구부에 들고 싶다』」, 『창비어린
　이』 2011년 여름호, 272~73면.

등장하는 아이들 모습이다. 그런 아이의 모습과 함께 그의 순박한 외모를 떠올리고 보면 그의 작품이란 그저 순하고 어눌한 소심파의 작품이 아니겠는가 섣부른 판단을 하기 쉽다. 그러나 그것은 말 그대로 섣부른 오판이 아닐까 생각한다.

월요일 저녁 7시에 어김없이 시작되는 시평 시간은, 후배들에게 말 그대로 '죽음의 라운드'였다. 제물로 바쳐진 한 편의 시는 그야말로 선배들의 검에 무참히 난자당한 채 내려와야만 했던 시간이었다. 때문에 나 같은 잔챙이 초짜들은 오돌오돌 떨며 선배들의 십자포화를 머리 위로 받아내면서 죄인처럼 고개를 수그리고 있는 것이 마땅한 모양새였다. 그런데 녀석의 반응만큼은 간간이 나를 기함하게 만들었으니, 시크하다 못해 초건방진 표정이 그것이었다. 선배들의 지적질이 계속될수록 우리들의 고개가 땅으로 꺼지는 반면, 녀석은 조용히 듣고 있다가도 픽 웃어넘기는 표정을 짓기 일쑤였다. '뭐 이런 걸 가지고 다……'라는 식이었다.[2]

이 글에 등장하는 '녀석'은 성명진을 가리킨다. 성명진은 중·고등학교를 광주에서 다녔다. 그가 중학교 3학년이던 때, 1980년 광주민주화운동이 일어났다. 그는 광주 대인동에 살고 있었는데, 그때 겪었던 일을 한 일간지 칼럼에 비교적 소상히 밝힌 바 있다.[3] 이듬해 그는 이성부, 조

2 정경운 「우주적 어미 아비들을 위한 헌시」, 성명진 『그 순간』 해설, 문학들 2014, 92면.
3 성명진은 『무등일보』에 연재한 「무등에세이: 대인동에서 금남로까지」에서 광주민주화운동 당시 자신이 겪었던 일을 다음과 같이 밝혔다. "대인동에도 1980년의 봄이 왔다. 당시 나는 중학교 3학년이었다. 대인동 사람들은 합심하여 밥을 해서 도청 쪽으로 실어 날랐고, 일부는 시위에도 참여했다. 계엄군에 맞서 싸우던 누군가가 시장 안으로 숨어들기도 했다. 아버지도 나도 자주 금남로로 나섰다. 그리고 총소리에 놀라 돌아왔

태일, 박봉우 등 쟁쟁한 시인들을 배출한 광주고 문예반에 들게 되니 오월 광주가 그에게 어떤 의미로 연결되었을지를 추측하기란 어렵지 않다. 광주고 졸업 후 성명진은 전남대 국문과에 입학한다. 앞의 인용문은 그때의 일화를 적어 놓은 것인바, 우리는 거기서 성명진이 지닌 성격의 일단을 짐작해 보게 된다. 성명진은 '비나리'⁴라는 이름의 시 동아리에 가입해 종종 합평 자리에 나갔는데, 그는 기라성 같은 선배들의 공격에도 전혀 동요됨이 없이 "시크하다 못해 초건방진 표정"으로 응수하곤 했던 것이다. "검풍에 장풍까지 일으키는" 선배들의 신공에 그저 고분고분 고개를 조아리기는커녕 "픽 웃어넘기는" 여유까지 부릴 줄 알았던 모습에서 우리는 그의 또 다른 일면을 마주하게 된다. 그의 기죽지 않는 자세가 아무리 고등학교 문예반 시절부터 단련된 것이었다 하더라도 그의 내부에 단단한 심지 같은 것이 들어 있지 않았다면 선배들의 위력에도 되레 시크한 표정을 짓거나 눈 하나 깜짝하지 않을 배짱을 가

다가는 다시 가곤 했다. 트럭들과 버스들이 금남로를 가득 채우고 군중들이 함성을 지를 때는 까닭 모를 분노가 어린 내 속에서도 솟아나는 것이었다. 그리고 어느 날엔가는 태극기에 싸인 수많은 관들을 보았으며, 어느 밤엔가는 한 여성이 질러 대는 다급한 스피커 음성을 듣고 불현듯 몸을 일으켰다. 연이은 총소리, 총소리들. 금남로는 그해 5월에 드디어 '금남로'가 되었다."(『무등일보』 2015. 1. 23)

4 '비나리(패)'는 군부독재 서슬이 퍼렇던 1980년대 초반에 창립된 전남대 국문과 시 창작 동아리다. "구원의 노래, 해방의 몸짓"을 기치로 내건 비나리패는 한국문학의 토양에 만연한 반시대성을 맹렬히 고발하며 삶으로서의 예술 또는 '운동(정치)'으로서의 예술을 주장한 청년문예운동 조직이었다. 이들은 민중문학 계열 문인들에게 상당한 자극제 역할을 하기도 했다. 당시 진보적 문예운동의 화두인 예술의 공동창작 문제를 선도적으로 수행했기 때문이다. 이들은 1985년 공동창작시 「들불야학」을 필두로 1980년대 말까지 다섯 권의 동인시집을 내며 80년대 학생운동의 중요한 축을 형성했던 청년(학생)문예운동의 면모를 보여 주었다.(정명중『전남대 비나리패의 문예운동』, 문학들 2021, 8~15면 참조)

지기가 그리 쉽지 않았으리라 생각한다. 겉으로 순박해 보이는 외모의 이면에는 무엇에도 쉽게 휘둘리지 않는 '자기만의 무엇'을 그는 지니고 있었던 것이다.

그러니까 뒤에 그가 보여 주는 순정함의 세계를 단지 소심파가 빚어 낸 고분고분한 순응주의의 산물 따위로 해석할 게 아니다. 오히려 그것은 시인 내부에서 조용하면서도 열렬히 끓고 있던 정신의 산물이라 보는 것이 타당할 듯하다.

조화로움의 세계

성명진은 2011년 첫 동시집 『축구부에 들고 싶다』(창비)를 시작으로 2016년 『걱정 없다 상우』(문학동네), 2019년 『오늘은 다 잘했다』(창비)까지 모두 세 권의 동시집을 엮었다. 왕성하다고까지 말할 수 없을지는 모르지만, 우리 동시의 새로운 도약기라 할 2010년 이후 그 어떤 시인들 못지않게 비교적 꾸준하고 부지런하게 작품 활동을 해 온 셈이다. 그럼에도 세 권의 동시집을 엮어 오는 동안 그의 시 세계는 그다지 큰 변화를 보여 온 것 같지 않다. 2010년을 전후로 활동을 펼친 시인들 가운데는 출발 시점과 사뭇 다른 변화를 보여 준 시인도 적지 않았음을 떠올려 본다면 그의 발걸음은 언뜻 한자리를 맴돌고 있다는 인상을 주기도 한다. 창작에 비해 늘 열세인 동시단의 비평적 조건에도 원인은 있었겠지만, 그에 대한 비평적 조명이 다소 뜸했던 것도 그의 작품이 지니는 한결같은 인상에 기인한 때문이 아닌가 생각된다. 그가 추구하는 그 한결같음이란 무엇인가?

생명이 탄생하거나, 사람들이며 동물들이 가족을 이루어 살아가는 모습이 제일 바라보기 좋았어요. 진심이 거기서 시작되어 여러 길을 거쳐 저에게 오는 것 같았어요. 이 진심이야말로 동심이 아닐는지요. (…)

요즈음 동심들이 무엇인가에 눌려 있는 것 같아 안타까워요. 화나고 슬퍼요. 이런 현실을 작품 속에 넣어야겠다는 다짐을 하지는 않는데도 어쩐지 자꾸 그렇게 되네요. 아무튼 힘들어하는 동심을 북돋아 주고 싶습니다. 걱정 없어요. 동심은 밝고 생기로우니까요. 동심이야말로 모든 마음들의 원천이잖아요. 진심이잖아요.[5]

성명진은 두 번째 동시집 머리말에서 동심이야말로 모든 마음들의 원천이며 진심이라고 말한다. 그의 말처럼 그의 동시를 구성하는 키워드는 '동심'이며, 그의 동시가 지향하는 바 또한 '진심인 동심'에 가까이 가고자 하는 마음이다.

친구의 우산을 함께 쓰고 왔다.

미안해서
내가 비를 더 맞으려고
어깨를 우산 밖으로 내놓으면
친구가 우산을 내 쪽으로
더 기울여 주었다.

---

5 성명진 「책머리에: 걱정 없어요」, 『걱정 없다 상우』, 문학동네 2016, 4~5면.

빗속을
우리는 나란히 걸었다.

좁은 길에선 일부러
내가 빗물 고인 자리를 디뎠다.
그걸 알았는지 친구는 나를
제 쪽으로 가만히 당겨 주는 것이었다.

—「빗길」 전문(『축구부에 들고 싶다』)

이처럼 그의 시에는 아름다운 동심의 세계가 드러난다. 친구의 우산을 함께 쓰고 갈 때 나의 마음은 친구를 오롯이 위하는 마음이다. 친구 또한 나처럼 나를 지극히 위하는 마음을 지니고 있다. 서로는 서로에게 순하고 순한 마음을 건넬 뿐이다. 시인은 거기서 그치지 않고, 순한 마음을 가진 사람들 곁에서 순하게 자라는 짐승들과 풀, 나무들을 이렇게 노래하기도 한다.

새 하나가
그 집 위를 뱅뱅 돌다 갔어요.
잠시 후에 또 와서
한참을 머물다가 갔어요.

할아버지는 조용히
누렁소의 잔등을 쓰다듬고

할머니는 텃밭의 푸성귀를 다독였지요.

그러고 보니 그 집에선
짐승들이며 풀 나무도
다 순하게 자라 있었어요.

다음 날 새는 또 왔어요.
그 집의 마음씨가 미더웠는지
뒤꼍 깊은 데에
참아 왔던 알을 낳았지요.

—「미더움」 전문(『걱정 없다 상우』)

성명진이 그려 보이는 세계는 이처럼 사람과 자연이 '미더움'으로 하나가 될 수 있는 세계다. 그 세계는 "사람과 사람, 사람과 자연, 자연과 자연이 서로 이기고 지배하려 들지 않고, 순하게, 다정하게, 미덥게 서로를 쓰다듬고, 돌보고, 다독이고 서로에 깃들이면서"[6] 어울려 살아가는 세계다. 미더움으로 서로가 서로에 등을 기댄 채 살아가는 세계, 그 세계에는 사람과 자연 간의 불화가 없다. 어른과 아이 간의 갈등이 없다. 강자와 약자 간의 우열이 없다. 상부(꽃)와 하부(뿌리) 간의 시기 질투가 없으며, 안과 밖, 빛과 어둠 간의 대립과 분열이 없다. 다만 서로는 서로에게 기대어 하나의 조화로운 세계를 창조할 뿐이다.

6 이안 「순하고 다정하게, 돌보고 다독이는 말」, 성명진 『걱정 없다 상우』 해설, 문학동네 2016, 89면.

오늘 밤엔
용이 아저씨네 집에 켜진 불빛이
세상의 한가운데 같아요.

용이 아저씨가
불빛 속을 들여다보고 있고,
멀찍이서 나무들이
불빛을 둘러싸고 있네요.

그러고 보니
집 밖 언덕배기와 먼 산줄기도
불빛을 둘러싸고 있네요.

환한 그 속에선 지금
갓 태어난 새끼를
어미 소가 핥아 주고 있어요.

　　　　　　　　　　──「불빛」전문(『축구부에 들고 싶다』)

　한 생명의 탄생 순간을 그리고 있는 「불빛」은 절창으로 꼽을 만큼 아름다운 시다. 이 시 또한 사람과 자연, 자연과 자연이 미덥게 서로를 보듬는 순간의 그 눈부심을 묘사하고 있다. 시인의 시선은 불이 켜진 외양간에서 시작하여 점점 그를 둘러싼 주변의 사람과 나무, 집 앞 언덕과 먼 산줄기로 확장되었다가 다시 외양간 속 갓 태어난 송아지와 그를 핥고 있는 어미 소에게로 돌아온다. 시인은 깜깜한 밤 송아지의 탄생을

'불빛'에 빗대는바, 그곳을 마치 "세상의 한가운데 같"다고 진술한다. 그런데 그곳이 세상의 중심이 되는 것은 단지 살아 있는 것들 스스로에게서 뿜어져 나오는 불빛(생명력) 때문만은 아니고, 그 불빛을 둘러싼 어둠 속의 존재들 때문이기도 하다. 이 시에서 어둠은 다만 밝음과 대비되는 부정적인 요소가 아니라 그 밝음을 더욱 신비롭고 성스럽게 하는 무엇이다.

아이들 일상과 동심의 세계

성명진은 1966년 전남 곡성에서 태어났다. 태생으로만 보면 그는 완전한 시골 출신이다. 그는 초등학교 5학년 때까지 외양간이 딸려 있는 농가에서 자랐다. 농사를 짓던 그의 부모는 성명진이 6학년이 될 무렵 도시로 터전을 옮겨 상업에 종사한다. 그러니까 시인은 순전한 촌놈이라 보기에는 좀 일찍부터 도시물을 먹은 처지이고, 완전한 도시 출신이라 보기에는 그 뿌리가 농촌의 정서와 그리 멀지 않은 곳에 있었던 셈이다. 굳이 말한다면 이농이 보편화되는 1970년대에 유년기에서 소년기로 이행하는 삶을 겪으면서 이른바 반농반도(半農半都)의 정서를 몸으로 익힌 세대라 할 수 있다.[7]

---

7 성명진은 한 계간지와의 인터뷰에서 "시골에서 태어나 자랐습니다. 당연히 집에 외양간이 있었고요. 초등학교 5학년을 마치고 부모님을 따라 도시로 이주를 했어요. 그래서 그런지 제게는 농촌의 정서와 도시적 정서가 섞여 있습니다. (…) 부모님이 가게를 하셔서 가겟방에 대한 체험이 작용했고요"라고 말한 적이 있다. (「이 시인을 주목한다」, 『어린이책 이야기』 2013년 가을호, 122~23면)

실제 그의 작품은 그가 함께 체험한 농촌의 정서와 도시적 정서를 모두 담고 있다. 앞에서 살펴본 시편들에 등장하는 자연과 조화를 이루며 살아가는 순박한 인물들이 그의 농촌 정서를 대변하는 존재들이라면, 지금 여기를 살아가는 아이들의 일상과 가까운 소재를 다루고 있는 또 다른 시들은 도시로의 이주 후에 시인이 갖게 된 도시 정서를 얼마간 대변한다고 할 수 있다. 즉 그는 농촌 정서와 깊은 연관성을 갖는 생태적 감수성과 아울러 지금 도시에서 살아가는 아이들의 현실에 모두 민감한 모습을 보여 준다. 얼핏 보면 상호 모순적으로 보이는 두 세계를 동시에 살피는 겹눈이야말로 성명진이 지니고 있는 또 하나의 특징이라 하겠다.

　　　과일 파는 영우네 집에
　　　숙제하러 모였다.

　　　과일을 먹으며 장난치다가
　　　가게에서 다투는 소리 들려와
　　　멈추었다.

　　　어떤 욕하는 소리에 맞서
　　　영우 엄마도 욕을 했다.
　　　잠시 후 영우 엄마 우는 소리,
　　　방구석에서 영우도 눈물을 글썽였다.

　　　우리들은 잠자코

귤 쪽들처럼 붙어 앉아

책을 폈다

이상하게도 숙제가 잘되었다.

— 「가겟방에서」 전문(『축구부에 들고 싶다』)

앞에서 살펴본 저 순하디순한 존재들이 등장하는 시들과 비교한다면 이 시에는 사람과 사람 사이에 하나의 악다구니가 끼어든다. 물론 그 악다구니는 직접 노출되지 않고 시적 화자의 입을 통해 간접적으로 전달되기는 하지만, 풀과 나무마저 순하게 자라던 공간에서 맛볼 수 없었던 어떤 긴장감이 이 시에는 들어 있다. 이 시에서 묘사되는 가겟방에서의 일은 어쩌면 대도시로 이주해 시인이 겪었던 시인 자신의 체험을 바탕으로 하고 있는지도 모르거니와, 이런 도시에서의 삶은 외양간이 있던 농촌에서의 삶과는 분명 구별된다. 그 삶은 순하고 푸근한 삶과는 달리 어딘가 모르게 실금이 가 있다.

상우네가 우리 동네로 돌아왔다. 큰 도시로 갔지만 잘 살지 못했나 보다. 엄마들은 모여서 수군거린다. 이제 동네가 시끄럽게 됐다고. 상우 때문에 아이들이 잘못될까 걱정이라고

— 「상우야」 부분(『걱정 없다 상우』)

서로가 서로에게 기대어 하나의 조화로운 세계를 펼치던 모습은 간데없고, 사람들은 나와 다른 타자가 자기 영역으로 들어오는 것을 못마땅해한다. 누군가를 다정히 감싸고 다독이던 그 귀한 마음을 어디엔가

모두 내다 버리고 사는 것 같은 느낌이다. 그런 단절감은 어른과 아이의 관계에서도 드러난다. 어른들은 "학원 빼먹으면 알지?"(「으, 정말」) 곧잘 으름장을 놓거나, 책상에 앉기가 무섭게 '공부 잘해서 성공해!' 하고 이내 "뾰족한 흑심을 드러내고"(「연필심」) 만다. 그런 어른들이 짜 놓은 시간에 맞춰 아이들은 다만 숨 가쁘게 허겁지겁 하루를 건널 뿐이다.

나의 비밀
잠바 주머니에 난 구멍
엄마도 모른다.

손가락을 구멍에 넣어
아니,
시원한 밖으로 빼내어
까딱거린다.
숨 쉬는 거다.

나는 공부하느라 힘든 아이니까
몰래
재미있게
손가락으로 숨 쉰다.

——「숨구멍」 전문(『걱정 없다 상우』)

"공부하느라 힘든 아이"인 '나'는 엄마와 마음속으로 소통하지 못하는 존재다. 아이의 성적에 관심이 많을 것 같은 엄마는 정작 아이의 잠바 주머니에 구멍이 나 있는 것은 알지 못한다. 나는 무슨 비밀처럼 나만 아는 그 구멍에 손가락을 넣어 답답하고 외로운 마음을 스스로 달래 본다. 시인은 요즈음 동심들이 무엇인가에 눌려 있는 것 같아 안타깝고 슬프다는 속내를 토로한 바 있거니와,「숨구멍」은 지금 여기를 살아가는 아이의 현실을 담담하지만 아프게 그려내고 있다.

하지만 시인은 거기서 그치지 않는다. 그는 요즈음 동심들이 무엇인가에 눌려 있긴 하지만 그들이 결코 무기력한 존재가 아니라는 것을 시편 곳곳에서 이렇게 보여 준다.

학교 끝났는데
상우는 운동장가
철봉 위에 올랐다.

학원 가기 싫다면서
반 바퀴를 돌아
거꾸로 매달려
팔을 활짝 벌렸다.

할아버지가 아프다면서
다시 힘껏 돌아
철봉 위에 앉았다.

그러더니
가볍게 뛰어내려

땅에 우뚝 섰다.

──「걱정 없다 상우」 전문(『걱정 없다 상우』)

보지 마라.
저런 거 보면 저렇게 된다.

걱정 많은 할머니 말 듣는 척하고
슬쩍 봤는데
안 좋은 거 아니던데.

내 친구 기주가
술 취해 휘청거리는 아버지의
옆구리 받치고 가는 거.

저런 거 자주 봐서
내가 기주처럼 된다면
좋은 거 아니야?

──「내 생각」 전문(『걱정 없다 상우』)

우리들은 특공대원이 되어
낙하산을 타고
서로 신호하면서
수학 학원 그냥 지나치고
영어 학원 몰래 지나치고

집도 지나쳐

드디어 무사히
게임방에 도착했다

—「작전」부분(『오늘은 다 잘했다』)

이 시들에서처럼 시인은 아이들이 생득적으로 가진 씩씩함과 건강함, 그리고 어떻게든 자기 처지를 견뎌 나가는 동심에 응원을 보낸다. 이 작품들에 그려진 아이들은 혼자 고립되어 있지 않고 서로에게 의지하며 서로에게 힘을 북돋우고 있다. 한마디로 그들은 대립과 분열의 감정 대신 끈끈한 우정과 유대의 감정에 기초해 있다. 그들은 "홀로 자라는 것이 아니라 함께 나아"[8]간다. 그것은 두말할 것도 없이 안온하고 포근한 자연 공간 속에서 다른 존재들과 조화로운 세계를 꾸리던 동심과 결코 먼 자리에 있는 동심이 아니다.

지금 여기를 견디는 힘

그렇다면 이 시점에서 생각해 보자. 성명진이 추구하는 저 동심의 세계는 그만이 발견한 득의의 세계인가? 또 그것은 조그만큼이라도, 분열과 갈등이 난무하는 지금 이 시대와 맞설 만한 힘을 가졌을까?

우리 동시가 이른바 '동심의 문학'을 표방한 것은 하루 이틀 전의 일

8 이충일「성장은 홀로 자라는 게 아니라 함께 나아가는 것」, 성명진『오늘은 다 잘했다』해설, 창비 2019, 116면.

이 아니고, 성명진 말고도 이미 여러 선배 시인들이 진심인 동심에 도달하기 위한 노력들을 아끼지 않았다. 여러 이름을 거론할 것도 없이 가령 그의 앞에는 그를 동시로 이끌었다는 임길택의 『탄광마을 아이들』(1990)의 세계가 놓여 있지 않은가.[9]

> 뒤에 처지는 이 없이
> 혼자 먼저 가는 이 없이
>
> 뽐내어 솟아나는 이 없이
> 넘어져 밟히는 이 없이
>
> 맑고 따스하게
> 우리는 모여서……
>
> ──「호숫물」 전문(『축구부에 들고 싶다』)

> 붓꽃잎 자매는
> 올해도 옷을
> 말쑥하게 차려입고 나왔다.
>
> 저 아래엔

---

9 성명진은 임길택 시인의 동시집 『탄광마을 아이들』을 읽고 비로소 우리의 동시를 본격적으로 읽기 시작했으며, 이후 동시를 써 보고 싶은 열망을 품게 되었다고 말한 바 있다.(성명진 「맘대로 고른 임길택 동시: 여럿이 함께 간 발자국」, 『동시마중』 제42호, 2017년 3·4월호, 150~51면)

다정하고 부지런한

어머니가 계시나 보다.

——「뿌리」 전문(『축구부에 들고 싶다』)

이 시들이 특별히 문제가 있는 작품이라는 생각은 들지 않는다. 그야말로 건강한 주제의식과 단아한 서정이 깃들어 있는 시들이다. 말을 비틀지 않아 해석이 모호한 구석도 없다. 특히 「뿌리」라는 작품에서 시인은 눈으로 보이는 꽃의 아름다움뿐만 아니라 눈에 보이지 않는 뿌리의 지극정성도 이야기한다. 코앞의 가시적인 것에만 몰두하는 우리 현대인들에게 분명 참신한 깨달음을 줄 만한 시라는 생각이 든다. 그렇다면 다시 말을 바꾸어 반복되는 질문을 해 보자. 시인은 과연 임길택이 보여준 세계에서 얼마만큼 더 걸어 나온 걸까.

모든 작품이 해당되는 것은 아니지만, 사실 성명진의 어떤 작품에서 어쩔 수 없이 이른바 '민중적 서정시'의 한계를 읽게도 된다. 어느 명민한 평론가가 지적했듯 한때 유효했던 민중적 서정시라는 틀은 언제부터인가 "'진보'라는 가치에 가장 부합하는 예술적 형태인"지 점검을 요하는 자리에 있게 되었다.[10] 성명진의 몇몇 동시들 또한 어찌 보면 "묘사와 발견과 교훈이 편안한 문장들로 엮어진 (…) 단아한 서정시"[11]의

10 신형철 「시는 어디를 향하는가」, 『느낌의 공동체』, 문학동네 2011, 15~19면.
11 신형철은 창비시선 300권 기념 시집 『걸었던 자리마다 별이 빛나다』(창비 2009)를 평하는 글에서 "시를 시로 만드는 양보할 수 없는 핵심은 언어"라고 전제하며, 그 시집에 수록된 시들 가운데 절반에 가까운 작품들이 언어가 주는 긴장감이 없이 "묘사와 발견과 교훈이 편안한 문장들로 엮어진, 백반 정식 같은, 단아한 서정시"에 머물고 있음을 비판한 바 있다. 그는 그런 "모범 답안처럼 단정한 시들에서 오히려 '이렇게 쓰면 감동적일 것'이라는 '계산'이 읽힌다"라며 그 시들이 갖는 미학적 보수성을 질타하고

범주 안에서 결코 자유롭지 못한 작품들은 아닐까.

첫 동시집 해설에서 남호섭은 "사람과 사물을 바라보는 시인의 눈에서는 어떤 지극함이 읽힌다"고 전제한 뒤, "요즘 쏟아져 나오는 동시집들과 달리 뚜렷한 주제의식을 보인다"는 점을 높이 평가한 바 있다.[12] 이안 또한 그 첫 동시집에 찬사를 보냈다. 그는 성명진의 그 동시집이 "세상을 따뜻하게 바라보고 그것을 꾸밈없이 나타내는 것만으로 얼마든지 좋은 시가 태어날 수 있음을 보여"주는 시집이라 긍정적인 평가를 한다.[13] 그런데 이안은 성명진의 두 번째 동시집 해설에서 첫 시집에 대한 평가에서는 비치지 않았던 조금 다른 불만을 제기한다. 그는 성명진의 동시에서 자주 보이는 어법이 시 세계를 한정하고 상상력의 범주를 제한하는 약점으로 작용할 수 있음을 비판하며, 「김밥 꽁다리」 「꿈」 같은 작품에서 엿보이는 좀 더 "발랄한 위반의 언어와 상상력"을 발휘할 것을 주문하고 있다.[14]

성명진의 동시가 가지는 한계를 생각할 때, 우리는 이안이 제기한 그 어법의 문제를 필히 고려해 볼 필요가 있다. 그것은 어쩌면 정형화된 서정적 문법을 깨는 유일한 대안이 될 수 있을지 모른다. 그러나 그런 대안을 고려할지라도 그것을 모색하는 과정에서 성명진은 자신만이 갖고 있는 '성명진다움'을 함부로 잃어서는 안 될 것이라 생각한다. 발랄한

있다.(신형철 「졸업하고 싶지 않은 학교를 위하여」, 『느낌의 공동체』, 문학동네 2011, 182~84면)

12 남호섭 「더불어 함께 걷는 길」, 성명진 『축구부에 들고 싶다』 해설, 창비 2011, 102~15면.

13 이안 「너른 품으로 안아주는 시: 『축구부에 들고 싶다』」, 『열린어린이』 2011년 7월호, 이안 『다 같이 돌자 동시 한 바퀴』, 문학동네 2014, 207~16면.

14 이안 「순하고 다정하게, 돌보고 다독이는 말」 95면.

위반의 언어도 좋고, 발랄한 상상력도 좋다, 하지만 그것이 누군가의 것을 빌려 오거나 흉내 내는 것이어서는 곤란하다. 그것은 어디까지나 성명진 스스로가 내보였던, 성명진다운 것들에서 재발견되고 자연스럽게 솟구쳐 나오는 것이어야 한다. 그런 의미에서 나는 다음 시에 화자로 등장하는 아이를 주목하고 싶다.

공을 차는 축구부원들.
6학년 김수형 선수도 있다.

방과 후
나는 운동장가를 서성인다.
김수형 선수처럼 되고 싶다.

우리 학교를 우승으로 이끌고
텔레비전에도 나온 스타,
월드컵에서도 뛰겠지.

공이 밖으로 나오자
나는 재빨리 공을 따라 달렸다.
운동장 안으로 공을 던져 주었는데
달려와 받은 사람은
반갑게도 김수형 선수!

나는 신나서

운동장가를 마구 달렸다.

— 「축구부에 들고 싶다」 전문(『축구부에 들고 싶다』)

　물론 앞에서 살펴본 것처럼 성명진의 동시에는 이 아이 말고도 여러 아이들이 등장한다. 아이들은 시 안에서 모두들 스스로의 몫을 하고 있다. 그들은 농촌에 살며 자연과 한 덩어리로 어울려 노는 아이들이거나 뭔가 결핍이 있는 도시의 삶 속에서 어떻게든 친구들과 어울려 자신의 삶을 헤쳐 가는 아이들이다. 그런데 그런 여러 아이의 유형 속에서 "축구부에 들고 싶"어 하는 아이는 유독 새롭고 인상적인 모습으로 다가온다. 이 아이는 축구를 진심으로 사랑하는 아이다. 자신의 롤 모델인 '김수형 선수'를 흠모하며, 축구부에 들고 싶은 마음을 유난스럽지 않은 언어로, 그러나 간절하게 보여 주는 이런 캐릭터야말로 우리 동시에서 쉽게 마주치기 어려웠던 인물이 아닐까. 이런 아이야말로 성명진 이전의 임길택이나 남호섭, 서정홍이 포착해 본 적이 없던 아이라 생각한다. 성명진이 내딛는 한 걸음은 이렇듯 분명 있었지만 우리가 채 발견하지 못했던 이런 아이의 삶을 차근차근 그려 보이는 데 있는 것이 아닐까.

　내 손아귀 바라본다

　한 끼 분의 쌀을 풀 만큼이다

　부끄러움에 얼굴을 감쌀 만큼이다

　심장을 받쳐 들 만큼이다

가만히 합장하여 본다

오 평생 비어 있기를…….

—「손」전문(『그 순간』)

기우뚱한 산길들이
산에 든 사람들을 절 마당으로 모으니
사람들은 대웅전 앞에도 서 보고
탑 앞에도 서 보나 잠시일 뿐

산 아래 어느 집으로 몰려가네
그 집은 밥집,
밥집이네

오 따스한 도로아미타불

—「미황사 아래」전문(『그 순간』)

성명진의 첫 동시집과 두 번째 동시집 사이에 나온 그의 시집 『그 순간』(문학들 2014)에 실린 시들이다. 마치 임길택의 시가 그랬던 것처럼 그의 시는 그의 동시와 뚜렷한 경계 없이 수월하게 읽힌다. 시인으로서의 자의식이 조금 더 강한 것은 아무래도 시 쪽이긴 하지만, 소재나 발상, 주제의식, 그것을 표현하는 방법에 있어서 그의 동시와 시는 많이 닮아 있다. 「손」과 「미황사 아래」에서 보듯 그의 시는 진지함과 발랄함의 세계를 모두 갖고 있다. 나만의 감상일지 모르지만 나는 시집의 많은 부분을 차지하는 「손」 같은 시보다 조금은 싱겁고 가볍게 읽히는 「미황사 아래」의 "도로아미타불"의 세계에 왠지 더 눈이 갔다. "따스한 도로아미타불"이라는 말 속에는 단지 가벼움이란 말로 다 표현할 수 없는 평범한 우리 중생들의 솔직함과 정겨운 모습이 스며들어 있다. 그 속에는 무겁고 진지한 말들에서는 쉽게 맛보기 어려운 여유로움과 발랄함이 들어 있다. 아이들이 지닌 생명력 또한 저 '따스한 도로아미타불'의 세계에 조금 더 가까운 것이 아닐까.

성명진은 자신의 내부에 그런 힘을 발휘할 시의 근육을 이미 갖고 있다. 그가 자신이 가진 그런 시의 근육을 좀 더 써 보았으면 한다.

4부

동시의 새 길을 찾아서

풋풋한 연두, 발랄한 빨강

박성우 『난 빨강』

1

언제부터인가 시에 관한 한 청소년들은 자신의 맞춤복을 입어 볼 기
회를 갖지 못했다. 아버지나 삼촌의 품이 맞지 않는 기성복을 물려 입거
나 다리가 깡동하고 소매가 팔꿈치까지 올라가는 동생의 아동복을 억
지로 입어야 했을 뿐이다. 시란 그들에게 자신의 생활과 정서에 밀착한
그 무엇이 아니었다. 그들 스스로 찾아 읽는 시들이 아주 없지는 않았지
만 안타깝게도 대개 삶에 뿌리를 두지 않은, 감상적인 넋두리에 불과한
시들이 대부분이었다. 청소년이라는 독자층이 엄연히 존재하는데도 청
소년을 위한 시는 웬일인지 줄곧 부재해 왔던 것이다. 청소년을 위한 시
의 부재는 근래 대두된 청소년소설 붐으로 더욱 도드라진 감이 적지 않
다. 요즘 일어난 청소년소설에 대한 독자의 관심은 상대적으로 불모지
대나 다름없는 청소년시의 위상에 대해 돌아보도록 한다. 청소년소설

이 감당할 문학의 영역이 있다면 청소년시가 감당할 문학의 영역 또한 마땅히 존재해야 하는 것이 아닐까?

박성우는 성인시단의 훌륭한 신예로서 좋은 시를 쓰는 시인이기도 하지만, 그 누구보다 아이들이 읽는 시에 대해 고민할 줄 아는 동시인이다. 기존 동시들의 낡은 어법과 소재와 발상들에 대해 의문을 제기하는 그의 발걸음은 동시단을 긴장시킬 만한 새로움을 지니고 있다. 그런 그가 그동안 방치되어 왔던 청소년시의 영토에 의미 있는 보습을 들이대었다.

2

박성우가 처음 선보인 청소년시집 『난 빨강』(창비 2010)에서 우선 내 눈에 들어오는 두 개의 시어가 있다. 그것은 바로 '연두'와 '빨강'이라는 말이다. 연두와 빨강은 박성우가 이 시집에서 그리고 있는 청소년을 상징하는 중요한 키워드다.

> 난 연두가 좋아 초록이 아닌 연두
> 우물물에 설렁설렁 씻어 아삭 씹는
> 풋풋한 오이 냄새가 나는 것 같기도 하고
> 옷깃에 쓱쓱 닦아 아사삭 깨물어 먹는
> 시큼한 풋사과 냄새가 나는 것 같기도 한 연두
> ──「아직은 연두」부분

난 빨강이 끌려 새빨간 빨강이 끌려

발랑 까지고 싶게 하는 발랄한 빨강

누가 뭐라든 신경 쓰지 않고 튀는 빨강

—「난 빨강」 부분

  연두로 상징되는, 시인이 바라보는 청소년의 모습은 얼핏 "아직은"이라는 부사에 매여 있다. "아직은"이라는 말은 시 본문에 등장하는 "풋풋한, 시큼한, 떫은, 시시껄렁한, 막막한" 같은 수식어와 연결되어, 청소년은 완성되지 못한 존재라는 것을 드러낸다. 그러나 완성되지 못한 존재라는 것이 곧 부정적인 것을 의미하지는 않는다. 그것은 미완성의 존재이기에 아직은 가능성이 열려 있는 존재이며 아직은 기성의 가치와 제도에 물들지 않은 존재라는 의미를 품고 있다.「난 빨강」엔 '아직은' 같은 부사가 붙는 대신 "난"이라는 좀 더 강력한 주어가 놓여 있다. '나'는 남과 같아지려는 나가 아니라 남과 구별되기 위해 애쓰는 존재이다. "누가 뭐라든 신경 쓰지 않는, 튀는, 발라당 까진, 천방지축의" 심지어는 "새빨간 거짓말 같은, 끈적끈적한" '나'다. '나' 역시 완성된 존재라기보다는 어디로 튈지 모르는 가능성을 가진 존재이며 기성의 가치나 제도가 요구하는 대로 자신을 고분고분 순응시키지 않으려는 존재이다. 시인은 시인 자신의 말법으로, 혹은 아이들의 목소리로 그러한 청소년들의 모습을 그려 내려 애쓰고 있다.

  알람 시계가 울린다

  고등학교 이 학년인

공부 기계가 깜빡깜빡 켜진다

—「공부 기계」 부분

　종래 청소년들에게 주어진 시는 청소년 자신이 미완성된 존재임을 자각하도록 이끈 측면은 있을지 모르겠으나 청소년의 얼굴과 목소리를 생생히 드러내는 데는 둔감했다. 청소년들이 안고 있는 현실과 솔직하게 대면하는 시, 그들의 말법과 정서와 호흡하는 시를 발견해 내는 데는 부족함이 많았던 것이다. 시인은 '지금 여기' 청소년들이 겪고 있는 그들만의 고민과 갈등에 민감하다. 「공부 기계」에는 피와 살이 있는 인간이 아니라 공부를 위해 한낱 기계가 되어 버린 '지금 여기' 청소년들의 자괴감이 또렷하게 드러나 있다.

　그러나 청소년이 겪는 것이 단지 학업에 대한 압박감만은 아닐 것이다. 그들은 가정과 학교와 사회에서 여러모로 각기 다른 고민과 갈등에 부딪히며 상처를 입는다. 그 상처는 대부분 그들을 둘러싼 어른들과 소통이 부재하는 데서 기인한다.

엄마, 사다리를 내려 줘
내가 빠진 우물은 너무 깊은 우물이야

차고 깜깜한 이 우물 밖 세상으로 나가고 싶어

—「보름달」 전문

　시적 화자는 "차고 깜깜한 이 우물 밖 세상"으로 나가고 싶다고 외치지만, 그것은 쉽게 받아들여지지 않는다. 어른들은 자신의 잔소리를

"다이어트 약처럼 하루도 안 빼먹고 꼬박꼬박 잘 먹"(「1318 다이어트」)기를 바랄 뿐, 아이들 마음속에 똬리를 틀고 있는 무거운 고민과 상처를 헤아릴 줄 아는 눈이 없기 때문이다. 소통의 불가능성을 감지한 아이들은 자신의 속내를 깊숙이 감춘다. 따라서 어른인 시인이 웬만한 애정과 눈썰미를 갖지 않으면 그것을 잡아내는 일은 이내 실패로 돌아가기 십상이다.

박성우는 아이들과 멀찌감치 떨어져 사진기를 들이대는 것이 아니라 아이들의 내면으로 들어가 그 상처를 세심한 시선과 손길로 어루만짐으로써 공감의 요소를 확보한다. 가령 시인은 우리가 통상적으로 파악하는 청소년 일반을 넘어 청소년 개개인의 구체적인 삶을 속속들이 그려 보인다. 거기에는 가출을 생각하는 아이들뿐만 아니라 노래방에 가고 흡연을 하는 아이들이 등장하며, 학원 공부에 시달리는 아이들뿐 아니라 학원에 가 보고 싶어도 가정 형편 때문에 부모에게 말을 꺼내지 못하는 아이가 등장한다. 전학을 가 외톨이가 된 아이의 막막하고 쓸쓸한 심정을 드러내기도 하고, 소소한 일상에서 건져 올린 청소년 특유의 반짝이는 우정을 다음과 같이 그려 내기도 한다.

친구 동준이가 집에 놀러 왔다

라면을 네 봉지나 먹은 우리는
거실 소파에 앉아 배를 꺼쳤다

그러다가 동준이가 진열장에 있는
아빠의 테니스 라켓을 꺼내 들었다

라켓으로 강서브 흉내를 내는 찰나,
거실 장식등이 와장창 깨졌다

얼른 나는 테니스 라켓을 뺏어 들었다

설거지를 하고 방으로 들어갔던 엄마가
놀라서 뛰쳐나왔다

얼떨결에 라켓을 뺏긴 동준이가
어리뻥뻥한 눈으로 나를 쳐다봤다

—「우정」 전문

박성우는 청소년 시기에 일어나는 몸과 심리의 변화, 이성에 대한 호기심과 끌림에 대해서도 예민한 촉수를 들이댄다. 사춘기에 겪게 되는 2차 성징에 따른 여러 변화들이 청소년기의 주된 관심사라는 것을 우리가 모르는 바는 아니었으나, 그것을 시로 그려 내기 위해 진지한 고민을 한 시인은 역시 드물었던 것이 그간의 사정이 아니었나 생각한다. 박성우는 예의 청소년의 눈높이와 말법으로 그것을 꾸밈없이 그려 낸다.

누나의 봉긋한 가슴을
팔꿈치로 툭, 부딪친 적이 있다.
말랑말랑한 것 같기도 하고
좀 딱딱한 것 같기도 했는데

앞이 캄캄하고 어질어질하게 좋았다

—「버스」 부분

남자애들 거시기가 커지면
몸무게가 늘어날까? 안 늘어날까?
거시기가 엄청 땅땅하게 커지면
당연히 늘어나는 거 아닌가?

—「정말 궁금해」 부분

시인이 파악하기에 청소년에게 인식되는 성(性)은 단지 심각하고 음습한 것만은 아니다. 앞서 언급한 연두와 빨강 두 색깔이 상징하듯 그것은 오히려 풋풋하고 발랄한 분위기로 그려진다. 말을 꺼내기 쑥스럽고 감추고 싶은 청소년의 속내가 유머러스하고 밝은 색깔의 어조에 실려 자연스럽게 표출되는 것이다.

시인이 파악한 청소년의 현실은 '악몽'에 가까운 것이 틀림없지만, 그는 또한 연두와 빨강으로 대표되는 청소년의 내면이 다만 그런 현실에 지쳐 쓰러지거나 고개를 숙일 만큼 나약하지는 않다는 것을 잘 알고 있다. 시인은 아이들의 내면에서 발현되는 상상력에 기대어 악몽 같은 현실을 뒤집어 거기서 유쾌하고도 신나는 세계를 다음과 같이 그려 보인다.

이러다 지각하겠다 싶을 때, 있는 힘껏 길을 잡아당기면 출렁출렁, 학교가
우리 집 앞으로 온다

춥고 배고파 죽겠다 싶을 때, 있는 힘껏 길을 잡아당기면 출렁출렁, 저녁
을 차린 우리 집이 버스 정류장 앞으로 온다

갑자기 니가 보고 싶을 때, 있는 힘껏 길을 잡아당기면 출렁출렁, 그리운
니가 내게 안겨 온다

—「출렁출렁」 전문

시인은 풋풋하고 발랄한 청소년의 모습을 그리는 것에 머무는 것이
아니라, 그들을 턱없이 눈부시게만 바라보는 상투적인 시선에도 일침
을 가한다.

나의 지독한 몸부림이 누군가의 눈에는 그저 아름다운 풍경으로 비춰질
때가 있다 가령

물고기가 뛸 때다, 해 질 무렵 물고기가 튀어 오르는 것은 붉고 고요한 풍
경에 격정적인 아름다움을 더하기 위해서가 아니다 그것은 비늘 안쪽으로
파고드는 기생충을 털어 내기 위한 물고기의 필사적인 몸부림이다 농부가
해 지는 들판에서 땅에게 허리를 깊게 숙이는 것 또한 마찬가지, 농부는 엄
숙하고도 가장 서정적인 아름다움을 더하기 위해 풍경으로 남아 있는 것이
아니다

깜깜한 어둠 속에서도 앞다투어 빛나는 학교와 도서관과 공부방 또한 마
찬가지

—「몸부림」 전문

"물고기가 튀어 오르는 것"은 "고요한 풍경에 격정적인 아름다움"을 더하기 위해서가 아니라 "비늘 안쪽으로 파고드는 기생충을 털어 내기" 위해서다. 그것을 인간은 자기중심적인 시선으로 그저 아름답게만 바라본다. 밤늦게까지 불을 밝히는 학교와 도서관과 공부방을 아름다운 풍경으로 흐뭇하게 건너다보는 어른의 태도 또한 그와 다르지 않다. 아이들이 청소년기에 겪어야 하는 저 지난한 몸부림을 단지 그저 아름다운 풍경으로 인식하는 태도는 자연과 노동을 단지 아름다운 풍경의 일부로 감상하는 미성숙한 태도와 별반 다르지 않다.

이 밖에도 시인은 연두와 빨강으로 대표되는 청소년의 내면에 다양한 스펙트럼이 존재함을 놓치지 않는다. 가령 물이 빠져나간 강기슭에 입을 벌린 채 죽어 있는 말조개의 형상에 빗대어 시적 화자의 황량한 내면을 그린 「말조개」, 보고 싶지만 가까이 할 수 없는 대상을 어둠 속에 흩뿌려진 압정별로 묘사한 「압정별」, 경매로 넘어간, 자신의 유년과 식구들의 추억이 고스란히 담긴 정든 집에서 이사하는 날의 비애를 그린 「가벼운 이사」, 비 오는 날 병아리를 품는 암탉의 모성을 담담하고도 조곤조곤한 어조로 묘사한 「닭」 들에는 앞서 살펴본 발랄함과 결이 다른 묵직하고 진지한 시선이 자리하고 있다.

3

지금 동시라 하면 초등학교 어린이만 읽는 시라는 통념이 지배적이다. 대개 아이들은 초등학교 졸업과 때를 같이하여 동시와 결별하는 수

순을 밟는다. 중학생 이상이 된 아이들에게 동시란 이제 한낱 코흘리개 시절에 읽었던 시 이상을 의미하지 못하게 된 것이다. 그러나 해방기 때만 해도 사실 동시의 독자로 포섭되는 주된 독자는 오히려 청소년을 가리키는 경우가 많았다. 그 시를 일컬어 따로 '소년시'라는 명칭을 쓰기도 했다. 소년시든 동시든 혹은 청소년시든 아이들은 자신들의 생활과 정서에 밀착한 새로운 시를 갈망할 자유가 있으므로 청소년이라는 새로운 깃털을 달게 된 아이들의 정서와 생리에 호흡하는 시를 찾는 것은 동시인의 당연한 책무라 할 것이다. 그러한 책무를 게을리한 탓에 우리에겐 청소년시의 전통이 튼실하게 이어지지 못했다. 그동안 청소년시라는 영역은 아주 생소한 미답지로 변했고, 결국 다시 '맨땅에 헤딩'을 필요로 하는 곳이 되었다.

박성우는 이처럼 누구든 선뜻 발을 들이지 않으려는 영역에 과감하게 다시 발을 디딘 시인이다. 처음 시도를 했으면서도 그는 어른의 관념으로 재단한 청소년을 보여 주지 않으려 애썼고, 그런 노력은 일정 부분 성과를 거두었다. 들리는 말로는 청소년시를 쓰기 위해 그는 책상 앞에서 머리를 굴리기보다 청소년들을 만나는 데 힘을 기울였다 한다. 그는 청소년 상담자, 학교에서 아이들과 만나는 교사들은 물론 청소년들과 직접 이야기를 나누며 그들의 고민과 생각을 귀담아들었다. 이 시집에서 소통과 공감의 요소를 발견한다면 그것은 모두 그런 발품을 통해 싹을 틔운 것이다. 그가 시인으로서 시와 동시에 두루 충실한 것처럼 앞으로도 청소년시에 꾸준히 매진하여 부디 새로운 작품들을 많이 보여 주었으면 한다.

파란색 고양이와 셔플 댄스를

박성우『사과가 필요해』

1

박성우는『난 빨강』(2010)이라는 시집으로 '청소년시'라는 새로운 영역을 개척한 시인이다. 교과서를 통해 끊임없이 시를 접하면서도 동시와 시의 경계에서 시란 '유치한 것'이거나 '어렵고 골치 아픈 것'이라는 통념에서 결코 자유로울 수 없던 청소년들에게 그는 무엇보다 시 읽기가 즐거운 일이 될 수도 있음을 보여 주었다.

청소년시가 하나의 독립된 장르로서 성립 가능한가에 대해서는 아직 이견이 없지 않지만, 우리 아동청소년 문단에 그것이 하나의 뚜렷한 창작 흐름으로 확산되고 있는 것은 누구도 부인하기 힘든 사실이다. 박성우의『난 빨강』이후 여러 시인들에 의해서 청소년시가 계속 시도되고 있으며, 그런 노력은 연이은 시집 출간으로 그 결실을 맺고 있다.

그러나『난 빨강』의 시적 성취를 온전히 넘어서는 청소년시집이 있었는지를 나는 아직 잘 알지 못한다. 말하자면『난 빨강』은 청소년시의 기원이자 그것의 완결판이었다 해도 과언이 아니기 때문이다. 단지 독자들의 열렬한 호응 때문만이 아니라 시적 밀도나 청소년을 바라보는 시선의 성숙에 있어 그런 것이었다고 생각한다. 그래서『난 빨강』이후 박성우가 써내는 청소년시는 과연 어떤 모습일지가 무척이나 궁금하고 기다려졌다.

과연 박성우의 두 번째 청소년시집『사과가 필요해』(창비 2017)는『난 빨강』의 성취를 잇고 있으면서 일견 새로운 모습으로 오롯하다. 박성우는『난 빨강』에서 선보였던 청소년시의 정체를 허물지 않으면서 또한 그것이 도달했던 성취에만 머무르지 않으려는 부지런함을 보여 준다.

2

박성우가『난 빨강』에서 보여 준 것은 어른의 시선으로 포착한 청소년의 겉모습이 아닌 그들의 진실한 내면이었다.『사과가 필요해』에서도 여전히 돋보이는 것은 청소년의 처지에서 바라본 구체적 현실과 그 현실을 살아가는 청소년의 속내가 손에 잡힐 듯 그려져 있다는 점이다.

교복은 가방을 메고 학교에 가고 나는 등교하지 않았다

교실로 들어간 교복은 언제나 그랬던 것처럼 책상에 엎드렸다 수업이 시작되어서야 겨우 일어나 시간표에 맞춰 책을 꺼냈다

교복은 책가방을 메고 학교에 가고 등교하지 않은 나는 하고 싶은 것이 많아 아무것도 하지 않았다 다만, 밀린 잠을 미친 듯이 잤다

학원에 들렀다가 늦은 밤에야 돌아온 교복이 방문을 열고 들어와 내게 가방을 툭 던졌다 가방을 받아 든 나는 교복의 어깨를 툭툭 쳐 주었다

—「교복과 나」 전문

'교복'은 교복이 아니라 '나' 자신이다. 그러나 한사코 나는 나 대신 교복을 학교에 보냈다고 생각한다. 교복과 한 몸이던 '나'가 교복과 분리됨으로써 나는 자유를 얻었다고 생각하지만, 내가 교복이고 교복이 곧 나 자신이라는 그 슬픈 사실은 결코 변하지 않는다. 이 움직일 수 없는 뻔한 사실을 혼자서 부정하고 있는 '나'가 참 측은해 뵌다. 측은해 뵈는 것이 어디 그런 '나'뿐이랴.

박성우가 살핀 학교와 집, 그리고 그 바깥 어디에고 아이들이 마음을 둘 공간은 없다. 학업 스트레스를 천형처럼 부여안고서 여전히 그들은 학교와 가정 안팎에서 유형, 무형으로 가해지는 억압과 결핍의 일상을 다만 꾸역꾸역 견뎌 낼 뿐이다.

『난 빨강』에서도 그랬듯 이 시집에서도 어른과의 대화는 대개 일방적으로 시작되어 일방적으로 끝난다. 어른들은 그저 완고하거나 자기중심적일 뿐이며 '그때그때 다른'(「그때그때 달라」) 이중의 태도를 보여 준다. 아이들이 어쩌다 자신의 속내를 비치기라도 하면 뾰족한 말이 사정없이 그들을 찔러 온다.

선생님한테 미친 듯이 혼나다 보면 갑자기

머릿속에서는 말벌 떼가 윙윙대고

위장에서는 마녀가 위벽을 사정없이 긁어 대

눈앞이 깜깜해지도록 박쥐 떼가 몰려와 파닥거려

아빠한테 미친 듯이 혼나다 보면 갑자기

시멘트 바닥을 긁어 대는 쇳소리가 들려오고

쇳덩이를 자르는 톱날 소리가 점점 커져 와

(⋯)

결국 나는 더 이상 참지 못하고

바락바락 악을 쓰며 엄마한테 대들게 돼

악다구니로 기어오르다가 침대에 엎드려 울게 돼

울다 지친 내 몸에 스멀스멀 감겨 오는 뱀을

있는 힘껏 뿌리치다 보면, 엄마 팔일 때도 있어

—「사과가 필요해」 부분

청소년으로 짐작되는 시적 화자는 자신의 고통을 이렇게 호소한다. 아이의 그 목소리는 어른들을 향한 일종의 '도와달라는 외침'일 텐데 먹통인 어른들은 그러나 그 외침을 결코 듣지 못한다. 어른들에게 청소년은 한낱 이유 없이 괜한 심통을 부리는 존재일 뿐이며, '온전한 사람'이 되기 위해 부단히 조련받아야 할 미숙한 존재로 비쳐질 뿐이다. 그러기에 아이들 또한 굳이 그런 어른들에게 자기의 진실된 내면을 드러내려 하지 않는다. "머릿속에 들어 있는 걸 다 꺼내 놓으면" 어른들은 "스프링처럼 튕겨져 나가"거나 "장풍을 맞은 것처럼/손발을 뻗고 날아가 가슴을 쥐어짜"(「말할까 말까」)며 고통을 호소할 것이 틀림없기 때문이다. 자신을 "속이 없는" 존재로만 여기는 어른들과 살아가기 위해 아이들은 차라리 "속을 비워" 둔 채 살아가는 길을 택한다.(「대나무 성장통」) 아아, 제 속을 비워 둔 채 자라는 아이들이라니!

3

그러나 그렇다고 해서 박성우가 새로 선보이는 청소년시들이 아이와 어른 사이 불화나 소통의 부재만을 그려 보이는 매우 칙칙하고 어두운 시들이라고 지레 짐작할 필요는 없다. 거기에는 불화 못지않은 교감(交感)과 화해의 시들이 있고, 나 아닌 타자를 따뜻하게 감싸 안는 사랑의 시들이 있으며, 어둡고 안으로 닫혀 있는 시보다 유쾌 발랄한, 밖으로 한껏 열려 있는 시들이 있다. 청소년의 삶이 억압과 결핍으로만 점철되어 있다고 보는 것은 그들의 삶을 언제나 희희낙락하는 세계라고 보는 것만큼이나 맹목적인 일일 것이다. 억압과 결핍의 뒷면에는 그것에 버금가는 청소년 특유의 생기와 충만함이 자리해 있다. 그 안에서 발현되고 있는 청소년 특유의 생명력과 상상력이 표출된 시들을 만나는 것은 무척 즐거운 일이다.

> 니가 내 마음을 알아주면 나는 페인트 통을 들고 날아오를 거야 니가 가는 길마다, 니가 좋아하는 파란색을 칠해 놓을 거야!
>
> ─「난, 니가 좋아」 부분

이런 연애 감정을 누가 유치하다 할 것인가. 자전거 뒷자리에 앉아 "옷자락을 어정쩡 잡고 있던 미진이가/내 점퍼 주머니에 슬쩍 손을 넣어"올 때 자신도 모르는 힘에 이끌려 페달을 힘차게 밟는 것도 역시 그렇다.

> 이 힘은 어디서 오는 걸까
> 발에 힘이 잔뜩 들어간 나는
> 페달을 더 세게 밟아, 바람을 파랗게 갈랐다
>
> ─「밀착 자전거」부분

『난 빨강』을 대표하는 색깔이 '빨강'과 '연두'였다면 이번 시집에서는 유독 '파란색'이 두드러진다. 빨강과 연두가 그러했듯이 저 파란색은 현실의 중압감을 아랑곳하지 않는 발랄하고 생기 있는 청소년의 모습을 상징한다고 보면 좋을 것이다. 어디 이뿐인가. 2차 성징기의 아이들이 가지는 성(性)에 대한 관심이나 자기 몸의 변화에 대한 솔직한 발언들 또한 충분히 눈여겨볼 만하다. 특히 「봤니? 나는 봤어」「좀 이상하지 않아?」에서 시적 화자가 제기하는 질문은 『난 빨강』을 한 뼘 넘어서는 것들이어서 소중하다.

> 비 온 뒤에 땅이 굳어진다,
> 그래 비 오니까 슬리퍼 신고 학교 가자
>
> 뱁새가 황새 쫓아가다가 가랑이 찢어진다,
> 그래 천천히 학교에 가자
>
> ─「내 맘대로 속담 공부」부분

내가 늦잠을 자서 당황해하면, 시간도 당황해서 나를 팽개치고 저 혼자 버
스를 타고 학교로 가 버린다 야, 같이 안 가!

— 「이제 이상할 것도 없는 시간」 부분

이런 능청스러운 언어의 향연 역시 무척 유쾌한 것이지만, 갑갑한
현실에 작은 구멍을 내어 해방감을 맛보게 하는 다음 시도 재미나게 읽
힌다.

수업 시간에 졸리면 가방을 열고
가방 속으로 들어가 한숨 자고 나온다

수업 시간에 배가 고파지면 가방을 열고
가방 속으로 들어가 간식을 먹고 나온다

수업 시간에 지루하다 싶으면 가방을 열고
가방 속으로 들어가 놀다 나온다

수업 시간에 선생님이 질문을 하면 가방을 열고
가방 속으로 들어가 숨어 있다 나온다

— 「멋진 내 가방」 전문

우리 현실에 정말 이런 가방이 있고 없는지는 그리 중요하지 않다. 아
니, 아이가 몸담고 있는 현실은 그런 '멋진 가방'의 존재를 절대 인정하
고 용납할 리가 없다. 그래서 더더욱 '멋진 내 가방'은 저 갑갑한 현실에

서 '나'를 구원하는 마법의 공간이 된다. 아이는 갑갑하고 무기력한 현실과 마주할 때마다 제 스스로 만들어 낸 그 공간 안으로 들어감으로써 자유와 안온함을 만끽한다. 또한 가방 밖의 무기력하고 따분한 현실의 시간을 견딜 인내심과 새로운 기운을 얻는다.

4

현실이 그리 만만한 것이 아니라는 것을 그러나 우리 모두는 잘 알고 있다. 제트 엔진을 단 채 아프리카로 날아가는 학교를 상상하고 있는 나에게 선생님은 "집중 안 하고 계속 멍 때릴래?"(「학교 데리고 다녀오겠습니다」) 핀잔을 줄 뿐이고, "미소 가득한 얼굴로 친절하"게 "보충수업 희망 조사 용지"(「보충수업 희망 조사」)를 내민다. "졸음을 몰아내고 몰아내"면서 문제집을 풀지만 얻는 것은 "성적이 아니라 탈모"(「성적 스트레스」)다. "사사건건 시비를 걸던 엄마가/칭찬도 해 주고 격려도 해" 줄 때면 마음이 좋아지기는커녕 "엄마가 갑자기 무서워진다"(「뭐지?」). "짜증 나거나 성질 뻗칠 때//입이 내보내려는 더러운 말을/목이 진땀 흘리며 막아"(「교복 셔츠」) 내느라 교복 셔츠의 깃은 자꾸만 더러워지고, 참고 참다가 더 이상 참을 수 없을 때 "야자를 하다 말고 (…) /운동장 스탠드로 나와 아아"(「별 없는 밤」) 소리를 지르며 초라해진 자신을 달랜다. 그래도 답답한 그 속은 풀리지 않는다.

　달려야 할 길이 묶여 있다

길을 앞에 두고 길에 묶여 있다
숨 막히게 줄을 당겨
혼자 두 발로 서 보는 길이 묶여 있다

목줄에 걸린 목숨이 묶여 있다
짧은 목줄에 걸린 긴 목숨이 묶여 있다

목줄이 그려 주는 테두리,
밖으로 나간 적 없는 목숨이 묶여 있다

어제보다 더 자란 목숨이
자랄수록 숨이 더 조여 오는 목숨이,

달려야 할 길에 묶여 있다

—「목줄」 전문

현실이 비루하고 고단할수록 자신의 속을 비워 내며, 지금까지 어떻게든 자신이 지닌 생명력과 상상력으로 그것을 극복하려 애썼던 아이들의 의지가 그만 턱, 하고 이 '목줄'에 걸리고 만다. "묶여 있다"라는 말이 무려 일곱 번이나 반복되는 이 비장한 시 「목줄」을 읽다가 갑자기 나 역시 하나의 질문에 턱 발목이 잡히고 만다. 이 시는 과연 누구를 위한 시일까. 이 질문에 대한 답을 생각하다 보니 문득 청소년시는 청소년만 읽어야 할 시가 아니라는 대견한 생각에 이르게 되고, 청소년시야말로 청소년 바깥의 어른들에게 말을 걸어오는 시가 아닐까를 생각하게 된다. 어쩌면 이 시집에서 시인이 보여 주려 했던 청소년의 일상과 내면들은 청소년 자신에게는 너무나 익숙한 것투성이가 아닌가. 나는 정신이 번쩍 들면서 다시 시집 서두로 돌아가 시를 더 꼼꼼히 읽어 보기로 한다. 시집 맨 앞에는 이런 시가 실려 있다.

　화단 그늘에 들어 낮잠을 자던 고양이가 벌떡 일어나 비의 신발장에서 구두를 꺼내 신고 교실 난간으로 뛰어오른다 쿵쿵 쿵쿵 쿠구궁 쿵쿵, 셔플 댄스를 춘다 얘들아 잠깐, 나랑 같이 셔플 댄스 안 출래? 우리들은 책상 위로 올라가고 선생님은 교탁 위로 올라가 쿵쿵 쿵쿵 쿠구궁 쿵쿵, 셔플 댄스를 춘다

―「소나기」 전문

한없이 처지기만 하는 한여름 대낮, 그러니까 점심시간 직후의 5교시쯤, 교실은 나른하고 지루한 공기로 휩싸여 숨이 막힐 지경이다. 그때 텁텁하고 무지근한 대기를 흔들며 한줄기 시원한 소나기가 쏟아져 내린다. 그 소리에 까무룩 잦아들던 교실은 일순 생기가 돌고 덩달아 우리들의 심장도 '쿵쿵 쿵쿵 쿠구궁 쿵쿵' 빠르게 뛰기 시작한다. "비의 신발장에서 구두를 꺼내 신"은 고양이의 등장은 이 시의 압권이다. 비의 구두를 신고 나타나 자연과 인간, 어른과 아이의 혼연일체를 불러오는 고양이는 신비롭고 위대하다. 두 번째 청소년시집 『사과가 필요해』를 일군 시인의 얼굴에서도 나는 문득 그 신비스러운 고양이 얼굴을 본다.

호모 아만스를 위한 시

김륭『사랑이 으르렁』

1

김륭은 2007년 시와 동시로 등단하여 10년 넘게 꾸준히 시를 써 온 시인이다. 그동안 여섯 권의 동시집과 두 권의 시집을 내며 동시인과 시인으로서의 임무를 누구보다 충실히 해 온 시인이다. 특히 그는 동시에서 새로운 말법과 표현으로 독창적인 시 세계를 보여 줌으로써 2010년대 동시단을 풍성하게 가꾼 시인 중의 한 사람이다.

동시와 시를 넘나들며 오로지 자신만이 보여 줄 수 있는 언어와 상상력을 유감없이 펼쳐 보여 준 시인임에도 그동안 그는 청소년시에 관해서는 이렇다 할 활동을 보여 주지 않았다. 아니 좀 더 정확히 말하자면 그는 2010년 이후 쓰이기 시작한 청소년시에 대해 다소 유보적인 태도를 지녔던 시인으로 파악된다.

시에 청소년이란 레테르가 붙는 순간, 시는 문학이 아닌 교육이 되고 그 교육은 시 나아가 문학 자체를 망하게 할 공산이 크다. (…) 청소년들의 정서와 관심에 부응하는 시가 많이 창작된다는 것이 얼핏 고무적인 사실일 수 있지만, 그것이 성인과 나이에 따른 명시적인 위계 구분으로 이어질 경우 분명 약보다 독에 가깝다. (김륭 「하이틴 로맨스와 19금 사이」, 『동시마중』 2013년 7·8월호)

그는 "청소년의 정서와 관심에 부응하는 시"가 많아지는 현상이 말 그대로 바람직하기만 한 일일까 회의한다. 시에 '청소년'이라는 레테르가 붙는 순간, 그 시는 어떤 틀(가두리)에 갇히는 문학으로 전락할 가능성이 많다고 보기 때문이다. 만약 청소년시가 존재해야 한다면 청소년이란 말에 방점을 찍을 게 아니라 어디까지나 "끊임없이 혁명과 쇄신이 가능한" "창의적이고 새로운" 시에 찍어야 함을 그는 강조한다.

김륭이 보여 준 청소년시에 대한 이런 태도에서 우리는 그가 청소년시를 무작정 외면하려는 사람이 아니라 진정한 청소년시란 무엇이어야 하는지를 고민하려던 사람임을 짐작할 수 있다. 그가 쓴 시나 동시가 그랬듯 그가 생각하는 청소년시란 "시대에 적응해 가는 시"가 아니라 그 "현실 너머"에 있는 "세계의 바깥을 궁리"하도록 하는 시다. 그가 자신의 동시에서 앞 세대가 추구해 온 관습과는 다른 독창적인 비유와 진술 방식을 택함으로써 그 경계를 넓힌 것처럼, 김륭은 청소년시에서도 새로운 언어감각과 발상으로 독자로 하여금 세계에 대한 인식을 확장해 가도록 유도한다.

2

김륭의 청소년시집 『사랑이 으르렁』(창비교육 2019)은 표제 그대로 '사랑'을 키워드로 한다. 수록된 65편의 시 가운데 사랑이란 시어가 등장하지 않는 시가 거의 없을 정도로 이 시집은 줄기차게 사랑에 대해 말하고 있다.

다리가 많다고 신발이 많다고
너에게 갈 수 있는 건 아니지

수백 개의 다리를 가진 다족류
밀리페드라고 한들 다를 건 없지

시험에도 나오지 않는
너라는 책을 읽다가 알았지
말로도 발로도 다 할 수 없는 사랑이 있고
이별이 있다는 걸

그러니까 모든 연애는 주관식
뒤에서부터 읽어야 하는 책도 있지
그래서 그래

오늘부턴 좀 멋지게 걸어 볼래
난 이미 너에게 도착했으니까

심장으로 걸어 볼래

—「심장으로 걸어 볼래」 전문

누군가를 사랑한다는 것은 "시험에도 나오지 않는 책"을 읽어 가는 것과 같다. 그 읽는 행위에는 정해진 답과 순서가 있는 것이 아니다. 그것은 "말"(머리)이나 "발"(몸)에 기대어서는 도달할 수 없다. '나'를 사랑으로 이르게 하는 것은 오로지 "심장"(마음)이기 때문이다. '나'는 그 심장으로 인해 "이미 너에게 도착했"고 앞으로도 계속 그렇게 '너'에게 가기 위한 걸음을 지속할 것이다.

이 시는 사랑하는 상대에게 보내는 간절한 연시(戀詩)이면서, 우리에게 사랑의 정체가 무엇인지를 환기한다. 시집의 맨 처음에 실린 이 작품은 마치 이 시집의 서시(序詩)와도 같다. 시인은 사랑하는 '너'에게 가기 위해 분투하는 시적 주체를 통해 이른바 '심장으로밖에 걸을 수 없는 길'을 모색하게 함으로써 우리에게 사랑이 무엇이고, 또 무엇이어야 하는지를 끊임없이 질문한다.

그래 그거야 사랑이 훅, 들어올 때
나는 나를 다시 발견할 것이다

—「여여(如如)」 부분

시인이 그 많은 말들 가운데 이렇듯 사랑이라는 키워드를 앞세운 까닭은 무엇일까? 청소년기가 그 어느 때보다 왕성하게 사랑을 나누어야 하는 시기라 생각했기 때문일까. '아프니까 청춘이다'가 아니라 '사랑하니까 청춘이다'? 아닌 게 아니라 바야흐로 인생에서 꽃에 비유되는 시기, 바로 청소년기다. 사랑이야말로 이팔청춘 혹은 질풍노도의 시기와 어울리는 안성맞춤의 말이 아닐 텐가. 결국 시인은 '청소년들이여 마음껏 사랑하고 연애하라!'는 주문을 하고 싶었던 것일까? 청소년시가 존재해야 한다면 청소년에 방점을 찍을 게 아니라 창의적이고 새로운 시에 찍어야 함을 강조했던 시인이고 보면 그 지향점이 꼭 거기에만 있었다고 보기는 어려울 것 같다.

살짝 뽀뽀는 되지만
키스는 안 돼
하나가 되는 건 좋은데
그건 하나가 녹는 거야
하나가 녹으면 하나도 따라
녹아야 진짜 하나야
그렇게 녹아 없어지는 거야
그런 사랑을 못 해 봤으니까
싸우는 거야
우리 엄마 아빠처럼
하나가 녹지 않는 거야
하나가 녹지 않으니까
다른 하나도 녹지 않는 거야
할 일이 뭐 있겠어
싸울밖에
사랑은 참 어려운 거 같아

우린 얼마나 다행이니

태어날 때부터 19금이니까

해마다 다시 태어나는

눈사람이니까

— 「19금」 전문

우선 이 시의 화자는 누구일까를 생각해 보자. 스스로를 "눈사람"이라 칭하는 시적 화자는 아직 스무 살이 넘지 않은 청소년기임을 유추할 수 있다. 이 시는 그런 시적 주체가 설파하는 일종의 '사랑(연애)론'이다. 이 시의 화자는 사랑의 상대에게 "하나가 녹으면 하나도 따라/녹아야 진짜" 사랑이라고 말한다. 스스로 터득한 그 사랑의 방정식에 대입해 보자면 "엄마 아빠"는 사랑을 온전히 아는 어른이 아니라 진정한 사랑을 몰라 늘 실패하는 미성숙한 존재에 불과하다. 이에 대비되는 화자는 "사랑은 참 어려운" 것임을 인정하면서도 "눈사람"처럼 자신을 온전히 녹여 사랑을 완성하려는 열망을 가졌다. 그러므로 그는 "태어날 때부터 19금"이다.

우리에게 공부가 전부라면

매미의 전부는 울음이다

누가 더 인간적인지 묻고 싶을 때가 있다

— 「백일홍」 부분

온전한 사랑을 영위할 능력은 일정한 시간의 흐름이나 정해진 학습을 통해 주어지는 것이 아니라 자신에게 부여된 목숨처럼 "태어날 때부터" 갖게 되는 것이어야 진짜라는 것을, 그래야만 사랑에 대한 그 열망이 무엇보다 눈부시고, "해마다 다시 태어나는/눈사람"처럼 영속적인 생명력을 부여받을 수 있음을 이 시는 보여 준다. 다시 말해 누군가를 진심을 다해 사랑한다는 것은 자신의 전부를 쏟는 것이 아니고서는 곤란하다. 마치 공부가 전부인 것처럼 책상에 앉아 있는 "우리"와 울음이 자신의 전부인 양 온몸으로 울고 있는 "매미" 가운데 "더 인간적인" 쪽은 과연 누구인가.

3

　베란다 건조대에 널어놓은 교복에서 뚝뚝 학교가 떨어졌다 학교가 떨어지자 선생님이 떨어졌고 나도 구멍 난 양말처럼 떨어져 있다 교복은 이제 날아갈 일만 남았다 먹물을 다 제거한 대왕오징어처럼 말라 가는 교복, 가벼워져 가는 교복, 마른오징어 같은 일요일 나는 머리에서 종소리가 나도록 오징어 다리 질겅거리며 교복이 세상 밖으로 날아가기를 기다려 보는 것이다

　　　　　　　　　　　　　　　　　　　　　　—「일요일」 전문

이 시를 단지 학교 공부가 싫어 일탈하고 싶어 하는 청소년의 마음을 그린 시라 단정할 수 있을까. 이 시에 등장하는 시적 화자의 진술 또한 어찌 보면 '인간적인 사랑'을 간절하게 갈구하는 목소리의 하나로 읽힌다.

　인간의 바람직한 유형을 지칭하는 말 중에 '호모 아만스(Homo Amans)'라는 말이 있다. 호모 아만스란 우리말로 '사랑하는 인간'을 뜻

한다. 호모 아만스는 '저항'과 '관용'이라는 두 가지 정신을 바탕으로
한다. 사랑하는 인간은 모든 사회적·심리적 차별을 거부하는 존재로서
자신의 처지에 좌절하지 않고, 자신을 부자유하게 하는 관습과 도덕, 법
들에 대해 도전하는 마음을 지닌다고 한다. 이 '저항하는 호모 아만스'
와 짝을 이루는 것이 바로 '관용하는 호모 아만스'다. 호모 아만스는 모
든 생명 앞에서 겸허하고 자신이 아닌 타인을 관용하는 마음을 지닌다.
성, 나이, 인종의 차이에 대한 차별을 용인하지 않고 타자의 삶을 깊은
마음으로 이해하고 관대하게 대하는 것이 바로 호모 아만스의 또 다른
모습이다. 이렇듯 호모 아만스는 저항과 관용의 정신으로 사회 제도가
만들어 낸 우리 사회의 온갖 부조리를 치유하는 역할을 감당한다.(박설
호 『호모 아만스, 치유를 위한 문학·사회심리학』, 울력 2017, 12~24면) 말하자면 이
시집에서 김륭이 말하는 '사랑'이란 바로 그 호모 아만스의 사랑에 비
유될 수 있지 않을까.

쌤들은 그냥 지나가시길, 물소처럼 얼룩말처럼
들어도 못 들은 척 무사히 지나가시길, 부디
공부 따윈 입에 담지도 마시길.

으르렁, 사랑하고 싶은 것이다. 으르렁!
사랑받고 싶은 것이다.

바로 지금이다, 으르렁. 지금 으르렁대지 않으면
어디 한번 제대로 울어 보기나 하겠는가.
───「사랑이 으르렁 2」 부분

이 시에 등장하는 시적 화자도 말하자면 '저항하는 호모 아만스'라 할 수 있을 것이다. "염소수염 같은 잔소리"(「Happy Birthday」)와 "정육점 칼 같은"(「돼지 자소서」) 말밖에 할 줄 모르는 선생님들에 맞서 우리의 '호모 아만스'는 "아무리 시간이 없다고 해도/사랑하거나 이별할 시간은 있어야 하는 거라고"(「시험 기간」), 그 시간이 "바로 지금"이라고 "으르렁!" 외친다.

> 몸보다 무거운 마음을 감당하려면
> 원숭이나 곰 인형 따위론 안 되거든요.
> 공부나 사랑을 머리로 하려고 하는 사람들에게
> 세상은 절대 친절하지 않아요.
> 차라리 집이나 학교를 버리는 건 어때요?
> 죽을 때까지 버릴 수 없는 건 가슴으로
> 해야 한대요. 우리 같이 좀 걸어요.
> 코끼리를 안아 주면 고맙고요.
>
> ──「코끼리를 업고 다니는 소녀」 부분

다시 말하거니와 김륭이 그리고 싶은 사랑이란 단순히 청소년기에 갖게 되는 풋풋한 연애 감정 따위에만 머물지 않는다. 그것은 차라리 제도나 질서, 금기에 짓눌려 상처 입은 누군가의 마음을 보듬고 치유하고자 하는 열망에 닿아 있다. 떨어진 시험 성적 때문에 잠깐 "몸을 책가방보다 멀리 던"져 보려고도 했던 또래에게 건네는 소녀의 이런 유대 감정은 말하자면 타자의 삶을 깊은 마음으로 이해하고 진심으로 대하려는 자세를 지닌 호모 아만스의 또 다른 면모가 아닐까. 그런 사랑의 마음을 가짐으로써 내 속에 잠재되어 있던 내면의 소리와 보이지 않고 들리지 않았던 존재들이 내는 간절한 외침들을 우리는 비로소 듣게 되는 것이다.

길가의 꽃들이
눈에도 보이지 않는 벌레들이
어쩐지 발길에 툭툭 차이는
돌멩이들이

호랑이도 아니면서
으르렁, 한다

너를 끝끝내
잊지 않을 나의 야생이
사랑이란 가죽을
뒤집어쓰고

시동이 꺼진
구름에게도 으르렁
인사를,

———「사랑이 으르렁 3」 전문

4

　지난 10년간 청소년시는 여러 시인들의 노력으로 나름의 성과를 쌓아 왔다. 그러나 청소년을 위한 시라는 명목 아래 더러는 청소년시를 획일화된 시법에 가두는 결과를 초래했다. 청소년이 겪는 현실에 주목하며, 청소년 대중이 공감하는 친절한 어법을 구사해야 한다는 것은 청소년시의 한 방책일 수는 있으나, 전부일 수는 없을 것이다.

　비가 사람을 입고 걸어간다

　아무도 시키지도 않은 일을
　하면 할수록 더 외로운 일을
　공부보다 열심히 참 잘했다

　지나간 내 사랑을 생각한다
　　　　　　　　　　　　　　　　　—「비옷」 전문

　김륭은 새로 선보인 청소년시에서 예의 독특한 어법과 상상력으로 우리의 삶을 숙고하도록 한다. 시인은 '사람이 비옷을 입고 걸어간다'는 일상적 문맥에서 비약하여 '비가 사람을 입고 걸어간다'고 말한다. 비가 사람을 입고 걸어간다니! 쉽게 해석되지 않는 문장이다. 그러나 이런 알쏭달쏭한 문장을 써 놓음으로 해서 우리는 제목으로 쓴 '비옷'이라는 시어가 함축한 의미와 "아무도 시키지 않은 일/하면 할수록 더 외로운 일"이 무엇인지 곰곰 생각하고, 또한 그것이 "지나간 내 사랑을 생각"하는 행위와 어떤 연관이 있는지를 골똘히 생각할 기회를 얻는다.

김륭 특유의 이런 말하기 방식은 확실히 이전에 나온 청소년시들과 모습을 달리하면서 우리에게 새로운 독법을 요구한다. 그가 선보인 동시들이 그랬듯 이 시집에도 관습적이고 상투적인 독법으로는 쉽게 접근하기 어려운 작품이 여럿 들어 있다. 그러나 이런 시들에 지레 고개를 돌릴 필요는 없을 것이다. 앞에서도 잠깐 언급한 것처럼 이 시집은 사랑에 관한 의미를 탐구하는 시집이다. 그러한 시적 기조를 염두에 두면서 개개의 시편들을 서로 연결 지어 감상하다 보면 시적 의미가 좀 더 깊이 다가오는 것을 느낄 수 있다.

시인은 「달걀 1」이라는 시에서 클라리시 리스펙토르(Clarice Lispector)의 소설 「달걀과 닭」의 한 대목을 인용해 놓았다.

내가 달걀에 대해서 모르는 것, 그것이야말로 진짜 중요하다. 정확히 내가 달걀에 대해서 알지 못하는 바로 그것이 내게 달걀을 준다.

'달걀'이 있는 자리에 슬쩍 '시'를 넣어 본다. '내가 시에 대해서 모르는 것, 그것이야말로 진짜 중요하다. 정확히 내가 시에 대해서 알지 못하는 바로 그것이 내게 시를 준다.' 김륭의 시는 우리가 정확히 알지 못하는 바로 그 지점에서 발화하여 우리가 쉽게 맛보지 못했던 묘한 매력을 던진다.

학교 밖 아이들이 부르는 삶의 노래

김애란 『난 학교 밖 아이』

1

김애란의 청소년시집 『난 학교 밖 아이』(창비교육 2017)는 두 가지 점에서 이전 시집들과는 다른 개성을 지니고 있다. 하나는 제도권 학교 울타리 바깥에서 살아가는 이른바 '학교 밖 청소년'의 삶을 소재로 하고 있다는 점, 또 하나는 개개의 시편이 독립된 시이면서 서로 긴밀히 연결되어 한 편의 완결된 성장서사를 이룬다는 점이다.

표제에서 짐작할 수 있는 것처럼 이 시집은 '학교 밖 아이'를 소재로 하고 있다. '청소년' 하면 으레 중·고등학교에 다니는 학생들을 떠올리는 것이 하나의 통념이 되어 있지만, 사실 이 땅의 모든 청소년이 학교에 다니는 것은 아니다. 한 통계에 따르면 학교에 적을 두지 않은 학교 밖 아이들의 수가 수십만에 이른다고 한다. 이 가운데는 입시 교육이라는 적자생존의 시스템에서 '학업 부적응자'로 내몰린 아이들이 있고, 왕따나 학교 폭력 같은 상처로 인해 학교를 그만둔 아이들이 있으며, 집안의 경제 사정이나 가정불화, 질병 등으로 학교를 다니고 싶어도 더 다닐 수 없는 아이들이 있다. 우리 사회는 이들을 흔히 '문제아'라는 낙인을 찍어 비정상으로 몰기 일쑤다. 그들의 처지를 이해하고 받아들이려 하기보다 정상 궤도에서 이탈한 낙오자쯤으로 구분 짓고, 자꾸만 부정적인 시선으로 바라보려 한다. 『난 학교 밖 아이』는 바로 그런, 편견과 소외의 그늘에서 자기 삶을 꾸려 가는 학교 밖 청소년을 다루고 있다.

2

1부에는 심한 '아토피'로 인해 학교를 그만두게 되는 아이 '승연'이가 나온다. 승연이는 이 시집의 전체 서사를 이끌어 가는 시적 화자로 소설로 치자면 주인공에 해당하는 인물이다. 승연이가 자퇴를 결심할 수밖에 없게 된 이유는 '중증 아토피'를 앓고 있기 때문이다. "수천수만 개 바늘이 찔러" 대고 "세상의 모든 털이 날아와 간질"(「차라리」)이는 것 같은 신체적 고통은 정신적 고통을 함께 수반하며 그를 결국 '학교 밖 아이' 처지로 내몬다. 1부에 실린 시들에는 병으로 학교 밖 아이가 된 승연이가 느끼는 열패감과 두려움, 외로움 같은 감정이 속속들이 배어 있다.

피할 수 없는 한 가지 절실한 이유 때문에 내가 "학교를 그만두겠다고 했을 때/담임 샘은 내게 많은 것을 잃게 될 거라"(「지우와 나」) 예언 아닌 예언을 한다. 담임선생의 그 말은 적중한다. 자퇴를 한 나를 "많은 친구들이 핑계를 대며 만나 주지 않"(「지우와 나」)고, 그럴수록 학교를 향한 '그리움'은 자꾸만 살이 쪄 간다(「다이어트」). 학교를 그만두면 "엄청

난 그 무엇이/기다리고 있을 거라/기대한 건 아니지만//기다리고 있는
게/아무것도 없다는 현실이/믿어지지 않"(「한동안」)아, 나는 "우주 미아
가 되어 별과 별 사이를/둥둥 떠다니는 기분"(「하느님은 알지요」)이 된다.
여기에서 오는 외로움은 나를 "아주 깊은 우울에 빠"(「하얀 알약」)지게 한
다. "아무것도 보기 싫고/아무것도 듣기 싫고/아무것도 하기 싫어서/죽
은 듯이 잠만"(「한동안」) 자는 그 무기력한 나날의 고통 속에서 어느 날
문득 "열일곱 해 나약한 내 생이/저렇게 산산조각 나면 어쩌나"(「봄날」)
두려운 마음이 들기도 한다. 화자 자신을 쇼윈도에 갇힌 마네킹으로 비
유한, 다음 시에는 학교를 떠나와 느끼게 된 그런 단절감과 막막한 외로
움이 절절히 드러나 있다.

　　친구들이 발길 멈출 때마다
　　내 가슴은 사정없이 뛰는데
　　친구들에겐 내 심장 소리 들리지 않고
　　애들아, 내게 말을 해 봐
　　아무리 외쳐도 내 입은 움직이지 않지
　　친구들은 내게 말 걸지 않는 세상
　　유리에 이마를 찧고 싶은 충동을 삼키지만
　　목젖도 움직일 수 없는 난 사람도 인형도 아닌
　　그저 키 큰 슬픔 덩어리일 뿐

　　　　　　　　　　　　　　　　　　　　—「난 마네킹」 부분

　"내 심장"은 분명히 뛰고 있고, 나는 친구들에게 분명 외치고 있지만,
그 소리는 친구들에게 도무지 들리지 않는다. 난 "사람도 인형도 아닌"

채로 그렇게 서서 "유리에 이마를 찧고 싶은 충동"을, "슬픔"을 가까스로 누른다. 나는 "조그만 발가락으로 우물 벽을 움켜쥐고/끝끝내 기어 나온 청개구리"(「하얀 알약」)를 떠올리며 "날개야, 돋아라/날자 날자 날자 한 번만 더 날자꾸나"(「날개야, 돋아라」) 자기 내면에 똬리를 튼 깊은 우울을 떨치려 애쓴다.

이런 나에게 언덕이 되어 주는 것은 중학교 때 자퇴한 경력이 있던 '지우'라는 친구다. 자신이 자퇴를 했을 때 편견 없이 대해 주었던 나의 우정을 지우는 잊지 않고 보답한다. 그러나 무엇보다 나를 지탱해 주는 것은 나의 고통을 곁에서 지켜보며 또 다른 고통을 감내했을 엄마의 따뜻한 말 한마디다. "학교를 그만둔 날/엄마가 내게 해 준/괜찮다는 말"(「세상에서 가장 힘센 말」)은 자퇴 후 나를 지탱하게 해 주는 가장 강력한 힘이 된다. 엄마의 그 말(言)은 내게 "사막" 같고 "외롭고 추운 눈밭" 같은 세상을 건너가게 도와주는 '가장 힘센 말(馬)'인 것이다.

그러나 학교 밖의 아이가 된 승연에게 또 다른 불행이 닥친다. 시집 2부에는 아빠의 실직과 가출, 그리고 엄마 아빠의 이혼으로 이어지는 가족의 불행이 그려져 있다. "모퉁이를 돌면 파란 대문이 보이고/파란 대문을 열면 거기에 또 무슨 일이/나를 기다리고 있을까/생각만 해도 겁이"(「아빠가 가출했다」) 나던 나는, 아빠의 가출과 부모의 이혼으로 마음에 또 하나의 상처를 안게 된다.

처마 밑에 박혀 있는 대못에
거미가 집을 지었습니다
처마 끝에서 대못으로 이어지는
유연한 거미집

대못이 주춧돌인 셈입니다

아빠가 집을 나가면서 박힌
내 마음속 대못을 주춧돌로 삼아
저렇게 유연한 집을 지을 수 있을까요

—「거미」부분

"엄마 아빠가 싸운 것도 나 때문이고/아빠가 집을 나간 것도 다 나 때문이라는"(「아빠가 가출했다」) 자책에 나는 괴로워한다. 그만큼 아빠 엄마가 화해하고 다시 온전한 가정이 되길 끊임없이 기원하지만, 그 꿈은 결코 이루어지지 않는다. 그것이 저주스러워 옥상에 있는 물탱크를 주먹으로 치는 자해도 해 보지만 "깨진 건 내 주먹"(「화풀이」)일 뿐 현실은 호전되지 않는다. 대신 "아빠가 떠나고 나자/엄마가 아빠가 되"었다. "짧은 스포츠머리에 누런 점퍼/검은 운동화 불퉁한 목소리"를 하고 엄마는 가장이 되어 "아침 일찍 일 나가서/저녁 늦게 돌아"(「유일한 증거」)오는 고된 일상을 반복한다. 그런 엄마를 지켜보며 나는 점점 철이 드는 것 같다. 그러나 그렇게 철이 든다는 것은 무엇인가. 그것은 내가 간절하게 해 보고 싶었던 어떤 일을 하나둘 포기한다는 것, 한창 펼치고 싶던 꿈의 날개를 슬그머니 접는다는 것을 의미하는 것이기도 하다. 그래도 나는 나의 미래를 함부로 팽개치지 않는다. 나는 "길에서 주워 온 돌"에다 희망이 담긴 '미래'라는 이름을 붙이고 거기에 자신의 마음을 의탁하기로 한다. 나의 미래 또한 "조금만 밀어 줘도/데굴데굴 잘 굴러가면 좋겠다"고 생각하며 "저 먼 나의 미래를 향해/데굴데굴……"(「데굴데굴」) 그 돌을 굴리는 것이다. 이런 의미에서 2부 맨 끝에 실린 「연꽃의 사랑」은 타자를 향한 '사랑의 시'이기보다 내가 나를 추스르는, 간절한 위로의 시로 읽힌다. 이 시에서의 "너"는 바로 "나"가 아닐 텐가.

바람이 불어올 때마다
연꽃이 흔들린다
그래도 걱정 없다
연꽃의 그 질긴 뿌리는
연못 깊이 박혀 있으니까

연못이 흔들릴 때조차
연꽃은 연못의 맨 밑바닥
그 질척질척한 고독을 붙들고
놓지 않을 테니까

너를 사랑하는 나처럼

—「연꽃의 사랑」전문

3

1, 2부가 아토피라는 병으로 학교 밖 아이가 된 '나'의 외로움과 아픔을 그린 시라면 3, 4부의 시들은 차츰 그런 아픔을 추스르며 새 힘을 얻게 되는 과정을 그린 시들이다. 그러니까 3부는 소설로 치면 사건의 대전환이 일어나는 부분이라 할 수 있다.

학교 밖으로 밀려나 외로움 속에서 스스로를 달래던 나는 검정고시 학원에서 나와 비슷한 외로움과 상처를 안고 있는 또래들을 만난다. 내가 만난 학교 밖 아이들은 제각기 다른 사연을 안고 있다. 학교 폭력에 시달리다 자퇴한 정우, 가정 폭력에 진저리 치다 가출한 혜영이, 교실에서 도둑으로 몰렸던 미란이, 왕따로 주눅 든 채은이, 공부에 지친 예린이와 수빈이, 엄마 아빠가 그리운 지우와 은수, 몸이 가려운 나까지 학교 밖 아이들이 된 사연은 제각각이다. 하지만 이들은 모두 학교 밖에서 살아가는 청소년들로서 비슷한 아픔을 공유하고 있다.

　이들은 동병상련의 처지에서 서로의 상처를 위로하고(「이 시간이 젤로 좋아!」 「조용한 병실에」 「생각해 봤을까요?」), 서로에게 용기를 북돋아 주거나(「다섯 개의 촛불」 「하늘을 나는 자전거」 「초콜릿을 먹으며」) 때로는 서로를 채근하기도 하면서(「너만 힘든 거 아니야」), 자신들을 '비행 청소년'이라 구별 짓는 사회적 편견과 차별에 함께 맞서 스스로를 성장시킨다.(「청소년증」 「부러워서 그래요」 「별떡」)

　그런 성장의 과정에서 이들은 하나씩 구체적인 자신의 미래를 설계해 간다. 지겨운 입시 공부에 허덕이던 예린이는 필리핀 남쪽 나라 팔라우에 가서 다이버가 되고 싶다는 꿈을 키우며, 툭하면 욕하고 알바비 떼어먹는 나쁜 사장님들보다 더 부자가 되고 싶다던 정우는 영주의 할아버지 댁으로 떡 만드는 일을 배우러 떠난다. 시인이 되기 위해 문예창작과에 가고 싶어 하던 나는 '시 읊어 주는 물리치료사'가 되기 위해 집에서 가까운 학교 물리치료과에 가기로 마음먹는다.

　　발톱이 갈라진 미란이
　　무지외반증 예린이

평발 채은이

아토피 승연이

굳은살 많은 정우

상처 난 발들이 모여

별을 만들었다

—「별」 부분

이 시에 나오는 '별'은 저마다의 상처를 안고 학교 밖으로 밀려났던 아이들이 서로의 상처를 보듬으며 한 뼘 성장한 현재의 모습을 상징한다. 아이들은 자신들이 만든 '오총사 별'을 기억하자던 약속을 미래에도 언제까지나 잊지 않기로 한다.

4부의 시들은 그런 과정을 거쳐 자기 주체성을 확보하게 된 나의 내면이 돋보이는 시들이다. 1부에서 방황하는 나에게 힘을 주었던 것은 엄마이고, 3부에서는 '오총사'로 만나게 되었던 친구들이 나를 지탱시키고 성장시킨 발판이라면 4부에서 그런 힘을 제공하는 것은 바로 나 자신이다. 열패감과 외로움 속에서 갈팡질팡하던 나는 어느덧 스스로 자존감을 회복하고 제법 단단하고 성숙한 내면을 갖게 되었다. 「달팽이를 본다」는 그러한 나의 내면을 상징하는, 4부의 핵심이 되는 작품이다.

달팽이가 기어간다

달팽이가 가는 길에서는

시간도 꾸물거리며 기어간다

모처럼 급할 거 없는 세상

나는 가만히 앉아서 이 느린 생을 본다

등에 커다란 집을 지고

가는 듯 마는 듯 가고 있는 달팽이

가끔씩 집을 들락거리며 나를 쳐다본다

달팽이 눈에 비친 나는 어떤 모습일까

가도 가도 끝없는 길에 달라붙어

떨어질 줄 모르는 점액질의 몸이

미는 듯 마는 듯 뒤로 밀어낸

길을 만져 보니 축축하다

저렇게 여유로운 삶이

이토록 아픈 투쟁이었구나

햇살 한 줄기 떨어질 것 같지 않은

흐린 날

달팽이가 온몸으로 기어간다

—「달팽이를 본다」 전문

성숙한 내면을 갖는다는 것은 무엇인가. 그것은 막연히 물리적인 나이를 먹어 성인의 문턱에 이른다는 것이 아닐 것이다. 그러니까 그것은 단순히 '준어른'에서 '어른'이 되어 간다는 것을 의미하는 것이 아닐 것이다. 그것은 자기 생에 대한 의미를 깨닫고 그것을 감당할 힘을 스스로 마련한, 내면의 단단함 같은 것을 이르는 것이 아닐까. 그런 내면일 때 비로소 나는 누군가를 사랑하는 마음을 갖게 되며, 그 마음을 온전히 누구에게 주고 싶다는 생각을 하게 된다. 자신조차 감당하기 버거워하던 나는 내 삶뿐만 아니라 나 아닌 주변 누군가의 삶을 살피고 그것에 따스한 손길을 내밀게까지 된 것이다. 열일곱 살 승연이가 스물일곱 살 승연이에게 쓰는 편지는 그래서 더욱 숙연하고 진정성 있게 읽힌다. 마침내 "우리는 돌멩이만 한 심장을 안고/데굴데굴 굴러서라도/저 먼 미래를 향해 갈"(「미래를 껴안다」) 자신감을 갖게 된 것이다.

4

이 시집을 처음부터 끝까지 따라 읽노라면 나는 '학교 밖 아이'가 걸어가는 길을 물끄러미 따라가며 지켜보는 독자가 아니라 그 아이가 바로 나 자신이라는 것을 깨닫게 된다. 그러면서 어떤 이상한 위로와 마음의 평안 같은 것을 얻게 된다. 이 시집에 나오는 '학교 밖 아이들'은 웬일인지 단순히 제도권 학교 배움에서 밀려난 청소년으로만 읽히지 않는다. 그들은 우리 사회의 한 귀퉁이에서 살아가는 소수자를 상징하는 것도 같고 혹은 주류에서 밀려난 우리 현대인들, 혹은 경쟁의 틈바구니에서 살아가는 내 자신의 삶을 슬며시 되비쳐 보여 주는 것도 같다. 이 시집은 나와 무관하게만 생각되었던 타자들의 아픔을 마치 나 자신의 아픔처럼 느끼게 만드는 힘이 있다. 또한 그런 아픔만을 느끼게 하는 것이 아니라 그런 아픔을 극복하는 과정을 과장되지 않게 찬찬히 보여 줌으로써 커다란 울림을 준다.

우리는 흔히, 말하고 싶은 것을 감추고 일부러 비트는 것을 시의 원리라 착각한다. 이 시집에 쓰인 평이한 어법이 우리에게 주는 시적 감동은 그런 시의 원리가 얼마나 편협한 것인지를 일깨운다. 이 시집의 성취는, 쉬우면서도 울림이 있는 시적 언어와 튼튼한 짜임을 가진 서사의 결합에 기인하고 있다고 생각한다. 이러한 형식의 착안과 개척으로 우리 청소년시의 영역은 그만큼 넓어졌다. 이 시를 읽는 청소년 독자들도 반길 일이라 생각한다.

'어마어마한 거인'들을 위한 시

송현섭『내 심장은 작은 북』

생전 처음 보는 동시

전에 없던 작품을 쓰며 화려하게 동시판에 등장한 시인 송현섭에게 어떤 수사를 붙여야 할까. 그는 그냥 신인이 아니라 새롭다는 말이 무색할 만큼 새롭고 새로운 시인이다. 그를 우리 동시의 뿌리에서 움터 나온 새싹이라 할 수 있을까. 그는 우리와는 아주 먼 우주에서 살다 날아온 낯선 생명체가 아닌가 싶기도 하다. 그 새로움은 어디에서 기인할까.

그것은 무엇보다 아이를 대하는 시인의 시선에서 비롯되는 것이 아닐까 한다. 시인은 '동심' 혹은 '순수함' 따위의 말들을 앞세워 아이들을 낮추어 보는 것을 경계한다. 어린이를 눈높이를 낮추어 상대해야 하는 존재로 보기보다 '어마어마한 거인'으로 본다. 그에게 어린이라는 존재는 '유충'이 아니라 이미 '완전체'다. 시인은 그런 아이의 눈높이에 맞는 동시를 쓰기 위해 오히려 '고가 사다리'가 필요할 것이라 생각한다.

아이들에게 '뱀 쇼'라니

동시집 『내 심장은 작은 북』(창비 2019)의 처음에 놓인 작품의 제목이……? 맙소사, 「뱀 쇼」다! 한때 '똥'이라는 시어 하나를 놓고 고매한 동시단의 어른들이 붉으락푸르락했던 일을 상기해 보면, '뱀 쇼'를 등장시킨 것은 아무리 생각해도 너무나 불경스럽다. 예전에도 그랬거니와 지금 현실에서 도 뱀 쇼는 아이들 처지에서 접근 불가한 구경거리라 할 수 있지 않은가. 내가 어릴 적만 해도 뱀 쇼가 펼쳐지는 장소는 '애들은 가라!' 하고 외치는 곳이었다. 그런데 시인은 대수롭지 않게 그 '19금'의 장소를 동시의 공간으로 불쑥 끌어들인다.

> 엄청, 정말 엄청
> 겁 없는 개구리들이
> 뱀 쇼를 보러 가기로 했어.
>
> "한번 가 보는 거지 뭐."
> "관객인데, 우릴 어쩌겠어?"
>
> ─「뱀 쇼」 부분

개구리인데 뱀 쇼를 보러 간다고? 그런데 개구리들은 스스럼없이 이렇게 말한다. "한번 가 보는 거지 뭐." "관객인데, 우릴 어쩌겠어?" 나는 개구리의 이 말이 단순히 개구리 말로 들리지 않는다. 마치 시인이 기성들을 향하여 도발하는 말 같다. 시인이 "다리를 꼬고" 앉아 '한번 가 보는 거지 뭐. 나는 어린이 편인데, 자기들이 날 어쩌겠어' 하는 것 같다.
시는 이렇게 이어진다.

미끈거리는 다리를 꼬고
개골개골 앉아 있는
개구리들을 보자
뱀은 자존심이 꼬일 대로 꼬였어.

'세상에, 개구리들을 위해 쇼를 하다니.
다른 뱀들이 알면 나를 뭐로 보겠어.'

쇼에 집중할 수가 없었던, 뱀은
꼬리 끝에서 머리끝까지 꼬불꼬불 화가 난, 뱀은

조련사가 활짝 웃으며
아가리에 손을 넣었을 때
꽉 물고 말았지 뭐야.

―「뱀 쇼」부분

뱀 앞에 개구리들이 "미끈거리는 다리를 꼬고" 앉음으로써 개구리와
뱀의 위치는 간단히 역전된다. 시인은 관계 역전을 당한 뱀의 굴욕, 관
계의 전복에서 오는 어떤 긴장감을 고조시켜 결국 그것을 마침내 폭발
시키고야 만다. 굴욕감에 "꼬리 끝에서 머리끝까지" 화가 난 뱀은 건방
진 개구리 대신 자신의 주인인 조련사의 손을 "꽉 물"어 버리고야 만다.

시는 이렇게 먹이사슬의 가장 아래에 있던 약자들의 '겁 없는' 행동에서 시작하여 먹이사슬의 최고 정점이라 할 조련사의 위치를 추락시키는 것으로 마무리된다. 이런 서사는 시인이 말한 '어마어마한 거인'의 처지에서 매우 통쾌할 것이 틀림없다. 시인은 거인과 눈높이를 맞추기 위한 최적의 코드가 무엇인지를 명확하게 꿰고 있는 것이다.

수족관의 안과 밖

「수족관」이란 시가 있다. 이 시의 화자는 수족관에 들어 있는 어떤 물고기다. 넓은 바다를 헤엄쳐 다니던 물고기는 지금 옹색하고 불편한 수족관에 갇혀 있다. 그런데 자신이 횟감으로 잡혀 와 있다는 것을 알지 못한다. 그는 엉뚱하게도 수족관에서 풀려나 언젠가 바다로 돌아갈 날을 손꼽아 기다린다. 물고기가 그런 과대망상에 가까운 "희망"을 품게 된 것은 그가 보았던 "하느님"의 "뜰채" 때문이다. 물고기는 횟감으로 쓰일 동료 하나가 뜰채에 들려 나가 돌아오지 않는 것을 보고 하느님이 자신들을 바다로 옮겨 주는 것이라 착각한다. 그래서 그는 하느님이 "간절한 기도를 들어주"실 때까지 "조금만 참"고 기다리면 되리라 스스로를, 아니 자신을 슬픈 눈으로 들여다보는 우리들을 다독인다. 이 시가 우리에게 주고자 하는 것은 무엇일까.

우선 이 시의 화자가 수족관을 들여다보는 인간이 아니라 수족관 안에 있는 물고기임에 유의하자. 시의 화자가 수족관 밖에서 물고기를 들여다보는 인간의 처지였다면 이 시는 물고기에 대한 연민이나 동정심 따위를 불러일으키는 데 그쳤을지 모른다. 그런데 이 시는 단지 그런 감정을 일으키기 위해 쓰인 시는 아닌 것 같다. 수족관은 다름 아닌 우리가 살고 있는 세계의 알레고리가 아닌가. 수족관 속의 물고기는 사실 수족관 밖의 우리들의 삶을 중계하고 있는지도 모를 일이다. 물고기에 대한 연민도 연민이지만, 무자비한 횟집 주인의 뜰채를 자비한 하느님의 뜰채로 오인하고 사는 어리석음에 대한 풍자, 어쩌면 물고기와 비슷한 인생을 살고 있으면서도 그것을 깨닫지 못하고 사는 우리 자신에 대한 반성이 이 「수족관」에 혼재되어 있는 것이 아닐까. 말하자면 이 시에서 시인이 상정한 독자는 남의 비극을 다만 물끄러미 감상하기만 하면 되는 대상이 아니다. 그는 타인의 비극 속에 숨겨진 자신의 비극에 참여하여 적극적으로 무엇인가를 사유해야 하는 존재다. 시인은 '유충'의 단계가 아니라 이미 '완전체'인 아이들을 위하여 이 시에서 일종의 '이중화 전략'을 구사하고 있는 것이다.

> 옛날, 하지만 아주 가까운 옛날
> 아우슈비츠 마을이 있었습니다.
> 정말 강철 괴물이 있었습니다.
> 정말 종이 사람이 있었습니다.
> 정말 나무 사람이 있었습니다.
> 정말 아우슈비츠 마을이 있었습니다.
>
> ──「아우슈비츠 마을」 부분

한없이 느린 호흡을 반복하며 길게 이어지는 「아우슈비츠 마을」 또한 그런 이중화 전략을 구사한 시라 할 수 있지 않을까. 이 시가 어떤 시적 울림을 가지는 것은 그것이 단지 '우리가 알고 있던' 아우슈비츠의 비극을 단순히 전달하거나 재현하려는 것에 그치지 않기 때문이다. "옛날, 하지만 아주 가까운 옛날"이라는 말이 이미 상징하듯 아우슈비츠는 타인의 비극이 일어난 마을이 아니라 우리가 살고 있는 이곳과 아주 가까운 곳, 그러니까 현재화한 아우슈비츠다. 시인은 독자로 하여금 타인의 비극을 애도하도록 하는 것이 아니라 자신이 몸소 겪고 있는 자신의 비극에 대해 사유하도록 한다. 말하자면 그의 시는 '수족관의 안과 밖'을 함께 사유하는 시다.

맹랑함의 이면

앞에서 살펴본 「뱀 쇼」의 개구리가 그랬듯 송현섭의 시에는 명랑함을 넘어 맹랑한 캐릭터가 종종 등장한다.

> 난 네 왼쪽 눈동자에 붙은 먼지 두 개를 볼 수 있고
> 난 네 오른쪽 귀 털이 어제보다 세 개 더 빠진 걸 볼 수 있고
> 난 네 주둥이에 붙은 두 마리의 진드기를 볼 수 있고
> 두 마리의 진드기가 모두 배부른 암컷이라는 걸 볼 수 있고
> 무엇보다 네 볼에 두 개의 도토리가 들어 있다는 걸 볼 수 있지.
>
> "어휴, 나만 보면 매번 그러신다.
> 도토리는 이미 다 먹었다고요.
> 봐요, 아."
>
> ──「시계 수리공과 다람쥐」 전문

'어마어마한 거인'들을 위한 시 **349**

시에 등장하는 두 인물의 대비가 재미있다. 시계 수리공은 자신의 직업에서 쌓은 경륜으로 다람쥐 얼굴을 샅샅이 훑으며 다람쥐가 입 안에 도토리를 감추고 있음을 '이실직고'하라고 다그친다. 시계 수리공의 눈은 고성능, 고배율의 현미경을 닮았다. "눈동자에 붙은 먼지 두 개" "오른쪽 귀 털"의 개수, 심지어는 "주둥이에 붙은 두 마리 진드기"가 임신한 암컷인 것까지 밝혀낸다. '누구 눈을 속여?' 하고 그는 다람쥐를 몰아세운다. 그만하면 사실을 털어놓을 만도 한데 다람쥐의 태도가 맹랑하다. 입을 "아" 하고 벌리며 "이미 다 먹었다고요." 하고 응수한다. "어휴, 나만 보면 매번 그러신다."라는 다람쥐 푸념 속엔 이미 누가 누구를 속이고 있는지가 드러난다. 시계 수리공은 직업적 감각과 경륜으로 무장한 대단한 전문가처럼 굴지만, 실은 코앞의 사물만 겨우 헤아릴 줄 아는 시야 좁고 고지식한 어른에 불과하다. 처한 상황에서 우위를 점하는 쪽은 아무래도 눈치 빠르고 재재바른 다람쥐다.

그러나 이런 맹랑함과 당돌함, 혹은 위악과 뻬딱함이 "너무 바빠서 순수할 겨를"도 없는 어린이의 본모습이라고 단정 지을 필요는 없다. 그것은 어른 쪽으로 기울어진 무대에서 안간힘을 다해 평형을 찾으려는 어린이의 몸부림이라고 해 두는 편이 어떨까. 이안 시인이 이미 말한 것처럼 그의 시가 보여 주는 "공포와 불안"은 어린이에게 너무도 생생한 "사실이고 현실이"기 때문이다. 그것은 누군가 "쓰지 않았을 뿐, 없는 것이 아"니다.(이안 「●●●●의 탄생」, 송현섭 『착한 마녀의 일기』 해설, 문학동네 2018) 어린이는 '스파이더맨'이 되어 "마을에 엄청 거대한 거미줄을 칠 거"(「스파이더맨의 고민」)라고 호언장담을 하지만 사실 그 속내에 감추어져 있는 것은 '언젠가 내가 거미에 물려 죽을지도 모른다'는 공포와 불안이다. 말하자면 어린이가 짐짓 지어내는 위악, 다른 존재로 변신하고 싶어 하는 욕망은 "머리 없는 암탉이/측백나무 울타리를 빙빙 돌고" 있는 생생한 공포의 현장에서 "노란 색종이처럼/바들바들 떨고만 있"는 '나'를 구원하기 위한 유일한 방책인 것이다(「엄마의 사냥법」).

어둠 속에 흔들리는 저 나뭇가지가 유령이라면
내 방은 작아질 거야.

후드득 창문을 두드리는 바람과 달라붙은 나뭇잎이 유령이라면
내 방은 더 작아질 거야.

삐걱삐걱 문소리와 나타났다 사라지는 그림자가 유령이라면
내 방은 더 더 작아질 거야.

지붕 위의 고양이와 지붕 아래의 고양이가 유령이라면
내 방은 더 더 더 작아질 거야.

내 방은 그럴 거야.
내 방은 작아지고 작아지고 너무나 작아져서

눈이 열두 개 달린 유령이 와도 찾지 못할 거야.
뻐꾸기시계의 뻐꾸기도 절대 나오지 않을 거야.
　　　　　　　　　　　　　　　　　　　　—「내 방은 그럴 거야」 전문

한밤의 공포와 싸우기 위해 아이는 이처럼 분투한다. 유령처럼만 보이는 창밖의 나뭇가지, 귀신 울음소리 같은 문소리에 맞서는 방법은 마법을 걸고 주문을 걸어 내 방을 자꾸만 작아지게 하는 길밖에 없다.

노래를 부를 거야

『내 심장은 작은 북』에는 죽음을 다룬 여러 편의 시가 있다. 앞에서 살펴본 「수족관」「아우슈비츠 마을」도 누군가의 죽음을 다루는 시이긴 하지만, 「딱정벌레의 장례식」「옮는 꿈」「새들의 무덤」「죽은 발」 같은 작품은 모두 '죽은 자'들에 대한 애도를 표현하는 시들이다. 이 애도의 시들은 서로 다른 색깔을 보이고 있으면서 또한 각자 안에 어떤 깊이와 격조를 지니고 있다. 그의 시는 낮과 밤, 현실과 환상이 한 몸인 것처럼 죽음 또한 우리 삶과 밀착해 있는 것임을 보여 준다. 이 시들은 삶을 바라보는 시인의 내공이 얼마나 단단한지를 드러내며, 무엇보다 그가 상정한 아이 독자들을 얼마나 신뢰하고 있는지를 보여 준다. 어마어마한 거인의 눈높이에 맞추려면 과연 시인에게 어떤 '고가 사다리'가 필요한지를 일깨우는, 새겨보아야 할 시들이라 하겠다.

시인은 이렇게 노래한다.

내 심장은 작은 북
내 귀는 두 마리의 작은 새
내 코는 볼이 부풀어 오른 개구리
내 입술은 두 갈래의 풀잎

노래를 부를 거야.

눈물에 빠진 두 눈을 위해

노래를 부를 거야.

두 손아, 얼굴 가리지 마.

노래를 부를 거야.

공기가 까매질 때까지

두 마리의 작은 새와 개구리와 풀잎과

작은 북을 둥둥 두드리며.

　　　　　　　　　　　　　　　　—「노래를 부를 거야」 전문

　송현섭은 2018년 창비가 주관하는 제23회 '좋은 어린이책' 원고 공모에서 대상을 받은 시인이다. 『내 심장은 작은 북』은 그때 수상했던 공모작을 엮은 시집이다. 그는 '좋은 어린이책' 대상을 받기 여섯 달 전쯤 제6회 문학동네 동시문학상을 받기도 했다. 한 해에 연거푸 두 번씩이나 동시 관련 큰 상을 받은 것은 말 그대로 놀라운 일이 아닐 수 없다.

　그는 1967년생으로 벌써 오십이 넘은, 제법 나이가 있는 시인이다. 아주 오래전에 시인이 되었으나, 생계를 꾸리느라 시에만 전념할 수 없는 삶을 살았다고 한다. 그의 동시를 아직 읽지 않은 이들이라면 그의 이력과 동시가 왠지 잘 안 어울린다는 생각을 할 수도 있겠다. 그러나 그의 작품을 찬찬히 읽고 나면 그 생각이 아주 부질없는 선입견에 지나지 않는다는 점을 금방 알게 될 것이다. 시인의 이력은 시인이 쓴 동시와 아주 잘 어울린다.

앞으로도 그는 우리 동시가 보여 주지 못한, 어마어마한 거인들이 모두 환영할 시를 계속해서 보여 줄 것이다. 말하자면 「노래를 부를 거야」는 앞으로 쓰일 시들을 위한 '서시(序詩)'이다.

밝고 따스한 시

이정록 『콧구멍만 바쁘다』

1

성인시를 쓰던 시인들이 동시를 쓰고 있다. 이는 아무래도 지난 10년 간 아동문학의 위상 변화와 관련이 있는 듯싶다. 동시는 반드시 기존의 동시인만이 써야 한다는 법이 있는 것도 아니니 이를 나무랄 일은 못 된다. 문제는 성인시인들이 얼마나 다양하고 좋은 동시를 써내느냐에 있을 것이다.

이정록은 시로 일가를 이룬 시인이다. 시인으로 등단한 것이 1989년 이니 그의 시력(詩歷)은 벌써 20년이 되었다. 그의 첫 시집 『벌레의 집은 아늑하다』(1994)에서 보여 준 섬세한 언어감각과 따스한 기운을 나는 아직도 생생히 기억하고 있다. 그 뒤로 써낸 시들에서도 그는 여전히 조화롭고 충만한 자연의 본성을 보여 주는 데 충실했다. 시집 『의자』(2006)의 해설에서 이혜원이 표현한 것처럼, 그는 차가운 세상 속에 온기와 웃음을 전달하는 '따뜻한 구상화'를 시도한 시인이다. 이정록이 모색한 따뜻함의 시선은 맑고 천진한 웃음을 지닌 동심의 시선과 일치하는 점이 있다. 이 점을 떠올려 보면 그가 동시를 쓰게 된 것은 결코 우연한 일은 아니다.

그가 쓴 동시에는 시인으로서의 이력과 더불어 교사로서의 이력 또한 자연스레 묻어난다. 이정록 시인은 스무 해 넘게 중·고등학교에서 아이들을 가르쳐 왔다. 스무 해가 넘었다면 아이들 앞에서 목에 힘도 주고 얼굴에 더욱 인상을 쓸 만한 세월인데 그는 오히려 세월을 거꾸로 사는 것 같다. 아이들과 울고 웃으며 지내는 동안 그는 아이들 위에 군림하는 어른이기보다 그들에게 동화되어 아이가 된 느낌이다. 그래서인지 이정록 동시의 분위기는 밝다. 그의 동시에는 교훈의 그림자가 어른거리지 않는다. 그의 말법은 아이들의 그것처럼 발랄하며 '동시답게' 쉽고 자연스럽다. 무언가를 억지로 꾸미거나 지어내지 않는다. 그는 아이들의 눈높이에 꽤나 민감한 편이지만, 그것 때문에 시인으로서 지켜야 할 자신의 자리를 망각하지 않는다.

2

우리 학교
담장을 모두 없앴다.
꽃동산에 원두막도 지었다.
할아버지 할머니 마실 오시고
동네 강아지들 운동장에 가득하다.

개구멍이 없어지자 꿀밤도 사라졌다.

다리는 울타리 밖에서 버둥버둥

눈알은 담장 안에서 뱅글뱅글

쿵쾅거리던 가슴도 없어졌다.

여러분이 똥갭니까, 도둑입니까?

교장 선생님의 꾸중도 사라졌다.

집에서 교실까지 지름길이 생겼다.

아침마다 오 분은 더 잘 수 있다.

—「꿀잠」 전문

아이가 다니는 학교는 담장을 모두 없앴다. 그로써 생겨난 이점들을 아이의 눈높이에서 기술한 시가 바로 「꿀잠」이다. 물리적 경계로서의 학교 담장이 허물어지면서, 거기 새로운 세계가 펼쳐진다. 삭막함과 단절감 그리고 감시와 억압만이 있던 자리에 작은 평화와 소통, 해방감이 깃드는 것이다. 이런 시는 그 선한 의도에도 불구하고 자칫 이분법의 구도 안에 갇혀 납작한 계몽주의 시로 전락할 가능성이 있다. 시인은 그러나 5분간의 늦잠이 '꿀잠'이 되는 이유를 어른의 단정적인 설교가 아니라 실감 있는 아이의 어조로 펼쳐 보임으로써 그런 한계를 가볍게 뛰어넘는다.

어제 오늘
흙비 내렸다.

신나게

축구도 하고
술래잡기도 했다.

배 속에
흙먼지
잔뜩 쌓였겠다.

민들레 씨 날아들면
싹이 트겠다.

내 똥에
샛노란 민들레 꽃 피겠다.

—「황사」 전문

'황사' 하면 '황사 먼지는 나쁘다'거나 '황사는 심술쟁이'라고 탓하는 뻔한 교훈이 먼저 떠오른다. 그러나 「황사」는 그런 발상과 전혀 다른 자리에서 출발한다. 여기에 등장하는 아이들은 흙비나 황사 따위에는 아랑곳하지 않고 "신나게" 뛰어논다. 그러고는 뭐라 하는가? 자기 "배 속에 흙먼지가 잔뜩 쌓였"을 테니 "민들레 씨 날아들면 싹이 트겠"노라고, 똥을 누면 거기서 "샛노란 민들레 꽃 피겠"노라고 너스레를 떤다. 이런 아이들의 구김살 없는 목소리에서 아이들만이 가진 생명력이 물씬 풍겨 온다. 거기에는 아이를 다만 '연약한 존재' '보호 대상'으로 놓고 보는 어른들이 발견할 수 없는 진짜 아이가 있다.

막대사탕은

머리가 딱딱해요

모자 대신 우비 입고 있어요

햇빛 쨍쨍할수록 벗겨지지 않아요

천천히 빨아 먹다가 비닐 우비 혀로 벗겨요

바닥에 떨어져도 막대 때문에 줍기 쉬워요

동생 몰래 먹다가 등 뒤에 숨겼더니

강아지가 뛰어올라 흙먼지 싹싹

핥아 줘요 침 묻은

막대사탕

먹을래?

동생

에게

주니

눈을

흘겨요

—「막대사탕」전문

　이 동시는 우선 그 형식이 눈길을 끈다. 이런 독특한 형식은 이 시집에서 유일한 것이기도 하다. 제목과 어울리게 시행을 '막대사탕'처럼 배열했다. 그러나 우리 동시의 역사에서 이런 외형이 새로운 것은 아니다. 내가 이 동시에서 주목해 보고자 하는 것은 그 외형이 아니라 시인이 창조해 낸 말법과 시 속에 등장하는 아이의 모습이다. "머리가 딱딱"한 막대사탕은 "모자 대신 우비"를 입고 있다. "바닥에 떨어져도 막대

때문에 줍기 쉬"운 막대사탕을 "동생 몰래 먹다가 등 뒤에 숨겼더니 강
아지가 뛰어올라 흙먼지"를 "싹싹 핥아" 준다. 그걸 "동생에게 주니 눈
을 흘"긴다. 막대사탕에 대한 생생한 묘사도 일품이려니와 그 시적 정
황이 슬그머니 웃음을 준다. 시인이 의도한 것은 어쩌면 형식적인 새로
움이 아니라 아이들에게 자연스러운 웃음을 주는 데 있는 것이 아닌가
싶다.

> 채찍 휘두르라고
> 말 엉덩이가 포동포동한 게 아니다.
>
> 번쩍 잡아채라고
> 토끼 귀가 쫑긋한 게 아니다.
>
> 아니다
> 꿀밤 맞으려고
> 내 머리가 단단한 게 아니다.
>
> ──「아니다」 전문

　읽는 이에 따라서 그 감흥이 다를지 모르겠지만, 나에게는 이 동시가
하나의 절창(絶唱)으로 다가온다. 무엇보다 눈길을 끄는 것은 3연에 등
장하는 아이의 발언이다. 이 아이는 꿀밤 맞을 짓을 아예 안 하는 '범생
이'거나 꿀밤을 맞을까 봐 전전긍긍하는 '소심파'가 아니라 어른의 부
당한 폭력에 맞서 당당한 제 목소리를 낼 줄 아는 아이다. 우리 동시는
이런 아이의 살아 있는 육성에 귀 기울이고 그것을 자꾸만 불러낼 필요

가 있다.

할머니 털신 안에
병아리 다섯 마리

족제비한테 잡아먹힌
엄마 품 같아서

고린내 닭똥 냄새
엄마 냄새 같아서.

　　　　　　　　　　　　　　　　—「병아리」전문

　발랄하고 구김살 없는 아이들의 육성과 함께 이정록 동시에는 위와
같은 자분자분한 시인의 시선이 함께 들어 있다. 그 시선은 아주 구체적
이면서도 따스한 온기를 머금고 있다. 여리고 보잘것없는 사물들에서
눈물겹지만 아름다운 관계를 발견하는 시인의 눈은 다음과 같은 동시
를 낳기도 한다.

새는
다 날아갔다.

오소리는
굴을 잘 막았을까?

하늘다람쥐는
불길보다 빨리
나뭇가지를 건너뛰었을까?

새소리도
다 날아갔다.

둥우리 속
새알들은 어찌 됐을까?

빨간 토끼 눈은
어딜 보고 있을까?

―「산불」 전문

'생태동시'라는 말이 유행을 한 지도 꽤 시간이 흘렀지만, 나는 이 작품처럼 웅숭깊은 생태동시를 만난 적이 별반 없던 것 같다. 진짜 생태동시라는 것이 있다면 「산불」과 같은 작품을 두고 하는 말이 아닌가 한다. 시란 속이 뻔히 들여다보이는 표어나 구호와 애초 품격을 달리하는 것이다. 예기치 않은 (그러나 아마도 인간의 실수로 일어났을 것이 뻔한) 산불로 인해 생의 터전을 잃은 생명들을 시인은 단순한 연민의 눈이 아니라 진심 어린 마음으로 껴안고 있다.

이상에서 언급한 몇 편의 동시들은 이정록 동시집의 일부만을 살펴본 것에 불과하다. 가령 아이의 처지에서 어른의 횡포를 고발하는 「당장 끄지 못해」를 비롯해 「달팽이 학교」가 보여 주는 아름다운 공상의 세계, 2.5cm 두께의 병풍을 통해 삶과 죽음에 대한 새로운 인식을 보여 주는 「저승까지의 거리는」 들은 이정록 동시만이 지니는 장점을 유감없이 발휘하고 있는 작품들이다. 앞으로 전개되는 이정록 동시가 이런 미덕을 더욱 확장시켜 나가기를 바란다.

3

성인문학을 하던 이들이 아동문학에 발을 들이는 것을 우려하는 시선들이 있다. 하지만 일제강점기 이태준이나 현덕 같은 작가가 훌륭한 동화 작품을 남긴 것을 상기해 보자. 20년 전쯤에 이문구가 아름다운 동시를 썼던 것을 생각해 보자. 그 작품들은 우리 아동문학의 자랑스러운 고전이 되어 21세기를 살아가는 어린이들에게 여전히 읽히고 있지 않은가?

이런 고전이 된 작품들을 가만히 들여다보면 거기에는 단순한 기교를 넘어 어린이들에 대한 깊은 이해의 눈이 들어 있는 것을 볼 수 있다. 시인으로서의 넉넉한 기품과 함께 이정록에게는 분명 어린이들의 마음을 살필 수 있는 촉수가 있다. 동시인으로서 제법 든든한 자산을 가지고 있는 그의 발걸음이 더욱 분주해지기를, 그래서 그가 어린이들 앞에 더욱 아름다운 동시 세계를 펼쳐 보여 주기를 기대한다.

아이들에게 꼭 맞는 코끼리 힙합 바지

강경수 『다이빙의 왕』

1

강경수의 동시는 술술 읽힌다. 쓰인 말들이 쉽고 그 말들이 만들어 내는 리듬이 경쾌하기 때문이다. 막힌 구석이라고는 없는 '툭 터진' 그의 시들은 갑갑한 울안에 갇혀 있지 않고 넓은 곳을 쏘다니는 바람을 닮았다.

철수는 다이빙의 천재다

다이빙을 얼마나 잘하는지
풍덩! 하고
물속으로 들어가면
백 미터 정도 들어갔다
물 밖으로 떠오른다

하루는 다이빙을 하다가
잠깐 딴생각을 했는지
수영장 바닥을 뚫고
땅속으로 계속 들어갔다

결국 철수는 지구 반대편
브라질에서 튀어 올라
삼바 춤을 추면서 돌아온 적도 있다

—「다이빙의 왕」 부분

 강경수 동시가 지닌 시원스러운 재미는 우리의 일상을 과감하게 비틀고 과장하는 데서 출발한다. 그가 주로 차용하는 시의 기법은 '난센스'라고 할 수 있다.

 표제작 「다이빙의 왕」에 나오는 '철수'는 마치 비범하고 기이한 능력을 타고난 옛이야기 주인공 모습을 닮았다. 대개 비천한 태생인 옛이야기 주인공들은 남들이 갖지 못한 비범함으로 자신이 처한 역경을 이겨낸다. '평범한' 주인공이 지닌 '비범한' 능력, 그것이 적재적소에 발휘될 때 느껴지는 쾌감은 옛이야기의 매력 중 하나다. 이 시 역시 그와 유사한 효과를 불러일으킨다. 범인(凡人)의 대표 격인 '철수'가 초인적인 다이빙 실력을 선보일 때, 독자들은 시원하고도 짜릿한 느낌을 받는다.

 난센스는 아이들이 환호할 만한 매력을 지녔음에도 지금껏 우리 동시 전통에서는 그다지 활발하게 쓰인 편이 아니다. 아동 앞에 놓인, 눈에 보이는 현실을 그려야 한다는 강박이나 '혀짤배기 유희 동시'를 앞세운 동심주의는 난센스가 지닌 힘을 간과해 온 측면이 있다. 난센스는 통상적인 언어가 지닌 규칙과 관습성을 깨트림으로써 독자로 하여금 자유로움과 해방감을 느끼게 한다. 또한 그것은 현실 세계의 질서를 해체하거나 전복해 보이며 아이들이 현실에서 느끼는 두려움을 견디고 스스로 성장할 수 있는 힘을 불어넣어 준다. 「다이빙의 왕」은 자유자재로 난센스를 활용하는 시인의 유쾌함과 유연함이 잘 드러난 작품이라 할 수 있다.

딸꾹! 놀라서 턱뼈가 쑥 빠졌어요
해골 아저씨에게 늘 있는 일이죠
뻥 뚫린 두 눈에 찬 바람이 휑 하고 불면
해골 아저씨는 미소를 지어요
갈비뼈가 콕콕댈 때면
해골 아저씨는 입고 있던 외투를 들춰 봐요
오랜 친구인 도둑 쥐가 인사해요
"안녕, 해골 아저씨!"

지붕 위의 박쥐도 해골 아저씨를 좋아해요
아침에는 잠을 자고
밤이 되면 해골 아저씨네 집으로 놀러 와요
개구쟁이 너구리 재롱에 웃어 젖히다
해골 아저씨 머리가 데구루루
데굴데굴 구른 머리를
도둑 쥐가 패스하고 박쥐가 헤딩하면

너구리가 슛!

오늘도 해골 아저씨네 집은
시끌벅적하네요

　　　　　　　　　　　—「해골 아저씨」 전문

　이 '해골 아저씨' 또한 우리 동시에서 예사로 만나던 인물은 아니다. 이름만 '해골'인 게 아니라 그 형상과 실체가 진짜 해골인 아저씨다. 그러나 시인은 엽기적이고 기괴하다는 선입견을 주기 알맞은 '해골 아저씨'를 한 편의 유쾌한 이야기 속 주인공으로 능청스럽게 탈바꿈시킨다.
　"딸꾹!" 하고 놀랄 때마다 턱뼈가 쑥 빠지고, "뻥 뚫린 두 눈에 찬 바람이 휭 하고 불면" 기분이 좋아 미소를 짓는 해골 아저씨의 형상은 무척 사실적인 데가 있다. 그런데 혐오스럽거나 무섭지 않다. 뭔가 좀 허술해 보이고 만만하여 오히려 쉽게 다가갈 수 있을 것 같은 친근함을 준다. 그러니 장난꾸러기 삼총사인 도둑 쥐와 박쥐, 너구리와도 친구가 될 수 있었을 터이다. 그런데 이를 어쩌나? 너구리의 재롱에 마음껏 웃다가 그만 해골 아저씨의 머리가 떨어져 데구루루 구르고 만다. 이를 본 세 친구는 어떻게 반응하는가? 데굴데굴 구른 해골 아저씨의 두개골을 공으로 삼아 신나게 축구를 한다. 시인은 "오늘도 해골 아저씨네 집은/시끌벅적하"다고 아무렇지도 않은 듯 천연덕스러운 말투로 시를 끝맺는다.
　이 시를 망자(亡者)의 신체를 희화화하는 불경스러운 시로 본다면, 그것은 어른의 편협한 관점이 아닐까. 이 시는 도입부에서부터 우리가 해골에 가지고 있는 부정적 이미지를 무장해제시킨다. 아이들은 귀신 이

야기에 본능적으로 매혹되는 존재들이다. 엽기적이고 기괴한 것들이야
말로 아이들의 호기심이 향하는 대상이다. 그러나 아이들 호기심 이면
에 자리하고 있는 것은 어쩌면 눈에 보이지 않는 존재에 대해 품은 공포
심을 해소하고자 하는 마음일 수 있다. 앞서 살핀 「다이빙의 왕」에서 무
의식에 자리한 갈망을 난센스의 방식으로 풀어 보여 준 것처럼, 시인은
「해골 아저씨」에서도 원초적인 공포심을 야기하는 시적 대상을 아이들
의 친숙한 놀이 상대로 바꾸어 놓는다. 그럼으로써 아이들의 공포심을
자연스레 해소해 주는 동시에 그 대상에 따스한 온기를 불어넣는다. 독
자들은 이 시를 읽으며 망자에 대한 불경함을 떠올리기보다 그저 이 눈
치 저 눈치 안 보고 신나게 노는 세 동물 친구들에게 자신을 대입할 것
이다. 왜인지 다소 꺼리는 마음으로 대했던, 혹은 막연한 공포심을 불러
일으키던 존재가 거리낌 없는 놀이의 대상이 되는 '반전'을 통해 아이
들은 「다이빙의 왕」에서와 마찬가지로 즐거움과 해방감을 얻을 수 있
을 것이다.

2

밝고 경쾌해서 얼핏 가볍게 읽히기도 하는 강경수의 동시에는 아이
들이 맞닥뜨리는 현실이 속속들이 숨어 있다. 그 현실은 아이들에게 때
로는 버겁고 고단하다. 강경수는 삶의 무게에 눌린 아이들의 무거운 속
마음을 난센스로, 은유로 혹은 우화로 가벼운 농담을 하듯 그려 낸다.

　　학교에서 집으로 가는 길

보도블록의 금을 밟지 말아야지

저 금을 밟는 순간 발밑은
뜨거운 용암으로 가득 찰 거야

──「집으로 가는 길」 부분

만약에 집에 가는 길에
곰이 내 주머니에 있는
사탕을 달라고 하면 어쩌지?

(…)

만약에 체육 시간에
줄넘기를
보아뱀으로 하면 어쩌지?

──「만약에」 부분

이 두 편의 시를 무감(無感)한 눈으로 본다면, 집으로 가는 길 도처에 용암이 흐른다고 생각하는 아이나 "만약에"라는 말까지 앞세워 곰과 보아뱀을 만날까 걱정하는 아이를 두고 쓸데없는 걱정을 하고 있다며 혀를 찰지 모른다. '현실의 눈'으로 볼 때, 보도블록의 금을 밟으면 발밑이 용암으로 가득 찰 거라는 아이의 생각은 망상에 가까운 것임에 틀림없다. 또 현실에서야 길을 가다가 주머니에 있는 사탕을 달라고 조르는 곰을 만날 일도, 체육 시간에 '보아뱀'으로 줄넘기를 할 일도 결단코 일어나지 않을 것이다.

그러나 「만약에」의 진술을 현실을 은유한 말로 되짚어 읽어 보자. 아이들은 길을 가다가 실제로 염치없는 '곰 같은' 누군가를 만날 수도 있다. 또 학교 체육 시간에 남들은 잘도 넘는 줄넘기를 혼자서만 넘지 못하면, 자신이 쥐고 있는 줄넘기 줄을 보아뱀처럼 느낄 수도 있다. 즉 이 두 작품 속 화자의 걱정은 엉뚱한 망상이 아니라 실제로 일어날 수 있는 일에 대한 지극히 현실적인 염려로 볼 수도 있는 것이다.

모든 아이들이 '다이빙 천재 철수'처럼 슈퍼히어로로 같은 존재가 될 수 있는 것은 아니다. 아이들의 욕망과 현실의 모습은 사뭇 다를 때가 더 많다. "전교생 앞에서/부끄러움을 극복한 사례"에 대해 발표하기로 한 '나'는 막상 청중 앞에서 발표를 해야 할 상황이 되자 부끄러움을 견디기 힘들어 "그냥 큰 혜성 같은 게 지구로 다가"왔으면 하고 바랄 만큼 소심해지고 만다(「그런 일은 일어나지 않아요」). 치과에 가기 싫어 충치를 "지우개로 때우면 안 되나" 하고 묻거나(「꼭 병원에 가야 하나요?」), 다짐한 것들을 하나도 지키지 못하고서 겨우 "내일은 꼭 지킬 것을 다짐"하며 하루를 마감한다(「다짐」). 「잠수함」에 나오는 '나' 또한 비범한 능력이라고는 찾아볼 수 없는 인물이기는 마찬가지다.

비밀인데 어릴 적에 내가
동전이랑 유리구슬 몇 개를 삼켜서
물에 잘 뜨지 않는 거 같다

그래서 친구들에게

내가 수영을 잘 못해도

이해해 달라고

매번 설명을 해야 된다

—「잠수함」 부분

이 시에 나오는 '나'는 앞서 살펴본 「다이빙의 왕」 속 철수와 정확히
대척점에 있는 아이로, "다이빙의 천재"이기는커녕 "수영을 잘 못"해
친구들에게 그 이유를 구구하게 설명하는 처지다. 자신이 "물에 잘 뜨
지 않는" 것은 "어릴 적"에 "동전이랑 유리구슬 몇 개를 삼켜서"라며 친
구들에게 "매번" 그것을 이해해 달라고 말하는 '나'의 모습에서 말할
수 없는 애잔함이 느껴지기도 한다.

그런데 한번 생각해 보자. 「다이빙의 왕」에 등장했던 철수와 「잠수
함」의 '나'는 과연 전혀 별개의 인물일까? 어쩌면 100미터 깊이의 물속
으로 들어가는 잠수 실력의 소유자 철수의 모습은 "동전이랑 유리구슬
몇 개를 삼켜" 물에 뜨지 못하게 되었다며 옹색한 변명을 늘어놓는 '내'
가 만들어 낸 또 다른 '나'가 아닐까? 아이들은 저마다의 내면에 어른의
눈에 보이지 않는 '다이빙 천재'들을 품은 채 스스로를 위로하고, 무감
한 어른의 눈에 보이지 않는 성장을 거듭하곤 하니까 말이다.

축축하고 어두운 밤

모든 것이 암흑 속에 있을 때

동굴 깊숙한 곳에선

코딱지가 자라나고 있었다네

(…)

코딱지 박사, 이제껏 쌓은 모든 기술을 발휘해
으라차차! 코딱지를 뽑아냈다네

뽑고 나서 보니
코딱지는 한 마리가 아니라
자그마치 열여섯 쌍둥이였다네

―「코딱지 박사」부분

한밤중 코막힘 때문에 잠을 설쳐 본 아이라면 이 시에 등장하는 '코딱지 박사'를 간절히 원할 것이다. "자그마치 열여섯 쌍둥이"였던 코딱지를 꺼냈을 때의 시원함을 과연 무엇에 비교할 수 있을까. 아이들은 코가 막혀 답답하고 짜증 났던 자신의 경험을 되돌아보며 괴물 코딱지의 최후를 짜릿하게 음미할지 모른다. 답답한 현실을 살아가는 아이들에게 강경수는 그들의 코에서 "열여섯 쌍둥이" 코딱지를 시원하게 꺼내 주는 '코딱지 박사'가 아닐까 싶다.

강경수의 경쾌하고 시원스러운 시적 호흡과 시어 속에는 아이들이 현실에서 겪는 고민과 염원이 자연스레 스며들어 있다. 그가 그려 보이는 환상과 난센스의 세계는 일종의 데칼코마니처럼 현실과 정확히 포개진다. 요컨대 강경수의 동시는 단지 재미를 주는 데에 그치는 언어유희가 아니라, 현실의 아이들을 향한 끊임없는 응원의 목소리다.

아이들의 가려운 곳을 시원하게 긁어 주는 '코딱지 박사' 역할을 자처하는 그에게는 또 하나 비장의 무기가 있다. 바로 아이들이 마음 편히 뛰어놀 수 있는 커다란 "코끼리의 힙합 바지"다.

코끼리가 벗어 놓은 힙합 바지
크기가 엄청나다네

아이 열 명은 너끈히
들어가고도 남지

바지 끝단을 조금 잘라
돛단배의 돛으로 쓰자

거친 바다에서도
우리를 지켜 줄
코끼리의 힙합 바지

바지 끝단을 조금 잘라
나무에 걸 침대를 만들자

긴 항해를 마친 뒤
야자나무 밑에서 달콤한 휴식을 주는
코끼리의 힙합 바지
— 「코끼리 힙합 바지」 부분

아이들만큼 동물에게 친숙함을 느끼고 먼저 다가가고 싶어 하는 존재도 없을 것이다. 이 시는 무엇보다 그런 아이들의 마음을 잘 드러낸 작품이다. '코끼리 힙합 바지'의 넉넉함과 푸근함은 어린이 독자에게 좀 더 가까이 다가가고자 하는 시인의 마음을 표현한 것이라 일러도 무방할 듯싶다. 힙합 바지처럼 넉넉하고, 또 재미있는 그의 동시들은 "거친 바다에서도" 아이들을 지켜 주고, "달콤한 휴식을 주는" 이야기로 사랑받기에 충분할 것이다.

3

강경수는 오랫동안 만화를 그렸고, 그림책 작가로 활발히 활동해 왔다. 그가 동시집을 냈다니, 특기할 일이라 말할 사람이 있을지 모르겠다. 그런데 글과 그림이 서로 정교하게 어우러지는 만화와 그림책 작업을 해 온 그에게 동시집을 구성하는 일은 완전히 새로운 것이라기보다 그 연장선에 있는 작업이 아니었을까 싶다.

첫 동시집 『다이빙의 왕』에서 그의 그림은 시를 뒷받침하고 때로는 시가 완성하지 못한 부분을 충실히 보완한다. 가령 「우정」 「8월이네요」 「위로해 줄게」 같은 시는 글 자체만으로는 그것이 나타내려는 바가 너무 짧고 함축적이어서 의미가 온전히 전달되지 않는다. 그림이 함께함으로써 비로소 그 의미가 드러나는 것이다. 흡사 한 권의 그림책을 읽는 듯한 느낌이 드는 이유다.

그러나 이번 동시집을 통해 새로이 발견된 강경수의 미덕은, 무엇보다 시를 이루는 말의 힘에서 비롯한다. 앞서 살펴본 몇 편의 시에서도 드러나듯, 이 눈치 저 눈치 살피지 않고 어떤 규범에도 주눅 들지 않는

'싱싱한' 시어들은 독창적이며 개성이 넘친다. 말법뿐만 아니라 아이들이 맞닥뜨린 현실을 관찰하고 풀어내는 눈썰미 또한 고정화되고 정형화된 틀에 머물지 않아 미덥다. 비록 몇 편의 시는 지나치게 단순하여 한계를 노출하기도 하지만, 굳이 그것을 흠결이라 탓할 까닭은 없다. 어린이 독자와 어떤 지점에서 마주치고 그들에게 어떻게 울림을 줄 것인지를 오랫동안 고민한 흔적이 작품 곳곳에서 감지되기 때문이다.

그는 앞으로도 아이들에게 "「말괄량이 삐삐」에 나온/닐슨 씨처럼 생긴 똑똑한 원숭이", "익살맞은 표정으로/내가 기운 없을 때마다/내 머리를 쓰다듬으며/장난쳐 주는 그런 원숭이"(「원숭이」)를 찾는 아이들에게 안성맞춤인 시를 제공할 것이다. 지구상에 아이들이 있는 한, 그는 계속해서 아이들과 함께 "흰 종이의 바다 위로/깜장 펜을 타고 여행을 떠"(「꿈의 항해」)날 것이다. 그는 그러한 의지를 스스로에게 이렇게 다짐해 보이는 것 같다.

흰 종이의 바다 위로
깜장 펜을 타고 여행을 떠나자

하루 이틀 사흘 나흘
깜장 펜을 타고 여행을 떠나자

쓰고 그리고 낙서하자
다 써 버린 펜에서
새 펜으로 갈아타고
흰 종이의 바다로 계속 나아가자

그 끝에 나는 어떤 모습일까?

—「꿈의 항해」 전문

　강경수가 "쓰고 그리고 낙서"하며 항해한 "흰 종이의 바다"와, "그 끝에" 다다른 시인의 모습이 어떠할지, 독자로서 퍽 궁금해진다.

변신 마술의 힘

김응 『똥개가 잘 사는 법』

시인이란 모름지기 변신 마술의 대가입니다. 그들 또한 사람임이 분명한데도 고양이가 되었다가 맨드라미꽃이 되었다가 난데없이 구름이 되어 높은 하늘을 자유자재로 날아다니기도 하니까요. 그래서 시인은 사람 말을 할 수 없는 온갖 사물들의 말을 대신 전해 주는 사람입니다.

개구쟁이
등나무는

꼬불꼬불
재미난 일
찾으려고

몸을 비틀면서
올라간다

말썽쟁이

등나무는

까불까불

한눈

팔려고

몸을 비틀면서

올라간다

───「등나무」전문

    평소에 등나무를 무심코 지나친 나 같은 이들에게 이 시는 작지만 신선한 충격을 줍니다. 등나무에서 시인은 개구쟁이 같은, 말썽쟁이 같은 아이를 발견하고 있기 때문이지요. 시인처럼 변신 마술을 하지 않고서는 등나무 속에 숨어 있는 이런 아이를 발견하기가 어려울 것입니다.

    어디 등나무뿐인가요. 시인은 모과나무 속으로 들어가 모과나무의 단단한 열매를 주먹처럼 들어 보이기도 하며(「모과나무」), 강물이 풀리면 물고기들과 함께 헤엄칠 것을 고대하며 꼼짝 않고 버티는 겨울 강 위의 돌멩이(「돌멩이」)가 되어 보기도 합니다. 생명이 있거나 없거나 시인은 어떤 것으로든 변신을 감행합니다. 모과나무일 때는 정말 모과나무가 된 것처럼 돌멩이가 될 때는 정말 돌멩이가 된 것처럼……

    친구들이랑

떡볶이 먹을 때마다
얻어만 먹는 호식이

스마트폰도
나이키 운동화도
새로 샀다며
자랑이다

돈 없다고 할 땐 언제고
이 짜식 진짠지 가짠지
알 수가 없다

——「호식이 짜식」 전문

세상의 모든 사물로 변신이 가능한 시인이니 사람으로 변신하는 것은 별일도 아니겠지요. 여러분은 이 시를 읽으며 "진짠지 가짠지" 알 수가 없는 '호식이 짜식'에게 정말 꿀밤 한 대를 먹이고 싶었을지 몰라요. 그렇다면 이런 시는 어떤가요?

남쪽 대성동 마을 태극기가 한 뼘 높이 올라가면
북쪽 기정동 마을 인공기는 두 뼘 높이 올라가고

남쪽 대성동 마을 태극기가 다섯 뼘 높이 올라가면
북쪽 기정동 마을 인공기는 열 뼘 높이 올라간다

(…)

몸을 한 뼘씩 늘릴 때마다

태극기는 붉으락푸르락

인공기는 푸르락붉으락

점점 가늘어지는 다리

하얗게 질린 얼굴

아래로 아래로

떨어질까 봐

아

아

아

깃발은

무서워

—「깃발은 무서워」 부분

대성동 마을과 기정동 마을은 휴전선을 사이에 두고 남쪽과 북쪽 비무장지대에 들어선 마을이에요. 남북한 두 마을에는 태극기와 인공기를 단 깃대가 서 있고, 어느 날부터인가 한 뼘 두 뼘씩 그 깃대가 높아졌다지요. 그렇게 서로 경쟁을 하니 정작 깃발은 어떻게 되었을까요. 깃발은 까마득한 깃대에 매달려 무서워 벌벌 떨게 되었어요. "아/아/아/깃발은/무서워" 시인은 이렇게 꼭대기에 매달린 깃발의 절규를 들려줍니다. 바꾸어 말하면 이것은 깃발로 변신한 시인의 절규라 할 수 있겠지요. 그런데 이런 절규는 단지 시인의 절규로만 들리지는 않아요.

이뿐만이 아닙니다. 시인은 시집살이를 고되게 했던 할머니로 변신하기도 하고(「상추쌈」), 심지어 치매에 걸려 식구 얼굴조차 알아보지 못하는 할머니로 변신하기도(「아홉 살 할머니」) 해요.

가령 「아홉 살 할머니」를 볼까요. 시는 치매에 걸린 할머니의 삶을 소재로 하고 있지요. 이런 소재를 시로 쓴다면 보통은 어린 손자의 처지에서 할머니를 안쓰러워하는 정도에서 그치기 십상입니다. 그런데 시인은 아예 할머니를 시적 화자로 등장시키지요. 시인은 할머니의 생각을 과거에서 지금까지 시간의 흐름에 따라 한 편의 잘 짜인 이야기시로 펼쳐 보여 줌으로써 우리는 치매에 걸린 할머니의 모습을 또렷하게 만나게 됩니다. 천진난만하게 뛰어놀던 아홉 살 아이가 자꾸만 무엇을 까먹다가 어느 순간부터 나이를 먹지 않게 되어 결국 식구들 얼굴도 알아보지 못하는 할머니가 되었다는 설정은 일종의 과장일 텐데, 이 작품에서는 단지 과장으로만 읽히지 않아요. 치매에 걸린 할머니 처지에서라면 그것은 일종의 진실이 될 수 있으니까요. 다시 말해 시인은 이 시에서 다른 사람의 처지에서 할머니를 바라보고 있는 것이 아니라 자신을 아홉 살이라고 믿는 할머니의 시선으로 바라보고 있어요. 그래서 할머니를 바라보는 우리들의 시선을 능청스럽고 의뭉스럽게 함께 붙잡아 두지요. 독자의 시선을 붙잡아 두는 것은 그러나 이런 독창적 발상의 힘만은 아닙니다. 말을 다루는 시인의 솜씨나 호흡 또한 매력적인 데가 있지요.

또 하루는 엄마가
심부름을 시켰는데
심부름이 뭐였는지
까먹었지 뭐야!

(…)

일 년이 가고
십 년이 가고
오십 년쯤 흘렀을까
칠십 년쯤 흘렀을까

하루는 잠을 자려는데
저녁을 먹었는지
저녁을 굶었는지
까먹었지 뭐야!

—「아홉 살 할머니」 부분

이런 말투에서 드러나듯 시인이 보여 주는 시적 호흡은 발랄하고 자유스러운 데가 있습니다. 이야기를 펼칠 때 따라붙기 쉬운 군더더기나 이야기를 시로 바꿀 때 빠지게 되는 기계적인 리듬이 김응의 이야기시에서는 보이지 않지요. 이렇게 무엇에 얽매인 듯한 감을 주지 않는 것이 김응의 이야기시가 지니는 장점입니다. 시인은 스스로 창안해 낸 이야기를 자신만의 속도감 있고 자연스러운 호흡에 실음으로써 새로운 이야기시를 만들어 내지요.

이를 보면 김응 시인은 이야기꾼 기질을 지닌 시인이라는 생각이 듭니다. 이 때문에 시인은 앞으로도 자신이 가진 상상력으로 재미난 이야기시를 많이 엮어 낼 거라는 기대를 갖게 해요.

엄마한테 큰아빠는 아주버님

큰아빠한테 엄마는 제수씨

아빠한테 큰엄마는 형수님

큰엄마한테 아빠는 서방님

엄마한테 고모는 아가씨

(…)

이러다 지구 한 바퀴 다 돌겠네

──「한 바퀴 돌고 또 돌고」 부분

밤나무에서 참새 떼 우수수 떨어지네

잠자던 나무가 귀찮았구나

그래서 몸을 흔들었구나

──「밤나무와 참새」 전문

　이야기도 이야기지만 이런 작품을 보면 김응 시인의 말솜씨 또한 예사롭지 않다는 생각을 하게 됩니다. 앞의 시에 쓰인 '한 바퀴 돌고 또 돌고' 같은 제목도 재미있지만, 가족끼리 쓰는 호칭을 죽 나열하다가 "이러다 지구 한 바퀴 다 돌겠네" 하고 눙치는 솜씨가 제법 웃음을 줍니다. 「밤나무와 참새」에서 1연의 "밤나무에서 참새 떼 우수수 떨어지네" 같은 표현은 또 얼마나 생생한 느낌을 주는지요.

　그뿐이 아닙니다. 김응 시인의 동시는 목청이 크거나 외양이 화려하

변신 마술의 힘　383

지 않은데도 사람의 눈길을 붙잡아 두는, '옹골진 매력'을 가지고 있습니다.

> 곰 같은 여우
> 양의 탈을 쓴 늑대
>
> 동물 사는 세상에는 없지만
> 사람 사는 세상에는 많다
>
> ──「세상에 이런 일이」 전문

짧고 명쾌한 이 시에서는 우리 세상살이의 이면을 살필 줄 아는 시인의 시선이 잘 드러납니다. 시인이 삶을 대하는 자세랄까, 시인이 지향하고자 하는 삶의 방향 같은 것이 읽히지요. 김응의 시 가운데 표제작인 「똥개가 잘 사는 법」이나 「물은 고집이 세다」 또한 내 눈에 그렇게 읽혔습니다.

> 돈 한 푼 없는 똥개는
> 그냥 똥개로 살기로 했대
>
> 돈 한 푼 없는 똥개는
> 사료 대신 뼈다귀로
> 신발 대신 맨발로
> 세상을 누비고 다녔대
>
> ──「똥개가 잘 사는 법」 부분

물은 자기 것이 없는 것이다

하지만 물을 잡으려고
손으로 주물러 보고
막대기로 휘저어 봐도
물은 쉽게 잡히지 않는다

물은 고집이 세다

—「물은 고집이 세다」 부분

"사료도 못 얻어" 먹고, "신발도 못 얻어" 신은 채, 개집에서 쫓겨난 "똥개"는 그냥 "돈 한 푼 없는 똥개"로 살기로 결심을 합니다. 사료가 없으면 뼈다귀를 물고 신발 대신 맨발로 세상을 누비고 다니지요. "돈 한 푼 없는 똥개"의 이 당당한 태도는 어쩌면 시인이 지향하는 삶의 태도가 아닐까 그런 생각이 들어요.

「물은 고집이 세다」에서 물은 "자기 것이 없"지만 잡으려고 하면 잡히지 않고 막대기에도 휘둘리지 않지요. 결국 시인은 시의 마지막 행에서 물은 "고집이 세다"라고 결론을 내립니다. 약하고 물러 터지고 자존심조차 갖고 있지 않다고 생각했던 존재가 사실은 그 어느 것보다 중심을 단단하게 지키는 존재가 될 수 있다는 것이지요.

김응의 동시야말로 바로 물의 성질을 가진 것이 아닐까 그런 생각이 들어요. 이것은 김응의 동시에 자기 색깔이 없다거나 자기 모양이 없다는 뜻이 아닙니다. 누구에게도 지지 않을 만큼 단단한 중심을 가지고 있지만, 그것을 표 나게 드러내지 않는다는 이야기지요. 대신 시인은 "붉은 그릇"과 "푸른 그릇" "둥근 그릇"과 "납작 그릇"을 오고 가며 부지런히 변신을 거듭합니다. 그런 변신을 통해 시인은 담담하고 은은한 물처럼 우리의 마음을 적실 따름이지요.

아파도
눈 꽉 감고
참아 내기

가려워도
이 악물고
버텨 내기

나와 상처의
줄다리기

지면 흉터가 남는다
이기면 새살이 돋는다

—「상처」전문

이 시를 읽는 여러분도 더러는 돌부리에 걸려 넘어져 무릎 같은 곳에 생채기가 난 적이 있을 겁니다. 처음에 쓰리고 아프다가 차츰 상처가 아물 때면 딱지가 앉지요. 이때 상처 부위가 무척 가려웠던 경험을 한 적이 있을 것입니다. 그런데 가렵다고 딱지가 앉은 부분을 마구 긁어 대면

상처는 다시 도지거나 낫더라도 흉터가 남는 것을 볼 수 있습니다. 시인은 상처와의 줄다리기에서 꿋꿋하게 버텨 이겨 내는 것이 중요하다는 점을 우리에게 담담하게 일러 줍니다. 우리가 살면서 겪게 되는 마음의 상처, 혹은 삶의 그 모든 고통을 이겨 내는 방법에 대해 이야기하는 시처럼도 읽히기도 합니다.

이런 시에서 보듯 김응의 동시는 어린이부터 어른까지 누구나 공감할 수 있는 폭과 깊이를 가지고 있는 것을 알 수 있습니다. 김응의 동시는 어린이와 어른이 함께 읽고 감동할 수 있는 '품이 넓은 시'라는 생각이 들어요. 어린이의 일상을 그린 시부터 어린이에게는 조금 생소하다 싶은 어른의 삶을 다룬 시들까지, 이야기처럼 긴 호흡으로 전개되는 시에서 단숨에 사물의 핵심을 파고드는 짧은 시들까지, 발랄하고 유쾌한 세계에서 마음을 차분하게 하고 촉촉하게 하는 시들까지. 슬픔과 웃음이 공존하며, 또한 어린이와 어른의 세계가 함께 펼쳐지고, 시와 이야기가 한데 어울려 빛을 내고 있는 것, 그게 바로 이 동시집이 갖고 있는 특징이자 장점이라 생각됩니다.

이 글에서 차마 살펴보지 못한 좋은 시들이 아주 많습니다. 시인이 어떤 변신 마술을 부리는지, 어떤 새로운 이야기를 들려주는지, 두고두고 살펴보시기 바랍니다.

발랄한 언어감각과 진실한 삶의 태도

정유경 『까불고 싶은 날』

1

내가 정유경이라는 시인을 알게 된 지는 얼마 되지 않는다. 아마도 『창비어린이』(2007년 가을호)에 실린 몇 편의 동시를 본 것이 처음이 아니었나 생각한다.

우리 선생님 또
정신통일 하라신다.
밥때가 한참 남은
수학 시간.

창가엔 윙윙 벌 한 마리
들어올락 말락

이슬이 책상엔 반절 남은 흰 우유

엎어질락 말락

우리 선생님 머리엔 흰 머리칼

보일락 말락

내 배꼽에선 꼴꼬륵 시계 소리

들킬락 말락

한데

정신통일

어떻게 하나?

남북통일보다 더 어렵다.

정신통일.

―「정신통일」 전문

　잡지에 실린 그의 이력을 굳이 살피지 않더라도 그가 학교에서 아이들과 생활하는 사람이라는 걸 한눈에 알게 해 주는 이 시는, 역설적이게도 선생의 자리에서 아이들을 굽어보며 쓴 시가 아니다. 시인은 교사의 시선이 아닌 아이의 목소리로 초등학교 교실의 한 수업 시간 풍경을 생생하게 잡아낸다. 수학 시간, 아이들의 몸은 이미 책상과 걸상에 꼼짝없이 매여 있다. 그러나 교사는 그것만으로 안심할 수가 없어 아이들의 정신까지 일사불란하게 '통일'을 시키려 한다. 그러나 그것은 쉬운 일이 아니다. 교사의 바람처럼 애초 아이들의 신경은 어느 한곳에 머물 수 없기 때문이다. 아이의 마음은 창가의 벌에게로, 옆 친구 책상 위에 놓인 우유갑으로, 선생님의 새치로, 꼬르륵 소리를 내는 자신의 배꼽으로 계속 옮겨 다닌다. 급기야 시적 화자는 남북통일보다 더 어려운 게 정신통일이라고 너스레를 떤다. 엄격한 자기 통제를 요구하는 교사의 주문에 아이는 아이다운 엄살과 과장으로 응수하는 것이다.

정유경의 시에는 이처럼 구체적이고 실감 있는 모습의 아이들이 등장한다. 그 아이들은 모두 이 땅의 초등 교육 시스템에 갇혀 지내는 존재들이라는 점에서 비슷한 처지이긴 하지만, 각자 조금씩 다른 고민과 생각들을 가지고 있다. 여전히 학업 스트레스에 시달리는 한편으로 자기가 좋아하는 이성 친구에게 속마음을 어찌 전달할까 마음을 졸이며, 난생처음 파마를 하고 연예인 같다는 칭찬을 듣고 좋아했다가 이튿날 자기도 모르게 머리를 감아 풀려 버린 머리를 보고는 울상을 짓기도 한다. 자신이 짝사랑하는 남자아이가 다른 여자아이들의 관심이 초점이 되자, 말썽쟁이 그 남자아이를 쫓아다니는 여자아이들이 제정신이 아닌 것 같다고 질투 섞인 마음을 에둘러 표현하기도 하고, 친구한테 사리살짝 윙크를 받고는 가슴이 콩닥거리기도 한다. 엄마 대신 놀이터에 가 동생에게 그네를 밀어 주며 좋아라 하는 동생을 가여워하기도 하고, 새로 전학 온 아이 때문에 기분 좋은 속내를 "까불고 싶네"라고 표현하기도 한다.

오늘
은지라는 애가
전학을 왔네.

키가 작아

은지는
내 앞에 앉았네.

은지는
단발머리에
눈이 큰 아이.

이상하게
오늘은
까불고 싶네.

　　　　　　　　　　—「까불고 싶은 날」전문

　이런 시를 보면 정유경이라는 시인은 교사로서 아이들을 유심히 관
찰하고, 그네들의 속마음을 잘 헤아리는 사람 같다. 그는 아이들을 가르
치는 교사의 처지임에도 아이들에게 굳이 무엇을 가르치려 하지 않는
다. 그는 다만 아이들의 모습과 속마음을 아이들의 입말에 가까운 진술
로 들려줄 뿐이다.

2

　정유경 시인은 이 시집에서 아이들의 학교생활만을 소재로 삼지는
않는다. 그는 아이들이 가정에서 겪는 일상에도 역시 자상한 눈길을 보
낸다.

엄마 아빠가 드디어 화를 풀었다.

코홀쩍이 동생이 '팽~'

코를 풀었다.

그 소리 듣고 나는

저녁내 씨름하던 수학 문제를 쓱쓱 풀었다.

티브이를 켜니

내일은 날이 풀리겠습니다, 한다.

—「풀고 풀리고」부분

엄마 아빠의 냉전으로 아이들은 한동안 숨을 죽이고 살았다. 그러다 부모의 화해로 냉랭했던 집안 분위기가 풀렸다. 집안 분위기가 풀리자 코홀쩍이 동생의 코가 '팽~' 하고 풀리고, 잘 풀리지 않던 내 수학 문제 또한 쓱쓱 풀린다. 부모가 싸우거나 사이가 나빠지면 아이들의 속내 또한 먹구름이 낀 것처럼 어두워진다. 시적 화자가 "저녁내 씨름하던 수학 문제를 쓱쓱 풀었다"라고 기쁨을 표현하도록 함으로써 시인은 부모의 불화가 아이에게 얼마나 무거운 짐이었는지를 간접적으로 드러낸다. '풀고 풀리고'라는 시 제목이나 시 내용에 등장하는 '풀었다'라는 말의 반복은 부모의 화해 뒤 밝아진 집안 분위기를 고조시키는 중요한 장치라 할 만하다. 이 시를 죽 따라 읽다 보면 독자 또한 마음이 환해지는 것을 느낄 수 있다.

방금 파마한 머리가

마음에 안 들어
엄마도 나도
시무룩.

엄마 머리는 금방 풀릴 것 같고
내 머리는 너무 뽀글거려
거울 속 엄마 얼굴, 내 얼굴이
뾰루퉁.

그랬는데

아주머니가 만 원을 깎아 주니
엄마 입이 쏙 들어갔다.
엄마가 예쁜 머리띠를 사 주어서
내 입도 쏙 들어갔다.

—「룩*퉁*쏙*쏙」전문

　정유경의 시는 이처럼 아이들이 겪을 법한 일상의 일들을 발랄한 어
조에 실어 밝게 그려 낸다. 그러나 그의 시에 이런 시만 있는 것은 아니
다. 그는「푸른 꽃」에서 가정 폭력에 시달리는 아이의 모습을 나지막한
어조로 인상적으로 잡아내기도 하고,「머릿니가 돌며」에서 악의적인 소
문에 의해 상처받는 아이의 모습을 역시 담담하지만 분명한 어조로 그
려 냄으로써 무책임하고 부질없는 말들을 만들어 내는 세태에 경종을
울리기도 한다.

학교에

머릿니는 결코

혼자 돌지 않아요.

"그 애는

엄마가 없대.

그러니까······."

"저 애는

옷이 더럽더라.

그러니까······."

스멀스멀

따라 돌아다니는

말, 말, 말이

참 무서워요.

—「머릿니가 돌면」 전문

3

　정유경의 동시는 대체로 학교와 가정에서 아이들이 겪게 되는 일상
과 심리를 그려 내는 데 집중하고 있는 듯 보이지만, 자세히 보면 꼭 그

런 것만도 아니다. 겉으로 표 나게 드러나는 것은 아니지만, 정유경은 새로운 재미를 주는 형식을 시도하기도 하고, 사물과 자연을 어린이 시적 화자의 목소리를 빌리지 않고 직접 시인 자신의 어조로 그려 보이기도 한다.

가령 노래 가사 바꾸기 형태의 시도로 재미를 준 「잘했군 잘했어」, 아이들의 일기체 형식을 빌린 「내 친구 김성덕」, 역시 아이들이 입으로 구술한 말을 받아 적은 듯한 산문시 형식의 「열성 교사 이 선생님」 같은 시는 내용에서뿐만 아니라 그 형식에서도 눈길을 끌 만한 작품이라 하겠다. 그러나 이런 새로운 형식을 시도한 여러 시들 가운데 가장 눈길을 끄는 것은 바로 「비밀」이 아닐까 한다. 이 시의 제목을 왜 세로쓰기했을까 의아한 생각이 든다면 이 시의 각 행 맨 앞의 글자를 세로로 따라 읽어 보면 된다. 거기에는 제목 그대로 시적 화자가 비밀로 감추고 싶어 하는 진짜 속마음이 숨어 있으니까 말이다.

그러나 정유경의 동시가 갖는 미덕 가운데 빼놓을 수 없는 것은 무엇보다 자연과 사물을 바라보는 눈에 있지 않은가 한다. 그의 시선에서는 참신함과 함께 그만이 가진 단단한 심지 같은 게 만져진다.

뾰긋한 날개 달고 포롱 날아가는
단풍나무 열매야,
너는 헬리콥터 프로펠러를 닮았구나.

지난봄 바람에 동동 떠가던
하얀 민들레 씨앗은
낙하산을 닮았던데.

아 참! 그게 아니지?

헬리콥터가 단풍나무 열매 널 흉내 낸 거지?

낙하산이 민들레 씨앗을 흉내 낸 거지?

―「누가 누구를 닮았나」 전문

인간은 자기중심적으로 사물을 볼 때가 많다. 무심코 단풍나무 열매를 보고 헬리콥터를 닮았다고 한다거나 민들레 씨앗을 보고 낙하산을 닮았다고 말한다. 그런데 따지고 보면 헬리콥터가 단풍나무 열매를 흉내 낸 것이고, 낙하산이 민들레 씨앗을 흉내 낸 것이다. 이 시는 사물을 자기중심적으로 판단하고 사고하는 인간들의 행태를 목소리를 크게 높이지 않고 요령 있게 꼬집는다.

바람은 불게

물은 흐르게

길가에 풀들은 자라게

거리에 고양이들은 어슬렁거리게

웃고 싶은 아이 웃게

울고 싶은 아이 울게

춤추고 싶은 아이 춤출 수 있게

달리고 싶은 아이 달릴 수 있게

내버려 둬요 그냥

그러면 안 되나요.

——「두기」전문

　사람들은 개발이란 미명 아래 흐르는 물길을 제멋대로 막는다. 교육이라는 이름 아래 아이들이 하고 싶어 하는 것을 못 하게 막는다. 우리 사회에 만연한 환경문제와 교육문제도 따지고 보면 결국 이런, 자연스러움을 자연스러움 그대로 두지 못하는 태도에서 비롯하는 것은 아니겠는가.

　　하늘에
　　해와 달과 별은
　　매일매일
　　내 머리 위에 나타나

　　내가 사는 곳이
　　우주라는 걸
　　살짝살짝
　　알려 주지요.

　　내가 볼 때도
　　안 볼 때도.

——「해와 달과 별」전문

　단순하고 짧은 시이긴 하지만 이 시 역시 깊은 울림을 준다. 마지막으로 또 한 편의 시를 보자.

새는 길을
외워 두지 않아요.

새는 언제나
새로운 마음으로 하늘을 날고

그래서 새가 가는 길은
늘 새 길.

─「새」전문

이 시에 나오는 새는 시적 화자가 꿈꾸는 '자유'나 '해방'을 상징하는
존재라 할 만하다. 그런데 그 '새'를 '시'로 바꾸어도 얼마든지 뜻이 통
하는 것을 느낄 수 있다. 가령 "시는 언제나/새로운 마음으로 하늘을 날
고//그래서 시가 가는 길은/늘 새 길"이라는 말이 제법 그럴듯한 명구
로 다가온다. 시의 길은 새의 길처럼 미리 '외워 두고 갈 수 있는 길'이
아닐 것이다. 그 길은 언제나 새로운 마음으로 날아오르고자 할 때 비로
소 열리는 길이며, 그렇게 열린 길은 우리 앞에 새로운 풍경과 의미를
선사할 수 있다. 정유경, 그는 아직 젊은 시인이다. 모쪼록 그의 시가 늘
새로운 마음으로 날아오르기를, 그래서 그 시가 가는 길이 언제나 새로
운 모습이길 고대한다.

수록글 출처

1부 동시 생태계의 균형을 위하여

황금시대는 도래했는가: 최근 동시 흐름에 대한 진단 『창비어린이』 2015년 여름호

변하는 것과 변하지 않는 것: 오늘의 동시를 보는 관점에 대하여 『창비어린이』 2016년
　　겨울호

'동'과 '시'의 접점 찾기(원제: 오늘의 동시에 대한 단상) 『어린이책 이야기』 2019년 여
　　름호

비평의 두 표정: 김종헌, 김재복의 동시 비평을 읽고 『어린이와 문학』 2020년 여름호

중심에 맞서는 방법 『창비어린이』 2021년 가을호

2부 도전과 변모의 발자취

'동시'의 기원과 계보: 『금성』지 수록 동시고 원종찬 엮음 『동아시아 한국문학을 찾아
　　서』, 소명출판 2015

동갑내기 두 문인의 행보: 윤석중과 이원수의 삶과 문학 이원수 탄생 백주년 기념논문
　　집 준비위원회 엮음 『이원수와 한국 아동문학』, 창비 2011

2000년대 동시 흐름과 전망 『동시발전소』 2019년 봄 창간호

동시 100년, 도전과 변모의 발자취 『어린이와 문학』 2021년 여름호

3부 시인에 대한 탐색

동천 권태응의 삶과 문학: 『권태응 전집』 간행에 부쳐 『권태응 전집』, 창비 2018

동시인 권태응이 되기까지: 새로운 유작들을 중심으로 『창비어린이』 2018년 봄호

'어린 민중'의 발견과 서정성의 구현: 정세기론 『작고 동시인 작품 세계 조명 세미나 자

찾아보기

동시를 읽는 마음

새로운 동시를 위한 탈중심의 상상력

초판 1쇄 발행 • 2022년 4월 25일

지은이 • 김제곤
펴낸이 • 강일우
책임편집 • 정편집실·박화수
조판 • 황숙화
펴낸곳 • (주)창비
등록 • 1986년 8월 5일 제85호
주소 • 10881 경기도 파주시 회동길 184
전화 • 031-955-3333
팩스 • 영업 031-955-3399 편집 031-955-3400
홈페이지 • www.changbikids.com
전자우편 • enfant@changbi.com

ⓒ 김제곤 2022
ISBN 978-89-364-4818-9 03810